12/22

D1432401

# SEUL L'AVENIR LE DIRA

Né en Angleterre en 1940, sir Jeffrey Archer fait ses études à l'université d'Oxford avant d'embrasser la carrière politique. En 1969, il est élu à la Chambre des communes, dont il devient l'un des plus jeunes membres de toute l'Histoire. Il en démissionne en 1974, ruiné et endetté, et décide de faire fortune grâce à sa plume. Pari gagné ! Inspiré de son expérience d'actionnaire floué, son premier livre, *La Main dans le sac*, rencontre un succès immédiat et se vend à plusieurs millions d'exemplaires dans le monde. Il sera suivi de bien d'autres best-sellers, dont *Seul contre tous*, prix Polar international de Cognac, *Le Sentier de la gloire*, prix Relay du roman d'évasion, *Kane et Abel*, ou encore *Seul l'avenir le dira* et *Les Fautes de nos pères* (Éditions Les Escales, 2012 et 2013).

# JEFFREY ARCHER

# *Seul l'avenir le dira*

## Chronique des Clifton, 1

TRADUIT DE L'ANGLAIS PAR GEORGES-MICHEL SAROTTE

LES ESCALES

*Titre original :*

ONLY TIME WILL TELL
Publié par Macmillan, 2011.

*À la mémoire de Alan Quilter (1927-1998)*

*Arbre généalogique de la famille Barrington*

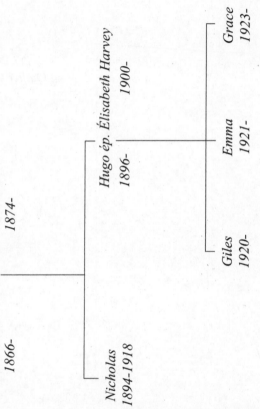

Sir Walter Barrington ép. Mary Barrington
1866-                          1874-

Nicholas
1894-1918

Hugo ép. Élisabeth Harvey
1896-                    1900-

Giles
1920-

Emma
1921-

Grace
1923-

*Arbre généalogique de la famille Clifton*

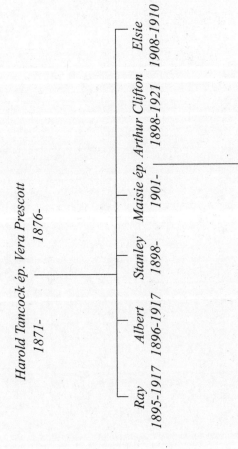

Harold Tancock ép. Vera Prescott
1871-                    1876-

Ray            Albert        Stanley    Maisie ép. Arthur Clifton    Elsie
1895-1917   1896-1917   1898-      1901-        1898-1921          1908-1910

Harry
1920-

# Maisie Clifton

## 1919

# Prologue

Cette histoire n'aurait jamais été contée si je n'étais pas tombée enceinte. Remarquez que j'avais toujours projeté de perdre ma virginité à l'occasion de l'excursion d'entreprise à Weston-super-Mare, mais pas avec cet homme en particulier.

Tout comme moi, Arthur Clifton était né dans Still House Lane. Il fréquentait l'école élémentaire Merrywood. Comme j'avais deux ans de moins que lui, il n'était même pas conscient de mon existence. Toutes les filles de notre quartier avaient le béguin pour lui, et pas seulement parce qu'il était capitaine de l'équipe de football de l'école.

Bien qu'il ne m'ait jamais montré le moindre intérêt tant que nous étions adolescents, les choses ont changé à son retour du front de l'Ouest. Je ne suis même pas certaine qu'il ait su qui j'étais quand il m'a invitée à danser un samedi soir au Palais. À vrai dire, je ne l'ai pas tout de suite reconnu parce qu'il s'était laissé pousser une fine moustache et qu'il s'était lissé les cheveux en arrière comme Ronald Colman. Il n'a pas jeté un seul regard à une autre fille de toute la soirée et, après notre

13

dernière valse, j'ai compris qu'il finirait par me demander en mariage.

Durant tout le trajet du retour il m'a tenu la main, puis, lorsque nous sommes arrivés devant ma porte, il a essayé de m'embrasser. Je me suis détournée. Le révérend Watts ne m'avait-il pas dit, à maintes reprises, que je devais rester pure jusqu'à ma nuit de noces ? Et Mlle Monday, notre directrice musicale, m'avait avertie que les hommes ne voulaient qu'une seule chose et que, une fois parvenus à leurs fins, ils ne tardaient pas à se lasser. Je me suis souvent demandé si elle l'avait appris à ses dépens.

Le samedi d'après, Arthur m'a invitée au cinéma pour voir Lillian Gish dans *Le Lys brisé*, et, même si je l'ai autorisé à passer un bras autour de mes épaules, je ne me suis toujours pas laissé embrasser. Il n'a pas protesté. En fait, Arthur était plutôt timide.

Le samedi suivant, je lui ai bien permis de m'embrasser, mais quand il a tenté de glisser une main dans mon corsage, je l'ai repoussé. Je ne lui ai d'ailleurs pas permis de faire cela avant la demande en mariage, l'achat de la bague et la seconde lecture des bans.

Mon frère Stan m'a dit que j'étais la dernière pucelle connue de ce côté-ci de l'Avon, quoique je devine qu'il en jugeait d'après la plupart de ses conquêtes. Je pensais malgré tout que l'heure était venue. Alors, quelle meilleure occasion que la sortie d'entreprise à Weston-super-Mare en compagnie de l'homme que je devais épouser quelques semaines plus tard ?

Or, dès qu'Arthur et que Stan sont descendus du car ils se sont précipités vers le pub le plus proche. Ayant passé le mois à me préparer pour l'événement, quand j'ai mis pied à terre, en bonne éclaireuse, j'étais prête.

14

Tandis que, plutôt agacée, je marchais vers le front de mer, j'ai senti que quelqu'un me suivait. Tournant la tête, j'ai constaté, à ma grande surprise, que c'était le fils du patron. Il m'a rattrapée et m'a demandé si j'étais seule.

— En effet, ai-je répondu, certaine qu'Arthur en était déjà à sa troisième pinte de bière.

Lorsqu'il m'a mis la main aux fesses, j'aurais dû le gifler, mais je me suis abstenue, pour plusieurs raisons. D'abord, j'ai songé à l'avantage qu'il y avait à faire l'amour avec quelqu'un que je ne risquais guère de revoir. Et, ensuite, je dois reconnaître que ses avances me flattaient.

Pendant qu'Arthur et que Stan devaient être en train d'avaler leur huitième pinte, il a pris une chambre dans une auberge à deux pas du front de mer qui, apparemment, réservait un tarif spécial aux clients n'ayant pas l'intention d'y passer la nuit. Il s'est mis à m'embrasser avant même qu'on ait atteint le premier étage et, une fois la porte de la chambre refermée, il a déboutonné mon corsage d'un coup. À l'évidence ce n'était pas un novice. En fait, je suis à peu près sûre que je n'étais pas la première fille qu'il séduisait au cours d'une sortie d'entreprise. Autrement, comment aurait-il été au courant des tarifs spéciaux ?

J'avoue que je n'imaginais pas que tout serait terminé aussi vite. Dès qu'il s'est dégagé de moi, j'ai filé dans la salle de bains, tandis qu'il s'asseyait au bout du lit et allumait une cigarette. *Ce sera peut-être mieux la deuxième fois*, me suis-je dit. Mais quand je suis rentrée dans la chambre, il avait disparu. Force m'est de reconnaître que j'étais déçue. Je me serais sans doute sentie davantage coupable d'avoir trompé Arthur s'il n'avait pas vomi sur moi durant le trajet du retour à Bristol.

Le lendemain, j'ai raconté à ma mère ce qui s'était passé, sans révéler l'identité du gars. Après tout, elle ne le connaissait pas et ne risquait pas de le rencontrer. Elle m'a recommandé de n'en parler à personne, car elle n'avait pas envie de devoir annuler le mariage, et, même si je tombais enceinte, personne ne devinerait le fin mot de l'histoire : Arthur et moi serions mariés avant que cela se voie.

# Harry Clifton

## 1920-1933

# 1

On m'avait dit que mon père était mort à la guerre.

Chaque fois que j'interrogeais ma mère à ce sujet, elle se contentait de répondre qu'il avait servi dans le régiment du Royal Gloucestershire et qu'il avait été tué au combat sur le front de l'Ouest, quelques jours seulement avant la signature de l'armistice avec l'Allemagne. Grand-mère disait que papa était un brave soldat et, une fois où nous étions seuls à la maison, elle m'a montré ses médailles. Grand-père donnait rarement son avis mais, vu qu'il était sourd comme un pot, il est possible qu'en fait il n'ait pas entendu la question.

Le seul autre homme dont je me souvienne, c'est mon oncle Stan qui, au petit déjeuner, s'installait au haut bout de la table. Quand il partait le matin, je le suivais souvent sur les quais du port, où il travaillait. Chaque journée passée aux docks était pour moi une aventure. Des cargos en provenance de terres lointaines déchargeaient leur marchandise : riz, sucre, bananes, jute et beaucoup d'autres choses dont je n'avais jamais entendu parler. Une fois les cales vidées, les débardeurs y chargeaient du sel, des pommes, de l'étain, et même du charbon (produit que je n'aimais guère, cet indice révélateur de mes activités diurnes ayant le don de mettre ma mère en colère), avant que les navires n'appareillent pour des destinations inconnues. Je voulais toujours aider mon oncle Stan à décharger le bateau arrivé ce jour-là, mais il se contentait de rire et de répondre :

— Le moment venu, mon garçon.

Il me tardait qu'il vienne, ce moment. Or, sans crier gare, l'école s'est interposée.

À 6 ans, on m'a envoyé à l'école communale Merrywood où j'ai eu l'impression de perdre totalement mon temps. À quoi servait d'aller en classe puisque je pouvais apprendre tout ce dont j'avais besoin aux docks ? Je n'aurais pas pris la peine d'y retourner si ma mère ne m'avait pas tiré jusqu'au portail d'entrée, laissé sur place, avant de revenir à 16 heures pour me ramener à la maison.

J'ignorais que maman avait d'autres projets d'avenir pour moi, parmi lesquels ne figurait pas celui de rejoindre oncle Stan au chantier naval.

Chaque matin, une fois que maman m'avait accompagné à l'école, je traînais dans la cour jusqu'à ce qu'elle soit hors de vue, puis je filais vers les docks. Je ne manquais pas de me tenir devant la grille de l'école quand elle revenait me chercher l'après-midi. Sur le chemin du retour je lui racontais tout ce que j'avais fait en classe ce jour-là. J'étais doué pour inventer des histoires, mais elle n'a pas tardé à découvrir le pot aux roses.

Deux ou trois autres élèves avaient eux aussi l'habitude de baguenauder sur les quais, toutefois je gardais mes distances. Plus âgés et plus grands que moi, ils me frappaient si je les gênais. Je devais aussi me méfier de M. Haskins, le contremaître, car s'il me trouvait en train de « musarder » – pour utiliser son mot favori – sur les docks, il m'en chassait avec un coup de pied au derrière.

— Si je te reprends à musarder par ici, mon garçon, menaçait-il, je préviendrai ton directeur.

Parfois, ayant décidé qu'il m'avait vu une fois de trop, il me dénonçait effectivement auprès du directeur qui me tannait le cuir avant de me renvoyer en classe. M. Holcombe, mon instituteur, faisait semblant de ne pas remarquer mon absence. Il est vrai qu'il était un peu faible, mais lorsque maman s'apercevait que j'avais fait l'école buissonnière elle ne pouvait cacher sa colère et cessait de me donner mon demi-penny par semaine d'argent de poche. Pourtant, malgré le coup de poing occasionnel d'un garçon plus âgé, les coups de lanière réguliers du directeur et la perte de mon argent de poche, je ne parvenais toujours pas à résister à l'appel des docks.

Je ne me suis fait qu'un seul véritable ami pendant que je « musardais » sur le chantier naval. On l'appelait le « vieux Jack Tar ». M. Tar vivait dans un wagon de train abandonné, à l'autre bout des ateliers. Oncle Stan m'avait enjoint de l'éviter sous le prétexte que c'était un vieux clochard, sale et idiot. Il ne me semblait pas sale, sûrement pas aussi sale que Stan, et je n'ai pas mis longtemps à m'apercevoir qu'il était loin d'être idiot.

Après avoir déjeuné avec oncle Stan (une bouchée de son sandwich enduit de pâte à tartiner, le trognon de sa pomme et une lampée de bière), j'étais de retour à l'école à temps pour une partie de foot, la seule activité qui, à mes yeux, méritait que je revienne en classe. Après tout, quand je quitterais l'école j'allais devenir capitaine de l'équipe de Bristol City ou bien je construirais un bateau qui ferait le tour du monde. Si M. Holcombe ne pipait mot et si le contremaître ne vendait pas la mèche au directeur, je pouvais rester des jours entiers sans qu'on ne remarque mon absence. Et, du moment que je me tenais à l'écart des chalands de charbon et que je me trouvais à 16 heures devant la grille de l'école, ma mère ne se rendait compte de rien.

Un samedi sur deux, oncle Stan m'emmenait à Ashton Gate pour voir jouer Bristol City. Le dimanche matin, maman me traînait à l'église de la Sainte-Nativité, corvée à laquelle je n'avais jamais réussi à me soustraire. À peine le révérend Watts avait-il donné la dernière bénédiction que je filais à toutes jambes faire une partie de foot avec mes copains au terrain de sport, avant de rentrer à la maison à temps pour le repas.

Quand j'ai atteint l'âge de 7 ans, tous ceux qui s'y connaissaient un tant soit peu en football ont compris que je ne ferais jamais partie de l'équipe de l'école et, à plus forte raison, que je ne serais jamais capitaine du Bristol City. C'est alors que j'ai découvert que Dieu m'avait donné un petit don, qui ne se trouvait pas dans mes pieds.

Au début, je n'ai pas remarqué que les paroissiens assis près de moi, le dimanche matin à l'église, s'arrêtaient de chanter dès que j'ouvrais la bouche. D'ailleurs je n'y aurais guère prêté attention si maman n'avait pas suggéré que je fasse partie de la maîtrise. J'ai salué sa proposition par un ricanement de mépris : seules les filles et les mauviettes étaient membres de la chorale. J'aurais catégoriquement refusé si le révérend Watts ne m'avait pas informé que les petits choristes recevaient un penny pour les enterrements et deux pour les mariages. C'est ainsi que j'ai découvert la pratique des pots-de-vin. Or, même après que j'ai accepté à contrecœur de passer une audition, le diable a décidé de placer un obstacle sur mon chemin en la personne de Mlle Eleanor E. Monday.

Je n'aurais jamais rencontré Mlle Monday si elle n'avait pas été directrice musicale de la maîtrise de la Sainte-Nativité. Elle avait beau mesurer un petit mètre cinquante-sept et donner l'impression qu'un souffle d'air pouvait l'emporter, personne n'osait se moquer d'elle. J'ai le sentiment que même Satan aurait pu être intimidé par Mlle Monday, et le révérend Watts l'était sans aucun doute.

J'ai fini par accepter de passer une audition, mais seulement après avoir reçu de maman un mois d'argent de poche à l'avance. Le dimanche suivant, je me suis retrouvé dans une file de garçons à attendre mon tour.

— Vous devrez toujours être à l'heure pour les répétitions de la chorale, nous a déclaré Mlle Monday en fixant sur moi un œil perçant comme une vrille.

Je la défiai du regard.

— Et vous ne parlerez, a-t-elle poursuivi, que si l'on vous adresse la parole.

Je réussis à demeurer coi.

— Et pendant l'office vous resterez constamment attentifs.

J'ai hoché la tête à contrecœur. Et puis, grâce à Dieu, elle m'a ouvert une porte de sortie.

— En outre, et c'est d'une importance primordiale, a-t-elle repris en plaçant ses mains sur ses hanches, dans douze semaines vous devrez passer un examen de lecture et d'écriture afin que je m'assure que vous êtes capables de chanter un nouveau motet ou un psaume que vous ne connaissez pas.

J'étais ravi de chuter à la première haie. Or, comme j'allais le découvrir, Mlle Eleanor E. Monday n'abandonnait pas facilement la partie.

— Quel morceau as-tu choisi de chanter, mon enfant ? m'a-t-elle demandé au moment où j'ai atteint la tête de la file.

— Je n'ai rien choisi.

Elle a alors ouvert un livre de cantiques, me l'a tendu et s'est installée au piano. J'ai souri à la pensée que j'avais peut-être encore la possibilité de participer à la seconde mi-temps de notre partie de foot du dimanche matin. Elle s'est mise à jouer un air familier et quand j'ai aperçu le regard noir de ma mère, assise au premier rang des bancs de l'église, j'ai décidé de m'exécuter, rien que pour lui faire plaisir.

— « Toutes les choses belles et éclatantes, toutes les créatures grandes ou insignifiantes, tous les êtres sages et qui enchantent… »

Un sourire illuminait le visage de Mlle Monday bien avant que je n'arrive à « sont l'œuvre de notre Seigneur Dieu ».

— Comment t'appelles-tu, mon enfant ? a-t-elle demandé.

— Harry Clifton, mademoiselle.

— Harry Clifton, tu te présenteras pour les répétitions de la chorale le lundi, le mercredi et le vendredi soir, à 18 heures tapantes.

Puis, se tournant vers le garçon qui se tenait derrière moi, elle a lancé :

— Au suivant !

J'ai promis à maman d'être à l'heure pour le premier cours, même si je savais que ce serait le dernier, puisque Mlle Monday se rendrait vite compte que je ne savais ni lire ni écrire. Et ç'aurait été mon dernier, en effet, s'il n'avait pas été évident que ma voix avait une tout autre qualité que celles des autres choristes. En fait, dès que j'ai ouvert la bouche, le silence s'est fait, et l'admiration, voire la fascination, que j'avais désespérément cherché à susciter chez les spectateurs d'un match de football se lisait maintenant dans tous les regards. Mlle Monday a fait semblant de ne rien remarquer.

Après qu'elle nous a libérés, au lieu de rentrer à la maison, j'ai couru vers les docks pour demander à M. Tar comment apprendre à lire et à écrire. J'ai écouté attentivement les conseils du vieil homme et dès le lendemain j'ai repris ma place dans la classe de M. Holcombe. L'instituteur n'a pu cacher sa surprise en me découvrant assis au premier rang, mais il a encore été plus étonné de me voir, pour la première fois, suivre très attentivement les leçons du matin.

Il a commencé à m'enseigner l'alphabet et quelques jours plus tard je pouvais tracer les vingt-six lettres, même si ce n'était pas toujours dans le bon ordre. Ma mère aurait bien voulu m'aider quand je rentrais l'après-midi, malheureusement, comme les autres membres de la famille, elle était analphabète.

Oncle Stan pouvait tout juste griffonner sa signature et, quoiqu'il ait pu faire la différence entre un paquet de Wills's Star et un paquet de Wild Woodbine, j'étais à peu près certain qu'il était incapable de déchiffrer les étiquettes. Malgré ses marmonnements oiseux, je me suis mis à écrire les lettres de l'alphabet sur tous les bouts de papier qui me tombaient sous la main, et il ne semblait pas s'apercevoir que les morceaux de papier journal dans les cabinets étaient toujours couverts de lettres.

Une fois que j'ai eu maîtrisé l'alphabet, M. Holcombe est passé à quelques mots simples, tels que « cher », « chat », « mère » et « père ». C'est à ce moment-là que je l'ai interrogé pour la première fois sur mon père, dans l'espoir, puisqu'il paraissait tout savoir, qu'il pourrait m'apprendre quelque chose sur lui. Il a paru surpris que j'en sache aussi peu sur mon père. Une semaine plus tard, il a écrit au tableau mes premiers mots de cinq lettres : « *chien* », « *école* ». Puis de six : « *maison* ». Et de sept : « *chorale* ». À la fin du mois j'étais capable d'écrire ma première phrase : « *Voyez sur les docks le vif renard marron qui saute dans le wagon jaune par-dessus le grand et beau chien paresseux.* » Phrase qui, comme M. Holcombe l'a souligné, contenait toutes les lettres de l'alphabet. J'ai vérifié et constaté qu'il avait raison.

À la fin du trimestre j'étais capable d'épeler « chœur », « psaume », « harpiste », et même « hymne », quoique M. Holcombe n'ait pas arrêté de me reprocher de faire la liaison avec un *h* aspiré. Pourtant, à l'approche des vacances j'ai commencé à craindre de ne pas réussir l'examen difficile de Mlle Monday sans l'aide de M. Holcombe. Et cela aurait bien pu être le cas si le vieux Jack ne l'avait pas remplacé.

*<br>* *

Je suis arrivé une demi-heure en avance pour le cours de chant le vendredi soir où je savais que, si je souhaitais continuer à faire partie du chœur, je devais réussir ma deuxième épreuve. Espérant que Mlle Monday ferait passer quelqu'un d'autre avant moi, je suis resté assis dans les stalles sans mot dire.

J'avais déjà réussi la première partie de l'examen, « haut la main », selon l'expression de Mlle Monday. On nous avait demandé de réciter le « Notre Père ». Cela ne me posait aucun problème puisque, aussi loin que remontent mes souvenirs, je revois maman, agenouillée près de mon lit, chaque soir, en train de prononcer les mots familiers avant de me border. Cependant, la deuxième épreuve s'est révélée beaucoup plus ardue.

À la fin du deuxième mois de cours nous devions être à même de lire un psaume à haute voix, devant les autres choristes. J'ai choisi le psaume 121, que je connaissais également par cœur, pour l'avoir maintes fois chanté par le passé. « Je lève les yeux vers les montagnes : d'où viendra-t-il, mon secours ? » Je pouvais seulement espérer que le secours viendrait du Seigneur. Bien que j'aie pu ouvrir le psautier à la bonne page, vu que désormais je savais compter jusqu'à cent, j'avais peur que Mlle Monday ne remarque que j'étais incapable de suivre les strophes ligne par ligne. Si elle s'en est rendu compte elle ne l'a pas montré : je suis resté dans les stalles du chœur un mois encore, tandis que deux autres « mécréants » – pour la citer, mais je n'ai appris le sens du mot que le lendemain quand je l'ai demandé à M. Holcombe – ont été renvoyés parmi les autres paroissiens.

Quand est arrivé le moment de passer la troisième et dernière épreuve j'étais fin prêt. Mlle Monday a enjoint aux rescapés d'écrire les dix commandements, dans l'ordre et sans se servir du livre de l'Exode.

Elle ne m'a pas fait grief d'avoir placé le vol avant le meurtre, mal épelé « adultère » ni, sans doute, de ne pas connaître la signification du mot. Ce n'est qu'après le renvoi de deux autres « mécréants », coupables d'avoir fait des fautes moins graves, que j'ai compris que je devais avoir une voix vraiment exceptionnelle.

Le premier dimanche de l'avent, Mlle Monday a annoncé qu'elle avait choisi trois nouveaux sopranos

– des « petits anges », comme le révérend Watts avait l'habitude de nous appeler –, les autres ayant été écartés pour avoir commis des péchés impardonnables, tels que celui de bavarder durant le sermon, de sucer un berlingot, ou encore, dans le cas de deux gamins, d'avoir été surpris, pendant le *Nunc dimittis*, à jouer aux *conkers*, c'est-à-dire à chercher à démolir le marron, suspendu au bout d'une ficelle, de son adversaire.

Le dimanche suivant, j'ai revêtu une longue aube bleue ornée d'une collerette blanche plissée et j'ai été le seul choriste autorisé à arborer au cou un médaillon de bronze, signe que j'avais été choisi comme soprano soliste. Je l'aurais volontiers porté fièrement jusqu'à la maison, et même le lendemain matin, à l'école, afin de le montrer aux autres, mais Mlle Monday le récupérait à la fin de chaque office.

Cependant, si le dimanche j'étais transporté dans un autre monde, je craignais que cet état de béatitude ne puisse durer éternellement.

## 2

Quand l'oncle Stan se levait le matin, il réussissait à réveiller toute la maisonnée. Personne ne s'en plaignait puisqu'il aidait à faire bouillir la marmite. De toute façon, il coûtait moins cher et s'avérait plus fiable qu'un réveil.

Le premier bruit qu'entendait Harry était le claquement de la porte de la chambre. Ensuite venaient les craquements du plancher lorsque son oncle traversait à grands pas le palier, descendait l'escalier et sortait de la maison. Une autre porte claquait au moment où il disparaissait dans le cabinet d'aisances. Si quelqu'un dormait encore, le bruit de la chasse d'eau, suivi de deux nouveaux claquements de porte, avant son retour dans la chambre, servait à lui rappeler que Stan s'attendait à ce que son petit déjeuner soit sur la table quand il pénétrerait dans la cuisine. Il ne se lavait et ne se rasait que le samedi soir pour se rendre au Palais ou à l'Odéon et ne prenait un bain que quatre fois par an, le jour où ils payaient le loyer. Personne ne pouvait accuser Stan de gaspiller son argent, durement gagné, en savon.

C'était ensuite au tour de Maisie, la mère de Harry, de se lever. Elle sautait du lit immédiatement après le premier bruit de porte. Au moment où Stan sortait du cabinet d'aisances, un bol de porridge se trouvait déjà sur le réchaud. Grand-mère ne tardait pas à rejoindre sa fille dans la cuisine avant que Stan ne se soit installé à sa place, au haut bout de la table. Pour espérer avoir quelque chose à manger, Harry devait être en bas cinq minutes au plus après le premier claquement de porte. Le dernier à entrer dans la cuisine était grand-père, qui était sourd au point de souvent continuer à dormir durant tout le rituel matinal de Stan. Chez les Clifton, cette routine était immuable. Quand il y a un seul cabinet à l'extérieur, un seul évier et une seule serviette, la discipline est indispensable.

Pendant que Harry se débarbouillait à l'aide d'un filet d'eau, sa mère servait le petit déjeuner dans la cuisine. Stan avait droit à deux épaisses tartines de saindoux quand le reste de la famille se partageait quatre fines tranches de pain que Maisie grillait s'il restait du charbon dans le sac déposé tous les lundis devant la porte d'entrée. Une fois que Stan avait fini son porridge, Harry était autorisé à lécher le bol.

Sur le réchaud se trouvait toujours une grosse théière marron, dont grand-mère versait le contenu dans de grandes tasses dépareillées, à travers un passe-thé victorien en plaqué argent qu'elle avait hérité de sa mère. Tandis que les autres membres de la famille dégustaient une tasse de thé sans sucre – le sucre étant réservé aux jours de fête et aux grandes occasions –, Stan ouvrait sa première canette de bière qu'en général il vidait d'un trait. Puis il se levait de table en rotant bruyamment et attrapait son panier-repas que grand-mère lui avait préparé pendant qu'il prenait son petit déjeuner : deux sandwichs tartinés de pâte à l'extrait de levure de bière, une saucisse, une pomme, deux canettes de bière et un paquet de cinq cigarettes. Une fois Stan parti pour les docks, tout le monde se mettait à parler en même temps.

Grand-mère voulait toujours savoir quels avaient été les clients du salon de thé où sa fille travaillait comme serveuse, ce qu'ils avaient consommé, comment ils étaient habillés, où ils s'étaient assis. Elle aimait connaître tous les détails des mets préparés sur un réchaud dans une pièce éclairée par des ampoules électriques – qui ne coulaient pas contrairement aux chandelles –, sans parler des clients qui laissaient parfois une pièce de trois pence en pourboire, somme que Maisie devait partager avec la cuisinière.

Maisie se préoccupait davantage de savoir ce que Harry avait fait à l'école la veille. Elle exigeait un compte rendu quotidien, ce qui ne semblait pas intéresser grand-mère, peut-être parce qu'elle n'avait jamais fréquenté l'école. Elle n'était jamais entrée dans un salon de thé non plus d'ailleurs.

Grand-père participait rarement à la conversation, pour la bonne raison qu'après avoir passé quatre ans à charger et décharger un canon de campagne, le matin, le midi et le soir, il était devenu si sourd qu'il devait se contenter de regarder bouger les lèvres et d'opiner du chef de temps en temps. Cela pouvait donner l'impression aux étrangers qu'il était idiot, ce qui n'était pas le cas, comme les membres de la famille l'avaient appris à leurs dépens.

Le rituel familial ne changeait que durant le week-end. Le samedi, Harry sortait de la cuisine après son oncle, marchant toujours un pas derrière lui sur le chemin des docks. Le dimanche, sa mère l'accompagnait à l'église de la Sainte-Nativité, où, depuis le troisième rang, elle écoutait avec délice et fierté le soliste soprano.

On était samedi. Pendant tout le trajet de vingt minutes en direction des docks, Harry n'ouvrit la bouche que pour répondre à son oncle. La conversation ne variait pas d'un samedi à l'autre.

— Quand est-ce que tu vas quitter l'école pour faire une vraie journée de boulot, petit ?

Telle était toujours la première salve tirée par son oncle.

— J'ai pas le droit de quitter l'école avant l'âge de 14 ans, lui rappela Harry. C'est la loi.

— Foutue loi d'idiot, m'est avis. Moi, dès 12 ans, j'ai quitté la communale pour bosser sur les quais, expliqua Stan, comme si c'était la première fois que Harry entendait cette remarque profonde.

Le gamin ne prit pas la peine de réagir, sachant ce qui allait suivre.

— Et, enchaîna son oncle, avant mon dix-septième anniversaire, je m'étais engagé dans l'armée de Kitchener.

— Parle-moi de la guerre, oncle Stan, dit Harry, conscient que ça l'occuperait pendant plusieurs centaines de mètres.

— Ton père et moi, on a rejoint le même jour le régiment du Royal Gloucestershire, commença Stan en portant la main à sa casquette de toile comme s'il saluait un lointain souvenir. Après douze semaines d'instruction militaire à la caserne de Taunton, on nous a embarqués pour aller au casse-pipe à Ypres combattre les Boches. Une fois arrivés, on a passé la majeure partie du temps coincés dans des tranchées infestées de rats à attendre qu'un snobinard d'officier nous annonce que, quand le clairon sonnerait, on devrait monter à l'assaut et avancer vers les lignes ennemies, baïonnette au canon, en tirant des coups de flingue.

Suivit un long silence, puis Stan reprit son récit :

— J'ai été l'un des veinards. Suis revenu dans mon foyer, en un seul morceau, sans une égratignure, aussi lisse et costaud que du bristol.

Harry aurait pu réciter par cœur la phrase suivante mais il s'en abstint.

— Tu sais pas la chance que t'as, petit, poursuivit Stan. J'ai perdu deux frangins, ton oncle Ray et ton oncle Bert, et ton père a pas perdu qu'un frère mais aussi son père, ton autre papy, que t'as pas connu. Un vrai homme qui pouvait lamper une pinte de bière plus vite que n'importe quel docker de ma connaissance.

Si Stan avait baissé le regard, il aurait vu le gamin en train de prononcer les mots silencieusement. Or, ce jour-là, à la grande surprise de Harry, l'oncle Stan ajouta une phrase qu'il n'avait jamais prononcée auparavant :

— Et, si seulement la direction m'avait écouté, ton père serait encore en vie.

Harry lui prêta soudain attention. On avait toujours parlé de la mort de son père à voix basse, en chuchotant. Mais l'oncle Stan se tut brusquement comme s'il voulait ravaler ses paroles. *Peut-être la semaine prochaine,* se dit Harry en le rattrapant et en réglant son pas sur le sien, comme des soldats à la parade.

— Bon. Contre qui joue la City cet après-midi ? demanda Stan pour revenir au texte.

— Le Charlton Athletic.

— C'est une bande de tocards.

— La saison dernière, ils nous ont flanqué une raclée.

— Ils ont eu une foutue chance, tu peux m'croire, répliqua Stan.

Il ne desserra plus les lèvres. Quand ils atteignirent l'entrée du chantier naval, Stan pointa avant de se diriger vers l'atelier où il faisait partie d'une équipe d'ouvriers qui ne pouvaient se permettre d'arriver une minute en retard. Le taux de chômage n'avait jamais été aussi élevé, et trop de jeunes gars attendaient devant les grilles, prêts à les remplacer.

Harry ne suivit pas son oncle, parce qu'il savait que si M. Haskins le voyait traîner dans les ateliers, il recevrait une claque, suivie d'un coup de pied au derrière de la part de son oncle pour avoir énervé le contremaître. Il prit donc la direction opposée.

Le samedi matin, sa première escale était le vieux wagon de chemin de fer à l'autre bout des docks. Il n'avait jamais parlé à Stan de ces visites hebdomadaires, car son oncle l'avait sommé d'éviter à tout prix le vieil homme.

« Ça fait sûrement des lustres qu'il a pas pris de bain », avait-il déclaré, lui qui se baignait tous les trois mois et seulement lorsque la mère de Harry se plaignait de l'odeur.

Mais il y avait longtemps que la curiosité l'avait emporté chez Harry. Un beau matin, il avait avancé à quatre pattes jusqu'au wagon, s'était hissé le long de la paroi et avait regardé à travers la vitre. Assis en première classe, le vieil homme lisait un livre.

Se tournant vers Harry, il lui avait dit :

— Entre donc, mon petit.

Harry avait sauté à terre et couru sans s'arrêter jusqu'à chez lui.

Le samedi suivant, Harry escalada de nouveau la paroi du wagon et scruta l'intérieur. Si le vieux Jack paraissait profondément endormi, Harry l'entendit bientôt demander :

— Pourquoi n'entres-tu pas, mon garçon ? Je ne vais pas te mordre.

Harry tourna la lourde poignée de cuivre et ouvrit la portière avec précaution, mais il n'entra pas, se contentant de regarder fixement l'homme assis au milieu du compartiment. Il était difficile de lui donner un âge, car son visage était couvert d'une barbe poivre et sel bien taillée qui le faisait ressembler au marin du paquet de Player's Please. Il posait sur Harry un regard chaleureux dont l'oncle Stan ne l'avait jamais gratifié.

— Vous êtes le vieux Jack Tar ? osa demander Harry.

— C'est ainsi qu'on m'appelle.

— Et c'est ici que vous habitez ? poursuivit Harry en jetant un regard circulaire, ses yeux s'arrêtant sur une haute pile de vieux journaux entassés sur le siège d'en face.

— Oui. C'est mon logis depuis vingt ans. Et si tu fermais la porte et t'asseyais, jeune homme ?

Harry réfléchit un moment à l'invitation, avant de sauter à bas du wagon et de s'enfuir une nouvelle fois à toutes jambes.

Le samedi d'après, il ferma la porte mais sans lâcher la poignée, prêt à filer au moindre tressaillement du vieil homme. Ils se regardèrent droit dans les yeux quelques instants, puis le vieux Jack demanda :

— Comment t'appelles-tu ?

— Harry.

— Et à quelle école vas-tu ?

— Je vais pas à l'école.

— Alors qu'espères-tu faire dans la vie, jeune homme ?

— Rejoindre mon oncle aux docks, bien sûr.

— Pour quelle raison ?

Harry se rebiffa.

— Pourquoi pas ? Vous croyez que j'en suis pas capable ?

— Tu vaux beaucoup mieux que ça, répliqua le vieux Jack. À ton âge je voulais m'engager dans l'armée, et mon paternel a tout fait pour m'en dissuader. En vain.

Alors durant une heure Harry avait écouté, fasciné, le vieux Jack Tar égrener ses souvenirs au sujet des docks, de la ville de Bristol et de contrées au-delà des mers qu'aucun cours de géographie n'aurait pu lui faire connaître.

Le samedi suivant, puis au cours d'innombrables samedis, Harry continua à rendre visite au vieux Jack Tar. Mais il n'en souffla jamais mot ni à son oncle ni à sa mère, de peur qu'ils ne l'empêchent d'aller voir son premier véritable ami.

Lorsque Harry frappa à la porte du wagon ce samedi matin, il était clair que le vieux Jack l'attendait, l'habituelle pomme reinette ayant été posée sur le siège d'en face. Harry la saisit et mordit dedans avant même de s'asseoir.

— Merci, monsieur Tar, dit Harry en essuyant le jus qui coulait sur son menton.

Il ne cherchait jamais à savoir d'où venaient les pommes. Cela ne faisait qu'ajouter au mystère du grand homme.

Ce dernier était très différent d'oncle Stan, qui répétait constamment le peu qu'il savait, alors que chaque semaine le vieux Jack faisait connaître à Harry de nouveaux mots, de nouvelles expériences, voire de nouveaux mondes. Il se demandait souvent pourquoi M. Tar n'était pas maître d'école, puisqu'il en savait plus que Mlle Monday et presque autant que M. Holcombe, lequel devait tout connaître, car il ne manquait jamais de répondre aux questions que Harry lui posait. Le vieux Jack lui sourit mais resta silencieux jusqu'à ce que le garçon ait fini sa pomme et jeté le trognon par la fenêtre.

— Qu'as-tu appris à l'école cette semaine que tu ne savais pas il y a une semaine ?

— M. Holcombe dit qu'il y a d'autres pays au-delà des mers appartenant à l'Empire britannique et que le roi règne sur eux.

— Il a tout à fait raison. Peux-tu nommer certains de ces pays ?

— L'Australie, le Canada, les Indes… Et l'Amérique, continua-t-il après quelques instants d'hésitation.

— Non. Pas l'Amérique. C'était vrai jadis, mais ça ne l'est plus. À cause de la faiblesse d'un Premier Ministre et de la maladie d'un roi.

— Qui était le roi et qui était le Premier Ministre ? s'écria Harry avec colère.

— En 1776, le roi George III était sur le trône, mais pour être exact, il était malade, alors que lord North, son Premier Ministre, ne prêtait aucune attention à ce qui se passait. Et, hélas, nos propres compatriotes ont fini par prendre les armes contre nous.

— Mais on a dû les battre, non ?

— Non. Ils avaient non seulement le droit pour eux, non pas que cela soit une condition *sine qua non* à la victoire…

— C'est quoi une condition *sine qua non* ?

— Une condition nécessaire, expliqua le vieux Jack, enchaînant comme s'il n'avait pas été interrompu, mais ils étaient aussi menés par un brillant général.

— Comment est-ce qu'il s'appelait ?

— George Washington.

— La semaine dernière, vous m'avez dit que Washington était la capitale de l'Amérique. Est-ce que son nom vient de la ville ?

— Non. La ville a été baptisée en son honneur. Elle a été construite sur une zone de marécages appelée « Columbia », qui est traversée par le Potomac.

— Est-ce que Bristol a aussi été baptisée en l'honneur d'un homme ?

— Non, gloussa le vieux Jack, amusé par la vitesse avec laquelle l'esprit vif de Harry pouvait passer d'un sujet à l'autre. À l'origine Bristol s'appelait « Brigstowe », qui signifie « site de pont ».

— Alors quand est-ce que c'est devenu Bristol ?

— Les historiens ne sont pas d'accord à ce sujet, mais le château de Bristol a été construit par Robert de Gloucester en 1109 quand il a vu l'opportunité de faire le commerce de la laine avec les Irlandais. Après ça, la ville s'est développée et est devenue un port de commerce. Depuis des centaines d'années c'est un centre de chantiers navals, et elle s'est développée encore plus vite quand la marine a dû se renforcer en 1914.

— Mon père s'est battu pendant la Grande Guerre ! s'exclama fièrement le garçon. Et vous ?

Pour la première fois, le vieux Jack hésita avant de répondre à une question de Harry. Il resta coi.

— Excusez-moi, monsieur Tar. Je voulais pas être indiscret.

— Non, non. C'est seulement qu'il y a pas mal de temps qu'on ne m'a pas posé la question.

Sans ajouter un mot, il ouvrit la main et lui tendit une pièce de six pence.

Harry prit la petite pièce en argent, la mordit, comme il avait vu son oncle le faire.

— Merci, dit-il, avant de la glisser dans sa poche.

— Va t'acheter une portion de *fish and chips* au café des docks, mais ne le dis pas à ton oncle, il voudrait savoir d'où vient l'argent.

Une fois, Harry avait entendu son oncle dire à sa mère : « Ce maboul devrait être enfermé. » N'ayant pas réussi à trouver le mot dans le dictionnaire, il en avait demandé le sens à Mlle Monday. Quand elle le lui eut expliqué, il prit pour la première fois conscience de la bêtise de son oncle.

— Il n'est pas forcément bête, expliqua-t-elle, il est simplement mal informé et, par conséquent, il a des préjugés. Je suis certaine, Harry, ajouta-t-elle, que tu vas rencontrer beaucoup d'hommes de ce genre au cours de ta vie, et certains occuperont des postes bien plus élevés que ton oncle.

## 3

Maisie attendit le claquement de la porte d'entrée, et, une fois certaine que Stan était sur le chemin du travail, elle annonça :

— On m'a offert un emploi au Royal Hotel.

Autour de la table personne ne réagit, la conversation du petit déjeuner étant censée suivre un schéma immuable et ne prendre personne au dépourvu. Harry avait une foule de questions à poser, mais il laissa sa grand-mère parler en premier. Celle-ci se servit toutefois tranquillement une autre tasse de thé, comme si elle n'avait pas entendu la déclaration de sa fille.

— S'il vous plaît, quelqu'un va-t-il dire quelque chose ? s'écria Maisie.

— Je ne savais même pas que tu cherchais un autre travail, hasarda Harry.

— Je n'en cherchais pas. Mais, la semaine dernière, un certain M. Frampton, le directeur du Royal, est venu prendre le café chez Tilly. Il est revenu plusieurs fois et a fini par m'offrir un emploi !

— Je croyais que tu te plaisais au salon de thé, dit enfin grand-mère. Après tout, Mlle Tilly paie bien, et l'horaire te convient.

— Je m'y plais, mais M. Frampton me propose cinq livres par semaine et la moitié de tous les pourboires. Le vendredi, je pourrais ramener à la maison près de six livres.

Grand-mère resta bouche bée.

— Est-ce que tu devras travailler le soir ? demanda Harry, après avoir fini de lécher le bol de Stan.

— Non, répondit Maisie en passant la main dans les cheveux de son fils. En plus, j'aurai un jour de congé toutes les deux semaines.

— Est-ce que tes vêtements sont assez beaux pour un hôtel chic comme le Royal ? lança grand-mère.

— On me fournira une tenue, et j'aurai un tablier blanc propre tous les matins. L'hôtel a même sa propre blanchisserie.

— Je n'en doute pas, mais je vois un problème qu'on devra tous apprendre à supporter.

— Quel problème, maman ?

— Tu risques de finir par gagner plus que Stan, et il n'aimera pas ça. Mais alors pas du tout.

— Eh bien, il devra s'y faire ! s'exclama grand-père, réagissant pour la première fois depuis plusieurs semaines.

\*
\* \*

La nouvelle rentrée d'argent ne serait pas de trop, surtout après ce qui s'était passé à la Sainte-Nativité.

Maisie était sur le point de quitter l'église après l'office lorsque Mlle Monday avait marché vers elle d'un pas ferme.

— Puis-je vous parler en privé, madame Clifton ? avait-elle demandé, avant de faire demi-tour et de se diriger vers la sacristie.

Maisie lui avait emboîté le pas jusque dans la nef latérale, tel un enfant suivant le joueur de flûte de Hamelin. Elle craignait le pire. Qu'avait bien pu faire Harry, cette fois-ci ?

Lorsqu'elles entrèrent dans la sacristie, Maisie sentit ses jambes se dérober en découvrant le révérend Watts, M. Holcombe et un autre monsieur. Quand Mlle Monday referma la porte sans bruit derrière elle, Maisie se mit à trembler de tous ses membres.

— Vous n'avez rien à craindre, très chère, lui dit le révérend Watts d'un ton rassurant en plaçant un bras autour de ses épaules. J'espère, au contraire, que vous nous considérerez comme des porteurs de bonnes nouvelles, ajouta-t-il en lui offrant un siège.

Elle s'assit sans pouvoir maîtriser ses tremblements.

Lorsque tout le monde fut assis, Mlle Monday prit le relais.

— Nous voulons vous parler de Harry, madame Clifton, commença-t-elle.

Maisie plissa les lèvres. Qu'avait bien pu faire son gamin pour réunir trois personnes aussi importantes ?

— Je ne vais pas tourner autour du pot, poursuivit la directrice musicale. Le professeur de musique de Saint-Bède a pris contact avec moi et m'a demandé si

Harry accepterait de solliciter une bourse de chant choral auprès de son établissement.

— Mais il est très heureux à la Sainte-Nativité, répliqua Maisie. Et d'ailleurs où se trouve l'église Saint-Bède ? Je n'en ai jamais entendu parler.

— Saint-Bède n'est pas une église, expliqua Mlle Monday. C'est une école religieuse qui fournit des choristes pour l'église de Sainte-Marie-Redcliffe, qui a été notoirement décrite par la reine Élisabeth comme la plus belle et la plus sainte église du royaume.

— Alors il devra quitter son école et aussi l'église ? fit Maisie, stupéfaite.

— Essayez de voir cela comme une opportunité qui peut changer toute sa vie, madame Clifton, intervint pour la première fois M. Holcombe.

— Mais ne devra-t-il pas fréquenter des garçons chic et intelligents ?

— Je doute qu'à Saint-Bède il y ait beaucoup d'élèves plus intelligents que Harry, répondit M. Holcombe. Je n'ai jamais eu d'élève aussi éveillé. Même si, de temps en temps, il nous arrive de faire entrer l'un de nos élèves au lycée, jamais aucun d'entre eux n'a eu la chance d'étudier à Saint-Bède.

— Il y a autre chose que vous devez savoir avant de prendre une décision, précisa le révérend Watts. (Maisie eut l'air encore plus anxieuse.) Harry n'habitera pas chez vous pendant les trimestres scolaires, car Saint-Bède est un internat.

— Dans ce cas, c'est hors de question ! répliqua Maisie. Je n'en ai pas les moyens.

— Ce ne serait pas un problème, la rassura Mlle Monday. Si Harry reçoit une bourse, non seulement l'école le dispensera de tous les frais, mais elle lui accordera également une allocation de dix livres par trimestre.

— Est-ce une de ces écoles où les pères des élèves sont en complet et où les mères ne travaillent pas ?

— C'est pire que ça, répondit Mlle Monday pour tenter d'alléger l'atmosphère. Les professeurs portent une longue toge noire et sont coiffés d'un mortier.

— En tout cas, reprit le révérend, Harry ne recevrait plus des coups de lanière. À Saint-Bède ils sont bien plus raffinés. Ils se contentent de leur donner des coups de verge.

Maisie fut la seule à ne pas rire.

— Mais pourquoi voudrait-il quitter la maison ? Il est bien à Merrywood et il n'aura pas envie de renoncer à sa place de premier choriste de la Sainte-Nativité.

— Je dois reconnaître que j'aurais encore plus à y perdre que lui, dit Mlle Monday. Mais je ne pense pas que Notre Seigneur apprécierait que, par pur égoïsme, j'entrave la carrière d'un enfant aussi doué, ajouta-t-elle calmement.

— Et même si j'étais d'accord, dit Maisie, abattant sa dernière carte, ça ne signifierait pas que Harry accepterait.

— Je lui en ai touché deux mots la semaine dernière, reconnut M. Holcombe. Naturellement un tel défi l'intimide un peu. Malgré tout, si j'ai bonne mémoire, voici ce qu'il m'a dit, mot pour mot : « J'aimerais tenter le coup, monsieur, mais seulement si vous pensez que j'en ai la capacité. » Cependant, ajouta l'instituteur avant que Maisie ait le temps de réagir, il a aussi indiqué qu'il envisagerait cette proposition uniquement si sa mère était d'accord.

45

Harry était à la fois terrifié et enchanté à l'idée de passer le concours d'entrée, mais il craignait autant d'échouer et de trahir la confiance de tous ces gens que de réussir et de devoir quitter la maison.

Durant le trimestre suivant, il ne manqua aucun cours à Merrywood et, quand il rentrait à la maison le soir, il montait tout droit à la chambre qu'il partageait avec l'oncle Stan. Là, à la lueur d'une chandelle, il étudiait jusqu'à une heure avancée, dont il n'avait pas soupçonné l'existence jusqu'alors. Il arriva même que sa mère le trouve profondément endormi par terre, au milieu de livres ouverts éparpillés sur le sol.

Tous les samedis matin il poursuivait ses visites au vieux Jack, qui paraissait très bien connaître Saint-Bède et ne cessait de lui apprendre de nouvelles choses, comme s'il savait où s'était arrêté M. Holcombe.

Le samedi après-midi, au grand dam d'oncle Stan, Harry ne l'accompagnait plus à Ashton Gate pour voir jouer Bristol City, mais retournait à Merrywood pour que M. Holcombe lui donne des cours supplémentaires. Ce ne fut que plusieurs années plus tard que Harry apprit que l'instituteur avait renoncé à aller soutenir les Robins pour s'occuper de lui.

Tandis que l'examen approchait, Harry se mit à craindre davantage l'échec que la réussite.

Le jour dit, M. Holcombe accompagna son élève vedette à Colston Hall, où devait avoir lieu l'examen de deux heures. Devant l'entrée du bâtiment il quitta Harry.

— N'oublie pas de lire deux fois chaque question avant même de prendre ton porte-plume, lui rappela-t-il.

Conseil qu'il lui avait plusieurs fois donné durant la semaine écoulée. Harry sourit nerveusement, et ils se serrèrent la main comme de vieux amis.

Lorsqu'il entra dans la salle d'examen il vit une soixantaine de garçons qui bavardaient en petits groupes. Harry comprit que beaucoup se connaissaient déjà, alors que lui ne connaissait personne. Cela n'empêcha pas deux ou trois d'entre eux d'interrompre leur conversation pour le regarder se diriger, l'air sûr de lui, vers le haut de la salle.

— Abbot, Barrington, Cabot, Clifton, Deakins, Fry…

Harry s'installa à un pupitre au premier rang et, quelques instants seulement avant que dix heures sonnent à l'horloge, plusieurs professeurs en toge noire et coiffés d'un mortier entrèrent solennellement dans la salle et placèrent des feuilles d'examen sur le pupitre de chaque candidat.

— Messieurs, annonça le professeur qui se tenait devant les élèves et qui n'avait pas pris part à la distribution des feuilles, je m'appelle M. Frobisher et je suis chargé de surveiller les épreuves. Vous disposez de deux heures pour répondre à cent questions. Bonne chance !

Une pendule invisible égrena dix coups. Tout autour de lui, les plumes furent plongées dans les encriers puis se mirent à crisser furieusement sur le papier, tandis que, les bras croisés, Harry se penchait sur son pupitre et lisait lentement chaque question. Il fut l'un des derniers à saisir son porte-plume.

Il ne se doutait pas que, plus nerveux que son élève, M. Holcombe arpentait le trottoir devant le bâtiment. Ni que, toutes les cinq minutes, sa mère jetait un coup d'œil à l'horloge du hall d'entrée du Royal Hotel tout en servant le café du matin. Ni que, agenouillée devant l'autel de la Sainte-Nativité, Mlle Monday priait en silence.

Quelques instants après que l'horloge eut sonné midi, les copies furent ramassées et les élèves autorisés à quitter la salle. Certains riaient, d'autres fronçaient les sourcils, d'autres encore semblaient pensifs.

Lorsque M. Holcombe aperçut Harry, son cœur flancha.

— Ça s'est si mal passé ?

Harry ne répondit pas jusqu'à ce qu'il soit certain qu'aucun autre garçon ne puisse l'entendre.

— Ce n'est pas du tout ce à quoi je m'attendais.

— Que veux-tu dire ? demanda l'instituteur d'un ton anxieux.

— Les questions étaient beaucoup trop faciles.

M. Holcombe se dit qu'on ne lui avait jamais fait un aussi beau compliment.

*
*  *

— Deux costumes, madame, gris. Un blazer bleu marine. Cinq chemises blanches. Cinq cols durs blancs. Six paires de chaussettes grises. Six jeux de sous-vêtements blancs. Et une cravate de Saint-Bède.

Le vendeur vérifia avec soin la liste.

— Je pense que c'est tout, reprit-il. Ah non, le jeune garçon a également besoin d'une casquette réglementaire.

Il passa la main sous le comptoir, ouvrit un tiroir et en sortit une casquette rouge et noir qu'il plaça sur la tête de Harry.

— C'est la bonne taille, constata-t-il.

Maisie sourit fièrement à son fils. Il avait tout à fait l'air d'un élève de Saint-Bède.

— Cela fera trois livres, dix shillings et six pence, madame.

Maisie essaya de ne pas paraître trop déconcertée.

— C'est possible d'acheter d'occasion certains de ces articles ? chuchota-t-elle.

— Non, madame, vous n'êtes pas chez un fripier, déclara le vendeur qui avait déjà décidé que cette cliente ne pourrait pas prendre un compte chez eux.

Elle ouvrit sa bourse, tendit quatre billets d'une livre et attendit la monnaie. Heureusement que Saint-Bède avait payé à l'avance l'allocation du premier trimestre. D'autant plus qu'elle devait encore acheter deux paires de souliers de cuir noir à lacets, deux paires de chaussures de gymnastique blanches à lacets, ainsi que deux paires de pantoufles.

Le vendeur toussota.

— Le garçonnet aura également besoin de deux pyjamas et d'une robe de chambre.

— Oui, bien sûr, fit Maisie, tout en espérant qu'il lui restait assez d'argent dans son porte-monnaie.

— Et je crois comprendre qu'il a été choisi pour faire partie de la maîtrise, ajouta le vendeur en regardant sa liste de plus près.

— Oui. En effet, répondit Maisie avec fierté.

— Alors il lui faudra une soutanette rouge, deux surplis blancs et un médaillon de Saint-Bède. (Maisie eut envie de quitter la boutique en courant.) Ces articles lui seront fournis par l'école à son premier cours de chant, ajouta le vendeur avant de lui rendre la monnaie. Avez-vous besoin d'autre chose, madame ?

— Non, merci, dit Harry.

Il s'empara des deux sacs et saisit le bras de sa mère pour la faire sortir sans tarder de T. C. Marsh, Tailleurs de qualité.

\*
\* \*

Harry passa la matinée du samedi précédant son départ pour Saint-Bède en compagnie du vieux Jack.

— Appréhendes-tu d'aller dans une nouvelle école ? s'enquit celui-ci.

— Non. Pas du tout, répliqua Harry d'un air de défi. (Jack sourit.) Je suis terrifié, avoua-t-il.

— Comme tous les autres « bizuts ». C'est ainsi qu'on vous appellera. Essaye de voir ça comme une aventure dans un nouvel univers, où tous sont égaux au départ.

— Mais dès qu'ils m'entendront parler ils se rendront compte que je ne suis pas leur égal.

— C'est possible, mais dès qu'ils t'entendront chanter ils se rendront compte qu'ils ne sont pas tes égaux.

— La plupart d'entre eux viennent de familles riches qui ont des domestiques.

— Ça ne consolera que les plus stupides d'entre eux.

— Et certains ont des frères dans la même école, et même des pères et des grands-pères qui sont d'anciens élèves.

— Ton père était un homme bien. Et aucun n'aura une meilleure mère, ça, je peux te l'assurer.

— Vous connaissiez mon père ? s'étonna Harry, incapable de dissimuler sa surprise.

— Ce serait exagéré de dire que je le connaissais, mais je l'ai observé de loin, comme j'ai vu beaucoup d'autres ouvriers travaillant aux docks. C'était un homme honnête, courageux et pieux.

— Est-ce que vous savez comment il est mort ? demanda Harry en regardant le vieux Jack droit dans les yeux, espérant qu'il obtiendrait enfin une réponse franche à la question qu'il se posait depuis si longtemps.

— Qu'est-ce qu'on t'a dit ? répondit prudemment Jack.

— Qu'il a été tué pendant la Grande Guerre. Mais comme je suis né en 1920, même moi je peux calculer que c'est impossible.

Le vieil homme demeura silencieux un bon moment, tandis que Harry restait assis au bord de son siège.

— Il a été grièvement blessé à la guerre, mais, tu as raison, ce n'est pas de ça qu'il est mort.

— Alors comment est-ce qu'il est mort ?

— Si je le savais, je te le dirais. Mais tant de rumeurs ont circulé à l'époque que je ne savais qui croire. En tout cas, plusieurs hommes, et trois en particulier, sont, sans aucun doute, au courant de ce qui s'est passé ce soir-là.

— Mon oncle Stan doit être l'un d'eux. Qui sont les deux autres ?

Jack hésita, avant de lâcher :

— Phil Haskins et M. Hugo.

— M. Haskins ? Le contremaître ? Il me traite comme un moins que rien. Et qui est M. Hugo ?

— Hugo Barrington, le fils de sir Walter Barrington.

— La famille qui possède la compagnie maritime ?

— Exactement, répondit le vieux Jack, tout en craignant d'en avoir trop dit.

— Et ce sont aussi des hommes honnêtes, courageux et pieux ?

— Sir Walter est l'un des meilleurs hommes que j'aie connus.

— Et son fils ?

— Je crains qu'il ne soit pas taillé dans le même bois, déclara le vieux Jack sans autre précision.

## 4

Le jeune garçon élégamment vêtu était assis à côté de sa mère sur la banquette du fond.

— C'est notre arrêt, annonça-t-elle quand le tramway s'immobilisa.

Ils en descendirent et commencèrent à gravir la côte en direction de l'école, avançant un peu plus lentement à chaque pas.

Harry tenait sa mère d'une main et agrippait une valise cabossée de l'autre. Ni l'un ni l'autre ne firent de commentaire en voyant s'arrêter devant la grille de l'école plusieurs fiacres et, de temps en temps, une automobile conduite par un chauffeur.

Des pères serraient la main de leur fils, tandis que des mères en manteau de fourrure étreignaient leur rejeton avant de leur faire une bise sur la joue, telle l'oiselle obligée d'admettre que son petit est sur le point de s'envoler du nid.

Ne voulant pas que sa mère l'embrasse devant les autres garçons, Harry lui lâcha la main alors qu'ils étaient encore à cinquante mètres de la grille.

Consciente de sa gêne, Maisie se pencha vers lui pour lui déposer un rapide baiser sur le front.

— Bonne chance, Harry ! Rends-nous tous fiers de toi.

— Au revoir, maman, dit-il en retenant ses larmes.

Elle fit demi-tour et, le visage baigné de pleurs, commença à redescendre la côte.

Harry continua son chemin, se remémorant comment à Ypres, d'après son oncle, lui et ses camarades étaient montés à l'assaut avant de s'élancer au pas de charge vers les lignes ennemies. « Si tu regardes en arrière tu es un homme mort. » Harry avait envie de regarder en arrière, mais il savait que s'il cédait à la tentation il allait courir pour se réfugier dans le tramway. Serrant les dents, il continua à avancer.

— T'as passé de bonnes vac', vieux ? demanda l'un des élèves à un copain.

— Sensas, répondit l'autre. Le paternel m'a emmené au Lord's[1] voir le match de l'université.

*Est-ce que le Lord's est une église ?* se demanda Harry. Si c'était le cas, quel genre de match pouvait se dérouler dans une église ? Il franchit la grille d'un pas décidé et s'arrêta en reconnaissant l'homme qui se trouvait devant le portail de l'école, une écritoire à pince entre les mains.

— Votre nom, mon garçon ? demanda l'homme avec un sourire chaleureux.

— Harry Clifton, monsieur, répondit-il en enlevant sa casquette, comme il devait le faire, selon

---

1. Le Lord's est un célèbre terrain de cricket londonien. *(Toutes les notes sont du traducteur.)*

M. Holcombe, chaque fois qu'un maître ou une dame lui adressait la parole.

— Clifton, répéta l'enseignant en faisant courir son doigt le long d'une liste de noms. Premier de la famille à être admis à Saint-Bède, lauréat d'une bourse de choriste. Sincères félicitations et bienvenue chez nous. Je suis M. Frobisher, votre directeur de résidence, et vous vous trouvez dans la maison Frobisher. Laissez votre valise dans le vestibule, un préfet va vous accompagner au réfectoire où, avant le dîner, je m'adresserai à tous les petits nouveaux.

C'était la première fois que Harry allait dîner. Le « thé » était toujours le dernier repas chez les Clifton avant qu'on l'envoie se coucher dès la tombée de la nuit. L'électricité n'était pas encore arrivée dans Still House Lane, et il restait rarement assez d'argent pour acheter des chandelles.

— Merci, monsieur, dit Harry, avant de passer le seuil du bâtiment et d'entrer dans un grand vestibule lambrissé d'une boiserie reluisante.

Il posa sa valise et leva les yeux vers un tableau représentant un vieillard à cheveux gris, au visage orné de favoris blancs broussailleux, vêtu d'une longue toge noire et sur les épaules duquel reposait une capuche rouge.

— Comment t'appelles-tu ? aboya quelqu'un dans son dos.

— Clifton, monsieur, répondit Harry en se retournant.

Derrière lui se trouvait un garçon de grande taille qui portait un pantalon long.

— Tu ne dois pas m'appeler « monsieur », Clifton, mais Fisher. Je ne suis pas professeur, seulement « préfet », un grand élève surveillant.

— Excusez-moi, monsieur.

— Laisse ta valise là et suis-moi.

Harry déposa sa valise cabossée, achetée d'occasion, à côté d'une rangée de malles en cuir. C'était le seul bagage sur lequel n'étaient pas estampées des initiales. Il suivit le préfet dans un long couloir bordé de photographies représentant d'anciennes équipes sportives de l'école et de vitrines pleines de coupes d'argent destinées à rappeler aux nouvelles générations les victoires du passé. Lorsqu'ils furent arrivés au réfectoire, Fisher déclara :

— Tu peux t'asseoir où tu veux, Clifton. Mais n'oublie pas de te taire dès que M. Frobisher entrera dans le réfectoire.

Harry hésita quelques instants avant de choisir l'une des quatre longues tables noires. Un certain nombre d'élèves se déplaçaient par petits groupes en parlant à voix basse. Harry se dirigea lentement vers le fond de la salle et s'assit au bout de la dernière table. Il aperçut plusieurs garçons entrer dans le réfectoire, l'air aussi désemparés que lui. L'un d'entre eux vint s'asseoir à côté de lui, tandis qu'un autre s'installa en face. Ils continuèrent à bavarder entre eux comme s'il n'était pas là.

Tout à coup une sonnerie retentit et, au moment où M. Frobisher entra dans la salle, tout le monde s'arrêta de parler. Il se tint devant un pupitre que Harry n'avait pas remarqué jusque-là et tira sur les revers de sa toge.

— Soyez les bienvenus, commença-t-il en ôtant son mortier pour saluer l'assemblée, en ce premier jour de votre premier trimestre à Saint-Bède. Dans quelques instants vous allez prendre votre premier dîner ici et je peux vous promettre que les repas ne vont pas s'améliorer. (Un ou deux élèves rirent nerveusement.) Une fois que vous aurez fini de dîner, on vous conduira à vos dortoirs respectifs où vous déferez vos bagages. À 20 heures vous entendrez une autre sonnerie. En fait, ce sera la même sonnerie qui retentira à un autre moment.

Harry sourit, mais la plupart des élèves n'avaient pas saisi la petite plaisanterie.

— Trente minutes plus tard, poursuivit M. Frobisher, la même sonnerie retentira de nouveau. Ce sera l'heure d'aller vous coucher, mais pas avant de vous être lavés et de vous être brossé les dents. Vous pourrez alors lire pendant une demi-heure avant l'extinction des feux. Ce sera le moment de vous endormir. Tout élève surpris à bavarder après l'extinction des feux sera puni par le préfet de service. Vous n'entendrez plus aucune sonnerie, continua M. Frobisher, jusqu'à 6 h 30, demain matin. Alors vous vous lèverez et ferez votre toilette avant de vous rendre au réfectoire dès 7 heures. Tout élève en retard renoncera à son petit déjeuner. L'assemblée générale du matin, où le directeur de l'école s'adressera à nous, se tiendra à 8 heures, dans la grande salle. Votre premier cours commencera à 8 h 30. Chaque matin vous suivrez trois cours de soixante minutes, séparés par un intervalle de dix minutes afin que vous ayez le temps de changer de salle. Le déjeuner aura lieu à midi. L'après-midi vous n'aurez que deux cours, avant la séance de sport où vous jouerez au football. (Harry sourit pour la seconde fois.) C'est une activité obligatoire pour tout élève qui ne fait pas partie de la maîtrise. (Harry se renfrogna. Personne ne l'avait prévenu que les choristes ne jouaient pas au football.) Après le sport ou les répétitions de la chorale, vous retournerez à la maison Frobisher pour dîner, et ensuite vous aurez une heure d'étude avant d'aller vous coucher. Vous pourrez alors lire à nouveau jusqu'à l'extinction des feux, mais seulement si le livre a été approuvé par l'intendante, précisa M. Frobisher. Tout cela doit vous sembler très déconcertant…

Harry se promit de vérifier le sens du mot dans le dictionnaire que M. Holcombe lui avait offert. M. Frobisher tira de nouveau sur les revers de sa toge.

— Mais ne vous en faites pas, poursuivit-il. Vous allez vite vous habituer aux traditions de Saint-Bède. Ce sera tout pour le moment. Je vous laisse déguster votre dîner. Bonsoir, les garçons.

— Bonsoir, monsieur ! eurent le courage de répondre certains élèves tandis que l'homme sortait de la salle.

Harry resta impassible pendant que plusieurs femmes en tablier passaient le long des tables pour déposer un bol de soupe devant chaque élève. Il regarda attentivement celui qui se trouvait en face de lui prendre une cuillère de forme bizarre, la plonger dans sa soupe et l'éloigner de lui, avant de la porter à sa bouche. Harry s'efforça d'imiter le geste, mais ne réussit qu'à faire tomber plusieurs gouttes sur la table, et lorsqu'il parvint à faire entrer dans sa bouche ce qui restait dans la cuillère, la plus grande partie coula sur son menton. Il s'essuya la bouche avec sa manche. Cela n'attira guère l'attention des autres élèves, mais lorsqu'il avala bruyamment le liquide, plusieurs garçons cessèrent de manger pour le regarder fixement. Très gêné, il reposa son couvert sur la table et ne toucha plus à sa soupe.

En deuxième plat, on servit des croquettes de poisson. Harry n'y toucha pas avant d'avoir vu quelle fourchette employait le même garçon. Il fut surpris de le voir placer son couteau et sa fourchette sur son assiette entre deux bouchées, alors que Harry les serrait aussi fort que si c'étaient des fourches.

L'élève et son voisin entamèrent une conversation sur la chasse à courre. Harry n'intervint pas, en partie parce que sa seule expérience de cavalier était la fois où, un après-midi, au cours d'une excursion à Weston-super-Mare, il avait fait une promenade à dos d'âne pour un demi-penny.

Une fois que les assiettes eurent été prestement enlevées, on leur servit des desserts, ou ce que sa maman appelait des « régals » parce qu'il n'en avait pas souvent. Nouvelle cuillère, nouveau goût, nouvelle erreur. Ne sachant pas qu'une banane ne se mangeait pas comme une pomme, au grand étonnement de tous ses voisins de table, il mordit dans la peau. Si pour les autres élèves le premier cours aurait lieu à 8 h 30 le lendemain matin, Harry avait pour sa part déjà commencé son apprentissage.

Après que les tables furent débarrassées, Fisher revint et, en tant que préfet de service, il fit monter un large escalier de bois aux élèves dont il avait la charge en direction des dortoirs, situés au premier étage. Harry pénétra dans une salle où étaient parfaitement alignés trente lits, en trois rangées de dix. Chaque lit avait un oreiller, deux draps et deux couvertures. Harry n'avait jamais rien eu en double.

— Voici le dortoir des bizuts, annonça Fisher avec mépris. Vous resterez là jusqu'à ce que vous soyez civilisés. Vos noms sont inscrits par ordre alphabétique au pied de vos lits.

Harry fut surpris de trouver sa valise sur son lit. Il se demanda qui l'avait posée là. Son voisin était déjà en train de défaire la sienne.

— Je m'appelle Deakins, fit-il en remontant un peu plus ses lunettes sur son nez afin de mieux voir Harry.

— Moi, c'est Harry. J'étais à côté de toi pendant l'examen cet été. J'ai été stupéfait que tu répondes à toutes les questions en à peine plus d'une heure.

Deakins rougit.

— C'est pour ça qu'il a réussi au concours général des bourses, expliqua l'élève qui se trouvait de l'autre côté de Harry.

Harry pivota vers lui.

— Tu as réussi au concours, toi aussi ?

— Grand Dieu, non ! répondit-il, tout en continuant de défaire sa valise. Si on m'a accepté à Saint-Bède c'est seulement parce que mon père et mon grand-père sont d'anciens élèves. Je représente la troisième génération ici. Ton père est-il un ancien élève ?

— Non ! s'exclamèrent Harry et Deakins d'une même voix.

— Cessez de bavarder ! hurla Fisher. Et continuez à défaire vos bagages.

Harry ouvrit sa valise et commença à en sortir ses vêtements avant de les ranger soigneusement dans les deux tiroirs à côté de son lit. Sa mère avait placé une barre de chocolat Fry's Five Boys entre ses chemises. Il la cacha sous son oreiller.

Une sonnerie retentit.

— C'est l'heure de vous déshabiller ! lança Fisher.

Harry ne s'était jamais déshabillé devant un autre garçon, encore moins devant toute une chambrée. Il se tourna vers le mur, ôta lentement ses habits et enfila rapidement son pyjama. Une fois le cordon de sa robe de chambre noué, il suivit ses camarades dans la salle d'eau, où il les observa à nouveau pour voir comment ils se lavaient le visage avec un gant et se brossaient les dents. Il n'avait ni gant ni brosse à dents. Son voisin de dortoir fouilla dans sa trousse de toilette et lui tendit une brosse à dents toute neuve et un tube de dentifrice. Harry n'accepta de les prendre que lorsque le garçon lui dit :

— Ma mère met toujours deux exemplaires de tout.

— Merci.

Bien qu'il se soit brossé les dents à toute vitesse, il fut quand même le dernier à rentrer dans le dortoir. Il grimpa dans son lit doté d'un oreiller, de deux draps propres et de deux couvertures. Il venait de voir que Deakins était en train de lire le *Manuel élémentaire de latin*, de Kennedy, quand son autre voisin déclara :

— Cet oreiller est dur comme du bois.

— Tu veux échanger avec moi ? proposa Harry.

— Je suis sûr qu'ils se valent tous, répondit le garçon avec un large sourire. Mais merci quand même.

Harry prit sa barre de chocolat sous son oreiller et la brisa en trois. Il en tendit un morceau à Deakins et un autre au garçon qui lui avait donné la brosse à dents et le dentifrice.

— Je constate que ta *mater* est bien plus pragmatique que la mienne, dit celui-ci, après avoir croqué dedans. (Une nouvelle sonnerie retentit.) Au fait, je m'appelle Giles Barrington. Et toi ?

— Clifton. Harry Clifton.

Harry ne dormit pas plus de quelques minutes d'affilée et pas seulement parce que son lit était extrêmement inconfortable. Giles serait-il apparenté à l'un des trois hommes qui connaissaient la vérité sur les circonstances de la mort de son père ? Et, si c'était le cas, Giles était-il taillé dans le même bois que son père ou que son grand-père ?

Il se sentit soudain très seul. Il dévissa le bouchon du tube de dentifrice que lui avait donné Barrington et se mit à le sucer jusqu'à ce qu'il s'endorme.

*
* *

Quand la sonnerie désormais familière retentit à 6 h 30 le lendemain matin, il sortit lentement de son lit, tout nauséeux, et suivit Deakins dans la salle de toilette où Giles était déjà en train de tâter l'eau.

— Croyez-vous que ce bahut a entendu parler de l'eau chaude ? demanda-t-il.

Harry était sur le point de répondre lorsque le préfet hurla :

— Interdiction de parler pendant la toilette !

— Il est pire qu'un officier prussien, dit Barrington en claquant des talons.

Harry éclata de rire.

— Qui a ri ? demanda Fisher en fusillant les deux garçons du regard.

— C'est moi, s'empressa de répondre Harry.

— Ton nom ?

— Clifton.

— Si tu l'ouvres à nouveau, Clifton, je te savate !

Harry n'avait aucune idée de ce que cela signifiait, mais il devinait que ce ne serait pas agréable. Après s'être brossé les dents, il se dépêcha de revenir au dortoir et de s'habiller en silence. Une fois qu'il eut noué sa cravate – autre opération qu'il ne maîtrisait pas encore tout à fait –, il rattrapa Barrington et Deakins qui descendaient l'escalier en direction du réfectoire.

Tous se taisaient, ne sachant pas s'ils avaient le droit de parler. Lorsqu'ils se mirent à table pour prendre le petit déjeuner, Harry se glissa entre ses deux nouveaux amis et regarda les serveuses placer un bol de porridge devant chaque élève. Il fut soulagé de voir qu'il n'y avait qu'une cuillère devant lui. Ainsi ne risquait-il pas de se tromper.

Il avala son bol de porridge à toute vitesse, comme s'il craignait que l'oncle Stan n'apparaisse et ne le lui arrache. Il fut le premier à terminer et, sans hésiter, il posa sa cuillère sur la table, saisit son bol et se mit à le lécher. Plusieurs élèves fixèrent sur lui un regard incrédule. Certains le montrèrent du doigt, d'autres ricanèrent. Rouge comme une pivoine, il s'empressa de reposer son bol. Il aurait éclaté en sanglots si Barrington n'avait pas saisi son propre bol pour le lécher.

## 5

Le révérend Samuel Oakshott, titulaire d'une maîtrise de l'université d'Oxford, se tenait, les jambes écartées, au centre de l'estrade, du haut de laquelle il posait des yeux bienveillants sur ses ouailles, car c'était sans aucun doute ainsi que le directeur de Saint-Bède considérait ses élèves.

Assis au premier rang, Harry regardait l'impressionnant personnage qui le dominait de toute sa hauteur. Le révérend Oakshott mesurait bien plus d'un mètre quatre-vingts et était doté d'une chevelure grise très fournie et de longs favoris broussailleux qui le rendaient encore plus intimidant. Ne paraissant jamais cligner des yeux, il vous transperçait de son profond regard d'un bleu intense, tandis que le réseau de rides de son front suggérait une grande sagesse. Il se racla la gorge avant de commencer son discours.

— Camarades bédéiens, nous voici, une fois de plus, réunis au début d'une année scolaire, prêts, sans aucun doute, à relever tous les défis à venir. Pour les élèves de dernière année, poursuivit-il en s'adressant plus particulièrement aux rangs du fond, vous n'avez pas un moment à perdre si vous souhaitez intégrer l'établissement que vous avez placé en premier sur votre liste. Ne vous contentez jamais d'un second choix. En ce qui concerne les élèves des classes intermédiaires, continua-t-il en portant son regard sur les rangées du milieu, ce sera le moment de découvrir ceux d'entre vous qui sont destinés à un grand avenir. Quand vous reviendrez l'année prochaine, serez-vous préfet, moniteur, major de résidence ou capitaine d'une équipe de sport ? Ou vous retrouverez-vous sur le banc de touche ?

Plusieurs élèves baissèrent la tête.

— À présent, reprit le directeur, notre devoir est d'accueillir les petits nouveaux et de faire tout ce qui est en notre pouvoir pour qu'ils se sentent ici chez eux. C'est la première fois qu'ils reçoivent le relais, au début de la longue course de la vie. Si le rythme se révèle trop rapide, un ou deux d'entre vous risquent de tomber en chemin, avertit-il en fixant les trois premières rangées. Saint-Bède n'est pas une école pour les timorés. Alors n'oubliez jamais les paroles du grand Cecil Rhodes : « Si vous avez la chance d'être né anglais, vous avez gagné le premier prix dans la loterie de la vie. »

L'auditoire applaudit à tout rompre au moment où le directeur descendit de l'estrade, suivi d'un cortège de professeurs en rang par deux qu'il conduisit le long de l'allée centrale, avant de quitter la grande salle et de déboucher dans le soleil matinal.

Revigoré, Harry était décidé à ne pas décevoir le directeur. Il sortit de la salle derrière les élèves de dernière année, mais à peine se retrouva-t-il dans la cour que son enthousiasme fut refroidi. Les mains dans les poches pour signaler qu'ils étaient préfets, une bande de grands élèves se tenaient dans un coin.

— Le voici ! lança l'un d'entre eux en désignant Harry.

— C'est donc à ça que ressemble un gamin des rues, cracha un autre.

Un troisième, que le garçon reconnut comme étant Fisher, le préfet de service la veille, ajouta :

— C'est un animal, et c'est notre impérieux devoir de nous assurer qu'il soit le plus vite possible renvoyé dans son habitat naturel.

Giles Barrington rattrapa Harry en courant.

— Si tu ne leur prêtes pas attention, ils vont vite se lasser et s'en prendre à quelqu'un d'autre.

Pas vraiment convaincu, Harry se précipita dans la salle de classe où il attendit que Barrington et Deakins le rejoignent.

Quelques instants plus tard, M. Frobisher entra dans la salle. *Est-ce qu'il me considère, lui aussi, comme un gamin des rues, indigne d'être élève de Saint-Bède ?* Telle fut la première pensée qui traversa l'esprit du jeune Clifton.

— Bonjour, les garçons, dit M. Frobisher.

— Bonjour, monsieur, répondirent les élèves alors que leur professeur principal se plaçait devant le tableau.

— Votre premier cours, annonça-t-il, sera un cours d'histoire. Comme je souhaite vous connaître, nous allons commencer par un simple test, afin de déterminer ce que vous savez déjà, ou peut-être ce que vous ne savez pas. Combien de femmes avait Henri VIII ?

Plusieurs doigts se levèrent.

— Abbott, dit-il, en désignant un élève du premier rang, après avoir consulté un plan posé sur son bureau.

— Six, monsieur, répondit l'élève aussitôt.

— Parfait. Quelqu'un peut-il les nommer ?

Moins de doigts se levèrent.

— Clifton ?

— Catherine d'Aragon, Anne Boleyn, Jane Seymour, puis une autre Anne, je crois, récita-t-il, avant de se taire.

— Anne de Clèves. Quelqu'un peut-il nommer les deux qui manquent ? (Un seul doigt resta en l'air.) Deakins, fit Frobisher, après avoir jeté un coup d'œil à son plan.

— Catherine Howard et Catherine Parr, la seule à avoir survécu à Henri. Elle s'est même remariée.

— Excellent, Deakins. Bon, maintenant avançons la pendule de deux siècles. Qui commandait notre flotte lors de la bataille de Trafalgar ?

Tous les doigts se levèrent sans hésiter.

— Matthews, dit le professeur en hochant la tête en direction d'un doigt particulièrement insistant.

— Nelson, monsieur.

— Très bien. Et qui était Premier Ministre à l'époque ?

— Le duc de Wellington, monsieur, répondit Matthews, un peu moins sûr de lui.

— Non, fit M. Frobisher. Ce n'était pas Wellington, bien qu'il ait été un des contemporains de Nelson.

Il parcourut les rangées du regard, mais seuls Clifton et Deakins gardaient le doigt levé.

— Deakins ?

— Pitt le jeune. De 1783 à 1801, puis de 1804 à 1806.

— C'est juste, Deakins. Et quand le « duc de fer » fut-il Premier Ministre ?

— De 1828 à 1830, puis, de nouveau, en 1834, répondit Deakins.

— Et quelqu'un peut-il me dire quelle fut sa victoire la plus célèbre ?

Pour la première fois, Barrington leva vivement le doigt.

— Waterloo, monsieur ! s'écria-t-il, avant que M. Frobisher n'ait le temps de désigner quelqu'un.

— C'est ça, Barrington. Et qui Wellington a-t-il battu à Waterloo ?

Barrington resta silencieux.

— Napoléon, chuchota Harry.

— Napoléon, monsieur, lança Barrington d'un ton assuré.

— Parfait, Clifton, dit Frobisher en souriant. Et Napoléon était-il duc, lui aussi ?

— Non, monsieur, intervint Deakins, comme personne ne tentait de répondre à la question. Il a fondé la première République française, avant de se proclamer empereur.

Si M. Frobisher ne fut pas surpris par la réponse de Deakins, puisque celui-ci avait réussi le concours général des bourses sans avoir été choisi au préalable pour une aptitude particulière, il fut étonné par les connaissances de Clifton, qui, lui, était choriste. Il avait en effet appris, au fil des ans, que les choristes doués, comme les sportifs talentueux, excellaient rarement en dehors de leur propre domaine. Clifton se révélait déjà une exception à la règle et M. Frobisher aurait aimé savoir qui avait été le maître de ce garçon.

Lorsque la cloche sonna la fin de la classe, M. Frobisher annonça :

— Votre prochain cours sera un cours de géographie, et M. Henderson, votre professeur, n'est pas du genre à aimer attendre. Je vous conseille de repérer sa salle pendant l'interclasse et de vous asseoir à vos places bien avant qu'il n'entre dans la pièce.

Harry ne quitta pas Giles d'une semelle, car ce dernier semblait savoir où tout se trouvait. Alors qu'ils traversaient la cour, il se rendit compte que certains élèves baissaient la voix sur leur passage, et deux ou trois d'entre eux allèrent jusqu'à se retourner pour le dévisager.

Grâce aux innombrables samedis matin passés en compagnie du vieux Jack, Harry se débrouilla fort bien durant le cours de géographie, mais en mathématiques, la dernière classe de la matinée, personne n'arriva à la cheville de Deakins, et même le professeur dut garder l'esprit alerte.

Quand les trois garçons s'installèrent pour déjeuner, Harry sentit qu'une centaine d'yeux surveillaient le moindre de ses mouvements. Il fit semblant de ne rien remarquer, se contentant d'imiter tous les gestes de Giles.

— C'est agréable de penser que je peux t'apprendre quelque chose, dit Giles en pelant une pomme avec son couteau.

Cet après-midi-là, Harry eut grand plaisir à suivre son premier cours de chimie, surtout lorsque le professeur lui permit d'allumer un bec Bunsen. En revanche, il ne fut pas très à l'aise en sciences naturelles, parce qu'il était le seul élève à ne pas avoir de jardin.

Lorsque la dernière sonnerie retentit, les autres garçons partirent faire du sport tandis que Harry se rendit à la chapelle pour son premier cours de chant choral. Là encore il remarqua que tout le monde le dévisageait, mais cette fois-ci les regards étaient admiratifs.

Or, à peine eut-il quitté la chapelle que les moqueries reprirent, formulées à voix basse par des élèves qui revenaient des terrains de sport.

— N'est-ce pas là notre petit gamin des rues ? fit l'un d'eux.

— C'est triste qu'il n'ait pas de brosse à dents, dit un autre.

— Il paraît qu'il dort aux docks, la nuit, déclara un troisième.

Alors qu'il se dirigeait à grands pas vers sa résidence, en évitant tout groupe d'élèves, il n'aperçut ni Deakins ni Barrington.

Pendant le dîner les regards se firent moins insistants, mais uniquement parce que Giles avait clairement indiqué à tous ceux qui étaient à portée de voix que Harry était son ami. Toutefois, Giles ne put rien pour lui lorsqu'ils montèrent au dortoir après l'étude et qu'ils trouvèrent Fisher près de la porte, en train, à l'évidence, d'attendre Harry.

Les garçons commençaient à se déshabiller quand Fisher claironna :

— Désolé pour l'odeur, messieurs, mais un élève de votre classe vient d'une maison dépourvue de salle de bains.

Un ou deux élèves ricanèrent, dans l'espoir de se faire bien voir de Fisher. Harry les ignora.

— Non seulement ce chat de gouttière n'a pas de salle de bains mais il n'a pas de père.

— Mon père était un homme brave qui s'est battu pour son pays pendant la guerre, déclara Harry avec fierté.

— Qu'est-ce qui te fait penser que je parlais de toi, Clifton ? demanda Fisher. Sauf, bien sûr, si tu es l'élève dont la mère travaille... (Il marqua une pause.) ... comme serveuse dans un hôtel.

— Dans un-n-hôtel, le corrigea Harry en faisant la liaison.

Fisher attrapa une pantoufle.

— Ne me réponds jamais sur ce ton, Clifton ! lança-t-il avec colère. Baisse-toi et pose les mains sur le bas de ton lit.

Harry s'exécuta, et Fisher lui administra six coups de pantoufle avec une telle férocité que Giles dut détourner la tête. Harry se glissa dans son lit en s'efforçant de retenir ses larmes.

Avant d'éteindre la lumière, Fisher ajouta :

— Il me tarde de vous revoir tous demain, à l'heure du coucher. Je poursuivrai alors mon récit du soir sur les Clifton de Still House Lane. Préparez-vous à faire la connaissance de l'oncle Stan.

Le lendemain, Harry apprit que son oncle avait fait dix-huit mois de prison pour cambriolage. Cette révélation le blessa plus que les coups de pantoufle. Il grimpa dans son lit en se demandant si son père était toujours vivant mais emprisonné et si c'était la véritable raison pour laquelle on ne parlait jamais de lui à la maison.

Ce fut la troisième nuit d'affilée que Harry eut beaucoup de mal à dormir, et, malgré ses succès en classe et l'admiration qu'il suscitait à la chapelle, il ne pouvait s'empêcher de penser constamment à son inévitable prochaine rencontre avec Fisher. Au moindre prétexte – une goutte d'eau sur le sol de la salle de bains, un oreiller qui n'était pas droit, une chaussette tombée sur la cheville – Harry recevait six magistraux coups de pantoufle de la part du préfet de service. Punition administrée dans le dortoir devant les autres élèves, mais pas avant que Fisher n'ait narré un nouvel épisode de la chronique des Clifton. Dès le cinquième soir Harry était à bout de nerfs, et Giles et Deakins ne parvenaient plus à le consoler.

Le vendredi soir, durant l'heure d'étude, tandis que les autres élèves tournaient les pages de leur *Manuel élémentaire de latin*, de Kennedy, oubliant César et les Gaules, Harry élabora un plan qui assurerait que Fisher ne l'ennuierait plus jamais. Lorsqu'il se coucha ce soir-là, après que Fisher eut découvert un papier de chocolat Fry près de son lit et lui eut donné à nouveau des coups de pantoufle, le plan de Harry était fin prêt. Il resta éveillé longtemps après l'extinction des feux et ne bougea pas jusqu'à ce qu'il soit sûr que tous les autres garçons dormaient.

Il n'avait aucune idée de l'heure qu'il était quand il se releva. Il s'habilla sans faire de bruit, puis se glissa entre les lits jusqu'à l'autre bout du dortoir. Lorsqu'il ouvrit la fenêtre une bouffée d'air froid fit se retourner le garçon couché dans le lit le plus proche. Harry enjamba le rebord, posa le pied sur l'échelle d'incendie, referma la fenêtre avec précaution, avant de descendre jusqu'au sol. Il contourna la pelouse en tirant parti de la moindre zone d'ombre, afin d'éviter la lumière de la pleine lune qui l'éclairait comme un projecteur.

Il fut horrifié de découvrir que la grille était verrouillée. Longeant le mur à la recherche de la plus petite brèche ou crevasse qui lui permettrait d'escalader la paroi et de gagner la liberté, il finit par découvrir un endroit où il manquait une brique. Il grimpa jusqu'au faîte, s'accrocha du bout des doigts et se laissa pendre de l'autre côté, puis il récita une prière en silence et lâcha prise. Il tomba comme une masse, mais il ne s'était apparemment rien cassé.

Une fois qu'il eut repris ses esprits, il se mit à courir dans la rue, lentement au début, puis il accéléra le rythme et ne s'arrêta que lorsqu'il eut atteint les docks. L'équipe de nuit venait de terminer son service, et Harry fut soulagé de voir que son oncle n'en faisait pas partie.

Le dernier docker disparu, il marcha le long du quai, passant devant une file de bateaux amarrés qui s'étendait à perte de vue. En remarquant que l'une des cheminées arborait fièrement la lettre *B*, il pensa à son ami qui devait dormir à poings fermés. Serait-il jamais... L'apparition du wagon du vieux Jack interrompit le fil de ses pensées.

Il se demanda si le vieil homme était en train de dormir lui aussi. Il eut la réponse à sa question lorsqu'une voix se fit entendre.

— Ne reste pas là, Harry. Entre si tu ne veux pas mourir de froid.

Quand Harry ouvrit la porte du wagon, Jack était en train de frotter une allumette et d'essayer d'allumer une bougie. Harry s'affala sur le siège d'en face.

— Tu t'es enfui ?

Harry fut tellement surpris par la franchise de sa question qu'il ne répondit pas tout de suite.

— Oui. En effet, finit-il par balbutier.

— Et tu es sans doute venu me dire pourquoi tu as pris cette importante décision.

— Ce n'est pas moi qui ai pris la décision, on l'a prise pour moi.

— De qui s'agit-il ?

— Il s'appelle Fisher.

— C'est un professeur ou un élève ?

— Le préfet de mon dortoir, répondit Harry en grimaçant.

Il raconta alors à Jack tout ce qui s'était passé durant sa première semaine à Saint-Bède.

Une fois de plus, Jack le prit au dépourvu. Lorsque Harry parvint à la fin de son récit, il déclara :

— C'est ma faute.

— Pourquoi ? Vous n'auriez pas pu faire davantage pour m'aider.

— Si. J'aurais dû te préparer à faire face à une sorte de snobisme avec laquelle aucune nation sur terre ne peut rivaliser. J'aurais dû t'expliquer plus longuement la signification de la traditionnelle cravate de l'école et passer moins de temps à te parler d'histoire et de géographie. J'avais espéré que les choses auraient changé après la « der des ders », mais, à l'évidence, ça n'a pas été le cas à Saint-Bède. (Il se tut et resta songeur quelques instants, avant de

poursuivre :) Que vas-tu faire maintenant, mon garçon ?

— Prendre le large. Sur le premier bateau qui
voudra bien m'engager, dit Harry en essayant d'avoir
l'air enthousiaste.

— Quelle bonne idée ! s'exclama le vieux Jack.
Pourquoi, en effet, ne pas jouer le jeu de Fisher ?

— Que voulez-vous dire ?

— Que rien ne fera plus plaisir à Fisher que de
pouvoir annoncer à ses copains que le gamin des rues
n'a pas de tripes. D'ailleurs, que peut-on espérer
d'un fils de débardeur dont la mère est serveuse ?

— Mais Fisher a raison. Je n'appartiens pas à la
même classe que lui.

— Non, Harry. Le problème, c'est que Fisher est
déjà conscient qu'il n'appartient pas à la même classe
que toi.

— Est-ce que vous êtes en train de me dire que je
devrais retourner dans cet horrible endroit ?

— À toi de prendre la décision. Cependant, si tu
t'enfuis chaque fois que tu rencontreras les Fisher de
ce monde, tu finiras comme moi : tu resteras sur le
banc de touche, pour citer le directeur.

— Mais vous êtes un grand homme.

— Ç'aurait pu être le cas si je n'avais pas fui dès
que j'ai rencontré mon Fisher. J'ai choisi la solution
de facilité et je n'ai pensé qu'à moi-même.

— À qui d'autre penser ?

— À ta mère, en premier. N'oublie pas tous les
sacrifices qu'elle a consentis pour te donner un
meilleur départ dans la vie qu'elle n'avait jamais cru
possible pour toi. Ensuite, à M. Holcombe, qui,
lorsqu'il découvrira que tu t'es enfui, se le repro-

chera. Et n'oublie pas Mlle Monday qui a sollicité des faveurs, forcé la main à plusieurs personnes et passé d'innombrables heures à te faire répéter pour que tu sois au niveau du concours. Quand tu pèseras le pour et le contre, je suggère que tu places Fisher sur un plateau de la balance et Barrington et Deakins sur l'autre. Je devine qu'alors Fisher sera réduit à rien, tandis que Barrington et Deakins deviendront sans nul doute des amis proches pour la vie. Si tu t'enfuis, ils seront forcés d'entendre Fisher leur rappeler constamment qu'ils s'étaient trompés sur ton compte.

Harry resta sans voix un bon moment, avant de se lever.

— Merci, monsieur, dit-il.

Et, sans un mot de plus, il ouvrit la porte du wagon et sortit. Il longea les quais d'un pas lent tout en regardant à nouveau les énormes cargos en partance pour des contrées lointaines. Il continua à marcher jusqu'aux grilles des docks, puis se mit à courir en direction de la ville. Le portail de l'école était déjà ouvert, et l'horloge de la grande salle était sur le point de sonner 8 heures.

Malgré le coup de téléphone, M. Frobisher allait être contraint de se rendre chez le directeur pour l'informer que l'un de ses élèves manquait à l'appel. Alors qu'il regardait par la fenêtre de son bureau, il vit Harry se faufiler entre les arbres sur le chemin de la résidence. Lorsque Harry ouvrit avec précaution le portail, au moment où résonnait le dernier coup, il se retrouva nez à nez avec M. Frobisher.

— Vous avez intérêt à vous dépêcher, Clifton, si vous ne voulez pas rater le petit déjeuner.

— Oui, monsieur, répondit Harry, avant de filer le long du couloir.

Il atteignit la salle à manger juste avant que les portes ne soient refermées et se glissa à table entre Barrington et Deakins.

— Un instant j'ai cru que je serais le seul à lécher mon bol, ce matin, dit Barrington.

Harry éclata de rire.

Il ne rencontra pas Fisher ce jour-là et, le soir, il fut surpris de constater qu'un autre préfet l'avait remplacé comme surveillant de dortoir. Harry passa sa première bonne nuit de sommeil de la semaine.

## 6

La Rolls-Royce franchit la grille du manoir et suivit une longue allée bordée de grands chênes, droits comme des sentinelles. Harry avait compté six jardiniers avant même de voir la maison.

Si pendant leur séjour à Saint-Bède il avait glané quelques éléments concernant le mode de vie de Giles quand celui-ci était chez lui en vacances, rien ne l'avait préparé à cela. Lorsqu'il découvrit le manoir, il resta bouche bée.

— Ça date du début du XVIII<sup>e</sup>, à mon avis, dit Deakins.

— Bravo ! s'écria Giles. 1722, construit par Vanbrugh. Mais je parie que tu ne peux pas me dire qui a dessiné le parc. Je te donne un indice : c'est plus tard que la maison.

— Je ne connais qu'un paysagiste, intervint Harry, sans quitter la maison des yeux : Lancelot Capability Brown.

— C'est précisément pour ça qu'on l'a choisi, répondit Giles. Uniquement pour que mes amis puissent avoir entendu parler du gars deux siècles plus tard.

Harry et Deakins éclatèrent de rire au moment où la voiture s'arrêtait devant le manoir de trois étages, construit en pierre dorée des monts Cotswold. Giles sauta hors de la voiture sans attendre que le chauffeur vienne ouvrir la porte arrière. Il escalada les marches du perron quatre à quatre, tandis que ses deux amis le suivaient avec moins d'assurance.

Le portail d'entrée s'ouvrit bien avant que Giles n'ait atteint la plus haute marche. Un homme de grande taille portant avec élégance une longue veste noire un pantalon à fines rayures et une cravate noire inclina légèrement le buste au moment où son jeune maître passa devant lui en courant.

— Joyeux anniversaire, monsieur Giles ! lança-t-il.

— Merci, Jenkins. Venez, les gars ! les appela Giles en disparaissant dans la maison.

Le majordome tint la porte pour permettre à Harry et Deakins de le suivre.

Dès que Harry pénétra dans le vestibule il tomba en arrêt devant le portrait d'un vieil homme qui semblait le dévisager. Giles avait hérité le nez aquilin, les yeux bleus perçants et la mâchoire carrée du modèle. Harry parcourut du regard les autres portraits qui ornaient les murs. Les seules autres peintures à l'huile qu'il avait vues auparavant se trouvaient dans des livres : *La Joconde*, *Le Cavalier riant* et *La Ronde de nuit*. Il contemplait un paysage peint par un artiste du nom de Constable lorsqu'une dame entra d'un pas majestueux dans le vestibule, vêtue de ce que Harry aurait seulement pu décrire comme une robe de bal.

— Joyeux anniversaire, mon chéri, dit-elle.

— Merci, *mater*, répondit Giles, tandis que sa mère se penchait pour l'embrasser.

C'était la première fois que Harry voyait son ami gêné.

— Je vous présente Harry et Deakins, mes deux meilleurs amis.

Harry serra la main d'une dame, à peine plus grande que lui, qui lui fit un sourire si chaleureux qu'il se sentit tout de suite à l'aise.

— Et si nous allions dans le salon, suggéra-t-elle, pour prendre le thé ?

Elle leur fit traverser le vestibule et pénétrer dans une grande pièce qui donnait sur la pelouse du jardin d'agrément.

Harry avait plus envie d'admirer les tableaux que de s'asseoir, mais Mme Barrington le guidait déjà vers le sofa. Il s'affala sur les coussins moelleux et ne put s'empêcher de regarder par la fenêtre en saillie une pelouse bien entretenue et assez grande pour y jouer au cricket. Au-delà de la pelouse on apercevait un étang où des colverts repus nageaient sans but, certains, à l'évidence, qu'ils mangeraient toujours à leur faim. Deakins s'installa près de Harry.

Ils se taisaient tous les deux quand un autre homme, celui-ci vêtu d'une courte veste noire, entra dans la pièce, suivi d'une jeune femme en élégant uniforme bleu, assez semblable à celui de sa mère à l'hôtel. La servante portait un grand plateau d'argent qu'elle plaça sur une table ovale en face de Mme Barrington.

— Inde ou Chine ? demanda la maîtresse de maison à Harry.

Harry n'était pas sûr de comprendre ce qu'elle voulait dire.

— On va tous prendre de l'indien. Merci, mère, dit Giles.

Harry croyait que Giles lui avait appris tout ce qu'il fallait savoir en matière d'étiquette mondaine, mais Mme Barrington avait soudain monté la barre d'un cran.

Une fois que le maître d'hôtel eut servi trois tasses de thé, la servante les plaça en face des garçons, avec une petite assiette. Harry fixa la montagne de canapés sans oser y toucher. Giles en prit un et le mit sur son assiette. Sa mère fronça les sourcils.

— Combien de fois t'ai-je dit, Giles, d'attendre que tes invités aient choisi avant de te servir ?

Harry avait envie de signaler à Mme Barrington que Giles donnait toujours le *la*, afin que le jeune garçon sache ce qu'il fallait faire et, surtout, ce qu'il fallait ne pas faire. Deakins choisit un sandwich et le posa sur son assiette. Harry l'imita. Giles attendit patiemment que Deakins ait mordu dans son sandwich.

— J'espère que vous aimez le saumon fumé, dit Mme Barrington.

— Épatant ! s'écria Giles, avant que ses amis n'aient le temps d'avouer que c'était la première fois qu'ils en mangeaient. À l'école on n'a que des sandwichs à la pâte d'anchois, ajouta-t-il.

— Bon. Dites-moi comment ça se passe pour vous trois à l'école ? demanda Mme Barrington.

— « Des progrès à faire. » Voilà comment le Frob décrit mon travail, il me semble, déclara Giles en prenant un autre sandwich. Mais Deakins est premier en tout.

— Sauf en anglais, dit Deakins, qui parlait pour la première fois. Harry m'a coiffé au poteau dans cette matière de deux points sur cent.

— Et toi, Giles, as-tu coiffé quelqu'un au poteau en quelque chose ? demanda sa mère.

— Giles est deuxième en maths, madame Barrington, dit Harry, pour venir à sa rescousse. Il est doué pour les chiffres.

— Il tient de son grand-père, expliqua Mme Barrington.

— Voici un beau portrait de vous, au-dessus de la cheminée, madame Barrington, dit Deakins.

Elle sourit.

— Ce n'est pas moi, Deakins. C'est ma chère mère. (Deakins baissa la tête.) Mais voilà un charmant compliment, s'empressa d'ajouter Mme Barrington. On la considérait comme une grande beauté à son époque.

— Qui est le peintre ? s'enquit Harry pour secourir Deakins.

— László. Pourquoi cette question ?

— Parce que je me demandais si le portrait du monsieur qui est dans le vestibule était l'œuvre du même peintre.

— Comme vous êtes observateur, Harry ! s'extasia Mme Barrington. Le tableau que vous avez vu dans le vestibule représente mon père, et il a été également peint par László.

— Et que fait votre père ?

— Harry n'arrête pas de poser des questions, intervint Giles. Il faut s'y habituer, c'est tout.

Sa mère sourit.

— Il importe des vins. Notamment du xérès d'Espagne.

— Tout comme Harvey's, dit Deakins, la bouche pleine de sandwich au concombre.

— Tout comme Harvey's, répéta Mme Barrington.

Giles fit un large sourire.

— Prenez donc un autre sandwich, Harry, insista la dame, remarquant qu'il avait les yeux rivés sur le plat.

— Merci, répondit Harry, hésitant entre saumon fumé, concombre, ou œuf et tomate. (Il finit par choisir le saumon pour goûter.)

— Et vous, Deakins ?

— Merci, madame Barrington, dit-il en prenant un autre sandwich au concombre.

— Je ne peux pas continuer à vous appeler Deakins. J'ai l'impression de parler à un domestique. Quel est votre prénom ?

Deakins baissa la tête.

— Je préfère qu'on m'appelle Deakins.

— C'est Al, dit Giles.

— C'est un beau prénom, dit Mme Barrington. Mais je suppose que votre mère vous appelle Alan.

— Non, répondit Deakins, sans relever la tête.

Cette révélation surprit ses deux camarades, sans qu'ils ne réagissent.

— Je me prénomme Algernon, finit-il par balbutier.

Giles éclata de rire. Mme Barrington ne prêta aucune attention à la bruyante réaction de son fils.

— Votre mère doit être une admiratrice d'Oscar Wilde, commenta-t-elle.

— En effet. Mais j'aurais préféré qu'elle m'ait appelé Jack, ou même Ernest.

— Ne vous tracassez pas pour cela. Après tout, Giles a subi la même injustice.

— Mère, vous aviez promis de…

— Il faut que vous lui demandiez son second prénom, poursuivit-elle en ne faisant aucun cas de la protestation de son fils.

Giles ne réagissant pas, Harry et Deakins regardèrent Mme Barrington dans l'espoir d'une explication.

— Marmaduke, soupira-t-elle. Comme son père et son grand-père.

— Si vous racontez ça à notre retour à l'école, menaça Giles en fixant ses deux amis, je jure que je vous tuerai. Et je ne plaisante pas.

Les deux garçons s'esclaffèrent.

— Avez-vous un second prénom, Harry ? demanda Mme Barrington.

Harry s'apprêtait à répondre lorsque la porte du salon s'ouvrit brusquement sur un homme qui, bien que portant un gros paquet, n'avait rien d'un domestique. Harry regarda celui qui ne pouvait être que M. Hugo. Giles bondit de son siège et courut vers son père, qui lui remit le paquet.

— Joyeux anniversaire, mon garçon.

— Merci, père, dit Giles, en commençant aussitôt à dénouer les rubans.

— Avant d'ouvrir ton cadeau, Giles, lui dit sa mère, peut-être devrais-tu présenter tes invités à ton père.

— Désolé, père. Voici mes deux meilleurs amis, Deakins et Harry, déclara Giles en posant le paquet sur la table.

Harry remarqua que le père de Giles possédait la carrure d'athlète et l'énergie débordante qu'il avait cru être l'apanage du fils.

— Ravi de vous connaître, Deakins, dit M. Barrington en lui serrant la main. Bonjour, Clifton, poursuivit-il en se tournant vers Harry, avant de s'asseoir dans le fauteuil vide près de sa femme.

Harry se demanda pourquoi M. Barrington ne lui avait pas serré la main. Et comment savait-il qu'il s'appelait Clifton ?

Une fois que le maître d'hôtel eut servi une tasse de thé à M. Barrington, Giles déballa son cadeau et poussa un cri de plaisir en découvrant la radio Roberts. Il brancha le poste dans la prise murale et passa d'une station à l'autre. Les garçons applaudirent et rirent chaque fois que la grosse caisse en bois émettait un nouveau son.

— Giles m'a appris qu'il a été second en mathématiques ce trimestre, annonça Mme Barrington en se tournant vers son mari.

— Ce qui ne rattrape pas sa dernière place dans presque toutes les autres matières.

Giles continua à chercher les différentes stations sur son poste en essayant de ne pas avoir l'air trop gêné.

— Mais vous auriez dû voir le but qu'il a marqué contre Avonhurst, intervint Harry. On s'attend tous à ce qu'il devienne capitaine de l'équipe de cricket l'année prochaine.

— Marquer des buts ne va pas lui permettre d'entrer à Eton, rétorqua M. Barrington sans regarder Harry. Il est grand temps qu'il donne un sérieux coup de collier et se mette à bûcher davantage.

Tous se turent un moment. Ce fut Mme Barrington qui rompit le silence.

— Êtes-vous le Clifton qui chante dans le chœur de Sainte-Marie-Redcliffe ? demanda-t-elle.

— Harry est le soprano soliste, expliqua Giles. En fait, il a passé le concours d'entrée en tant que choriste.

Harry se rendit compte que le père de Giles le fixait du regard.

— Il me semblait vous avoir reconnu, dit Mme Barrington. Le grand-père de Giles et moi avons assisté à une représentation du *Messie* à Sainte-Marie, la fois où la maîtrise de Saint-Bède et le lycée de Bristol ont joint leurs forces. Votre interprétation de *Je sais que vit mon Rédempteur* était tout à fait magnifique, Harry.

— Merci, madame Barrington, dit Harry en rougissant.

— Après Saint-Bède, espérez-vous aller au lycée de Bristol, Clifton ? demanda M. Barrington.

*Clifton, encore*, pensa Harry.

— Seulement si je réussis le concours des bourses.

— Pourquoi est-ce nécessaire ? s'enquit la mère de son ami. On vous offrira une place, sans aucun doute, comme à tous les autres élèves.

— Parce que ma mère ne pourrait pas payer les frais de scolarité, madame Barrington. Elle est serveuse au Royal Hotel.

— Votre père ne pourrait-il pas...

— Il est mort. Il a été tué à la guerre.

Harry guetta la réaction de M. Barrington, mais celui-ci, tel un bon joueur de poker, resta totalement impassible.

— Veuillez m'excuser, fit Mme Barrington. Je n'en avais aucune idée.

La porte s'ouvrit derrière Harry, et le maître d'hôtel entra, chargé d'un gâteau à deux étages posé sur un plateau d'argent qu'il plaça au milieu de la table. Une fois que Giles eut réussi à souffler d'un seul coup les douze bougies, tout le monde applaudit.

— Et votre anniversaire, quand est-ce, Clifton ? demanda M. Barrington.

— C'était le mois dernier, monsieur.

M. Barrington détourna la tête.

Le maître d'hôtel enleva les bougies puis tendit un grand couteau à son jeune maître. Giles planta le couteau dans le gâteau et plaça cinq tranches inégales sur les assiettes à dessert que la servante avait disposées sur la table.

Avant de mordre dans sa part, Deakins dévora les morceaux de glace qui étaient tombés sur son assiette. Imitant les gestes de la maîtresse de maison, Harry saisit la petite fourchette en argent posée à côté de son assiette et s'en servit pour détacher un minuscule bout de gâteau, puis il la reposa sur son assiette.

M. Barrington fut le seul à ne pas toucher à sa tranche. Soudain, il se leva de son siège et sortit sans un mot.

Si la mère de Giles ne chercha pas à cacher sa surprise devant le comportement de son mari, elle ne fit aucun commentaire. Harry suivit M. Hugo du regard, tandis qu'après avoir terminé sa part de gâteau, Deakins piochait à nouveau dans les canapés au saumon fumé, de toute évidence inconscient de ce qui se passait autour de lui.

Une fois la porte refermée, Mme Barrington continua à bavarder, comme si de rien n'était.

— Vu tout ce que Giles m'a dit sur vous, Harry, je suis certaine que vous obtiendrez une bourse pour aller au lycée de Bristol. Vous êtes non seulement un excellent chanteur, mais il est clair que vous êtes aussi très intelligent.

— Giles a tendance à exagérer, madame Barrington. Je peux vous assurer que Deakins est le seul à être sûr d'obtenir une bourse.

— Le lycée de Bristol n'accorde-t-il pas des bourses de musique ?

— Pas pour les sopranos, expliqua Harry. L'établissement ne veut pas prendre de risque.

— Je ne comprends pas très bien. Rien ne peut effacer les années de travail musical que vous avez accomplies.

— C'est vrai. Hélas ! personne ne peut prédire ce qui va se passer quand la voix muera. Des sopranos vont devenir des basses ou des barytons, et ceux qui ont vraiment beaucoup de chance deviendront des ténors. Mais il est réellement impossible de le prévoir.

— Pourquoi donc ? demanda Deakins, prenant part à la conversation pour la première fois.

— Il y a des tas de sopranos solistes qui ne peuvent même pas rester dans la chorale locale, une fois que leur voix a mué. Parles-en au jeune Ernest

Lough. Toutes les familles d'Angleterre l'ont entendu chanter *Ah, pour les ailes d'une colombe*, et pourtant, après sa mue plus personne n'a su ce qu'il était devenu.

— Il te faudra simplement travailler deux fois plus, dit Deakins, entre deux bouchées. N'oublie pas que le lycée accorde douze bourses chaque année et que je ne peux en obtenir qu'une seule, ajouta-t-il tranquillement.

— C'est justement le problème. S'il faut que je travaille davantage, je vais devoir laisser tomber la maîtrise et, sans la bourse de choriste, il faudra que je quitte Saint-Bède. Par conséquent…

— Te voilà pris entre Charybde et Scylla, commenta Deakins.

N'ayant jamais entendu cette expression, Harry se promit d'en demander le sens plus tard à son camarade.

— En tout cas, une chose est sûre, reprit Mme Barrington. Giles n'a guère de chances d'obtenir la moindre bourse.

— C'est possible, dit Harry. Il est, malgré tout, peu probable que le lycée de Bristol éconduise un batteur gaucher de son niveau.

— Eh bien, il nous reste à espérer qu'Eton se trouvera dans les mêmes dispositions, puisque c'est là que son père veut qu'il aille !

— Je n'ai aucune envie d'aller à Eton, déclara Giles en reposant sa fourchette. Je veux aller au lycée de Bristol pour rester avec mes amis.

— Je suis persuadée que tu te feras des tas de nouveaux amis à Eton, répliqua sa mère. Et ton père sera très déçu si tu ne suis pas son exemple.

Le maître d'hôtel toussota. Mme Barrington regarda par la fenêtre la voiture qui s'arrêtait devant le perron.

— Je crois que l'heure est venue pour vous de retourner à l'école, dit-elle. Je ne veux surtout pas que vous arriviez en retard à l'étude à cause de moi.

Contemplant d'un œil triste le grand plat de canapés et le gâteau d'anniversaire à moitié fini, Harry se leva à contrecœur et se dirigea vers la porte. Lorsqu'il jeta un regard par-dessus son épaule, il crut apercevoir Deakins fourrer un petit sandwich dans sa poche. En lançant un dernier coup d'œil vers la fenêtre, il fut surpris de découvrir pour la première fois une fillette dégingandée, dotée de longues couettes, qui lisait, pelotonnée dans un coin du salon.

— C'est Emma, mon horrible sœur, expliqua Giles. Elle passe son temps à lire. Ne t'occupe pas d'elle.

Harry sourit à la fillette, mais celle-ci ne leva pas les yeux. Deakins ne lui prêta guère attention.

Mme Barrington accompagna les trois garçons jusqu'à la porte et serra les mains de Harry et de Deakins.

— J'espère de tout cœur que vous reviendrez bientôt, dit-elle. Vous exercez une excellente influence sur Giles.

— Merci beaucoup pour le goûter, madame Barrington, répondit Harry.

Deakins se contenta d'opiner du chef. Les deux garçons détournèrent la tête lorsque Mme Barrington étreignit son fils et l'embrassa.

Tandis que la voiture roulait le long de la grande allée vers la grille du parc, Harry jeta un coup d'œil au manoir par la lunette arrière. Il ne remarqua pas qu'Emma regardait la voiture s'éloigner avant de disparaître.

## 7

La boutique de l'école ouvrait de 16 à 18 heures le mardi et le jeudi après-midi.

Harry se rendait rarement à « L'Emporium », comme les élèves l'appelaient, car il avait seulement deux shillings d'argent de poche par trimestre et il savait que sa mère n'apprécierait pas la moindre dépense supplémentaire sur son compte trimestriel. Cependant, à l'occasion de l'anniversaire de Deakins, Harry décida de faire une exception à la règle et d'acheter une barre de caramel de un penny pour son ami.

Même si Harry ne fréquentait guère la boutique, tous les mardis et jeudis soir il trouvait sur son bureau une barre de chocolat Fry's Five Boys. Alors que, selon le règlement, aucun élève ne pouvait y dépenser plus de six pence par semaine, Giles achetait aussi une boîte de réglisse Allsorts pour Deakins, tout en indiquant clairement à ses amis qu'il n'attendait rien en retour.

Lorsque Harry arriva à la boutique ce mardi-là, il se joignit à une longue file d'attente. Il avait l'eau à la bouche en regardant, soigneusement alignés, les barres de chocolat et de caramel, les paquets de bonbons en forme de bébé, les boîtes de réglisse, ainsi que les sachets de chips Smith, qui venaient de faire leur apparition sur le marché et avaient beaucoup de succès. Il avait eu envie de s'en acheter un sachet mais, ayant rencontré tout récemment M. Wilkins Micawber – le personnage de *David Copperfield* –, il ne doutait plus de la valeur d'une pièce de six pence.

Tout à sa contemplation des trésors de l'Emporium, Harry entendit la voix de Giles et aperçut son ami un peu plus loin devant lui. Il s'apprêtait à l'appeler quand il le vit prendre une barre de chocolat sur une étagère et la glisser dans la poche de son pantalon. Quelques instants plus tard, un paquet de chewing-gums suivit le même chemin. Lorsque arriva le tour de Giles il plaça sur le comptoir une boîte de réglisse Allsorts valant deux pennies et un sachet de chips de un penny, sommes que M. Swivals, le maître chargé de la boutique, inscrivit dûment dans son registre en face du nom de Barrington. Les deux autres articles restèrent dans la poche de Giles et ne furent pas pris en compte.

Horrifié, Harry s'éclipsa avant que Giles ne se retourne. Il contourna lentement le bâtiment, cherchant à comprendre pourquoi Giles chapardait, vu qu'il avait les moyens de s'offrir ce qu'il voulait. Il se dit qu'il devait y avoir une explication toute simple même s'il ne voyait pas laquelle.

Il se rendit dans leur bureau un peu avant l'heure et trouva sur sa table de travail la barre de chocolat chipée, tandis que Deakins entamait une boîte de réglisse. Il eut du mal à se concentrer sur les causes de la révolution industrielle, se demandant comment réagir à sa découverte, à moins qu'il ne soit plus sage de ne rien faire du tout.

Lorsque sonna la fin de l'étude il avait déjà pris sa décision. Il plaça la barre de chocolat intacte dans le premier tiroir de son bureau, déterminé à la rapporter à la boutique le jeudi suivant, sans en parler à Giles.

Harry ne ferma pas l'œil de la nuit et, après le petit déjeuner, il prit Deakins à part et lui expliqua pourquoi il n'avait pu lui offrir son cadeau d'anniversaire. Deakins ne put cacher sa perplexité.

— Mon père a eu le même problème dans son magasin, dit-il. Ça s'appelle du vol à l'étalage. D'après le *Daily Mail*, c'est à cause de la Dépression.

— Je ne crois pas que la famille de Giles soit très affectée par la Dépression, rétorqua Harry avec une certaine vivacité.

Deakins hocha la tête d'un air pensif.

— Peut-être devrais-tu en parler au Frob ?

— Dénoncer mon meilleur ami ? Jamais !

— Mais si Giles est pris, il risque l'exclusion. Le moins que tu puisses faire, c'est le prévenir que tu as découvert son manège.

— Je vais y réfléchir. Entre-temps, je vais rapporter tout ce que me donne Giles, sans lui en parler.

— Pourrais-tu rapporter aussi mes friandises ? chuchota Deakins en se penchant vers Harry. Comme je n'y vais jamais je ne saurais pas comment m'y prendre.

Harry accepta de se charger de cette tâche et il se rendit désormais deux fois par semaine à la boutique pour replacer sur les étagères les cadeaux de Giles. Quoiqu'il soit parvenu à la conclusion que Deakins avait raison et qu'il lui faudrait avertir son ami avant qu'il ne se fasse pincer, il repoussa la confrontation jusqu'à la fin du trimestre.

*<br>* *

— Bon lancer ! s'écria M. Frobisher au moment où la balle franchit la limite.

Quelques applaudissements crépitèrent tout autour du terrain.

— Vous verrez, reprit M. Frobisher, que Barrington jouera pour Eton contre Harrow au Lord's.

— Pas si Giles a son mot à dire, chuchota Harry à Deakins.

— Que fais-tu pendant les grandes vacances, Harry ? demanda Deakins, apparemment insensible à ce qui se déroulait autour de lui.

— Je n'ai pas l'intention de visiter la Toscane cette année, si c'est ce que tu veux savoir, répondit Harry avec un sourire ironique.

— Je ne crois pas non plus que Giles ait vraiment envie d'y aller. Après tout, les Italiens ne comprennent rien au cricket.

— Eh bien, moi, je serais enchanté d'échanger ma place avec lui ! Ça ne me gêne pas que Michel-Ange, Léonard de Vinci et le Caravage n'aient jamais appris les grandes subtilités du lancer de balle, sans parler de toutes les quantités de pâtes à travers lesquelles il va devoir se frayer un chemin.

— Alors, où vas-tu aller ?

— Une semaine sur la Riviera de l'Ouest ! s'exclama Harry d'un ton bravache. La promenade sur le magnifique front de mer de Weston-super-Mare est, en général, le grand moment de la journée, avant le *fish and chips* au café Coffins. Ça te dit de venir avec moi ?

— Je n'en ai pas le temps, répondit Deakins, qui, à l'évidence, croyait que Harry parlait sérieusement.

— Et pourquoi donc ? fit Harry, entrant dans son jeu.

— Trop de travail.

— Tu as l'intention de continuer à travailler pendant les vacances ? demanda Harry, incrédule.

— Le travail, c'est des vacances pour moi. J'aime autant ça que Giles aime jouer au cricket et toi, chanter.

— Où travailles-tu ?

— À la bibliothèque municipale, crétin. Elle possède tout ce dont j'ai besoin.

— Est-ce que je peux me joindre à toi ? s'enquit Harry, d'un ton tout aussi sérieux. Toute aide sera bienvenue si je veux avoir la moindre chance d'obtenir une bourse pour aller au lycée de Bristol.

— Seulement si tu acceptes de ne pas piper mot.

Harry avait envie de rire, mais il savait que son ami ne plaisantait jamais sur le travail.

— J'ai absolument besoin qu'on m'aide en grammaire latine, reprit Harry. Je ne comprends toujours pas la proposition consécutive, sans parler du subjonctif. Et si je n'ai pas la moyenne en latin, c'est la fin de la partie, même si je réussis très bien dans les autres matières.

— Je suis d'accord pour t'aider en latin si tu me rends un service.

— Je t'écoute. Bien que je ne pense pas que tu espères entonner un chant de Noël en solo durant l'office de cette année.

— Bon lancer, Barrington ! s'écria de nouveau M. Frobisher.

Harry applaudit lui aussi.

— Monsieur le directeur, c'est la troisième fois, cette saison, qu'il marque cinquante courses, ajouta M. Frobisher.

— Ne plaisante pas, Harry, dit Deakins. La vérité c'est que mon père a besoin de quelqu'un pour distribuer les journaux du matin pendant les grandes vacances et je lui ai suggéré de te proposer cette tournée. Il offre un shilling par semaine, et du moment que tu peux te trouver tous les matins au magasin dès 6 heures, tu es engagé.

— Dès 6 heures ? fit Harry avec mépris. Quand on a un oncle qui réveille toute la maisonnée à 5 heures, ce n'est pas du tout un problème.

— Donc, tu serais d'accord pour faire ce travail ?

— Bien sûr. Mais pourquoi ne le prends-tu pas toi-même ? Un shilling par semaine, ça ne se refuse pas.

— N'enfonce pas le clou ! Je ne sais pas rouler à bicyclette.

— Ah, merde ! s'écria Harry. Moi, je n'ai même pas de vélo.

— Je n'ai pas dit que je n'avais pas de vélo, soupira Deakins, mais que je ne savais pas en faire.

— Clifton, dit M. Frobisher, tandis que les joueurs de cricket quittaient le terrain pour aller goûter. J'aimerais vous voir dans mon bureau après l'étude.

*
* *

Harry avait toujours aimé M. Frobisher, qui était l'un des rares professeurs à le traiter en égal. Il ne semblait pas non plus avoir de chouchou, alors que certains autres profs lui faisaient clairement sentir qu'un fils de débardeur n'aurait jamais dû franchir le portail sacré de Saint-Bède, même s'il avait une très belle voix.

Quand la sonnerie retentit à la fin de l'étude, Harry posa sa plume et longea le couloir jusqu'au bureau de M. Frobisher, le directeur de sa résidence. Il n'avait aucune idée du motif de la convocation et n'avait guère réfléchi à la question.

Il frappa à la porte du bureau.

— Entrez ! lança la voix d'un homme qui ne gaspillait jamais sa salive.

Harry ouvrit la porte et fut surpris de ne pas être accueilli par le sourire habituel.

M. Frobisher ne leva les yeux vers lui qu'au moment où Harry s'arrêta devant son bureau.

— On m'a signalé, Clifton, que vous voliez dans la boutique de l'école.

Les idées de Harry se brouillèrent tandis qu'il cherchait une réponse qui n'accuse pas Giles.

— Un préfet vous a vu prendre des articles sur les étagères, poursuivit Frobisher du même ton impitoyable, puis quitter la queue avant que ce ne soit votre tour de payer.

Harry eut envie de rectifier : « Pas prendre, monsieur, rendre. » Tout ce qu'il réussit à dire fut :

— Monsieur, je n'ai jamais rien pris dans la boutique.

Bien que ce soit la vérité il sentit ses joues s'empourprer.

— Alors, comment expliquez-vous vos visites bi-hebdomadaires à l'Emporium, alors que votre nom n'apparaît pas une seule fois dans le registre de M. Swivals ?

M. Frobisher attendit patiemment sa réponse, mais Harry savait que s'il disait la vérité Giles serait renvoyé.

— Et cette barre de chocolat ainsi que cette boîte de réglisse Allsorts ont été trouvées dans le premier tiroir de votre bureau, peu après la fermeture de la boutique.

Harry regarda les friandises mais resta coi.

— J'attends une explication, Clifton, dit M. Frobisher, avant d'ajouter, après un nouveau long silence : Bien sûr, je sais que vous avez beaucoup moins d'argent de poche que tous les autres élèves de votre classe, mais ce n'est pas une raison pour voler.

— Je n'ai jamais rien volé de ma vie.

Ce fut le tour de M. Frobisher d'avoir l'air décontenancé. Il se leva de son bureau.

— Si c'est le cas, Clifton, et je veux vous croire, vous reviendrez me voir après la répétition de la maîtrise, afin de m'expliquer en détail comment vous vous êtes retrouvé en possession d'articles que, de toute évidence, vous n'avez pas payés. Si votre explication ne me convainc pas nous nous rendrons ensemble chez le directeur, et je ne doute pas de sa décision.

Harry sortit. À peine eut-il refermé la porte qu'il se sentit mal. Il retourna dans leur bureau en espérant que Giles ne serait pas là. Or, quand il ouvrit la porte, la première chose qu'il aperçut fut une barre de chocolat sur sa table de travail.

Giles leva les yeux vers lui.

— Ça va ? demanda-t-il en voyant le visage empourpré de Harry.

Harry ne répondit pas. Il rangea la barre de chocolat dans un tiroir et partit pour la répétition sans dire un mot à ses deux amis. Giles ne le quitta pas des yeux et, lorsque la porte se referma, il se tourna vers Deakins et demanda d'un ton léger :

— Qu'est-ce qui lui prend ? (Deakins continua à écrire comme s'il n'avait pas entendu la question.) Tu es sourd ou quoi ? Pourquoi est-ce qu'il fait la tête ?

— Tout ce que je sais, c'est qu'il était convoqué chez le Frob.

— Pour quelle raison ? fit Giles, l'air plus intéressé.

— Aucune idée, répondit Deakins sans cesser d'écrire.

Giles se leva et se dirigea vers Deakins.

— Qu'est-ce que tu me caches ? demanda-t-il en le saisissant par l'oreille.

Deakins laissa tomber sa plume et, d'un geste nerveux, remonta d'un doigt ses lunettes sur son nez avant de couiner :

— Il a des ennuis.

— Quelle sorte d'ennuis ? demanda Giles en lui tordant l'oreille.

— Il risque d'être renvoyé, gémit Deakins.

Giles lui lâcha l'oreille et éclata de rire.

— Renvoyé, Harry ? se moqua-t-il. Le pape a plus de chances d'être défroqué.

Il serait retourné à sa table de travail s'il n'avait pas remarqué que des gouttes de sueur perlaient sur le front de Deakins.

— Pour quel motif ? s'enquit-il d'un ton plus calme.

— Le Frob pense qu'il chaparde dans la boutique de l'école.

Si Deakins avait levé la tête, il aurait vu que Giles était devenu livide. Quelques instants plus tard, il entendit la porte se refermer. Il reprit sa plume et essaya de se concentrer, mais, pour la première fois de sa vie, il ne finit pas ses devoirs.

*<br>*  *

Lorsque Harry sortit du cours de chant, il aperçut Fisher qui, appuyé contre le mur, ne put s'empêcher de sourire. C'est à ce moment que Harry comprit qui l'avait dénoncé. Sans lui prêter plus d'attention, il regagna sa résidence, comme s'il était libre de tout souci, alors qu'il avait l'impression de monter au gibet. Il savait que, à moins de dénoncer son meilleur ami, la sentence serait exécutée sur-le-champ. Il hésita avant de frapper à la porte de son directeur de résidence.

La voix qui lança « Entrez ! » était beaucoup plus douce qu'un peu plus tôt cet après-midi-là, mais quand Harry entra dans la pièce, le même regard impitoyable l'accueillit. Il baissa la tête.

— Je vous présente mes sincères excuses, Clifton, déclara Frobisher en se levant de son bureau. Je sais à présent que vous n'étiez pas le coupable.

Si le cœur de Harry battait toujours la chamade, c'était pour Giles qu'il s'inquiétait maintenant.

— Merci, monsieur, dit-il sans relever la tête.

Il aurait voulu poser tant de questions au Frob, mais il savait qu'il n'obtiendrait aucune réponse.

M. Frobisher sortit de derrière son bureau et, pour la première fois, serra la main de Harry.

— Vous avez intérêt à vous dépêcher, Clifton, si vous ne voulez pas rater le dîner.

Harry se dirigea à pas lents vers la salle à manger. Fisher se tenait près de la porte, l'air très surpris. Harry passa devant lui sans le regarder et alla s'asseoir au bout du banc, à côté de Deakins. La place en face de lui était vide.

## 8

Giles ne vint pas dîner, et son lit resta vide cette nuit-là. Si Saint-Bède n'avait pas perdu son match annuel contre Avonhurst par trente et une courses, rares auraient été les élèves et les maîtres qui auraient remarqué son absence.

Malheureusement pour Giles, comme c'était un match à domicile chacun croyait savoir pourquoi le premier batteur de l'école n'avait pas pris son tour de garde sur sa ligne, notamment Fisher qui expliquait à qui voulait l'entendre qu'on n'avait pas renvoyé le vrai coupable.

*
* *

Harry n'avait pas attendu les vacances avec impatience. Non seulement parce qu'il se demandait s'il allait revoir Giles, mais aussi parce que cela signifiait qu'il devait retourner au 27 Still House Lane et partager à nouveau la chambre de son oncle Stan qui, le plus souvent, rentrait ivre.

Après avoir passé la soirée à lire d'anciens sujets d'examen, il se couchait vers 22 heures. S'il s'endormait tout de suite, il était réveillé un peu après minuit par son oncle, lequel était parfois si soûl qu'il n'arrivait pas à trouver son lit. Le bruit qu'il faisait en urinant dans le pot de chambre, sans toujours réussir à bien viser, resterait à jamais gravé dans l'esprit de Harry.

Une fois que Stan s'était effondré sur son lit – souvent, il ne prenait pas la peine de se déshabiller –, Harry tentait de se rendormir mais il était à nouveau réveillé quelques instants plus tard par de sonores ronflements d'ivrogne. Il lui tardait de retourner à Saint-Bède et de partager un dortoir avec vingt-neuf autres garçons.

S'il espérait toujours que Stan lâche par mégarde quelques détails sur la mort de son père, son oncle était la plupart du temps trop incohérent pour répondre aux questions les plus simples. Durant l'un des rares moments où il eut l'esprit assez clair pour parler, Stan lui dit d'aller se faire foutre et le prévint que s'il abordait à nouveau le sujet il lui flanquerait une volée.

Le seul avantage qu'il y avait à partager la chambre de Stan était qu'il ne risquait pas d'être en retard pour sa tournée du matin.

À Still House Lane la vie de Harry était réglée comme du papier à musique. Il se levait à 5 heures, mangeait un seul toast pour le petit déjeuner – il ne léchait plus le bol de son oncle –, se rendait à 6 heures dans le magasin de M. Deakins, rangeait les journaux dans le bon ordre, puis partait les distribuer. Toute l'opération durait environ deux heures, ce qui lui permettait de rentrer chez lui à temps pour boire une tasse de thé avec sa mère avant qu'elle ne parte travailler. Vers 8 h 30, Harry prenait le chemin de la bibliothèque où il rejoignait Deakins, qui, assis en haut des marches, attendait toujours l'ouverture des portes.

L'après-midi, Harry allait au cours de chant choral à Sainte-Marie-Redcliffe. Quoique cela ait fait partie de ses obligations envers Saint-Bède, il ne se forçait pas car il adorait chanter. En fait, il avait plus d'une fois murmuré : « Je Vous en prie, mon Dieu, faites que je sois ténor après avoir mué, et je ne Vous demanderai plus rien. »

Lorsqu'il rentrait à la maison pour le thé du soir, il travaillait sur la table de la cuisine deux heures durant, craignant le retour de son oncle, comme il avait eu peur de Fisher pendant sa première semaine à Saint-Bède. En tout cas, Fisher étant parti pour le lycée de Colston, Harry supposait que leurs chemins ne se croiseraient plus jamais.

\*
\* \*

Harry attendait avec impatience sa dernière année à Saint-Bède, même s'il devinait que sa vie changerait beaucoup si lui et ses deux amis allaient chacun de leur côté. Il ne savait pas où irait Giles, mais Deakins était sûr d'aller au lycée de Bristol, tandis que, s'il ne réussissait pas au concours général des bourses du lycée, Harry risquait de devoir retourner à Merrywood avant de quitter l'école et de chercher du travail dès l'âge de 14 ans. Il s'efforçait de ne pas penser aux conséquences d'un échec, bien que Stan n'ait jamais manqué une occasion de lui rappeler qu'il pourrait toujours trouver du boulot sur les quais.

— Et, d'abord, on n'aurait jamais dû laisser le gamin aller à cette école de snobinards, répétait-il constamment à Maisie quand elle plaçait son bol de porridge devant lui. Ça lui a donné des idées de grandeur, ajoutait-il, comme si Harry n'était pas là.

*Fisher aurait été d'accord avec ce point de vue*, songeait Harry. Il est vrai qu'il avait depuis longtemps compris qu'oncle Stan et Fisher avaient beaucoup de points communs.

— Il faut bien offrir une chance à Harry de faire son chemin, non ?

— Pourquoi ? Si les docks étaient assez bons pour moi et son vieux, pourquoi est-ce que c'est pas assez bien pour lui ? s'exclamait son oncle d'un ton qui n'admettait aucune réplique.

— Peut-être est-il plus intelligent que nous deux.

Cela réduisit Stan à quia quelques instants. Toutefois, après avoir avalé une nouvelle cuillerée de porridge, il déclara :

— Ça dépend de ce que t'entends par intelligent. Après tout, y a intelligent et intelligent.

Il avala une autre cuillerée mais n'ajouta rien à cette profonde remarque.

Harry coupait son toast en quatre tout en écoutant son oncle repasser le même disque à satiété, matin après matin. Il ne se défendait jamais, puisque Stan avait, à l'évidence, un avis définitif sur l'avenir de Harry et que rien n'allait l'en faire démordre. Ce dont Stan ne se rendait pas compte, c'est que ses constantes piques ne faisaient que pousser Harry à travailler davantage.

— J'peux pas traînasser toute la journée ! lançait Stan pour clore la discussion, surtout s'il sentait qu'il perdait la bataille. Certains d'entre nous doivent aller bosser, déclarait-il en se levant de table. (Personne ne prenait la peine de le contredire.) Autre chose, ajouta-t-il ce jour-là, au moment d'ouvrir la porte de la cuisine. Aucun de vous a remarqué que le gamin est devenu délicat. Il lèche plus mon bol de porridge. Dieu seul sait ce qu'on lui apprend à l'école.

Sur ce, la porte se referma en claquant.

— Ne fais pas attention à ton oncle, dit Maisie. Il est juste jaloux. Il ne supporte pas qu'on soit tous aussi fiers de toi. Et même lui devra changer de ton quand tu gagneras la bourse, comme ton ami Deakins.

— C'est bien là le problème, maman. Je ne suis pas comme Deakins et je me demande si tout ça en vaut la peine.

Incrédules, les autres membres de la famille le regardèrent en silence, jusqu'au moment où grand-père ouvrit la bouche pour la première fois depuis des jours.

— Moi, j'aurais bien aimé avoir la chance d'aller au lycée de Bristol.

— Pourquoi donc, grand-père ? s'écria Harry.

— Parce qu'alors je n'aurais pas eu à vivre avec ton oncle Stan pendant toutes ces années.

*
* *

Harry prenait plaisir à la tournée du matin, et pas seulement parce que ça lui permettait de sortir de la maison. Au fil des semaines, il finit par connaître plusieurs des clients habituels de M. Deakins. L'ayant entendu chanter à Sainte-Marie, certains d'entre eux le saluaient de la main au moment où il leur apportait leur journal, tandis que d'autres lui offraient une tasse de thé, voire une pomme. M. Deakins l'avait mis en garde contre deux molosses à éviter, mais, au bout de quinze jours, les deux chiens agitaient la queue lorsqu'il descendait de son vélo.

Harry fut ravi de découvrir que M. Holcombe était l'un des clients de M. Deakins, et ils échangeaient souvent quelques mots quand, chaque matin, il lui livrait son exemplaire du *Times*. Son premier maître ne lui cacha pas qu'il ne voulait pas le revoir à Merrywood, ajoutant que s'il avait besoin de cours supplémentaires, il était libre presque tous les soirs.

Lorsqu'il revenait chez le marchand de journaux après sa tournée, avant de lui dire au revoir, M. Deakins glissait toujours une barre de chocolat Fry's Five Boys dans sa sacoche. Ce geste lui rappelait Giles. Il se demandait souvent ce qu'il était advenu de son ami depuis le jour où M. Frobisher avait convoqué Harry après l'étude. Ensuite, au moment de quitter le magasin pour rentrer chez lui, il s'arrêtait devant la vitrine pour admirer une montre qu'il savait ne jamais pouvoir s'offrir. Il ne prenait même pas la peine d'en demander le prix à M. Deakins.

Harry ne faisait que deux entorses à sa routine hebdomadaire. Il s'efforçait toujours de passer la matinée du samedi avec le vieux Jack, auquel il apportait les exemplaires du *Times* de la semaine précédente et, le dimanche soir, une fois terminée la répétition à Sainte-Marie, il traversait la ville à toute vitesse afin d'arriver à la Sainte-Nativité pour l'office du soir.

La frêle Mlle Monday rayonnait de fierté pendant le solo du soprano. Elle espérait vivre assez longtemps pour voir Harry aller à Cambridge. Elle avait l'intention de lui parler de la maîtrise de King's College, mais pas avant qu'il ait été accepté au lycée de Bristol.

*<br>* *

— M. Frobisher va-t-il faire de toi un préfet ? s'enquit le vieux Jack, avant même que Harry ne se soit affalé sur son siège habituel, en face de lui.

— Je n'en ai aucune idée. Remarquez, répondit-il en tirant sur ses revers, le Frob a l'habitude de déclarer : « Clifton, dans la vie, on a ce qu'on mérite. Pas plus et certainement pas moins. »

Jack gloussa et se retint tout juste de dire : « C'est une assez bonne imitation du Frob. » Il se contenta de répondre :

— Alors, je parie que tu vas être nommé préfet.

— Je préférerais obtenir une bourse pour aller au lycée, dit Harry, d'un ton soudain grave.

— Et tes amis, Barrington et Deakins ? demanda Jack pour alléger l'atmosphère. Sont-ils eux aussi destinés à un brillant avenir ?

— Deakins ne sera jamais préfet. Il n'arrive même pas à s'occuper de lui-même, alors ne parlons pas d'autres élèves. De toute façon, il espère devenir surveillant de la bibliothèque et, vu que personne d'autre n'a envie du boulot, la nomination du responsable ne devrait pas causer trop de souci à M. Frobisher.

— Et Barrington ?

— Je ne suis pas sûr qu'il revienne le prochain trimestre, répondit Harry avec tristesse. Et même s'il revient, je suis presque certain qu'il ne sera pas choisi comme préfet.

— Ne sous-estime pas son père. Nul doute qu'il trouvera le moyen de faire réintégrer son fils. Et je ne parierais pas qu'il ne sera pas préfet.

— Espérons que vous avez raison.

— Si j'ai raison, je suppose qu'il ira à Eton comme son père.

— Pas s'il a son mot à dire. Giles préférerait aller au lycée de Bristol avec Deakins et moi.

— S'il n'entre pas à Eton il est peu probable qu'il soit pris au lycée. Leur concours d'entrée est l'un des plus difficiles du pays.

— Il m'a dit qu'il avait un plan.

— Son plan a intérêt à être excellent, si Giles espère tromper son père et les examinateurs.

Harry resta coi.

— Comment va ta mère ? fit le vieux Jack, changeant de sujet, puisqu'il était clair que le gamin ne voulait pas poursuivre dans cette voie.

— Elle vient de recevoir une promotion. Elle est maintenant responsable de toutes les serveuses de la salle du Palm Court et elle dépend directement de M. Frampton, le directeur de l'hôtel.

— Tu dois être très fier d'elle.

— En effet, monsieur. Et je vais le prouver.

— Que projettes-tu de faire ?

Harry lui confia son secret. Le vieil homme l'écouta attentivement, opinant du chef de temps en temps. Il voyait un petit problème, mais qui n'était toutefois pas insurmontable.

Lorsque Harry retourna au magasin, à la fin de sa dernière tournée avant la rentrée des classes, M. Deakins lui donna une prime de un shilling.

— Tu es le meilleur livreur de journaux que j'aie jamais eu, lui dit-il.

— Merci, monsieur, dit Harry, en empochant l'argent. Monsieur Deakins, est-ce que je peux vous poser une question ?

— Oui, bien sûr, Harry.

Harry se dirigea vers la vitrine intérieure, où deux montres étaient présentées, l'une à côté de l'autre, sur l'étagère du haut.

— Combien coûte celle-ci ? demanda-t-il en désignant l'Ingersoll.

M. Deakins sourit. Voilà des semaines qu'il attendait cette question, et il avait sa réponse toute prête.

— Six shillings, déclara-t-il.

Harry n'en croyait pas ses oreilles. Il était sûr que ce magnifique objet coûterait plus du double. Toutefois, bien qu'il ait économisé la moitié de ses gains hebdomadaires, même avec la prime accordée par M. Deakins, il lui manquait toujours un shilling.

— Tu es conscient, Harry, qu'il s'agit d'une montre de femme ?

— Oui, monsieur. J'espérais pouvoir l'offrir à ma mère.

— Alors tu peux l'avoir pour cinq shillings.

Harry n'en croyait pas sa chance.

— Merci, monsieur, répondit-il en lui donnant quatre shillings, une pièce de six pence, une de trois et trois pièces de un penny.

Il avait vidé ses poches. M. Deakins sortit la montre de la vitrine, en retira discrètement l'étiquette de seize shillings, avant de la placer dans un joli coffret.

Harry quitta le magasin en sifflotant. M. Deakins sourit et plaça un billet de dix shillings dans la caisse, enchanté d'avoir accompli sa partie de la transaction.

## 9

La cloche sonna.

— C'est l'heure de se déshabiller ! annonça le préfet de service dans le dortoir des nouveaux, le premier soir de la rentrée.

*Ils ont tous l'air si petits et si désemparés*, se dit Harry. Un ou deux refoulaient visiblement leurs larmes, tandis que d'autres jetaient des coups d'œil à l'entour, ne sachant ce qu'ils devaient faire. Tremblant de tous ses membres, l'un d'eux était tourné vers le mur. Harry se dirigea vers lui à grands pas.

— Comment t'appelles-tu ? lui demanda-t-il gentiment.

— Stevenson.

— Eh bien, moi, c'est Clifton. Bienvenue à Saint-Bède.

— Et moi, c'est Tewkesbury, dit un autre élève qui se trouvait de l'autre côté du lit de Stevenson.

— Bienvenue à Saint-Bède, Tewkesbury.

— Merci, Clifton. En fait, mon père et mon grand-père sont d'anciens élèves de Saint-Bède. Et d'Eton.

— Je n'en doute pas. Et je parie qu'ils ont été capitaines de l'équipe de cricket lorsque Eton a affronté Harrow au Lord's, ajouta-t-il, avant de regretter tout de suite ses paroles.

— Non, en fait, mon père était un mouillé, expliqua Tewkesbury sans se démonter. Pas un sec.

— Un « mouillé » ? fit Harry.

— Il était capitaine de l'équipe d'Oxford qui affronte celle de Cambridge à la course d'aviron.

Stevenson fondit en larmes.

— Qu'est-ce qui ne va pas ? demanda Harry, en s'asseyant sur le lit à côté de lui.

— Mon père est conducteur de tramway.

Tous cessèrent de défaire leurs bagages et fixèrent Stevenson.

— Vraiment ? fit Harry. Eh bien, il faut que je te confie un secret, ajouta-t-il d'une voix assez forte pour être entendu par tous les élèves du dortoir. Moi, je suis fils de docker et je ne serais pas étonné que tu aies gagné une bourse en tant que choriste.

— Non. J'ai passé le concours général.

— Alors, toutes mes félicitations, dit Harry en lui serrant la main. Tu t'insères dans une longue et noble tradition.

— Merci. Mais j'ai un problème, chuchota Stevenson.

— Quel problème ?

— Je n'ai pas de dentifrice.

— Ne t'en fais pas, mon vieux, intervint Tewkesbury. Ma mère met toujours un tube supplémentaire dans ma valise.

Harry sourit alors que la sonnerie retentissait à nouveau.

114

— Tout le monde au lit ! lança-t-il d'une voix ferme en traversant le dortoir en direction de la porte.

Il entendit une voix chuchoter :

— Merci pour le dentifrice.

— De rien, vieux.

— À partir de maintenant, cria Harry en éteignant la lumière, je ne veux plus entendre un seul mot avant que la cloche sonne à 6 h 30 demain matin. (Il se tut quelques instants.) Je parle sérieusement, ajouta-t-il quand il entendit un chuchotement. Pas un mot de plus !

Il sourit en descendant l'escalier pour rejoindre Deakins et Barrington dans le bureau des chefs préfets.

Harry avait eu deux surprises le jour de la rentrée. Il venait à peine de franchir le portail que M. Frobisher l'avait pris à part.

— Félicitations, Clifton, avait-il murmuré. Ce ne sera annoncé que demain matin, juste avant l'assemblée générale, mais vous allez être nommé élève major.

— Ç'aurait dû être Giles, avait-il répliqué spontanément.

— Barrington sera capitaine des sports et…

Il avait sauté de joie en apprenant que son ami revenait à Saint-Bède. Le vieux Jack ne s'était pas trompé en affirmant que M. Hugo trouverait le moyen de faire réintégrer son fils dès le début du trimestre.

Lorsque Giles avait pénétré dans le vestibule quelques instants plus tard, les deux garçons s'étaient serré la main, mais Harry n'avait pas soufflé mot de la question qui devait peser sur leur esprit à tous les deux.

— Comment sont les bizuts ? demanda Giles au moment où Harry entra dans le bureau.

— L'un d'eux te ressemble.

— Tewkesbury, sans doute.

— Tu le connais ?

— Non, mais mon père était à Eton avec le sien.

— Je lui ai dit que j'étais fils de docker, dit Harry en s'affalant dans le seul fauteuil confortable de la pièce.

— Vraiment ? Et est-ce qu'il t'a dit qu'il était fils de ministre ?

Harry resta bouche bée.

— Y en a-t-il d'autres que je devrais garder à l'œil ? s'enquit Giles.

— Stevenson, dit Harry. C'est un croisement entre Deakins et moi.

— Alors on a intérêt à fermer la porte qui donne sur l'échelle de secours avant qu'il ne s'y précipite.

*Où serais-je maintenant*, se dit Harry, *si le vieux Jack ne m'avait pas persuadé de revenir à Saint-Bède ce soir-là ?*

— Quel est notre premier cours demain ? demanda Harry en jetant un coup d'œil à son emploi du temps.

— Latin, répondit Deakins. Voilà pourquoi je sers de guide à Giles pour la première guerre punique.

— 264-241 avant J.-C., lança ce dernier.

— Je suis sûr que ça te plaît, dit Harry.

— En effet. Et il me tarde de passer à la suite : la deuxième guerre punique.

— 218-201 avant J.-C., précisa Harry.

— Je suis toujours étonné que les Grecs et les Romains aient paru savoir à l'avance la date de la naissance du Christ, s'extasia Giles.

— Ha, ha, ha ! fit Harry.

Deakins ne rit pas.

— Finalement, on va devoir étudier la troisième guerre punique. 149-146 avant J.-C.

— Est-ce qu'on doit vraiment les connaître toutes les trois ? se plaignit Giles.

*
* *

Sainte-Marie-Redcliffe était pleine à craquer. Citadins, maîtres et élèves étaient venus célébrer l'office de l'avent qui consistait en huit lectures et huit chants de Noël. Le chœur entra par la nef centrale et avança lentement en chantant *Venez tous, vous les fidèles*, avant de prendre place dans les stalles.

Le directeur lut le premier texte. La lecture fut suivie par *Ô petite ville de Bethléem*. Le programme indiquait que le soliste de la troisième strophe serait Harry Clifton.

« Silencieusement, silencieusement, le don merveilleux est accordé, pendant que Dieu… » La mère de Harry était assise fièrement au troisième rang, tandis que la vieille dame à côté d'elle aurait souhaité informer tous les fidèles qu'ils étaient en train d'écouter son petit-fils. L'homme installé de l'autre côté de Maisie n'entendait absolument rien, mais il était impossible de s'en rendre compte car il souriait aux anges. Pas d'oncle Stan dans les parages.

Le capitaine des sports lut le second texte et, lorsque Giles revint à sa place, Harry remarqua qu'il s'asseyait à côté d'un monsieur à l'air distingué et aux cheveux argentés que Harry devina être sir Walter Barrington. Giles lui avait raconté que son grand-père vivait dans une maison encore plus vaste que la sienne, mais Harry ne pouvait pas croire que ce soit possible. De l'autre côté de Giles il y avait sa mère et son père. Si Mme Barrington fit un sourire à Harry, M. Barrington ne regarda pas une seule fois dans sa direction.

Quand l'orgue commença à jouer le prélude de *Nous, les trois Rois*, l'assemblée se leva et chanta à cœur joie. M. Frobisher lut le texte suivant, après quoi vint ce que Mlle Monday considérait comme le moment le plus important de l'office. L'air recueilli, les mille fidèles écoutèrent Harry chanter *Nuit silencieuse* avec une clarté et une assurance qui amenèrent un sourire de ravissement sur les lèvres du directeur.

Le texte suivant fut lu par le responsable de la bibliothèque. Harry lui avait fait répéter plusieurs fois les paroles de saint Marc. Deakins avait tenté d'échapper à cette corvée, comme il décrivit cette tâche à Giles, mais M. Frobisher avait insisté : le quatrième texte était toujours lu par le bibliothécaire. Si Deakins n'avait pas l'aisance de Giles, il ne s'en tira pas trop mal malgré tout. Harry lui fit un clin d'œil au moment où, traînant les pieds, Deakins regagna sa place, à côté de ses parents.

Le chœur se leva alors pour entonner *In dulci jubilo*, tandis que les paroissiens demeuraient assis. À cause de ses harmonies inhabituelles, c'était pour Harry l'un des plus difficiles chants de Noël de leur répertoire.

M. Holcombe ferma les yeux afin d'écouter plus attentivement le premier soliste de l'école. Harry interprétait *Que tous les cœurs se mettent à chanter* quand son ancien maître crut entendre un imperceptible craquement dans sa voix. Il se dit que Harry était sans doute enrhumé. Mlle Monday, elle, connaissait la vérité, car elle avait maintes fois perçu ces premiers signes. Elle pria Dieu de faire qu'elle se soit trompée, tout en sachant que sa prière ne serait pas exaucée. Harry allait terminer l'office sans que personne, ou presque, ne se rende compte de ce qui s'était passé, et il pourrait continuer à chanter pendant plusieurs semaines encore, voire plusieurs mois, mais à Pâques un autre garçon entonnerait *Réjouissez-vous, le Seigneur est ressuscité*.

Un vieil homme, qui était arrivé quelques instants seulement après le début de l'office, figurait parmi la poignée de personnes qui comprenaient ce qui était survenu. Le vieux Jack quitta l'assemblée juste avant que l'évêque ne donne sa dernière bénédiction. Il savait que Harry ne lui rendrait pas visite avant le samedi suivant, ce qui lui laisserait assez de temps pour élaborer une réponse à l'inévitable question.

*
* *

— Puis-je vous entretenir en privé, Clifton ? demanda M. Frobisher à la fin de l'étude. Pourriez-vous me rejoindre dans mon bureau ?

Harry n'avait pas oublié la dernière fois qu'il avait entendu des paroles similaires.

Quand il referma la porte du bureau, le directeur de la résidence lui indiqua un siège près du feu, ce qu'il n'avait jamais fait auparavant.

— Je voulais juste vous assurer, Harry (autre première), que le fait que vous ne puissiez plus chanter dans la chorale n'aurait aucune incidence sur votre état de boursier. Nous sommes parfaitement conscients à Saint-Bède que votre apport à l'école dépasse de beaucoup votre participation à la maîtrise.

— Merci, monsieur.

— Toutefois, nous devons maintenant penser à votre avenir. Le professeur de musique me dit qu'il va s'écouler un certain temps avant que votre voix ne se remette complètement, ce qui signifie que nous ne devons pas nous faire d'illusions sur vos chances d'obtenir une bourse de choriste au lycée de Bristol.

— Je n'ai aucune chance, renchérit Harry d'un ton serein.

— Je suis bien d'accord avec vous et soulagé que vous compreniez la situation. Cependant, poursuivit M. Frobisher, je serais ravi de vous inscrire au concours général des bourses organisé par le lycée de Bristol. Mais, s'empressa-t-il d'ajouter avant que Harry n'ait le temps de réagir, les choses étant ce qu'elles sont, il est possible que vous pensiez avoir davantage de chances de recevoir une bourse, disons à la Colston's School ou au Gloucester King's College, deux établissements dont l'examen d'entrée est beaucoup moins ardu.

— Non, merci, monsieur, répondit Harry. Mon premier choix reste le lycée de Bristol.

Il avait dit la même chose au vieux Jack, et tout aussi fermement, le samedi précédent, lorsque son mentor avait marmonné qu'il ne fallait pas brûler ses vaisseaux.

— D'accord, fit M. Frobisher qui, même s'il ne s'était pas attendu à une réponse différente, avait jugé de son devoir de présenter un autre choix. Tirons donc parti de ce revers.

— D'après vous, que dois-je faire, monsieur ?

— Eh bien, maintenant que vous êtes dispensé des cours de chant quotidiens, vous disposerez de plus de temps pour préparer le concours général des bourses.

— Oui, monsieur, mais je suis toujours chargé de…

— Et je ferai tout ce qui est en mon pouvoir pour m'assurer que dorénavant vos tâches en tant qu'élève major soient moins lourdes.

— Merci, monsieur.

— Au fait, Harry, reprit Frobisher en se levant de son fauteuil, je viens de lire votre essai sur Jane Austen et j'ai été fasciné par votre hypothèse selon laquelle Mlle Austen n'aurait peut-être jamais écrit le moindre roman si elle avait eu la possibilité d'aller à l'université et que, même si elle avait été écrivain, son œuvre n'aurait probablement pas été aussi profonde.

— C'est parfois un avantage d'être désavantagé.

— Ça, ça ne ressemble pas à du Jane Austen.

— Ce n'en est pas. Ce sont les paroles de quelqu'un qui n'a pas fréquenté l'université, répondit Harry sans autre explication.

*
* *

Maisie jeta un coup d'œil à sa nouvelle montre et sourit.

— Il faut que je parte maintenant, Harry, si je ne veux pas être en retard au travail.

— Bien sûr, maman, dit Harry en se levant de table d'un bond. Je vais t'accompagner jusqu'à l'arrêt du tramway.

— Harry, penses-tu à ce que tu vas faire si tu n'obtiens pas la bourse ? (Voilà des semaines qu'elle avait cette question sur le bord des lèvres.)

— Sans cesse, répliqua Harry en lui ouvrant la porte. Mais je ne vais guère avoir le choix : il ne me restera plus qu'à retourner à Merrywood, et à 14 ans je quitterai l'école pour chercher du travail.

## 10

— Te sens-tu prêt à faire face aux examinateurs, mon garçon ? demanda le vieux Jack.

— Fin prêt ! répondit Harry. Au fait, j'ai suivi votre conseil et j'ai consulté les sujets d'examen des dix dernières années. Vous aviez raison, il y a une ligne de force très nette, et certaines questions reviennent régulièrement.

— Très bien. Et le latin, ça va ? On ne peut pas se permettre de rater cette épreuve, même si on réussit bien dans les autres matières.

Harry sourit en entendant Jack dire « on ».

— Grâce à Deakins j'ai eu 69 sur 100 à l'examen blanc, la semaine dernière, bien que j'aie fait traverser les Andes à Hannibal.

— Ça ne se trouve qu'à neuf mille kilomètres de distance, gloussa Jack. Alors, à ton avis, quelle sera ta plus grande difficulté ?

— Les quarante élèves de Saint-Bède qui se présentent aussi au concours, sans parler des deux cent cinquante qui viennent d'autres établissements.

— Oublie-les ! Si tu fais ce dont tu es capable, tu n'as rien à craindre d'eux.

Harry resta silencieux.

— Et ta voix, comment va-t-elle ? demanda Jack, qui changeait toujours de sujet lorsque Harry se taisait.

— Rien de nouveau. Il peut se passer des semaines avant que je sache si je suis ténor, baryton ou basse, et même alors il n'est pas certain que je reste un bon chanteur. En tout cas, une chose est sûre : le lycée de Bristol ne va pas m'offrir une bourse de choriste tant que je suis comme un cheval avec une jambe cassée.

— Allons donc ! Ce n'est pas aussi grave.

— C'est pire ! Si j'étais un cheval, on me tirerait une balle pour abréger mes souffrances.

Jack éclata de rire.

— Quand a lieu le concours ? s'enquit-il, bien qu'il connût la réponse.

— Jeudi en huit. On commence à 9 heures par l'épreuve de culture générale, suivie de cinq autres épreuves le même jour, la dernière étant l'anglais, à 16 heures.

— C'est bien que tu termines par ton sujet favori.

— Espérons que ça marchera ! Mais priez pour qu'il y ait une question sur Dickens, parce que ça fait trois ans qu'il n'est pas tombé. Voilà pourquoi j'ai lu tous ses romans après l'extinction des feux.

— Dans ses mémoires, Wellington a écrit que dans une campagne, le pire moment, c'est l'attente du lever du soleil, le matin de la bataille.

— Je suis d'accord avec le « duc de fer ». En d'autres termes, je ne vais pas beaucoup dormir pendant les deux prochaines semaines.

— Raison supplémentaire pour ne pas venir me voir samedi prochain, Harry. Tu as mieux à faire. De toute façon, c'est ton anniversaire, si j'ai bonne mémoire.

— Comment le savez-vous ?

— J'avoue ne pas l'avoir lu dans le *Times* à la rubrique des affaires de la Cour. Mais j'ai fait le pari qu'il tombait le même jour que l'année dernière et je t'ai acheté un cadeau, annonça-t-il en lui tendant un objet enveloppé dans une feuille de journal de la semaine précédente.

— Merci, monsieur, dit Harry en dénouant la ficelle.

Il enleva la feuille de journal, ouvrit le petit coffret bleu sombre et fut médusé d'y découvrir la montre d'homme Ingersoll qu'il avait vue dans la vitrine de M. Deakins.

— Merci, répéta-t-il en la mettant à son poignet.

Il ne pouvait la quitter des yeux, tout en se demandant comment le vieux Jack avait pu payer six shillings.

\*
\* \*

Le jour du concours Harry se réveilla bien avant le lever du soleil. Il sauta le petit déjeuner afin de réviser certains anciens sujets de culture générale, vérifiant la capitale de pays allant de l'Allemagne au Brésil, les dates concernant les Premiers Ministres de

Walpole à Lloyd George, ainsi que celles du règne des monarques du roi Alfred à George V. Une heure plus tard, il se sentait prêt à affronter les examinateurs.

Cette fois encore, il fut placé au premier rang, entre Barrington et Deakins. Était-ce la dernière fois ? Quand l'horloge du campanile sonna 10 heures, plusieurs maîtres passèrent dans les rangées pour distribuer les sujets de culture générale à quarante garçons nerveux. Ou plutôt à trente-neuf garçons nerveux et à Deakins.

Harry lut lentement chaque question. Lorsqu'il atteignit la centième il se laissa aller à sourire. Il saisit son porte-plume, le trempa dans l'encrier et commença à écrire. Quarante minutes plus tard il retrouvait la question n° 100. Il jeta un coup d'œil à sa montre : il lui restait encore dix minutes pour relire sa copie. Il s'arrêta un instant à la n° 34, reconsidérant sa réponse. Était-ce Oliver Cromwell ou Thomas Cromwell qui fut envoyé à la Tour de Londres pour haute trahison ? Il se rappela le sort du cardinal Wolsey et choisit l'homme qui lui avait succédé comme lord chancelier.

Quand la cloche sonna à nouveau, il était parvenu à la question n° 92. Il vérifia rapidement ses huit dernières réponses avant qu'on lui arrache sa copie, alors que l'encre de sa dernière réponse – Charles Lindbergh – n'avait pas encore eu le temps de sécher.

Durant les vingt minutes de pause, Harry, Giles et Deakins marchèrent lentement autour du terrain de cricket où, une semaine plus tôt seulement, Giles avait marqué cent courses.

— *Amo, amas, amat*, psalmodia Deakins, qui leur faisait réciter péniblement leurs conjugaisons, sans jeter un seul coup d'œil au *Manuel élémentaire de latin* de Kennedy.

— *Amamus, amatis, amant*, continua Harry en retournant à la salle d'examen.

Quand, une heure plus tard, Harry remit sa copie de latin, il était certain qu'il aurait plus de 60 sur 100, le minimum requis, et même Giles semblait content de lui. Sur le chemin du réfectoire, Harry plaça un bras autour des épaules de Deakins et lui dit :

— Merci, vieux !

Après avoir lu le sujet de géographie un peu plus tard, il remercia en silence son arme secrète. Le vieux Jack lui avait transmis énormément de savoir au cours des années, sans qu'il n'ait jamais eu l'impression d'être dans une salle de classe.

Au déjeuner Harry ne toucha ni à son couteau ni à sa fourchette. Giles réussit à avaler un demi-pâté au porc, tandis que Deakins s'empiffrait.

L'après-midi commença par l'épreuve d'histoire, qui ne lui posa aucun problème. Henri VIII, Élisabeth, Raleigh, Drake, Napoléon, Nelson et Wellington investirent tous le champ de bataille, dont Harry les éjecta l'un ou l'une après l'autre.

L'épreuve de mathématiques fut beaucoup plus facile qu'il ne l'avait craint. Giles pensa même avoir pu marquer cent points comme au cricket.

Pendant la dernière pause, Harry se remit à réviser, jetant un coup d'œil à un essai qu'il avait écrit sur *David Copperfield*, sûr qu'il allait exceller dans sa matière préférée. Il gagna sans se presser la salle d'examen en se répétant l'expression favorite de M. Holcombe : « Concentrez-vous ! »

Lorsqu'il lut le dernier sujet de la journée il s'aperçut que c'était l'année de Thomas Hardy et de Lewis Carroll. Il avait lu *Le Maire de Casterbridge* et *Alice au pays des merveilles,* mais le Chapelier fou, Michael Henchard et le chat du Cheshire ne lui étaient pas aussi familiers que Peggotty, le Dr Chillip et Barkis. Sa plume se déplaçait lentement sur la page en grinçant et quand sonna l'heure il n'était pas certain d'en avoir assez écrit. Il sortit de la salle et se glissa dans l'atmosphère ensoleillée de l'après-midi, un peu déprimé, même s'il était clair, d'après l'expression de leur visage, qu'aucun de ses rivaux ne pensait que l'épreuve avait été facile. Avait-il donc encore une chance de réussir ?

*
* *

Suivit alors ce que M. Holcombe avait souvent décrit comme la partie la plus désagréable de l'examen, les interminables journées d'attente, avant que les résultats ne soient officiellement accrochés sur le panneau d'affichage de l'école. C'était le moment où les élèves finissaient par commettre quelque méfait qu'ils regretteraient plus tard, presque comme s'ils préféraient être expulsés plutôt que de connaître le sort qui les attendait. L'un d'eux fut surpris à boire du cidre derrière l'abri à vélos, un autre à fumer une Woodbine dans les toilettes, tandis qu'on vit un troisième sortir d'un cinéma du quartier après l'extinction des feux.

Le samedi suivant, Giles ne marqua pas un seul point au cricket (une première pour lui, cette saison). Pendant que Deakins travaillait de nouveau à la bibliothèque, Harry effectuait de longues balades, ressassant mentalement toutes ses réponses, ce qui n'arrangeait pas les choses.

Le dimanche après-midi, Giles s'entraîna longtemps au maniement de la batte. Le lundi, Deakins passa le relais à contrecœur au nouveau responsable de la bibliothèque et, le mardi, Harry lut *Loin de la foule déchaînée* en poussant des jurons sonores. Le mercredi soir, Giles et Harry discutèrent jusqu'à une heure avancée de la nuit, pendant que Deakins dormait profondément.

*
* *

Le jeudi matin, bien avant que l'horloge du campanile ne sonne dix coups, quarante garçons déambulaient dans la cour, la tête baissée et les mains dans les poches, attendant que le directeur fasse son apparition. Bien qu'ils aient tous su que le révérend Oakshott ne serait ni une minute en avance ni une minute en retard, dès dix heures moins cinq, la plupart des yeux étaient fixés sur la porte de la maison du directeur. Les autres élèves surveillaient l'horloge de la grande salle, cherchant à forcer l'aiguille des minutes à avancer un peu plus vite.

Au premier coup, le révérend Samuel Oakshott ouvrit sa porte et posa le pied dans l'allée. Il tenait une feuille de papier dans une main et quatre punaises dans l'autre, n'étant pas homme à laisser quoi que ce soit au hasard. Quand il atteignit le bout de l'allée, il poussa la petite barrière et traversa la cour de son pas habituel, oublieux de tout ce qui l'entourait. Les garçons s'écartèrent prestement, ménageant un couloir afin de ne pas gêner la marche du directeur, qui fit halte devant le tableau d'affichage au moment où retentissait le dixième coup. Il fixa les résultats du concours sur le panneau puis repartit sans prononcer la moindre parole.

Les quarante garçons se précipitèrent, formant une mêlée devant le panneau. Personne ne fut surpris que Deakins figure en premier sur la liste avec 92 sur 100 et qu'il ait obtenu la bourse Peloquin du lycée de Bristol. Giles sauta en l'air sans tenter de cacher son soulagement en voyant 64 sur 100 à côté de son nom.

Ils se retournèrent tous les deux, cherchant leur ami du regard. Harry se tenait seul, à l'écart, loin de la foule déchaînée.

Maisie Clifton

1920-1936

## 11

Quand Arthur et moi nous sommes mariés, on ne peut pas dire qu'on a mis les petits plats dans les grands, mais il est vrai que ni les Tancock ni les Clifton ne possédaient un sou vaillant. La dépense la plus importante a été le chœur, une demi-couronne, et ça valait le coup. J'avais toujours voulu faire partie de la chorale de Mlle Monday, mais bien qu'elle m'ait dit que j'avais une assez bonne voix, on ne m'a pas acceptée parce que je ne savais ni lire ni écrire.

La réception, pour employer un bien grand mot, s'est tenue chez les parents d'Arthur qui habitaient une des maisons mitoyennes de Still House Lane. Il y a eu un tonneau de bière, des sandwichs au beurre de cacahuètes et une dizaine de petits pâtés au porc. Mon frère Stan a même apporté sa propre portion de *fish and chips*. Et pour couronner le tout, on a dû partir tôt pour attraper le dernier autocar à destination de Weston-super-Mare où on allait passer notre lune de miel. Arthur a pris une chambre dans une pension de famille du front de mer, et comme il a plu durant la plus grande partie du week-end on n'a presque pas quitté la chambre.

Ça m'a paru bizarre que la seconde fois que j'ai fait l'amour se passe aussi à Weston-super-Mare. J'ai été choquée de voir Arthur tout nu. La cicatrice rouge foncé d'une blessure grossièrement recousue lui barrait le ventre de part en part. À bas les Boches ! Il n'avait jamais dit qu'il avait été blessé pendant la guerre.

Si je n'ai pas été surprise qu'il soit excité dès que j'ai ôté ma combinaison, je dois reconnaître que je m'attendais à ce qu'il enlève ses chaussures avant de faire l'amour.

On a quitté la pension de famille le dimanche après-midi et on a pris le dernier car pour Bristol, vu qu'Arthur devait pointer aux docks le lundi matin à 6 heures.

Après les noces, Arthur s'est installé chez nous. « Seulement jusqu'à ce qu'on puisse s'offrir un logement », a-t-il dit à mon père, ce qui signifiait en général jusqu'à ce que les parents de l'un ou de l'autre rendent l'âme. De toute façon, de mémoire d'homme nos deux familles avaient toujours vécu dans Still House Lane.

Arthur a été ravi d'apprendre que j'étais enceinte puisqu'il voulait au moins six enfants. Je me demandais avec angoisse si le premier serait de lui, mais comme ma mère et moi étions les seules à connaître la vérité, il n'y avait aucune raison qu'Arthur en doute.

Huit mois plus tard, j'ai donné naissance à un garçon et, grâce à Dieu, rien ne laissait deviner qu'il n'était pas d'Arthur. On l'a appelé Harold, ce qui a plu à mon père parce qu'ainsi son prénom allait survivre pendant une nouvelle génération.

À partir de ce moment-là, j'ai pensé que, comme ma mère et ma grand-mère, j'allais rester coincée au foyer et avoir un bébé tous les deux ans. Après tout, la famille d'Arthur comptait huit rejetons et, de mon côté, j'étais la quatrième sur cinq. En fait, Harry a été mon seul enfant.

*<br>* *

Le soir, Arthur rentrait directement après le travail pour pouvoir passer un peu de temps avec le bébé avant que je le couche. Quand il n'est pas revenu un vendredi soir, j'ai cru qu'il était au pub avec mon frère. Mais lorsque Stan est rentré en chancelant juste après minuit, complètement soûl et en exhibant une liasse de billets de cinq livres, Arthur n'était pas avec lui. Stan m'a donné l'un des billets, ce qui m'a fait me demander s'il avait cambriolé une banque. Quand je l'ai interrogé sur Arthur, il a fermé son bec.

Je suis restée assise toute la nuit sur le seuil de la maison à attendre le retour de mon mari. Depuis notre mariage, Arthur n'avait pas découché une seule fois.

Si le lendemain matin Stan avait repris ses esprits, il n'a pas pipé mot de tout le petit déjeuner. Je lui ai demandé où était Arthur, et il a prétendu qu'il ne l'avait pas vu depuis la sortie du travail, la veille. Ce n'est pas difficile de voir quand il ment, car il ne vous regarde pas dans les yeux. J'étais sur le point d'insister quand on a cogné violemment à la porte. Persuadée que c'était Arthur, je me suis précipitée pour répondre.

Lorsque j'ai ouvert la porte deux policiers ont fait irruption dans la cuisine. Il se sont jetés sur Stan, l'ont menotté et lui ont annoncé qu'ils l'arrêtaient pour vol. Je savais à présent d'où venait la liasse de billets.

— J'ai rien volé, a protesté Stan. C'est M. Barrington qui m'a donné l'argent.

— C'est ça, Tancock, a dit le premier flic.

— Mais c'est la stricte vérité, monsieur l'agent, a-t-il répliqué tandis qu'on l'emmenait au poste.

Cette fois-là, je savais que Stan ne mentait pas.

J'ai laissé Harry avec maman et j'ai couru jusqu'aux docks, dans l'espoir de découvrir qu'Arthur venait de pointer avec l'équipe du matin et qu'il pourrait m'expliquer pourquoi Stan avait été arrêté. J'ai essayé de ne pas envisager qu'Arthur ait déjà pu être sous les verrous.

À la grille, le vigile m'a déclaré qu'il n'avait pas vu Arthur ce matin-là. Après avoir vérifié la feuille de sortie, il a eu l'air déconcerté car Arthur n'avait pas pointé la veille au soir.

— C'est pas ma faute. J'étais pas de service hier soir.

Voilà tout ce qu'il a trouvé à me dire. Ce n'est que plus tard que je me suis demandé pourquoi il avait utilisé le mot « faute ».

J'ai pénétré dans les docks pour interroger certains des copains d'Arthur, mais ils ont tous répété la même phrase avant de s'éloigner à la hâte : « Je l'ai pas vu depuis qu'il est sorti hier soir. » Je m'apprêtais à aller au poste pour voir si Arthur n'avait pas été bouclé lui aussi, quand j'ai aperçu un vieil homme qui marchait, la tête basse.

J'ai couru derrière lui, certaine qu'il allait m'envoyer paître ou prétendre qu'il ne comprenait pas de quoi je parlais. Or, quand je me suis approchée de lui, il s'est arrêté, a ôté sa casquette et m'a dit :

— Bonjour, madame.

Ses bonnes manières m'ont surprise et encouragée à lui demander s'il avait vu Arthur.

— Non, a-t-il répondu. Je l'ai vu hier après-midi, il faisait partie de la dernière équipe du soir avec votre frère. Peut-être devriez-vous lui poser la question.

— C'est impossible. Il a été arrêté et emmené au poste.

— De quoi l'accuse-t-on ? s'est étonné l'homme qu'on appelait « le vieux Jack » comme je le découvris plus tard.

— Je n'en sais rien.

— Je ne peux pas vous aider, madame Clifton, a-t-il déclaré en secouant la tête. Mais il y a au moins deux personnes qui connaissent toute l'histoire, a-t-il ajouté en désignant du menton le grand bâtiment en brique qu'Arthur appelait toujours « la direction ».

J'ai frissonné en voyant un policier sortir de la porte principale du bâtiment. Quand je me suis retournée le vieux Jack avait disparu.

J'ai eu envie de me rendre à la « direction » – le bâtiment Barrington, pour lui donner son nom officiel –, mais je me suis ravisée. Qu'allais-je lui dire si je me retrouvais nez à nez avec le patron d'Arthur ? Finalement, désemparée, j'ai repris le chemin de la maison, tout en essayant de comprendre ce qui m'arrivait.

*
* *

J'ai regardé Hugo Barrington faire sa déposition. Toujours la même assurance, la même arrogance, les mêmes demi-vérités débitées d'un ton convaincant devant le jury, exactement comme il me les avait chuchotées en privé dans la chambre. Quand il a quitté la barre des témoins, j'ai compris que Stan n'avait aucune chance de s'en tirer.

Dans sa récapitulation, le juge a décrit mon frère comme un banal cambrioleur, qui avait tiré parti de son emploi pour voler son patron, et il a terminé en disant qu'il était contraint de lui infliger une peine de trois années de prison.

J'avais assisté à toutes les séances du procès, dans l'espoir de glaner le moindre indice à propos de ce qui était arrivé à Arthur ce jour-là. Pourtant, lorsque, le dernier jour, le juge a déclaré « La séance est levée », je n'en savais pas plus, même si je devinais que mon frère n'avait pas dit toute la vérité. Ce n'est que bien plus tard que j'ai eu le fin mot de l'histoire.

La seule autre personne qui a assisté à toutes les séances, c'est le vieux Jack Tar, mais nous ne nous sommes pas parlé. En fait, sans Harry, j'aurais bien pu ne jamais le revoir.

\*

\*   \*

J'ai mis un certain temps à accepter qu'Arthur ne reviendrait jamais à la maison.

Stan était absent depuis quelques jours seulement quand j'ai vraiment compris le sens de l'expression « se serrer la ceinture ». Maintenant que l'un des deux soutiens de la famille était en taule et que l'autre était Dieu seul savait où, on s'est retrouvés, littéralement, à la soupe populaire. Heureusement, dans Still House Lane, il y avait un code tacite selon lequel lorsque quelqu'un était « parti en vacances », les voisins se mettaient en quatre pour aider sa famille.

Le révérend Watts passait régulièrement nous voir et il nous a même rendu quelques-unes des pièces qu'on avait données à la quête au cours des années passées. Mlle Monday venait de temps en temps et repartait toujours le panier vide, après avoir donné bien plus que de bons conseils. Malgré tout, rien ne pouvait me dédommager de la perte d'un mari, de l'emprisonnement d'un frère innocent et de la difficulté d'élever un fils sans père.

Harry venait de commencer à marcher, mais je craignais déjà ses premières paroles. Allait-il se souvenir de l'homme qui s'asseyait au haut bout de la table et demander pourquoi il n'était plus là ? C'est grand-père qui a trouvé la réponse à lui faire, au cas où Harry se mettrait à poser des questions. Nous avons pris la résolution de raconter tous la même histoire. Après tout, Harry ne risquait guère de rencontrer le vieux Jack.

À l'époque, la priorité pour la famille Tancock était d'éviter que ne frappent à la porte la misère et, surtout, l'encaisseur des loyers et l'huissier. Une fois que j'ai eu dépensé les cinq livres de Stan, gagé le passe-thé en plaqué argent de ma mère, ma bague de fiançailles et, pour finir, mon alliance, je me suis dit qu'on n'allait pas tarder à nous expulser.

Or, ce péril a été repoussé de quelques semaines grâce à un autre coup frappé à la porte. Cette fois-ci ce n'était pas la police, mais un certain M. Sparks qui s'est présenté comme le délégué du syndicat d'Arthur venu voir si j'avais reçu un dédommagement de l'entreprise.

Après avoir installé M. Sparks dans la cuisine et lui avoir offert une tasse de thé, je lui ai répondu :

— Pas un sou. On m'a dit qu'il était parti sans donner de préavis et que, par conséquent, l'entreprise n'était pas responsable de ses actes. Et je ne sais toujours pas ce qui s'est passé ce jour-là.

— Moi non plus. Ils sont tous restés bouche cousue. Non seulement la direction mais également les ouvriers. Je n'arrive pas à en tirer la moindre parole. « Je tiens à la vie », m'a répondu l'un d'eux. Mais comme votre mari était à jour de ses cotisations, le syndicat vous doit quelque chose.

Je ne savais pas du tout de quoi il parlait.

Il a sorti un document de sa sacoche qu'il a posé sur la table de la cuisine, avant de l'ouvrir à la dernière page.

— Signez ici, a-t-il déclaré en plaçant l'index sur la ligne en pointillé.

Après que j'ai eu fait une croix à l'endroit qu'il désignait, il a sorti une enveloppe de sa poche.

— Désolé de vous offrir aussi peu, a-t-il dit en me la tendant.

J'ai attendu qu'il ait fini de boire son thé et qu'il soit parti pour ouvrir l'enveloppe.

Sept livres, neuf shillings et six pence, voilà à combien on avait estimé la vie d'Arthur. Je suis restée assise toute seule à la table de la cuisine, et c'est à ce moment-là, je pense, que j'ai su que je ne reverrais jamais mon mari.

L'après-midi je suis retournée chez M. Cohen, le prêteur sur gages, et j'ai repris mon alliance. C'était le moins que je pouvais faire en mémoire d'Arthur. Le lendemain matin, j'ai réglé l'arriéré de loyer, payé l'ardoise chez le boucher, le boulanger, et, oui, chez le fabricant de bougies. Il me restait juste de quoi acheter des vêtements de seconde main à la vente de charité de l'église, pour Harry surtout.

Moins d'un mois plus tard, la craie crissait à nouveau sur l'ardoise du boucher, du boulanger et du fabricant de bougies, et je n'ai pas tardé à retourner chez le prêteur sur gages pour lui remettre mon alliance.

Quand l'encaisseur des loyers est venu frapper à la porte du n° 27 sans qu'on ne lui réponde, je suppose qu'aucun membre de la famille n'a été surpris que le visiteur suivant soit l'huissier. C'est alors que j'ai décidé qu'il était temps de chercher du travail.

## 12

La recherche d'un travail ne fut pas tâche facile, d'autant plus que, suite à la promesse de Lloyd George selon laquelle les soldats britanniques seraient reçus au pays en héros, le gouvernement venait d'envoyer des instructions à tous les employeurs pour leur conseiller d'engager des hommes ayant servi dans les forces armées, avant d'étudier toute autre candidature.

Bien que les femmes de plus de 30 ans aient reçu le droit de vote aux dernières élections en récompense de leur travail efficace pendant la guerre dans les fabriques de munitions, elles passaient en dernier quand il s'agissait de les embaucher en temps de paix. Maisie pensa qu'elle aurait davantage de chances si elle sollicitait un des emplois méprisés par les hommes, parce qu'ils les considéraient comme dégradants ou trop mal payés. Voilà pourquoi elle fit la queue devant W.D. & H.O. Wills, le plus grand employeur de la ville. Lorsque ce fut son tour, elle demanda au contremaître :

— C'est vrai que vous recherchez des empaqueteurs dans la fabrique de cigarettes ?

— Oui, mais t'es trop jeune, ma poule.

— J'ai 22 ans.

— T'es trop jeune, répéta-t-il. Reviens dans deux ou trois ans.

Elle fut de retour dans Still House Lane à temps pour partager un bol de bouillon de poule et un morceau de pain de la semaine précédente avec Harry et sa mère.

Le lendemain, elle se joignit à une file d'attente encore plus longue devant Harvey's, le négociant en vins. Quand, trois heures plus tard, elle fut la première de la queue, un homme qui portait un col blanc empesé et une fine cravate noire lui apprit qu'ils ne prenaient que des personnes expérimentées.

— Alors que dois-je faire pour acquérir de l'expérience ? demanda-t-elle en s'efforçant de ne pas avoir l'air désespérée.

— Vous inscrire à notre programme d'apprentissage.

— Eh bien, d'accord ! dit-elle au col empesé.

— Quel âge avez-vous ?

— 22 ans.

— Vous êtes trop âgée.

Maisie répéta à sa mère mot pour mot l'entretien de trente secondes en buvant avec elle un bol de bouillon de poule tiré de la même casserole que la veille et un croûton coupé dans le même pain.

— Et si tu essayais les docks ? suggéra sa mère.

— Pour quel travail ? Comme débardeuse ?

Cela ne fit pas rire la mère de Maisie, mais il est vrai que la jeune femme ne se rappelait pas la dernière fois qu'elle avait ri.

— Ils ont toujours du travail pour des femmes de ménage, dit-elle. Et Dieu seul sait que ces gens te doivent quelque chose.

Le lendemain matin, Maisie était levée et habillée bien avant l'aube et, comme il n'y avait pas assez de nourriture à partager pour le petit déjeuner, c'est le ventre creux qu'elle entreprit la longue marche jusqu'aux docks.

Quand elle arriva à la grille, elle dit au vigile qu'elle cherchait un travail de femme de ménage.

— Présentez-vous à Mme Nettles, répondit-il en indiquant du menton le grand bâtiment en brique dans lequel elle avait failli entrer une fois. C'est elle qui engage et dégage les femmes de ménage.

À l'évidence, il ne se souvenait pas de Maisie.

Elle se dirigea sans grand enthousiasme vers le bâtiment mais s'arrêta à quelques pas du portail en voyant un groupe d'hommes élégamment vêtus, portant manteau, chapeau et parapluie, entrer l'un derrière l'autre par la double porte.

Elle resta plantée là à frissonner dans l'air glacial, s'efforçant de trouver le courage de les suivre. Elle allait rebrousser chemin quand elle aperçut une femme d'un certain âge en blouse de travail sur le point de pénétrer dans le bâtiment par une porte latérale. Maisie la rejoignit en courant.

— Qu'est-ce que vous voulez ? lui demanda la femme d'un ton suspicieux.

— Je cherche du travail.

— Très bien. On a bien besoin de p'tites jeunes. Présentez-vous à Mme Nettles, ajouta-t-elle en désignant une porte étroite qu'on aurait pu prendre pour celle d'un placard à balais.

Maisie se dirigea bravement vers la porte et frappa.

— Entrez, lança une voix fatiguée.

En s'exécutant, elle découvrit une femme de l'âge de sa mère environ, assise sur le seul siège de la pièce, au milieu de seaux, de balais et de plusieurs gros pains de savon.

— On m'a dit de me présenter à vous si je cherchais du travail.

— On vous a bien renseignée. Si vous êtes d'accord pour bosser à toute heure du jour et de la nuit pour un salaire de misère.

— Quelles sont les heures et quel est le salaire ?

— Vous commencez à 3 heures du mat' et il faut que vous ayez débarrassé le plancher à 7 heures, avant que Leurs Altesses se pointent et exigent que leur bureau soit propre comme un sou neuf. Ou vous pouvez commencer à 19 heures et travailler jusqu'à minuit. Comme ça vous arrange. La paye est la même : six pence l'heure.

— Je prends les deux services.

— Parfait, dit la femme en choisissant un seau et un balai. Donc, à 19 heures, ce soir. Et je vous expliquerai le boulot. Je m'appelle Vera Nettles. Et vous ?

— Maisie Clifton.

Mme Nettles lâcha le seau, replaça le balai contre le mur, puis alla rouvrir la porte.

— Il n'y a pas de travail pour vous ici, madame Clifton.

\*
\* \*

144

Le mois suivant, Maisie essaya de trouver du travail dans un magasin de chaussures, mais le gérant refusa d'employer une personne qui avait des semelles trouées. Puis chez une modiste où l'entretien se termina dès qu'on découvrit qu'elle ne savait pas compter. Ensuite chez une fleuriste qui n'envisageait pas d'engager quelqu'un qui n'avait pas de jardin, le jardin ouvrier de grand-père ne comptant pas. Désespérée, elle se présenta pour une place de serveuse dans un pub du quartier, mais le tavernier lui dit :

— Désolé, ma poule. Tes lolos sont pas assez gros.

Le dimanche suivant, à la Sainte-Nativité, Maisie s'agenouilla et pria Dieu de lui prêter main-forte.

Cette main s'avéra être celle de Mlle Monday, qui l'informa qu'une de ses amies, propriétaire d'un salon de thé dans Broad Street, cherchait une serveuse.

— Mais je n'ai aucune expérience, dit Maisie.

— Cela sera peut-être un avantage. Mlle Tilly est très maniaque et préfère former elle-même ses employées.

— Elle va peut-être juger que je suis trop jeune ou trop âgée.

— Vous n'êtes ni trop jeune ni trop âgée. Et soyez certaine que je ne vous recommanderais pas si je ne vous croyais pas à la hauteur. Toutefois, je dois vous avertir, Maisie, que Mlle Tilly est à cheval sur la ponctualité. Présentez-vous demain au salon de thé avant 8 heures. Si vous arrivez en retard vous ferez mauvaise impression au premier rendez-vous, et il n'y en aura pas de second.

Dès 6 heures du matin Maisie se trouvait devant le salon de thé Tilly, et elle ne bougea pas pendant les deux heures suivantes. À 7 h 55, une dame d'âge moyen, potelée, élégamment vêtue, les cheveux noués en un chignon impeccable, des demi-lunes sur le bout du nez, retourna le panneau annonçant « *Fermé* » pour faire apparaître l'indication « *Ouvert* » et inviter une Maisie frigorifiée à pénétrer à l'intérieur.

— Vous êtes engagée, madame Clifton.

Telles furent les premières paroles de sa nouvelle patronne.

*
*　*

Quand elle allait travailler, Maisie laissait Harry à la garde de sa grand-mère. Bien qu'elle ne soit payée que neuf pence l'heure, elle avait le droit de conserver la moitié de ses pourboires, si bien qu'à la fin d'une bonne semaine elle pouvait ramener à la maison jusqu'à trois livres. Il y avait également une prime inattendue. Une fois que « *Fermé* » avait remplacé « *Ouvert* » sur l'écriteau, à 18 heures, Mlle Tilly permettait à Maisie de prendre la nourriture qui restait pour la ramener chez elle. Le mot « rassis » ne devait jamais être prononcé par un client.

Au bout de six mois, Mlle Tilly était si satisfaite des progrès de Maisie qu'elle lui confia la responsabilité de huit tables, et six mois plus tard plusieurs habitués insistaient pour que ce soit Maisie qui les serve. Mlle Tilly résolut le problème en la chargeant du service de douze tables et en la payant un shilling l'heure. Maintenant qu'il y avait chaque semaine deux payes à la maison, Maisie put à nouveau porter son alliance et sa bague de fiançailles. Et le passe-thé en plaqué argent retrouva sa place.

*
* *

Pour être franche, Maisie devait reconnaître que la libération de Stan au bout de dix-huit mois pour bonne conduite eut ses mauvais côtés.

Âgé de 3 ans et demi, Harry dut revenir dans la chambre de sa mère, et celle-ci s'efforça d'oublier le grand calme qui régnait dans la maison durant l'absence de Stan.

À la grande surprise de Maisie, Stan fut réembauché aux docks comme si rien ne s'était passé, ce qui la convainquit qu'il en savait beaucoup plus sur la disparition d'Arthur qu'il ne le disait, malgré ses demandes pressantes. Un jour, comme elle insistait avec force, il lui flanqua une baffe. Le lendemain matin, Mlle Tilly fit semblant de ne pas voir son œil au beurre noir, mais un ou deux clients le remarquèrent. Maisie ne reposa donc plus la question à son frère. Et chaque fois que Harry l'interrogeait sur son père, Stan s'en tenait à l'explication de la famille :

— Ton vieux a été tué à la guerre. J'étais à côté de lui quand la balle l'a touché.

*
* *

Maisie passait autant de temps qu'elle le pouvait avec son fils. Elle avait pensé que sa vie serait bien plus facile lorsqu'il serait assez grand pour aller à Merrywood. Or, après l'avoir accompagné à l'école, pour ne pas être en retard, elle devait se rendre au travail en tramway, ce qui ajoutait à ses dépenses. L'après-midi, elle prenait une pause pour aller le chercher. Une fois qu'elle lui avait donné son goûter, elle le confiait à sa mère et repartait travailler.

Il n'était à l'école que depuis quelques jours quand, en lui donnant son bain hebdomadaire, elle remarqua des marques de coups de lanière sur son dos.

— Qui t'a fait ça ?

— Le directeur.

— Pourquoi donc ?

— Peux pas te le dire, maman.

Lorsqu'elle vit six nouvelles traces rouges avant que les précédentes n'aient eu le temps de s'effacer, elle interrogea Harry de nouveau, mais, cette fois-là encore, il refusa de répondre. À la troisième apparition de stigmates, elle enfila son manteau et partit pour Merrywood avec l'intention de dire son fait au maître.

M. Holcombe ne correspondait pas à l'image qu'elle s'était faite de lui. D'abord, il ne devait pas être beaucoup plus âgé qu'elle, et ensuite il s'était levé quand elle était entrée dans la salle. Il ne ressemblait pas du tout à l'image qu'elle se faisait des maîtres.

— Pourquoi le directeur donne-t-il des coups de badine à mon fils ? demanda-t-elle avant même que M. Holcombe n'ait pu lui offrir un siège.

— Parce qu'il n'arrête pas de faire l'école buissonnière, madame Clifton. Il disparaît peu après l'assemblée générale du matin et revient juste à temps pour jouer au football l'après-midi.

— Alors, où passe-t-il la journée ?

— Aux docks, j'imagine. Peut-être pouvez-vous m'expliquer pourquoi ?

— Sans doute parce que son oncle y travaille et lui répète qu'il perd son temps à l'école puisque, tôt ou tard, il finira par le rejoindre dans l'entreprise Barrington.

— J'espère que non.

— Pourquoi dites-vous ça ? C'était un assez bon travail pour son père.

— Peut-être bien, mais Harry vaut mieux que ça.

— Que voulez-vous dire ? s'indigna Maisie.

— Harry est intelligent, madame Clifton. Très intelligent. Si seulement je pouvais le convaincre de venir en classe plus régulièrement, tous les espoirs seraient permis.

Maisie se demanda soudain si elle saurait un jour lequel des deux hommes était le père de Harry.

— Certains élèves ne découvrent leur intelligence qu'après avoir quitté l'école, poursuivit M. Holcombe, et ils passent le restant de leur vie à regretter les années perdues. Je veux m'assurer que Harry ne tombe pas dans cette catégorie.

— Qu'attendez-vous de moi ? fit Maisie en s'asseyant enfin.

— Encouragez-le à rester en classe et à ne pas filer tous les jours aux docks. Dites-lui à quel point vous seriez fière de lui s'il réussissait bien à l'école et pas seulement sur le terrain de football, où, au cas où vous ne vous en soyez pas rendu compte, ce n'est pas un as.

— Un « as » ?

— Je vous demande pardon, madame Clifton. Mais même Harry doit désormais avoir compris qu'il ne fera jamais partie de l'équipe de l'école. Alors, ne parlons pas de jouer pour le Bristol City...

— Je ferai tout mon possible pour vous aider, promit Maisie.

— Merci, madame Clifton, dit M. Holcombe, tandis que Maisie se levait pour partir. Si vous vous sentez capable de l'encourager, je suis persuadé que votre soutien sera plus efficace que les coups de lanière du directeur.

À partir de ce jour-là, Maisie commença à s'intéresser beaucoup plus à ce que faisait Harry à l'école. Elle aimait écouter ses histoires sur M. Holcombe et sur ce qu'il leur avait appris pendant la journée. Comme les marques ne reparurent pas, elle se dit qu'il avait dû cesser de faire l'école buissonnière. Or, un soir, avant d'aller se coucher, elle inspecta le dos de l'enfant endormi et découvrit qu'elles étaient de retour, plus rouges et plus profondes qu'auparavant. Elle n'eut pas besoin d'aller voir M. Holcombe : celui-ci vint au salon de thé le lendemain.

— Il a réussi à ne pas manquer un seul cours pendant tout un mois, expliqua-t-il. Et puis il a à nouveau disparu.

— Pourtant je ne vois pas ce que je peux faire d'autre ! s'écria Maisie, désemparée. J'avais cessé de lui donner de l'argent de poche et je l'avais prévenu qu'il n'aurait pas un penny de moi s'il refaisait l'école buissonnière. La vérité, c'est que son oncle Stan a sur lui plus d'influence que moi.

— Dommage. Mais il se peut que j'aie trouvé une solution à notre problème, madame Clifton. Cependant, elle n'a aucune chance d'être efficace sans votre complète coopération.

*
* *

Bien qu'elle n'ait que 26 ans, Maisie pensait qu'elle ne se remarierait jamais. Après tout, une veuve flanquée d'un enfant ne pouvait guère être considérée comme une belle prise, quand tant de femmes célibataires étaient disponibles. Le fait qu'elle portait toujours sa bague de fiançailles et son alliance réduisait sans doute le nombre de propositions qu'elle recevait au salon de thé, même si un ou deux clients tentaient quand même leur chance. Sans compter le cher vieux M. Craddick, qui se contentait de lui tenir la main.

M. Atkins, l'un des habitués de Mlle Tilly, aimait s'asseoir à l'une des tables dont s'occupait Maisie. Il venait presque tous les matins et commandait chaque fois un café noir avec une part de tarte aux fruits. Un jour, au grand étonnement de Maisie, après avoir réglé son addition, il l'invita au cinéma.

— Pour voir Greta Garbo dans *La Chair et le Diable*, lui dit-il afin que ce soit plus tentant.

Si ce n'était pas la première fois qu'un client l'invitait à sortir, jamais un beau jeune homme ne lui avait manifesté le moindre intérêt.

Jusque-là, sa réponse toute faite avait réussi à décourager le soupirant le plus persistant.

— Comme c'est aimable à vous, monsieur Atkins, mais j'aime passer avec mon fils mes rares moments de loisir.

— Vous pourriez sans doute faire une exception juste pour une soirée, répliqua-t-il, refusant de s'avouer vaincu aussi facilement que les autres.

Elle jeta un rapide coup d'œil à sa main gauche. Pas d'alliance, ou, plus rédhibitoire encore, de cercle pâle révélant qu'on l'aurait ôtée.

Elle s'entendit répondre :

— Comme c'est aimable à vous, monsieur Atkins !

Et elle accepta de le rencontrer le jeudi soir, après avoir couché Harry.

— Appelez-moi Eddie, fit-il en lui laissant un pourboire de six pence.

Elle fut impressionnée de le voir arriver au volant d'une Flatnose Morris pour l'emmener au cinéma. À sa grande surprise, bien qu'installés au dernier rang de la salle, il se contenta de regarder le film, alors qu'elle n'aurait pas protesté s'il avait passé son bras autour de ses épaules. En fait, elle réfléchissait à ce qu'elle le laisserait faire au cours de ce premier rendez-vous.

Une fois le rideau retombé, l'orgue s'éclaira, et tous se levèrent pour chanter l'hymne national.

— Vous voulez boire un verre ? demanda-t-il, au moment où ils sortaient du cinéma.

— Il faut que je rentre à la maison avant le dernier tramway.

— Quand vous êtes avec Eddie Atkins, Maisie, inutile d'avoir peur de rater le dernier tramway.

— Eh bien, d'accord, alors ! Juste un rapide petit verre, répondit-elle, comme il lui faisait traverser la rue pour gagner le Red Bull.

— Que faites-vous dans la vie, Eddie ? s'enquit-elle au moment où il posa un grand verre de jus d'orange sur la table devant elle.

— Je suis dans le spectacle, répondit-il, sans entrer dans les détails, avant de changer de sujet et de revenir à Maisie. Moi, je n'ai pas besoin de vous demander ce que vous faites.

Après un second jus d'orange, il consulta sa montre et déclara :

— Je commence tôt demain matin. Il est temps que je vous ramène chez vous.

Sur le chemin du retour dans Still House Lane, Maisie parla de Harry et de son espoir qu'il soit accepté dans la maîtrise de la Sainte-Nativité. Eddie parut sincèrement intéressé et, quand il arrêta la voiture devant le n° 27, elle s'attendait à ce qu'il l'embrasse. Mais il sortit d'un bond, lui ouvrit la portière et l'accompagna jusqu'à la porte d'entrée.

Elle s'assit à la table de la cuisine et raconta à sa mère ce qui s'était passé – ou plutôt ce qui ne s'était pas passé – ce soir-là. Tout ce que grand-mère trouva à dire fut :

— À quoi est-ce qu'il joue ?

## 13

Lorsque Maisie vit M. Holcombe, accompagné d'un homme élégant, entrer dans l'église de la Sainte-Nativité, elle se dit que Harry avait dû encore faire des bêtises. Ce qui l'étonna car elle n'avait pas remarqué de marques de coups de lanière depuis plus de un an.

Elle se raidit en voyant M. Holcombe se diriger vers elle, mais dès qu'il l'aperçut, il se contenta de lui faire un timide sourire, puis lui et son compagnon se glissèrent au troisième rang, de l'autre côté de l'allée centrale.

Elle jetait de temps en temps un coup d'œil vers eux, ne reconnaissant pas l'autre homme, qui était beaucoup plus âgé que M. Holcombe. Était-ce le directeur de Merrywood ?

Au moment où le chœur se levait pour chanter le premier motet, Mlle Monday lança un regard vers les deux hommes, avant de faire un signe de tête à l'organiste pour indiquer qu'elle était prête.

Maisie jugea que Harry se surpassait ce matin-là. Elle fut cependant surprise de le voir se lever quelques minutes plus tard pour chanter un second solo, et davantage encore lorsqu'il en chanta un troisième. Si tout le monde savait que Mlle Monday ne faisait rien sans une raison précise, Maisie ne voyait toujours pas clairement de quoi il s'agissait.

Une fois que le révérend Watts eut béni ses ouailles à la fin de l'office, Maisie resta à sa place et attendit le retour de Harry, dans l'espoir qu'il lui expliquerait pourquoi on lui avait demandé de chanter trois solos. Tout en bavardant nerveusement avec sa mère, elle ne quittait pas des yeux M. Holcombe, qui présentait son compagnon à Mlle Monday et au révérend Watts.

Quelques instants plus tard, le révérend Watts conduisit les deux hommes à la sacristie. Mlle Monday avança alors vers Maisie d'un air décidé, signe pour tous les paroissiens qu'elle avait une mission à accomplir.

— Puis-je vous parler en privé, madame Clifton ? demanda-t-elle.

Sans donner à Maisie le temps de répondre, elle pivota sur ses talons et prit la direction de la sacristie.

*
* *

Alors que cela faisait plus d'un mois qu'Eddie Atkins n'avait pas mis les pieds dans le salon de thé, il reparut un beau matin et s'installa à sa place habituelle, à l'une des tables de Maisie. Quand elle vint le servir, il lui fit un grand sourire, comme si de rien n'était.

— Bonjour, monsieur Atkins, dit Maisie en ouvrant son carnet de commandes. Que désirez-vous ?

— Comme d'habitude.

— Cela fait si longtemps, monsieur Atkins. Il faut que vous me rafraîchissiez la mémoire.

— Désolé de ne pas vous avoir donné de mes nouvelles, Maisie, mais j'ai dû me rendre en Amérique au pied levé et je ne suis rentré qu'hier soir.

Elle avait envie de le croire. Comme elle l'avait déjà avoué à sa mère, elle était un peu déçue de ne pas l'avoir revu depuis la séance de cinéma, car elle avait apprécié sa compagnie et avait l'impression que la soirée s'était plutôt bien déroulée.

Depuis peu, un autre client venait régulièrement au salon de thé et, comme Eddie, il refusait de s'asseoir ailleurs qu'à une table de Maisie. Bien qu'elle ne puisse s'empêcher de remarquer qu'il lui manifestait un grand intérêt, elle se gardait de l'encourager. Non seulement était-il d'un âge moyen mais il portait une alliance. Il arborait un air détaché, tel un notaire qui étudie un client, et lui parlait d'un ton assez pompeux. Maisie entendait déjà la question de sa mère : « À quoi est-ce qu'il joue ? » Mais peut-être s'était-elle méprise sur ses intentions, puisqu'il n'avait pas une seule fois essayé d'engager la conversation.

Elle ne put réprimer un sourire quand, une semaine plus tard, ses deux soupirants vinrent prendre leur café le même matin et qu'ils lui demandèrent tous deux s'ils pouvaient la voir plus tard.

Eddie fut le premier à l'inviter et il alla droit au but :

— Et si je venais vous chercher après le travail ce soir, Maisie ? J'ai très envie de vous montrer quelque chose.

Elle voulait lui dire qu'elle était déjà prise, rien que pour lui faire comprendre qu'elle n'était pas disponible quand ça l'arrangeait. Or, lorsqu'elle lui apporta l'addition, quelques instants plus tard, elle se surprit à répondre :

— D'accord. Après le travail, Eddie.

Elle souriait toujours au moment où l'autre client déclara :

— Puis-je vous dire deux mots, madame Clifton ?

Comment connaissait-il son nom ?

— Vous ne préféreriez pas parler à la directrice, monsieur… ?

— Frampton. Non, merci, c'est à vous que je souhaite parler. Pourriez-vous venir me voir au Royal Hotel cet après-midi pendant votre pause ? Si vous avez un petit quart d'heure à me consacrer.

— C'est comme quand on se plaint que les bus n'arrivent jamais lorsqu'on est pressé, dit Maisie à Mlle Tilly. Et, d'un seul coup, il y en a deux qui arrivent en même temps.

Mlle Tilly répondit à Maisie qu'elle croyait avoir déjà vu M. Frampton quelque part, sans se rappeler où, exactement.

Elle apporta son addition à M. Frampton et précisa qu'elle ne pourrait lui accorder que peu de temps car elle devait aller chercher son fils à 16 heures. Il opina du chef, comme si, ça aussi, il le savait déjà.

*
*    *

Était-ce vraiment dans l'intérêt de Harry de solliciter une bourse pour aller à Saint-Bède ?

Maisie ne savait pas avec qui discuter de la question. Stan ne pouvant que s'opposer à ce projet, il

157

n'était guère probable qu'il pèse le pour et le contre. Mlle Tilly était une amie trop proche de Mlle Monday pour donner un avis objectif et le révérend Watts lui avait déjà conseillé de prier Dieu pour qu'Il l'éclaire, ce qui, cependant, ne lui avait pas particulièrement réussi dans le passé. Si M. Frobisher lui avait paru un homme charmant, il lui avait clairement indiqué qu'en dernier lieu c'était à elle de prendre la décision. Quant à M. Holcombe, il n'avait pas fait mystère de son opinion à ce sujet.

Maisie oublia complètement M. Frampton jusqu'à ce qu'elle ait servi son dernier client. Elle ôta alors son tablier pour enfiler son vieux manteau.

Un peu inquiète sans trop savoir pourquoi, Mlle Tilly la regarda par la fenêtre prendre la direction du Royal Hotel.

Bien qu'elle ne soit jamais entrée dans le Royal, Maisie savait qu'il avait la réputation d'être l'hôtel le mieux tenu de tout l'Ouest du pays, et l'occasion d'en découvrir l'intérieur était l'une des raisons qui l'avaient incitée à accepter le rendez-vous.

Depuis le trottoir d'en face, elle regarda les clients pousser la porte tournante. Elle n'avait jamais rien vu de tel, et ce ne fut que lorsqu'elle se sentit sûre d'en avoir compris le mécanisme qu'elle osa traverser la rue et entrer dans l'hôtel. Elle poussa trop fort et fut propulsée dans le vestibule un peu plus vite que prévu.

Jetant un coup d'œil à l'entour, elle aperçut M. Frampton assis à l'intérieur d'un box tranquille situé dans un coin. Elle se dirigea vers lui. Il se leva immédiatement, lui serra la main et attendit qu'elle se soit assise en face de lui.

— Puis-je vous offrir un café, madame Clifton ? demanda-t-il, et, sans attendre sa réponse, il ajouta : Mais je dois vous avertir qu'il n'est pas aussi bon que celui de chez Tilly.

— Non, merci, monsieur Frampton, répondit Maisie qui avait seulement envie de savoir pourquoi il avait souhaité la voir.

Il prit son temps pour allumer une cigarette, puis inhala profondément.

— Madame Clifton, commença-t-il en plaçant sa cigarette dans le cendrier, vous n'avez pas manqué de remarquer que je suis depuis peu devenu un habitué du salon de thé. (Maisie acquiesça.) Je dois avouer, poursuivit-il, que vous êtes la seule raison de mes visites. (Dès qu'il s'arrêterait de parler Maisie sortirait sa réponse habituelle aux avances amoureuses.) Depuis toutes ces années que je travaille dans l'hôtellerie, continua-t-il, je n'ai jamais vu quelqu'un faire son travail avec autant d'efficacité. Ah, si toutes les serveuses de cet hôtel étaient comme vous !

— J'ai été bien formée.

— Comme les quatre autres serveuses du salon de thé, et pourtant aucune n'a votre compétence.

— Je suis flattée, monsieur Frampton. Mais pourquoi me dites-vous…

— Je suis le directeur général de cet hôtel, et j'aimerais que vous deveniez la responsable du Palm Court, notre propre salon de thé. Comme vous voyez, expliqua-t-il en faisant un grand geste, il y a une centaine de couverts, mais moins d'un tiers des places sont régulièrement occupées. L'investissement de la compagnie n'est donc pas rentable. Je ne doute pas que cela change si vous vous en chargiez. Je crois pouvoir vous assurer que vous n'y perdriez pas.

Maisie se garda de l'interrompre.

— Votre emploi du temps, continua-t-il, ne devrait pas être très différent de vos horaires actuels. Je suis disposé à vous donner cinq livres par semaine, et vous aurez droit à la moitié de tous les pourboires perçus par les serveuses du Palm Court. Si vous êtes capable d'augmenter le nombre de clients, cela pourrait se révéler très rentable. Et alors je…

— Mais il m'est impossible de quitter Mlle Tilly ! l'interrompit Maisie. Elle a été si bonne pour moi au cours des six dernières années.

— Vos scrupules vous honorent, madame Clifton. En fait, j'aurais été désappointé si cela n'avait pas été votre première réaction. J'apprécie beaucoup le sentiment de loyauté. Toutefois, vous ne devez pas seulement considérer votre avenir mais également celui de votre fils s'il accepte l'offre d'une bourse de choriste à Saint-Bède.

Maisie resta sans voix.

*
* *

Après son travail, ce soir-là, Maisie trouva Eddie qui l'attendait dans sa voiture devant le salon de thé. Elle remarqua que, cette fois-ci, il ne sortit pas d'un bond pour lui ouvrir la portière.

— Où m'emmenez-vous ? demanda-t-elle en s'installant à côté de lui.

— C'est une surprise, répondit Eddie en tirant sur le démarreur. Mais je pense que vous ne serez pas déçue.

Il passa la première et se dirigea vers un quartier de la ville où elle ne s'était jamais rendue. Quelques minutes plus tard, il s'engagea dans une ruelle et s'arrêta devant un grand portail de bois surmonté d'une enseigne au néon qui annonçait en lettres rutilantes : LE NIGHT-CLUB D'EDDIE.

— Ça vous appartient ?

— De la cave au grenier, répondit-il en se rengorgeant. Entrez donc et voyez par vous-même. (Il sauta hors de la voiture, ouvrit le portail et fit entrer Maisie dans le local.) C'était jadis un silo à céréales, expliqua-t-il en lui faisant descendre un étroit escalier en bois. Mais, puisque aujourd'hui les bateaux ne peuvent plus remonter le fleuve jusqu'ici, l'entreprise a dû déménager, et j'ai pu reprendre le bail pour un prix très raisonnable.

Elle pénétra dans une grande salle faiblement éclairée. Ses yeux mirent un certain temps à s'habituer suffisamment à la pénombre pour lui permettre de tout voir. Juchés sur de hauts tabourets en cuir, cinq ou six hommes buvaient au comptoir, tandis que presque autant de serveuses papillonnaient autour d'eux. Le mur derrière le bar était entièrement recouvert d'un miroir, ce qui donnait l'impression que la pièce était deux fois plus grande qu'elle ne l'était en réalité. Le centre était occupé par une piste de danse, entourée de confortables banquettes tapissées de velours où seulement deux personnes pouvaient s'asseoir. À l'autre bout se dressait une petite estrade sur laquelle se trouvaient un piano, une contrebasse, une batterie et plusieurs pupitres à musique.

Eddie s'installa au bar.

— Voilà pourquoi j'ai passé autant de temps en Amérique, dit-il en jetant un regard circulaire. En ce moment, des *speakeasies*[1] comme ça apparaissent partout à New York et à Chicago et rapportent un fric fou. (Il alluma un cigare.) Pour sûr, y en aura pas deux comme ça à Bristol.

— Pour sûr, répéta Maisie en se joignant à lui au bar, mais sans essayer de grimper sur un tabouret.

— À quoi tu t'pintes, poulette ? fit Eddie en prenant ce qu'il imaginait être un accent américain.

— Je ne bois pas, lui rappela Maisie.

— C'est une des raisons pour lesquelles je t'ai choisie.

— Choisie ?

— Pour sûr. Tu serais la personne idéale pour surveiller les hôtesses. Je te paierais non seulement six livres par semaine, mais si l'endroit décolle, à eux seuls les pourboires te rapporteraient plus que tu pourras jamais espérer te faire chez Tilly.

— Et devrais-je m'habiller comme ça ? demandat-elle en désignant l'une des filles qui portait un bustier rouge et une jupe noire serrée couvrant à peine les genoux. (Cela l'amusa de constater que c'étaient les couleurs de l'uniforme de Saint-Bède.)

— Pourquoi pas ? T'es une belle gonzesse, et les michetons sont prêts à casquer pour être servis par

---

1. Local où l'on servait clandestinement des boissons alcoolisées, aux États-Unis, pendant la Prohibition. L'expression trouverait son origine dans l'habitude qu'avaient les patrons de ces établissements de demander à leurs clients de parler doucement (en anglais : *speak easy*) lorsqu'ils demandaient de l'alcool, afin de ne pas attirer l'attention.

une fille comme toi. De temps en temps on te fera des avances, mais je suis certain que tu sais te défendre toute seule.

— À quoi sert une piste de danse s'il n'y a que des hommes comme clients ?

— C'est une autre idée que j'ai ramenée des États-Unis. Si on veut danser avec une des hôtesses, il faut payer.

— Et le prix comprend quoi d'autre ?

— Ça les regarde, dit-il avec un haussement d'épaules. Tant que ça ne se passe pas sur place, c'est pas mes oignons, ajouta-t-il en riant un peu trop fort. (Maisie ne rit pas.) Alors qu'en penses-tu ?

— Je crois qu'il vaut mieux que je m'en aille. Je n'ai pas eu le temps de prévenir Harry que je rentrerais tard.

— C'est toi qui vois, poulette.

Lui entourant les épaules d'un bras, il la fit sortir de la salle et remonter l'escalier.

Sur le chemin de Still House Lane, il parla à Maisie de ses projets d'avenir.

— J'ai déjà repéré un second local ! s'écria-t-il avec enthousiasme. Alors, tous les espoirs sont permis !

— Tous les espoirs sont permis, répéta-t-elle, au moment où la voiture s'arrêta devant le n° 27.

Elle bondit hors de la voiture et se précipita vers la porte d'entrée.

— Tu vas sans doute avoir besoin de quelques jours pour y réfléchir, dit Eddie en lui emboîtant le pas.

— Non, merci, Eddie, répliqua-t-elle sans hésitation. Ma décision est prise, ajouta-t-elle en sortant sa clé de son sac.

— Je pensais bien que ce ne serait pas une décision difficile à prendre, dit Eddie en souriant.

Elle enleva son bras de ses épaules et lui fit un charmant sourire.

— C'était gentil de ta part de penser à moi, poulet, mais je crois que je vais continuer à servir du café.

Elle ouvrit la porte d'entrée, avant d'ajouter :

— Merci quand même.

— Tu fais ce que tu veux, poulette. Mais, si tu changes d'avis, ma porte est toujours ouverte.

Elle referma la porte derrière elle.

## 14

Maisie finit par avoir recours au seul homme à qui elle croyait pouvoir demander conseil. Elle décida de se rendre aux docks et, espérant qu'il serait là, de frapper à sa porte à l'improviste.

Elle ne dit ni à Stan ni à Harry qui elle allait voir. Le premier aurait tenté de l'en empêcher, et l'autre aurait jugé qu'elle avait trahi sa confiance.

Elle attendit son jour de congé et, après avoir accompagné Harry à l'école, prit le tramway pour gagner les docks. Elle avait choisi son moment avec soin : la fin de la matinée, à une heure où il serait sans doute dans son bureau, tandis que Stan serait occupé à charger ou à décharger un bateau à l'autre bout du quai.

Maisie raconta au vigile de service à la grille qu'elle venait solliciter un emploi de femme de ménage. Pas plus que la fois précédente il ne se souvint d'elle et il désigna négligemment le bâtiment de brique rouge.

Comme elle se dirigeait vers le bâtiment Barrington, elle leva les yeux vers les fenêtres du cinquième étage, se demandant quelles étaient celles de son bureau. Elle se rappela son entrevue avec Mme Nettles et la façon dont on lui avait montré la porte dès qu'elle avait donné son nom. Or, à présent, elle avait non seulement un travail qui lui plaisait et où elle était respectée, mais elle venait de recevoir deux autres offres d'emploi. Oubliant Mme Nettles, elle dépassa le bâtiment et continua son chemin le long du quai.

Elle ne ralentit l'allure qu'en apercevant son domicile. Elle avait du mal à comprendre comment on pouvait vivre dans un wagon de train. Commettait-elle une affreuse erreur ? Les histoires de Harry à propos d'une salle à manger, d'une chambre, et même d'une bibliothèque, étaient-elles exagérées ? *Il est trop tard pour changer d'avis, Maisie Clifton*, se dit-elle. Elle frappa hardiment à la portière du compartiment.

— Entrez donc, madame Clifton, dit une voix douce.

Elle ouvrit la portière et découvrit un vieil homme assis sur un siège confortable, des livres et d'autres effets éparpillés autour de lui. La propreté du compartiment la surprit, et elle se rendit compte que, contrairement à ce qu'affirmait Stan, c'était elle et non pas le vieux Jack qui vivait en troisième classe. Stan avait perpétué un mythe auquel un enfant sans préjugés n'avait prêté aucune attention.

Le vieux Jack se leva et l'invita à s'asseoir sur la banquette d'en face.

— Vous êtes probablement venue me voir à propos du jeune Harry.

— En effet, monsieur Tar.

— Laissez-moi deviner… Vous n'arrivez pas à décider s'il doit aller à Saint-Bède ou rester à Merrywood.

— Comment le savez-vous ?

— Parce que voilà un mois que je réfléchis au problème.

— Alors, à votre avis, que doit-il faire ?

— Malgré les nombreuses difficultés qu'il va, sans aucun doute, rencontrer à Saint-Bède, je pense qu'il doit saisir l'occasion, car autrement il risque de le regretter toute sa vie.

— Peut-être ne va-t-il pas obtenir la bourse et, dans ce cas, la décision ne nous appartiendra plus.

— La décision ne nous appartient plus depuis que M. Frobisher l'a entendu chanter. Mais j'ai le sentiment que ce n'est pas le seul motif de votre visite.

Elle commençait à comprendre pourquoi Harry admirait tellement cet homme.

— Vous avez tout à fait raison, monsieur Tar, j'aimerais avoir votre avis sur une autre affaire.

— Votre fils m'appelle Jack, sauf quand il est en colère contre moi. Alors il m'appelle « vieux Jack ».

Elle sourit.

— Même s'il obtient la bourse, j'ai peur de ne pas gagner assez d'argent pour lui donner tous les petits à-côtés que les autres élèves de Saint-Bède trouvent tout naturel de recevoir. Heureusement, on vient de m'offrir un autre travail, qui me permettrait de gagner davantage.

— Et vous craignez la réaction de Mlle Tilly quand vous lui annoncerez que vous pensez la quitter ?

— Vous la connaissez ?

— Pas personnellement. Mais Harry m'en a beaucoup parlé. Elle a, à l'évidence, été façonnée dans le même moule que Mlle Monday et, croyez-moi, c'est un tirage limité. Inutile de vous tracasser à ce sujet.

— Je ne comprends pas.

— Laissez-moi vous expliquer. Mlle Monday a déjà investi beaucoup de son temps et de son savoir pour s'assurer que Harry obtienne non seulement la bourse pour aller à Saint-Bède mais, ce qui est bien plus important, qu'il s'en montre digne. Je parie qu'elle a discuté de toutes les éventualités avec sa meilleure amie, Mlle Tilly, en l'occurrence. Aussi, quand vous lui parlerez de ce nouveau travail, il est fort possible que vous vous aperceviez qu'elle n'est pas vraiment surprise.

— Merci, Jack. Harry a beaucoup de chance de vous avoir pour ami. Vous êtes le père qu'il n'a pas connu, ajouta-t-elle doucement.

— C'est le plus beau compliment que j'aie reçu depuis de nombreuses années. Je suis désolé, cependant, qu'il ait perdu son père dans ces circonstances tragiques.

— Savez-vous comment son père est mort ?

— Oui. Mais seulement parce que Harry me l'a dit, s'empressa-t-il d'ajouter, conscient qu'il n'aurait jamais dû soulever la question.

— Que vous a-t-il dit ? demanda-t-elle d'un ton inquiet.

— Que son père a été tué à la guerre.

— Mais vous savez bien que ce n'est pas vrai.

— En effet. Et je soupçonne que Harry sait lui aussi que son père n'a pas pu mourir à la guerre.

— Alors, pourquoi ne le dit-il pas ?

— Il pense sans doute qu'il y a quelque chose que vous ne souhaitez pas lui révéler.

— Je ne connais pas moi-même la vérité.

Le vieux Jack ne fit aucun commentaire.

Elle regagna sans hâte son logis, avec la réponse à une question mais pas à l'autre. Quoi qu'il en soit, elle était certaine de pouvoir ajouter le nom du vieux Jack à la liste des gens qui savaient la vérité sur le sort de son mari.

Jack avait vu juste concernant la réaction de Mlle Tilly, car lorsque Maisie lui parla de la proposition de M. Frampton, elle n'aurait pu se montrer plus compréhensive et bienveillante.

— Nous allons tous vous regretter et, franchement, le Royal a de la chance de vous avoir.

— Comment vous remercier de tout ce que vous avez fait pour moi ces dernières années ?

— C'est Harry qui doit vous remercier. Et je suppose qu'il ne va pas tarder à s'en rendre compte.

*
* *

Maisie commença son nouveau travail un mois plus tard et elle comprit sans tarder pourquoi jamais plus d'un tiers des tables du Palm Court n'étaient occupées.

Les serveuses ne considéraient leur travail que comme un gagne-pain, contrairement à Mlle Tilly pour qui c'était une vocation. Elles ne cherchaient jamais à se souvenir du nom des clients ni de leur table préférée. Pis encore, le café était souvent froid lorsqu'il arrivait sur la table, et les gâteaux devenaient rassis en attendant qu'un client les commande. Maisie ne fut pas étonnée qu'elles ne reçoivent pas de pourboires, car elles ne les méritaient pas.

Au bout d'un mois elle se rendit compte à quel point elle avait été bien formée par son ancienne patronne.

Trois mois plus tard, elle avait remplacé cinq des sept serveuses sans avoir besoin de recruter d'anciennes collègues de chez Tilly. Elle avait également commandé de nouveaux uniformes pour le personnel, ainsi que de nouvelles assiettes, de nouvelles tasses et soucoupes, et, plus important, elle avait changé de fournisseur de café et de pâtisseries. Ça, elle était disposée à le voler à Mlle Tilly.

— Vous me revenez très cher, Maisie, déclara M. Frampton, lorsqu'une autre liasse de factures atterrit sur son bureau. Tâchez de ne pas oublier ce que je vous ai dit sur la rentabilité.

— Donnez-moi six mois de plus, monsieur Frampton, et vous verrez les résultats.

Tout en travaillant la journée et le soir, elle trouvait le temps d'accompagner Harry à l'école, le matin, et de venir le chercher l'après-midi. Mais elle prévint M. Frampton qu'il y aurait un jour où elle ne serait pas à l'heure au travail.

Quand elle lui expliqua pourquoi, il lui donna toute sa journée.

*
* *

Juste avant de quitter la maison, elle se regarda dans la glace. Si elle avait mis ses habits du dimanche,

170

ce n'était pas pour aller à l'église. Elle sourit à son petit garçon, qui avait l'air si élégant dans son uniforme d'écolier rouge et noir. En attendant le tramway, elle se sentait un peu mal à l'aise, malgré tout.

— Deux tickets pour Park Street, dit-elle au poinçonneur au moment où le 11 redémarra, sans pouvoir cacher sa fierté lorsqu'elle vit qu'il regardait Harry de plus près, et convaincue qu'elle avait pris la bonne décision.

Quand ils atteignirent leur arrêt, Harry refusa de laisser sa maman porter sa valise. Maisie ne lui lâcha pas la main pendant qu'ils gravissaient lentement la côte menant à l'école. *Lequel des deux est le plus anxieux ?* se demanda-t-elle, sans quitter des yeux les fiacres et les automobiles conduites par des chauffeurs qui déposaient les élèves en ce jour de rentrée des classes. Pourvu que Harry trouve au moins un ami parmi eux ! Après tout, certaines des gouvernantes étaient mieux habillées qu'elle.

Harry commença à ralentir le pas en approchant de l'école. Elle devinait son malaise. Ou était-ce simplement la peur de l'inconnu ?

— Je vais te quitter à présent, lui dit-elle, en se penchant vers lui pour l'embrasser. Bonne chance, Harry ! Rends-nous tous fiers de toi.

— Au revoir, maman.

Alors qu'elle le regardait s'éloigner, elle remarqua que quelqu'un d'autre paraissait s'intéresser à Harry Clifton.

## 15

Elle n'oublierait jamais la première fois où elle dut refuser un client.

— Je suis sûre qu'une table va se libérer dans quelques instants, monsieur.

Elle se targuait du fait que, une fois l'addition réglée, son personnel pouvait en quelques minutes débarrasser la table, changer la nappe et remettre le couvert pour le prochain client.

Le Palm Court devint vite si fréquenté que Maisie devait garder en permanence deux tables, juste au cas où l'un des habitués arriverait à l'improviste.

Cela la gêna un peu que certains de ses anciens clients de chez Tilly émigrent vers le Palm Court, et notamment M. Craddick, qui se rappelait l'époque où Harry distribuait les journaux. Elle considéra que c'était un compliment encore plus grand quand Mlle Tilly commença à venir certains matins pour prendre un café.

— C'est juste pour jauger la concurrence, Maisie. Entre parenthèses, ce café est excellent.

— Rien de plus normal. C'est le vôtre.

Eddie Atkins venait aussi de temps en temps et, en effet, à en juger par la taille de ses cigares, sans parler de son tour de ceinture, tous les espoirs étaient encore permis. Malgré sa gentillesse, il ne l'invita jamais à sortir, tout en lui rappelant régulièrement que sa porte était toujours ouverte.

D'ailleurs, ce n'étaient pas les admirateurs qui manquaient. Elle se laissait parfois inviter à dîner dans un restaurant à la mode, à voir une pièce à l'Old Vic ou un film au cinéma, surtout si Greta Garbo en était la vedette. Mais, au moment où ils se séparaient à la fin de la soirée, elle ne permettait à aucun d'entre eux plus qu'un petit baiser, avant de rentrer chez elle. En tout cas, jusqu'à ce qu'elle rencontre Patrick Casey. Preuve que le charme irlandais n'est pas qu'un cliché.

Lorsque Patrick entra dans le Palm Court, elle ne fut pas la seule à tourner la tête. Il mesurait un peu plus d'un mètre quatre-vingts, avait des cheveux châtain foncé ondulés et un corps d'athlète. Cela aurait été suffisant pour la plupart des femmes, mais ce fut son sourire qui captiva Maisie, comme ç'avait dû être le cas de bien d'autres.

Patrick lui apprit qu'il travaillait dans la finance. Mais Eddie lui avait bien dit qu'il était dans le spectacle. Son travail l'amenait à Bristol une ou deux fois par mois. Maisie acceptait ses invitations au restaurant, et il lui arrivait même d'enfreindre sa règle d'or et de rater le dernier tramway pour Still House Lane.

Elle n'aurait pas été étonnée de découvrir que Patrick avait une épouse et une dizaine d'enfants chez lui, à Cork, même s'il jurait ses grands dieux qu'il était célibataire.

*
* *

Lorsque M. Holcombe venait au Palm Court, Maisie le conduisait à une table placée dans un coin, à l'autre bout de la salle, en partie cachée par un gros pilier, et que refusaient ses habitués. Cela permettait à Maisie de le mettre au courant des progrès de Harry.

Ce jour-là, apparemment plus intéressé par l'avenir que par le passé, il demanda :

— Avez-vous décidé de ce qu'il va faire, une fois qu'il aura quitté Saint-Bède ?

— Je n'y ai pas tellement pensé, reconnut-elle. Après tout, rien ne presse.

— Le temps passe vite, et je ne crois pas que vous vouliez qu'il retourne à Merrywood.

— En effet, répondit-elle d'un ton ferme. Mais avons-nous le choix ?

— Harry souhaite aller au lycée de Bristol. Or, s'il n'obtient pas de bourse, il craint que vous ne puissiez pas payer les frais de scolarité.

— Cela ne posera aucun problème, le rassura-t-elle. Vu mon salaire actuel et les pourboires, personne n'est obligé de savoir que sa mère est serveuse.

— Drôle de serveuse, fit M. Holcombe en jetant un regard circulaire sur la salle pleine. Ce qui m'étonne, c'est que vous n'ayez pas déjà ouvert votre propre établissement.

Elle éclata de rire et oublia complètement cette idée jusqu'au jour où elle reçut une visite inattendue de Mlle Tilly.

174

Tous les dimanches Maisie assistait aux matines à Sainte-Marie-Redcliffe afin d'entendre son fils chanter. Mlle Monday l'avait avertie que Harry n'allait pas tarder à muer et qu'elle ne devait pas s'imaginer que, quelques semaines plus tard, il chanterait des solos de ténor.

Ce matin-là, elle avait beau essayer de se concentrer sur le sermon du chanoine, elle s'aperçut que son esprit vagabondait. Elle jeta un coup d'œil de l'autre côté de la nef centrale, vers le banc où étaient assis M. et Mme Barrington, accompagnés de leur fils Giles et de deux fillettes qui devaient être leurs filles mais dont elle ne connaissait pas le prénom. Elle avait été surprise lorsque Harry lui avait annoncé que Giles était son meilleur ami. Une simple coïncidence d'ordre alphabétique les avait placés côte à côte, avait-il expliqué. Elle espérait ne jamais devoir lui révéler que Giles risquait d'être plus qu'un bon ami.

*
* *

Elle rêvait souvent de pouvoir en faire davantage pour aider Harry à obtenir une bourse du lycée de Bristol. Mlle Tilly lui avait seulement appris à lire un menu, à faire des additions et des soustractions, et à écrire des mots simples. Alors la seule pensée des efforts que devait déployer Harry l'angoissait terriblement.

Mlle Monday ne cessait de lui remonter le moral en lui rappelant que Harry ne serait jamais arrivé aussi loin si elle n'avait pas accepté de faire autant de sacrifices.

— Et, de toute façon, ajoutait-elle, vous êtes tout aussi intelligente que lui, mais vous n'avez pas eu les mêmes chances.

M. Holcombe la tenait au courant de ce qu'il appelait la « chronologie » et, la date de l'examen approchant, elle devenait aussi anxieuse que le candidat. Elle comprit que le vieux Jack avait raison : le spectateur souffre plus que la personne concernée.

Si, désormais, la salle du Palm Court était pleine chaque jour, cela n'empêchait pas Maisie de se renouveler en permanence, dans une décennie frivole que la presse appelait les « années folles ».

Le matin, elle offrait un assortiment de biscuits avec le café et, l'après-midi, pour le thé, son menu était tout aussi apprécié, surtout après que Harry lui avait dit que Mme Barrington lui avait offert le choix entre du thé d'Inde ou celui de Chine. M. Frampton opposa cependant son veto à la suggestion que des canapés au saumon fumé figurent au menu.

Chaque dimanche, Maisie s'agenouillait sur son petit coussin et faisait une unique prière à propos de la seule chose qui l'intéressait :

— Je Vous en prie, mon Dieu, faites que Harry obtienne une bourse ! Si Vous exaucez ma prière plus jamais je ne Vous solliciterai.

Une semaine avant le concours, Maisie ne parvenait plus à dormir, passant des nuits blanches à se demander comment Harry tenait le coup. Un grand nombre de clients voulaient qu'elle lui souhaite bonne chance de leur part, certains parce qu'ils l'avaient entendu chanter dans le chœur, d'autres parce qu'il leur avait livré leur journal du matin, ou simplement parce que leurs propres enfants avaient passé, passaient ou devaient passer des examens plus tard. Maisie avait l'impression que la moitié de Bristol se présentait au concours.

Le matin fatidique, Maisie se trompa de table en plaçant certains habitués, donna du café au lieu de son chocolat chaud à M. Craddick et apporta même à deux clients l'addition de quelqu'un d'autre. Personne ne protesta.

Harry lui dit que, s'il pensait que ç'avait bien marché, il ne pouvait être sûr que cela suffirait. Il évoqua un certain Thomas Hardy, mais Maisie ne sut pas s'il s'agissait d'un ami ou d'un professeur.

*
* *

Le jeudi matin, quand l'horloge de parquet du Palm Court sonna 10 heures, Maisie savait que le directeur allait afficher les résultats sur le panneau de l'école, mais vingt-deux minutes s'écoulèrent avant que M. Holcombe ne pénètre dans la salle et ne se dirige tout droit vers son recoin, derrière le pilier. Incapable de deviner les résultats d'après sa mine, elle traversa la salle à vive allure pour le rejoindre et, pour la première fois en quatre ans, elle s'assit en face d'un client, même si « s'effondra » aurait mieux décrit le mouvement.

— Harry a été très bien reçu, dit M. Holcombe, mais je crains qu'il n'ait raté la bourse de quelques points seulement.

— Qu'est-ce que ça signifie ? demanda Maisie en s'efforçant d'empêcher ses mains de trembler.

— Les douze premiers ont obtenu plus de 80 points sur 100 et se voient tous attribuer une bourse générale. En fait, Deakins, l'ami de Harry, est arrivé premier avec 92 points. Harry a eu un très honorable 78 et s'est classé dix-septième sur trois cents. M. Frobisher m'a dit qu'il avait raté sa composition anglaise.

— Il aurait dû lire Hardy plutôt que Dickens, fit remarquer Maisie qui n'avait jamais lu un livre de sa vie, mais s'était renseignée entre-temps.

— Harry pourra toujours aller au lycée de Bristol, mais il ne touchera pas les cent livres annuelles que reçoivent les boursiers.

— Eh bien, je n'aurai qu'à assurer trois services au lieu de deux ! répondit-elle en se levant de son siège. Parce qu'il est hors de question qu'il retourne à Merrywood, monsieur Holcombe.

\*
\* \*

Les jours suivants, Maisie fut surprise par le nombre d'habitués qui la félicitèrent de la magnifique réussite de Harry. Elle découvrit également que les enfants de certains clients avaient échoué à l'examen, dont l'un d'eux d'un seul point sur cent. Ils allaient devoir se rabattre sur leur second choix. Cela renforça encore plus sa détermination à s'assurer que Harry franchisse, coûte que coûte, le seuil du lycée.

La semaine suivante, elle fut très étonnée de constater que ses pourboires doublaient. Le cher vieux M. Craddick lui glissa un billet de cinq livres en disant :

— Pour Harry. Et qu'il se montre digne de sa mère !

Lorsque la mince enveloppe blanche passa par la fente de la porte du 27 Still House Lane – un événement en soi –, Harry ouvrit la lettre et la lut à sa mère. « Clifton H. a été admis dans la section forte pour le premier trimestre dont la rentrée s'effectuera le 15 septembre. » Quand il parvint au dernier paragraphe qui priait Mme Clifton de confirmer par écrit si le candidat acceptait ou rejetait l'offre, il la regarda d'un air anxieux.

— Il faut que tu répondes immédiatement pour accepter ! s'écria-t-elle.

Harry la serra dans ses bras et chuchota :

— Je ne regrette qu'une chose, c'est que mon père ne soit plus de ce monde.

*Il l'est peut-être*, pensa-t-elle.

*
* *

Quelques jours plus tard, une deuxième lettre atterrit sur le paillasson. Celle-ci détaillait une longue liste d'articles à acheter avant la rentrée. Maisie nota que Harry devait tout posséder en deux, voire trois exemplaires ou plus. Et même, dans un seul cas, en six : chaussettes grises, ainsi que des fixe-chaussettes.

— Dommage que tu ne puisses pas emprunter une de mes paires de jarretelles, se moqua-t-elle.

Harry rougit.

Une troisième lettre invitait les nouveaux élèves à choisir trois activités périscolaires sur une liste allant du club automobile à la préparation militaire, certaines impliquant des frais supplémentaires de cinq livres par activité. Harry choisit la maîtrise, qui ne coûtait rien en plus, ainsi que le club d'art dramatique et la société d'étude des beaux-arts. Pour cette dernière il était spécifié que les visites aux galeries d'art en dehors de Bristol seraient payantes.

Maisie regretta qu'il n'existe pas davantage de M. Craddick sur cette terre, mais elle ne laissa jamais Harry soupçonner que ces frais posaient le moindre problème, même si M. Holcombe lui rappela que son fils allait passer les cinq années suivantes au lycée de Bristol. Ce serait le premier membre de la famille à ne pas quitter l'école dès l'âge de 14 ans, lui expliqua-t-elle.

Elle prit son courage à deux mains et retourna chez T. C. Marsh, Tailleurs de qualité.

Lorsque Harry fut équipé de pied en cap et prêt pour la rentrée des classes, Maisie avait déjà recommencé à aller au travail et à en revenir à pied, pour économiser cinq pence par semaine sur les tickets de tramway. Comme elle le dit à sa mère :

— Une livre par an. Ça permettra d'acheter un costume neuf à Harry.

*
* *

Elle avait appris au fil des années que, si les parents peuvent être considérés par leurs enfants comme une malheureuse nécessité, très souvent ils leur font aussi honte. À sa première distribution des prix à Saint-Bède, Maisie avait été la seule mère à ne pas porter de chapeau. Après ça elle en avait acheté un chez un fripier et, même s'il risquait de passer de mode, il allait devoir durer jusqu'à ce que son fils quitte le lycée de Bristol.

Harry avait accepté qu'elle l'accompagne à l'école le premier jour, mais elle avait décidé qu'il était assez grand pour rentrer en tramway le soir. Son principal souci n'était pas de savoir comment il irait à l'école et en reviendrait mais comment l'occuper le soir maintenant qu'il était externe. Elle était sûre et certaine que, s'il partageait à nouveau la chambre de Stan, cela ne pourrait que se terminer par des disputes. Alors qu'elle se préparait pour le premier jour de classe de son fils dans sa nouvelle école, elle essaya de chasser cette question de son esprit.

Après avoir enfilé sa seule paire de bas de soie et chaussé des souliers noirs confortables, coiffée de son chapeau et vêtue de son plus beau et unique manteau, récemment nettoyé, elle se sentit prête à affronter les autres parents. Quand elle arriva au bas de l'escalier, Harry l'attendait déjà près de la porte. Il avait l'air si élégant dans son nouvel uniforme bordeaux et noir qu'elle aurait aimé le promener d'un bout à l'autre de Still House Lane afin que les voisins sachent qu'un habitant de la rue allait au lycée de Bristol.

Comme le jour de la rentrée à Saint-Bède, ils prirent le tramway, mais Harry demanda à sa mère s'ils pouvaient descendre un arrêt avant University Road. Elle n'avait plus le droit de lui tenir la main, même si elle redressa sa casquette et sa cravate plus d'une fois.

— Il vaut mieux que je te laisse, déclara-t-elle, lorsqu'elle aperçut le bruyant rassemblement d'adolescents près de la grille du lycée, si je ne veux pas être en retard au travail. (Cela étonna Harry, qui savait que M. Frampton lui avait donné sa journée.)

Elle l'étreignit rapidement, mais le surveilla lorsqu'il gravit la côte. La première personne à le saluer fut Giles Barrington. Elle fut surprise de le voir, Harry lui ayant dit qu'il irait sans doute à Eton. Ils se serrèrent la main comme deux hommes adultes qui viennent de conclure un important marché.

Elle aperçut M. et Mme Barrington derrière la foule. M. Barrington faisait-il son possible pour ne pas la croiser ? Quelques instants plus tard, le couple fut rejoint par M. et Mme Deakins, accompagnés du lauréat de la bourse Peloquin Memorial. Nouvelles poignées de main, la main gauche en ce qui concernait M. Deakins.

Lorsque les parents commencèrent à prendre congé de leurs enfants, elle regarda M. Barrington serrer d'abord la main de Giles, puis celle de Deakins, avant de se détourner lorsque Harry lui tendit la sienne. Mme Barrington parut gênée. Allait-elle lui demander plus tard pourquoi il avait snobé le meilleur ami de son fils ? Si oui, Maisie était sûre qu'il ne lui donnerait pas la vraie raison. Elle craignit que Harry cherche bientôt à savoir pourquoi M. Barrington s'obstinait à l'ignorer. Tant que trois personnes seulement connaissaient la vérité, elle ne voyait pas comment Harry pourrait jamais la découvrir.

## 16

Mlle Tilly venait si souvent au Palm Court qu'elle avait désormais sa table.

Elle arrivait en général à 16 heures et commandait une tasse de thé Earl Grey, ainsi qu'un petit sandwich au concombre. Elle refusait toujours de choisir une pâtisserie parmi le vaste assortiment de gâteaux à la crème, de tartes à la confiture et d'éclairs au chocolat, se permettant à l'occasion un scone beurré. Un après-midi, elle apparut un peu avant 17 heures, inhabituellement tard pour elle, et Maisie fut soulagée que sa table préférée soit libre.

— Pourrais-je m'installer à un endroit un peu plus discret, Maisie ? Je dois vous dire quelques mots en privé.

— Bien sûr, mademoiselle Tilly, répondit Maisie en la conduisant à la table favorite de M. Holcombe, derrière le pilier, à l'autre bout de la salle. Je termine mon service dans dix minutes et je viendrai alors me joindre à vous.

Quand Susan, son assistante, arriva pour la remplacer, Maisie lui indiqua qu'elle allait s'asseoir avec

Mlle Tilly pendant un petit moment mais qu'elle ne prendrait rien.

— Quelque chose ne plaît pas à la vieille donzelle ? demanda Susan.

— La vieille donzelle m'a tout appris, rétorqua Maisie avec un sourire pincé.

Lorsque sonnèrent 17 heures, Maisie traversa la salle et s'installa en face de son ancienne patronne. Elle ne s'asseyait pas souvent en face d'un client, et les rares fois où cela lui était arrivé elle ne s'était jamais sentie à l'aise.

— Voulez-vous une tasse de thé, Maisie ?

— Non, merci, mademoiselle Tilly.

— Je comprends fort bien. Je vais essayer de ne pas vous garder trop longtemps, mais avant que je vous indique le motif exact de ma visite, puis-je vous demander des nouvelles de Harry ?

— J'aimerais qu'il cesse de grandir. J'ai l'impression d'être constamment obligée de défaire ses ourlets. À ce rythme, avant la fin de l'année ses pantalons seront devenus des bermudas.

Mlle Tilly éclata de rire.

— Et son travail ?

— Son bulletin trimestriel disait…, commença Maisie, en s'efforçant de se rappeler les termes précis, « Débuts tout à fait satisfaisants et très prometteurs ». Il est premier en anglais.

— Quelle ironie ! Si j'ai bonne mémoire, c'est le sujet qui lui a fait perdre des points au concours d'entrée.

Maisie hocha la tête et essaya de ne pas penser aux conséquences financières qu'avaient entraînées les connaissances insuffisantes de Harry sur Thomas Hardy.

— Vous devez être très fière de lui, reprit Mlle Tilly. Et quand je suis allée à Sainte-Marie, dimanche, j'ai été ravie de constater qu'il faisait à nouveau partie du chœur.

— Oui. Mais il doit désormais se contenter d'une place au dernier rang, au milieu des autres barytons. L'époque où il était soliste est révolue. Il s'est inscrit aux cours d'art dramatique et, comme il n'y a pas de filles au lycée, il joue Ursula dans la pièce de fin d'année.

— *Beaucoup de bruit pour rien*, dit Mlle Tilly. Bon, je ne vais pas vous faire perdre trop de temps, venons-en à la raison de ma visite.

Elle avala une gorgée de thé, comme pour se rasséréner avant de reprendre la parole.

— Je vais avoir 60 ans le mois prochain et depuis quelque temps je songe à prendre ma retraite, débita-t-elle d'un seul trait.

La pensée que Mlle Tilly s'arrêterait un jour de travailler n'avait jamais effleuré l'esprit de Maisie.

— Mlle Monday et moi avons pensé nous installer dans les Cornouailles. Nous avons repéré un petit pavillon au bord de la mer.

« Il ne faut pas que vous quittiez Bristol ! faillit s'écrier Maisie. Je vous aime toutes les deux, et si vous partez à qui vais-je demander conseil ? »

— Les choses se sont précisées le mois dernier, poursuivit Mlle Tilly, quand un homme d'affaires de la ville m'a fait une offre pour le salon de thé. Il semble qu'il veuille l'ajouter à son empire qui prend de l'importance. Et même si l'idée que Chez Tilly fasse partie d'une chaîne ne me séduit guère, l'offre est trop tentante pour que je la décline sans réfléchir. (Une seule question brûlait les lèvres de Maisie mais elle évita d'interrompre la vieille dame dans sa lancée.) Depuis, j'ai beaucoup médité, et j'ai décidé que si vous pouviez recueillir la même somme je préférerais que vous preniez ma suite plutôt que ce soit un inconnu.

— Combien vous a-t-il offert ?

— Cinq cents livres.

Maisie poussa un profond soupir.

— Je suis flattée que vous ayez pensé à moi, finitelle par répondre, mais le fait est que je ne possède pas cinq cents pence, alors ne parlons pas de cinq cents livres.

— Je craignais une telle réponse de votre part. Toutefois, si vous pouviez trouver un bailleur de fonds, je suis persuadée qu'il jugerait l'investissement rentable. Voyez-vous, j'ai réalisé un bénéfice de cent douze livres et dix shillings, l'année dernière, somme qui ne comprend pas mon salaire. Je vous aurais laissé l'affaire à moins de cinq cents livres si nous n'avions pas trouvé un adorable petit pavillon à Saint-Mawes que les propriétaires refusent de vendre à moins de trois cents livres. Mlle Monday et moi pourrions tout juste survivre une ou deux années grâce à nos économies, mais comme ni elle ni moi ne jouissons d'une pension de retraite, les deux cents livres restantes feront toute la différence.

Maisie s'apprêtait à répondre à Mlle Tilly qu'elle était vraiment désolée mais que c'était hors de question lorsque Patrick Casey entra dans la salle et s'installa à sa table habituelle.

Ce n'est qu'après qu'ils eurent fait l'amour que Maisie lui parla de la proposition de Mlle Tilly. Il se redressa dans le lit, alluma une cigarette et aspira profondément.

— Ce ne devrait pas être trop difficile de trouver l'argent. Après tout, ce n'est pas comme lorsque Brunel a cherché à lever des fonds pour construire le pont suspendu Clifton.

— D'accord. Mais il s'agit de M$^{me}$ Clifton cherchant à trouver cinq cents livres alors qu'elle n'a pas un sou vaillant.

— Certes, mais tu serais capable de montrer des liquidités et des rentrées d'argent régulières, sans parler de l'appui du salon de thé. Remarque, il faudra que j'examine les comptes des cinq dernières années et que je m'assure qu'on t'a tout dit.

— Mlle Tilly ne chercherait jamais à tromper qui que ce soit.

— Il faudra aussi que tu t'assures qu'il n'y a pas d'augmentation du loyer prévue dans un futur proche, poursuivit Patrick, sans prêter attention à ses protestations, et on devra soigneusement vérifier que son comptable n'a pas inclus des clauses pénales dès que tu commenceras à faire des bénéfices.

— Elle ne ferait pas une chose pareille !

— Tu es trop naïve, Maisie. Tu dois te rappeler que cela ne sera pas du ressort de Mlle Tilly, mais de celui d'un avocat qui considère qu'il doit mériter ses honoraires et d'un comptable qui prévoit des rentrées de fonds au cas où tu ne le garderais pas.

— Il est évident que tu ne l'as jamais rencontrée.

— Ta confiance en cette vieille dame est touchante, Maisie, mais mon travail consiste à protéger les gens comme toi, et un bénéfice annuel de cent douze livres et dix shillings ne te suffirait pas pour vivre, étant donné que tu devras faire des remboursements réguliers à ton bailleur de fonds.

— Mlle Tilly m'a assuré que ces bénéfices n'incluaient pas son salaire.

— C'est fort possible, mais tu ne connais pas le montant de ce salaire. Il te faudrait deux cent cinquante livres de plus pour survivre. Autrement tu perdras ton investissement et Harry, sa place au lycée.

— Il me tarde que tu rencontres Mlle Tilly.

— Et les pourboires ? Au Royal tu reçois la moitié de tous les pourboires, ce qui te rapporte au moins deux cents livres par an, qui, pour le moment, ne sont pas imposables, même si je suis persuadé qu'à l'avenir le gouvernement s'apercevra de cette anomalie.

— Peut-être devrais-je dire à Mlle Tilly que c'est trop risqué. Après tout, comme tu ne cesses de me le rappeler, j'ai des revenus assurés au Royal sans avoir à prendre de risques.

— C'est vrai. D'un autre côté, si cette dame est aussi honnête que tu le dis, il est possible qu'une pareille occasion ne se représente jamais.

— Décide-toi, Patrick ! s'écria-t-elle, en s'efforçant de maîtriser son agacement.

— Je me déciderai dès que j'aurai étudié les livres de comptes.

— Tu te décideras dès que tu auras fait la connaissance de Mlle Tilly. Parce qu'alors tu comprendras le vrai sens du mot « honnêteté ».

— Il me tarde de faire la connaissance de ce parangon de vertu !

— Est-ce que ça veut dire que tu vas être mon conseiller ?

— Oui, répondit-il en écrasant sa cigarette.

— Et combien allez-vous prendre à une veuve sans le sou, monsieur Casey ?

— Éteins la lumière.

*

* *

— Êtes-vous certaine que le jeu en vaut la chandelle ? demanda M. Frampton. Alors que vous avez tant à perdre.

— Mon conseiller financier pense que oui. Il m'a affirmé que non seulement tous les comptes étaient bons mais que, une fois que j'aurai remboursé le prêt, je devrais faire des bénéfices dans moins de cinq ans.

— Mais pendant ces cinq années Harry sera au lycée.

— J'en suis tout à fait consciente, monsieur Frampton, mais M. Casey m'a assuré par contrat un bon salaire et, en comptant les pourboires partagés avec mon personnel, je devrais gagner à peu près la même somme qu'aujourd'hui. Mieux encore, dans cinq ans je serai propriétaire d'un bien de valeur et, à partir de ce moment-là, je garderai tous les bénéfices, précisa-t-elle en tâchant de se souvenir des termes exacts de Patrick.

— Il est clair que vous avez pris votre décision. Toutefois, permettez-moi de vous prévenir, Maisie, qu'il existe une réelle différence entre la condition de salarié, qui est assuré de recevoir sa paye hebdomadaire, et celle d'employeur qui, chaque vendredi soir, doit assurer celle de ses divers employés. Franchement, Maisie, vous êtes la meilleure dans votre partie, mais êtes-vous certaine de vouloir troquer votre place de joueuse contre celle de manager ?

— M. Casey me conseillera.

— Casey est compétent, je vous l'accorde, mais il doit s'occuper de clients bien plus importants dans tout le pays. C'est vous qui devrez assurer la gestion quotidienne de l'affaire. S'il y a un pépin, il ne sera pas toujours là pour vous tenir la main.

— Mais une telle occasion risque de ne jamais se représenter pour moi. (Elle reprenait la formule de Patrick.)

— Eh bien, soit ! Et soyez sûre que nous allons tous vous regretter au Royal. Si vous n'êtes pas irremplaçable, c'est uniquement parce que vous avez très bien formé votre assistante.

— Vous pouvez compter sur Susan, monsieur Frampton.

— J'en suis convaincu. Mais elle ne sera jamais Maisie Clifton. Permettez-moi d'être le premier à vous souhaiter bonne chance dans votre nouvelle aventure et, si les choses ne se passent pas comme prévu, il y aura toujours une place pour vous ici.

M. Frampton se leva de son bureau et lui serra la main, exactement comme il l'avait fait six ans plus tôt.

## 17

Un mois plus tard, Maisie signa six documents en présence de M. Prendergast, directeur de la National Provincial Bank de Corn Street. Mais pas avant que Patrick ne lui ait fait lire chaque page, ligne par ligne, heureux de reconnaître qu'il avait eu tort de douter de la probité de Mlle Tilly. Si tout le monde était aussi honnête qu'elle, lui dit-il, il serait au chômage.

Le 19 mars 1934, après avoir remis à Mlle Tilly un chèque de cinq cents livres, Maisie reçut une chaleureuse étreinte et un salon de thé en échange. Une semaine plus tard, Mlle Monday et elle partaient pour les Cornouailles.

Le lendemain matin, quand elle ouvrit son établissement, elle garda le nom Chez Tilly, Patrick lui ayant conseillé de ne pas sous-estimer la valeur de l'enseigne (« *Maison fondée en 1898* ») et de ne jamais songer à la changer avant que Mlle Tilly ne soit plus qu'un souvenir vénéré, et encore. « Les habitués détestent les changements, surtout les changements soudains, tu ne dois pas les brusquer. »

Maisie comprit, cependant, qu'on pouvait effectuer certaines modifications sans les choquer. De nouvelles nappes seraient les bienvenues. Quant aux chaises et aux tables, elles commençaient à paraître, disons, démodées. Et l'ancienne propriétaire n'avait-elle pas remarqué que le tapis s'élimait ?

— Prends ton temps, l'avertit Patrick au cours d'une de ses visites mensuelles. Rappelle-toi qu'il est beaucoup plus facile de dépenser de l'argent que d'en gagner. Ne sois pas surprise si quelques-unes des vieilles toupies disparaissent et que, les premiers mois, tu ne gagnes pas autant que tu avais escompté.

Patrick avait raison. Le nombre de couverts diminua le premier mois et à nouveau le deuxième, preuve que Mlle Tilly avait été très appréciée. S'il avait encore diminué le troisième mois, Patrick aurait conseillé Maisie sur les questions de trésorerie et les autorisations de découvert, mais, après avoir atteint son niveau plancher (autre expression de Patrick), il se remit à remonter le mois suivant, même si le rebond ne fut pas spectaculaire.

*
* *

À la fin de la première année, si Maisie avait atteint l'équilibre financier, elle n'avait pas gagné assez pour pouvoir commencer à rembourser son emprunt à la banque.

— Ne vous en faites pas, ma petite, lui dit Mlle Tilly au cours d'une de ses rares visites à Bristol. J'ai mis plusieurs années à réaliser des bénéfices. (Maisie ne pouvait pas attendre « plusieurs années ».)

La deuxième année débuta bien, certains de ses habitués du Palm Court revenant sur leur ancien territoire. Eddie Atkins avait pris tant de poids et ses cigares avaient tellement grossi que Maisie ne pouvait qu'en déduire que ses affaires prospéraient. M. Craddick se présentait tous les matins à 11 heures, vêtu d'un imperméable et armé d'un parapluie, quel que soit le temps. M. Holcombe passait à l'occasion, pour avoir les dernières nouvelles de Harry, et elle ne le laissait jamais payer son addition. Chaque fois qu'il venait à Bristol, la première visite de Patrick était toujours pour Chez Tilly.

La deuxième année, Maisie dut remplacer un fournisseur qui ne semblait pas faire la différence entre des produits frais et des produits rassis et remercier une serveuse qui n'était pas persuadée que le client avait toujours raison. Plusieurs jeunes femmes postulèrent, car il devenait plus acceptable que les femmes travaillent. Maisie décida d'engager une jeune fille du nom de Karen, dotée d'une chevelure blonde ondulée, de grands yeux bleus et de ce que les magazines de mode appelaient une « taille de guêpe ». Elle avait le sentiment que Karen pouvait attirer de nouveaux clients, un peu plus jeunes que la plupart de ses habitués.

Le choix d'un nouveau fournisseur de pâtisseries se révéla plus difficile. Bien que plusieurs firmes aient proposé leurs services, elles ne satisfirent pas aux exigences de Maisie. Toutefois, lorsque Bob Burrows, propriétaire des Pâtisseries Burrows (« *Maison fondée en 1935* »), se présenta en personne et lui dit que Chez Tilly serait son premier client, elle le prit à l'essai pendant un mois.

Bob était travailleur et sérieux. Plus important encore, ses pâtisseries étaient toujours si fraîches et si appétissantes que les clients de Maisie disaient souvent : « Eh bien, juste une de plus, peut-être ! »

Ses choux à la crème et ses scones aux raisins étaient particulièrement appréciés, mais c'étaient ses brownies au chocolat – la nouvelle mode – qui disparaissaient du chariot bien avant midi. Maisie avait beau insister pour qu'il en accroisse le nombre, il répondait toujours qu'il ne pouvait pas en fabriquer davantage.

Un matin, après que Bob eut effectué sa livraison, ayant l'impression qu'il avait l'air un peu morose, Maisie l'invita à s'asseoir et lui servit une tasse de café. Il lui avoua qu'il avait les mêmes problèmes de trésorerie qu'elle avait connus durant sa première année. Il ajouta qu'il était néanmoins certain que les choses s'arrangeraient bientôt puisqu'il avait acquis deux nouveaux clients, tout en reconnaissant qu'il lui devait énormément, car elle lui avait donné sa première chance.

Au fil des semaines ces pauses-café matinales devinrent une sorte de rituel. Pourtant, alors qu'elle considérait leurs rapports comme strictement professionnels, Maisie fut stupéfaite lorsqu'il l'invita à sortir avec lui. Il avait acheté des billets pour voir *Nuit de charme*, une nouvelle comédie musicale qui se jouait à l'Hippodrome et qu'elle avait espéré voir avec Patrick. Elle le remercia en lui disant qu'elle ne voulait pas gâcher leur relation. Elle aurait voulu préciser qu'elle avait déjà deux hommes dans sa vie : un adolescent de 15 ans, tracassé par son acné, et un Irlandais, de passage à Bristol une fois par mois, qui ne paraissait pas se rendre compte qu'elle était amoureuse de lui.

Bob ne s'avoua pas vaincu et, un mois plus tard, elle fut encore plus gênée lorsqu'il lui offrit une broche en marcassite. Elle l'embrassa sur la joue, tout en se demandant comment il avait appris que c'était son anniversaire. Ce soir-là, elle rangea la broche dans un tiroir et l'aurait peut-être complètement oubliée si d'autres cadeaux n'avaient pas suivi à intervalles réguliers.

Patrick sembla s'amuser de la persistance de son rival et au cours d'un dîner lui rappela qu'elle était une jolie femme, dotée d'un bel avenir.

Cela ne la fit pas rire.

— Il faut que ça s'arrête, dit-elle.

— Alors pourquoi ne cherches-tu pas un autre fournisseur ?

— Parce que les bons fournisseurs sont plus difficiles à trouver que les amants. Quoi qu'il en soit, Bob est sérieux, ses pâtisseries sont les meilleures de la ville, et ses prix sont plus bas que ceux de tous ses concurrents.

— Et il est amoureux de toi.

— Ne te moque pas, Patrick. Il faut que ça cesse.

— Quelque chose de plus important doit cesser, dit Patrick en se penchant et en ouvrant sa sacoche.

— Puis-je te rappeler qu'il ne s'agit pas, théoriquement, d'un rendez-vous d'affaires mais d'un dîner d'amoureux aux chandelles ?

— Je crains que ça ne puisse attendre, dit-il en plaçant une liasse de papiers sur la table. Ce sont les comptes des trois derniers mois, et la lecture n'en est pas agréable.

— Je croyais que tu avais dit que les affaires reprenaient.

— En effet. Tu as même réussi à garder tes dépenses dans les limites recommandées par la banque mais, inexplicablement, tes rentrées ont diminué dans le même temps.

— Comment est-ce possible ? Le mois dernier, on a fait un nombre de couverts record.

— Voilà pourquoi j'ai décidé de vérifier soigneusement toutes tes factures et tous tes reçus du mois dernier. Et le compte n'y est pas. Je suis donc parvenu à la triste conclusion que l'une de tes serveuses devait voler dans la caisse. C'est assez fréquent dans la restauration. On découvre généralement que c'est le barman ou le maître d'hôtel. Une fois que ça commence, on ne peut mettre un terme au coulage que lorsqu'on a découvert et congédié le coupable. Si tu ne l'identifies pas au plus vite tu vas encore avoir une année sans bénéfices, et tu seras incapable de rembourser un seul penny à la banque, alors ne parlons pas de réduire ton découvert !

— Que me conseilles-tu ?

— À l'avenir, il te faudra surveiller de plus près tes serveuses, jusqu'à ce que l'une d'entre elles se trahisse.

— Comment savoir qui c'est ?

— Il y a plusieurs signes révélateurs. Une serveuse qui vit au-dessus de ses moyens porte, par exemple, un nouveau manteau ou un bijou coûteux, ou qui se paye des vacances qu'elle ne pourrait pas normalement s'offrir. Elle te dira sans doute qu'elle a un nouveau petit ami, mais…

— Oh, mince ! Je vois qui ça peut être.

— Qui donc ?

196

— Karen. Elle ne travaille pour moi que depuis quelques semaines et depuis peu elle va passer à Londres tous ses week-ends de congé. Lundi dernier, elle est venue travailler avec une nouvelle écharpe et des gants en cuir qui m'ont rendue jalouse.

— N'en tire pas des conclusions hâtives, mais surveille-la de près. Ou elle garde tous ses pourboires ou elle pique dans la caisse, ou les deux. Et je suis sûr d'une chose : ça ne va pas s'arrêter. La plupart du temps le voleur s'enhardit de plus en plus jusqu'à ce qu'il soit finalement démasqué. Il faut que tu y mettes un terme. Et rapidement, avant qu'elle ne te fasse perdre ton affaire.

*
*  *

Il déplaisait à Maisie de devoir épier son personnel. Après tout, elle avait choisi elle-même la plupart des petites nouvelles, tandis que les anciennes travaillaient chez Tilly depuis des années.

Elle surveilla plus particulièrement Karen, sans repérer aucun indice. Il est vrai, comme l'avait avertie Patrick, que les voleurs sont plus malins que les honnêtes gens, et il lui était impossible de la garder constamment à l'œil.

Le problème finit par se résoudre tout seul. Karen donna son préavis en lui annonçant qu'elle était fiancée et qu'elle irait rejoindre à Londres son promis à la fin du mois. Maisie trouva la bague de fiançailles très jolie tout en ne pouvant s'empêcher de se demander qui l'avait payée. Elle chassa néanmoins cette pensée de son esprit, soulagée d'avoir un souci de moins.

Mais quand Patrick revint à Bristol quelques semaines plus tard, il avertit Maisie que ses revenus avaient à nouveau baissé. Karen n'avait donc pas pu être la coupable.

— Faut-il appeler la police ? demanda Maisie.

— Pas encore. Il faut à tout prix éviter des rumeurs et des fausses accusations qui ne feront que susciter du ressentiment parmi ton personnel. La police finira peut-être par démasquer le voleur mais, entre-temps, tu risques de perdre certaines de tes meilleures serveuses, qui seront vexées d'être soupçonnées. Et tu peux être certaine que des clients s'en apercevront, et tu n'as vraiment pas besoin de ça.

— Combien de temps puis-je continuer ainsi ?

— Attendons encore un mois. Si on n'a pas découvert le voleur d'ici là, il faudra que tu appelles la police... Bon, maintenant, ajouta-t-il en lui faisant un grand sourire, arrêtons de parler affaires et essayons de nous rappeler qu'on est censés fêter ton anniversaire.

— C'était il y a un mois, dit-elle. Et sans Bob, tu ne l'aurais même pas su.

Il ouvrit de nouveau sa sacoche, mais cette fois il en sortit une boîte bleu roi sur laquelle figurait l'emblème familier de Swan. Il la remit à Maisie, qui prit son temps pour l'ouvrir. Elle découvrit une paire de gants de cuir noir et une écharpe en laine ornés du tartan typique des articles Burberry.

— C'est donc toi qui me voles comme dans un bois ! s'écria-t-elle en se jetant dans ses bras.

Il ne réagit pas.

— Qu'est-ce qui ne va pas ? demanda-t-elle.

— Je dois t'annoncer quelque chose. (Elle le regarda droit dans les yeux, se demandant quel nouveau problème pouvait bien affecter son salon de thé.) J'ai reçu une promotion. J'ai été nommé vice-directeur de l'agence principale, qui se trouve à Dublin, et je serai enchaîné à mon bureau la plupart du temps. Par conséquent, quelqu'un d'autre va me remplacer ici. Je pourrai toujours te rendre visite, mais pas aussi souvent.

Elle pleura toute la nuit dans ses bras. Elle n'avait jamais songé à se remarier, jusqu'au jour où l'homme qu'elle aimait ne devenait plus libre.

Le lendemain matin, elle arriva en retard au travail. Bob l'attendait sur le seuil du salon de thé et commença à décharger sa camionnette dès qu'elle eut ouvert la porte.

— Je vous rejoins dans quelques instants, lui dit Maisie en disparaissant dans les toilettes du personnel.

Elle avait à nouveau fondu en larmes lorsqu'elle avait fait ses derniers adieux à Patrick, au moment où il montait dans le train à Temple Meads. Elle devait avoir une mine atroce et elle ne voulait pas que les habitués s'imaginent que quelque chose clochait. « N'apportez jamais vos problèmes personnels au travail, avait souvent répété Mlle Tilly à ses serveuses. Les clients ont déjà assez des leurs sans avoir à se préoccuper des vôtres. »

Elle se regarda dans la glace. Son maquillage avait coulé. « Merde ! » lança-t-elle à haute voix en s'apercevant qu'elle avait oublié son sac à main sur le comptoir. Quand elle rentra dans la salle pour aller le chercher, elle se sentit soudain mal. Bob lui tournait le dos, une main dans le tiroir de la caisse. Elle le regarda fourrer une liasse de billets et une poignée de pièces dans une poche de son pantalon, refermer le tiroir en silence avant de regagner sa camionnette pour y prendre un autre plateau de pâtisseries.

Elle savait parfaitement ce que Patrick lui aurait conseillé de faire. Elle se tint près de la caisse tandis que Bob refranchissait tranquillement le seuil. Il ne portait pas de plateau mais un petit écrin recouvert de cuir rouge. Il lui adressa un sourire radieux et posa un genou à terre.

— Quittez les lieux immédiatement, Bob Burrows ! s'écria-t-elle d'un ton qui la surprit elle-même. Si je vous revois une seule fois dans les parages j'appellerai la police.

Elle s'attendait à un flot d'explications ou à une bordée d'injures, mais il se contenta de se relever, de placer l'argent qu'il avait volé sur le comptoir, puis de partir sans mot dire. Elle s'affala sur la chaise la plus proche quand arriva une première serveuse.

— Bonjour, madame Clifton. Il fait beau pour la saison.

## 18

Chaque fois qu'une mince enveloppe en papier bis passait par la fente de la boîte aux lettres du n° 27, Maisie supposait qu'elle venait du lycée de Bristol et qu'elle contenait une nouvelle facture concernant les frais scolaires, sans compter les « frais annexes », comme aimait les désigner l'association caritative municipale.

Elle passait toujours par sa banque lorsqu'elle rentrait à la maison afin de déposer la recette du jour sur le compte de l'entreprise et sa part des pourboires sur un compte séparé qu'elle appelait le « compte Harry », dans l'espoir qu'à la fin de chaque trimestre elle disposerait d'assez de fonds pour régler la prochaine facture du lycée.

Elle déchira l'enveloppe et, bien qu'elle ne puisse déchiffrer tous les mots de la lettre, elle reconnut la signature et, au-dessus, la somme de trente-sept livres et dix shillings. Ce serait juste, mais après que M. Holcombe lui eut lu le dernier bulletin de Harry, force lui était de reconnaître qu'il s'agissait là d'un investissement rentable.

— Attention, l'avait prévenue M. Holcombe, les dépenses ne vont pas diminuer quand il quittera le lycée.

— Pourquoi donc ? Il ne devrait pas avoir du mal à trouver un emploi après toutes ces études, et alors il pourra commencer à payer ses propres factures.

M. Holcombe avait secoué tristement la tête, comme lorsqu'un de ses élèves les moins attentifs ne comprenait pas quelque chose.

— J'espère bien que, lorsqu'il quittera le lycée, il aura envie d'aller à Oxford pour faire des études d'anglais.

— Et ça prendra combien de temps ?

— Trois ans, peut-être quatre.

— Il aura sans doute étudié pas mal d'anglais après tout ce temps.

— Suffisamment, sans doute, pour trouver un emploi.

— Peut-être deviendra-t-il maître d'école comme vous ! s'était-elle esclaffée.

— Il n'est pas comme moi. Je le verrais plutôt écrivain.

— Peut-on vivre de ce métier ?

— Sans aucun doute. Si l'on a du succès. Mais autrement, vous avez raison, il pourrait se retrouver instituteur comme moi.

— Ça, ça me plairait beaucoup, avait-elle répondu sans saisir l'ironie des propos.

Elle replaça l'enveloppe dans son sac. Quand elle irait à la banque ce soir-là après le travail, elle devrait s'assurer qu'il y avait au moins trente-sept livres et dix shillings sur le « compte Harry » avant d'envisager de rédiger son chèque. « Quand on est à découvert, seule la banque gagne de l'argent », l'avait avertie Patrick. Par le passé, le lycée lui avait parfois accordé un délai de grâce de deux ou trois semaines, mais Patrick lui avait également expliqué que, comme le salon de thé, le lycée devait boucler ses comptes à la fin de chaque trimestre.

Elle n'attendit pas longtemps son tramway, et, une fois assise, elle repensa à Patrick. Elle n'avouerait jamais à personne, pas même à sa mère, à quel point il lui manquait.

Le cours de ses pensées fut interrompu par une voiture de pompiers qui doublait le tramway. Certains des passagers la regardèrent filer par la vitre. Lorsqu'elle eut disparu, Maisie réfléchit à son salon de thé. Depuis qu'elle avait congédié Bob Burrows, le directeur de la banque lui avait indiqué que son établissement faisait désormais des bénéfices chaque mois et pourrait, dès la fin de l'année, presque battre le record de cent douze livres et dix shillings de Mlle Tilly, ce qui allait lui permettre de commencer à rembourser son emprunt de cinq cents livres. Il lui resterait peut-être même assez d'argent pour acheter une nouvelle paire de chaussures à Harry.

Elle descendit du tramway au bout de Victoria Street. Comme elle traversait Bedminster Bridge, elle jeta un coup d'œil à sa montre, le premier cadeau de son fils et, une fois de plus, pensa à lui... 7 h 32. Elle aurait largement le temps d'ouvrir le salon de thé et d'être prête pour servir son premier client à 8 heures. Elle était toujours ravie de découvrir une petite file d'attente sur le trottoir, avant de tourner l'écriteau et de faire apparaître « *Ouvert* », au lieu de « *Fermé* ».

Juste avant qu'elle n'atteigne High Street – la grand-rue – une seconde voiture de pompiers passa à toute vitesse, et elle aperçut un panache de fumée noire monter très haut dans le ciel. Mais ce ne fut qu'au moment où elle déboucha dans Broad Street que les battements de son cœur s'accélérèrent. Trois voitures de pompiers et un véhicule de police étaient rangés en demi-cercle devant Chez Tilly.

Elle se mit à courir.

— Non, non ! Ça ne peut pas être Chez Tilly ! hurla-t-elle.

C'est alors qu'elle remarqua plusieurs de ses serveuses regroupées sur le trottoir d'en face. L'une d'elles pleurait. Maisie était parvenue à quelques mètres de l'endroit où aurait dû se trouver la porte d'entrée lorsqu'un policier lui barra le chemin, l'empêchant d'avancer.

— Je suis la propriétaire ! protesta-t-elle, tout en contemplant, incrédule, les braises fumantes de ce qui avait été jusque-là le salon de thé le plus fréquenté de la ville.

Ses yeux s'embuèrent de larmes et, comme l'épaisse fumée noire l'enveloppait, elle se mit à tousser. Elle fixa les restes calcinés du comptoir jadis brillant, tandis qu'une couche de cendres recouvrait le sol là où, lorsqu'elle avait fermé le salon, la veille, se trouvaient les chaises et les tables couvertes de leur nappe blanche immaculée.

— Je suis désolé, madame, dit le policier, mais pour votre sécurité, je dois vous prier de rejoindre votre personnel sur le trottoir d'en face.

Maisie tourna le dos au salon de thé et commença à traverser la rue à contrecœur. Avant d'atteindre l'autre côté, elle l'aperçut, qui se tenait juste derrière la foule. Quand leurs yeux se rencontrèrent, il se détourna et s'éloigna.

*
* *

L'inspecteur Blakemore ouvrit son carnet et fixa la suspecte, assise en face de lui.

— Pouvez-vous m'indiquer où vous vous trouviez à 3 heures du matin, madame Clifton ?

— Chez moi. Dans mon lit.

— Quelqu'un peut-il le confirmer ?

— Si par cela, monsieur l'inspecteur, vous voulez savoir si quelqu'un partageait mon lit à ce moment-là, la réponse est non. Pourquoi cette question ?

Le policier inscrivit quelque chose dans son carnet, ce qui lui donna un peu plus de temps pour réfléchir, avant de poursuivre :

— Je cherche à savoir si quelqu'un d'autre pourrait être impliqué.

— Impliqué dans quoi ?

— Incendie volontaire, répondit-il en la fixant droit dans les yeux.

— Mais qui voudrait incendier mon salon de thé ?

— J'espérais que vous pourriez m'aider sur ce point, répondit l'inspecteur Blakemore.

Il se tut, dans l'espoir que Mme Clifton ajouterait quelque chose qu'elle regretterait plus tard. Mais elle resta coite.

L'inspecteur n'arrivait pas à déterminer si Mme Clifton se maîtrisait à la perfection ou si elle était simplement naïve. Il connaissait quelqu'un qui serait capable de répondre à cette question.

*
* *

M. Frampton se leva de son bureau, serra la main de Maisie, puis l'invita d'un geste à s'asseoir.

— J'ai été absolument désolé d'apprendre l'incendie de Chez Tilly. Dieu merci, il n'y a pas eu de blessés ! (Maisie n'avait guère remercié Dieu ces derniers temps.) J'espère que tout était correctement assuré, ajouta-t-il.

— Oh, oui ! Grâce à M. Casey, j'ai une bonne assurance, malheureusement l'assureur refuse de payer un seul penny tant que la police ne m'aura pas officiellement mise hors de cause.

— J'ai du mal à croire que la police vous soupçonne.

— Vu mes problèmes financiers, qui peut leur en vouloir ?

— Ils finiront bien par comprendre que c'est là une hypothèse ridicule.

— Je suis pressée, hélas. C'est pourquoi je suis venue vous voir. Il faut que je retrouve un travail, et la dernière fois qu'on s'est rencontrés, dans cette même pièce, vous m'avez dit que si je voulais un jour revenir au Royal…

— Et j'étais sincère. Je ne peux pas cependant vous réembaucher sur votre ancien poste, car Susan fait un excellent travail, et je viens tout juste d'engager trois serveuses de Chez Tilly. Aussi n'ai-je aucun poste de libre au Palm Court. Le seul qui soit vacant en ce moment n'est guère digne de…

— Je suis prête à accepter n'importe quel emploi, monsieur Frampton. Et je veux vraiment dire : n'importe lequel.

— Certains de nos clients nous ont indiqué qu'ils aimeraient pouvoir manger quelque chose après la fermeture du restaurant de l'hôtel, le soir. J'ai songé à mettre en place un service limité de café et de sandwichs après 22 heures et qui fonctionnerait jusqu'à l'ouverture de la salle du petit déjeuner, à 6 heures du matin. Je ne pourrais vous offrir que trois livres par semaine pour commencer, mais, bien sûr, vous garderiez tous vos pourboires. Naturellement, je comprendrais fort bien que vous trouviez...

— D'accord !

— Quand pourriez-vous commencer ?

— Dès ce soir.

*
* *

Lorsque l'enveloppe suivante atterrit sur le paillasson du n° 27, Maisie la fourra dans son sac, sans l'ouvrir, tout en se demandant dans combien de temps elle en recevrait une deuxième, voire une troisième, avant de trouver une épaisse enveloppe blanche contenant une lettre, non pas de l'intendant, mais du proviseur, lequel prierait Mme Clifton de retirer son fils du lycée dès la fin du trimestre. Elle redoutait le moment où Harry lui lirait la lettre.

En septembre, celui-ci devait passer en première, et ses yeux pétillaient chaque fois qu'il parlait d'aller à Oxford pour étudier la littérature anglaise sous l'égide d'Alan Quilter, l'un des professeurs les plus éminents de l'époque. Elle ne pouvait supporter l'idée de devoir lui annoncer que ce n'était plus possible.

Ses premières nuits passées au Royal avaient été très calmes, et l'activité ne s'améliora guère le mois suivant. Elle avait horreur de se tourner les pouces. Lorsque le personnel de nettoyage arrivait à 5 heures du matin, il découvrait souvent qu'il n'y avait rien à faire dans la salle du Palm Court. Durant les nuits les plus animées, elle servait tout au plus une demi-douzaine de clients, plusieurs d'entre eux ayant été chassés du bar de l'hôtel juste après minuit, et ils paraissaient plus enclins à lui faire des avances qu'à commander un café et un sandwich au jambon.

La plupart de ses clients étant des commis voyageurs qui ne passaient qu'une nuit à l'hôtel, ses chances de bâtir une clientèle régulière ne semblaient guère prometteuses, et les pourboires n'allaient sans doute pas lui permettre de régler le problème contenu dans l'enveloppe en papier bis qui demeurait cachetée dans son sac à main.

Elle savait que pour que Harry reste au lycée et ait la moindre chance d'aller à Oxford, elle ne pouvait solliciter l'aide que d'une seule personne.

## 19

— Qu'est-ce qui vous fait penser que M. Hugo serait disposé à vous aider ? demanda le vieux Jack en s'adossant au dossier de la banquette. Il n'a jamais montré le moindre intérêt pour Harry. Au contraire…

— Parce que s'il y a une seule personne au monde qui devrait se sentir responsable de l'avenir de Harry, c'est lui.

Elle regretta aussitôt ses paroles.

Le vieux Jack resta sans voix quelques instants, puis demanda :

— Me cachez-vous quelque chose, Maisie ?

— Non, répondit-elle, un peu trop rapidement.

Elle détestait mentir, surtout au vieux Jack, mais elle était déterminée à emporter son secret dans la tombe.

— Avez-vous prévu le moment et le lieu où vous avez l'intention d'aborder M. Hugo ?

— Je sais exactement ce que je vais faire. Il quitte rarement son bureau avant 18 heures et, à ce moment-là, la plupart des autres employés sont déjà sortis du

bâtiment. Je sais que son bureau se trouve au cinquième étage. Je sais que c'est la troisième porte à
droite. Je sais…

— Connaissez-vous Mlle Potts ? interrompit Jack.
Même si vous réussissez à franchir la réception et à
parvenir jusqu'au cinquième étage sans vous faire
remarquer, il vous sera impossible de l'éviter.

— Mlle Potts ? Je n'ai jamais entendu parler
d'elle.

— C'est la secrétaire particulière de M. Hugo
depuis quinze ans. Et mon expérience personnelle
me permet de vous affirmer que, si vous avez
Mlle Potts comme secrétaire particulière, vous n'avez
pas besoin de chien de garde.

— Eh bien, alors, je n'aurai qu'à attendre qu'elle
rentre chez elle !

— Elle ne part jamais avant son patron et, le
matin, elle se trouve toujours à son bureau trente
minutes avant qu'il arrive.

— J'aurai encore moins de chances d'entrer dans
son manoir, car là aussi il y a un chien de garde, du
nom de Jenkins.

— Il vous faudra donc choisir un lieu et une heure
où M. Hugo sera seul, sans qu'il ne puisse ni s'échapper ni compter sur Mlle Potts ou Jenkins pour venir
à sa rescousse.

— Ce lieu et cette heure existent-ils ?

— Oh, oui. Mais il vous faudra choisir votre
moment avec soin.

*
*  *

Elle attendit qu'il fasse sombre, puis se glissa hors du wagon du vieux Jack. Elle longea l'allée de gravier sur la pointe des pieds, ouvrit discrètement la portière arrière, monta à l'intérieur du véhicule et la referma. Résignée à devoir patienter longtemps, elle s'installa sur le confortable siège en cuir, d'où, par une vitre latérale, elle jouissait d'une vue dégagée. Elle attendit tranquillement que les lumières s'éteignent, l'une après l'autre. Jack l'avait prévenue que celle d'Hugo serait parmi les dernières.

Elle utilisa ce temps d'attente pour songer aux questions qu'elle avait l'intention de lui poser. Des questions qu'elle se répétait depuis plusieurs jours, avant de les essayer sur Jack cet après-midi-là. Il avait fait plusieurs suggestions qu'elle avait volontiers acceptées.

Un peu après 18 heures, une Rolls-Royce s'arrêta devant le bâtiment. Un chauffeur en sortit et se posta à côté de la voiture. Quelques instants plus tard, sir Walter Barrington, le président de la compagnie, émergea d'un pas martial du portail principal, monta en voiture et fut emporté à toute vitesse.

De plus en plus de lumières s'éteignirent, jusqu'à ce qu'une seule demeure, telle l'unique étoile brillant au sommet d'un arbre de Noël. Soudain des pas firent crisser le gravier. Elle se glissa prestement hors de la banquette et s'accroupit sur le plancher. Deux hommes se dirigeaient vers elle en discutant avec animation. Son projet n'incluant pas ces deux personnes, elle s'apprêtait à sortir d'un bond de l'autre côté pour essayer de disparaître dans la nuit quand ils firent halte.

— ... Toutefois, affirmait une voix qu'elle reconnut, je vous serais reconnaissant, dans la mesure du possible, de garder strictement pour vous mon implication dans cette affaire.

— Bien sûr, monsieur, vous pouvez me faire confiance, répondit une voix qu'elle avait déjà entendue, quoiqu'elle ne se rappelle pas où exactement.

— Restons en contact, mon vieux, reprit la première voix. Je compte bien avoir à nouveau recours aux services de la banque.

L'un des hommes s'éloigna, et elle se figea quand la portière s'ouvrit.

Il monta en voiture, s'installa au volant et il referma la portière. Il n'a pas de chauffeur. Il préfère conduire lui-même la Bugatti. Il adore conduire. Tous ces précieux renseignements lui avaient été fournis par le vieux Jack.

Il mit le moteur en marche, et l'automobile vibra. Il manœuvra le levier de vitesses pour passer la première. Le vigile de faction salua M. Barrington lorsqu'il franchit le portail, avant de s'engager dans l'avenue principale menant à la ville, comme il le faisait chaque soir pour rentrer au manoir.

— Ne le laissez pas s'apercevoir que vous êtes à l'arrière jusqu'à ce qu'il soit parvenu au centre-ville, lui avait conseillé le vieux Jack. Il ne prendra pas le risque de s'arrêter en plein centre, de peur que quelqu'un ne vous voie ensemble, et le reconnaisse. Mais une fois qu'il aura atteint la banlieue, il n'hésitera pas à vous éjecter. Vous disposerez de dix à quinze minutes, tout au plus.

— Ça me suffit, lui avait répondu Maisie.

Elle attendit qu'il ait dépassé la cathédrale et College Green Street, artère toujours très animée à cette heure du soir. Or, juste au moment où elle s'apprêtait à se relever et à lui tapoter l'épaule, la voiture ralentit, avant de s'arrêter. La portière s'ouvrit, M. Barrington mit pied à terre et la referma. Jetant un coup d'œil entre les deux sièges avant, elle découvrit qu'il avait garé sa voiture devant le Royal Hotel.

Une foule de pensées lui traversèrent l'esprit. Devrait-elle bondir hors de la voiture avant qu'il ne soit trop tard ? Qu'allait-il faire au Royal ? Était-ce une coïncidence si c'était son jour de congé ? Combien de temps comptait-il y rester ? Elle décida de ne pas bouger, de crainte d'être remarquée si elle sortait de la voiture dans un endroit aussi fréquenté. En outre, cette occasion risquait d'être sa dernière chance de lui parler en tête à tête avant la date limite de la facture.

La réponse à l'une de ses questions fut « vingt minutes », mais elle avait des sueurs froides bien avant qu'il ne se rasseye sur le siège du conducteur et ne démarre. Elle ne savait pas que son cœur pouvait battre aussi vite. Elle attendit qu'il ait parcouru environ un kilomètre pour se redresser et lui tapoter l'épaule.

Il eut l'air choqué quand il se retourna. Il la reconnut tout de suite et comprit de quoi il s'agissait.

— Que voulez-vous ? demanda-t-il, reprenant quelque peu ses esprits.

— Je pense que vous devinez parfaitement ce que je veux. Ma seule préoccupation c'est Harry et le paiement de ses frais scolaires les deux prochaines années.

— Donnez-moi une seule bonne raison pour laquelle je doive payer les frais scolaires de votre fils.

— Parce que c'est aussi votre fils, répliqua-t-elle calmement.

— Et qu'est-ce qui vous rend aussi sûre de cela ?

— Je vous ai regardé quand vous l'avez vu pour la première fois à Saint-Bède et tous les dimanches à Sainte-Marie quand il chantait dans le chœur. J'ai vu votre regard alors et, de nouveau, quand vous avez refusé de lui serrer la main le jour de la rentrée des classes.

— Ce n'est pas une preuve, affirma Barrington, d'un ton un peu plus assuré. Il ne s'agit là que d'une intuition féminine.

— Dans ce cas, l'heure est peut-être venue pour moi d'apprendre à une autre femme ce que vous faites au cours des sorties d'entreprise.

— Qu'est-ce qui vous fait penser qu'elle vous croira ?

— Pure intuition féminine.

Il se tut. Son silence lui donna le courage de poursuivre.

— Cela risque aussi d'intéresser Mme Barrington de savoir pourquoi vous avez pris tant de peine pour faire arrêter mon frère le jour de la disparition d'Arthur.

— Simple coïncidence. Rien de plus.

— Et est-ce également une coïncidence que mon mari n'ait jamais reparu depuis ?

— Je n'ai rien à voir avec la mort de Clifton ! hurla Barrington en faisant une embardée, évitant de justesse un véhicule roulant en sens inverse.

Elle se redressa d'un seul coup sur son siège, abasourdie.

— C'est donc vous qui êtes responsable de la mort de mon mari.

— Vous n'avez aucune preuve ! s'exclama-t-il d'un ton de défi.

— Je n'ai pas besoin de preuve supplémentaire. Pourtant, malgré tout le mal que vous avez fait à ma famille durant toutes ces années, je vous offre une façon de vous en tirer à bon compte. Occupez-vous des études de Harry tant qu'il est élève du lycée de Bristol et je ne vous ennuierai plus.

Barrington mit un certain temps à réagir.

— Il me faudra quelques jours, finit-il par répondre, pour trouver le meilleur moyen de régler les factures.

— Les fonds de l'entreprise destinés aux actions caritatives pourraient aisément régler ces petites factures. Après tout, votre père est président du conseil d'administration.

Cette fois-ci, il ne trouva pas immédiatement de parade. Se demandait-il comment elle avait déniché ce renseignement ? Il n'était pas la première personne à sous-estimer le vieux Jack. Elle ouvrit son sac, en tira la mince enveloppe de papier bis et la plaça sur le siège du passager.

La voiture tourna brusquement pour s'engager dans une ruelle sombre. Barrington sortit d'un bond et ouvrit la portière arrière. Maisie sortit à son tour en se disant que la confrontation n'aurait pas pu beaucoup mieux se dérouler. Au moment où elle mettait pied à terre, il l'attrapa par les épaules et la secoua violemment.

— Écoutez-moi bien, Maisie Clifton, dit-il, furibond. Si vous vous avisez de me menacer à nouveau, je vais non seulement faire virer votre frère mais je vais m'assurer qu'il ne retrouve jamais un emploi dans cette ville. Et, si vous êtes jamais assez bête pour raconter à mon épouse que je suis le père de ce gamin, je vous ferai arrêter. Et ce n'est pas en prison que vous allez vous retrouver mais dans un asile de fous.

Il la relâcha, serra le poing et lui assena un violent coup en plein visage. Elle s'effondra et se mit en boule sur le sol, s'attendant à ce qu'il lui flanque une série de coups de pied. Comme rien ne se passait, elle leva les yeux et vit que, dressé au-dessus d'elle, il déchirait la mince enveloppe en mille morceaux, qu'il éparpilla comme des confettis sur une mariée.

Sans un mot de plus, il remonta prestement en voiture et s'éloigna à toute vitesse.

*

* *

Quand une nouvelle enveloppe blanche passa par la fente de la boîte aux lettres, elle comprit qu'elle avait perdu la partie. Elle devrait annoncer la nouvelle à Harry à son retour du lycée, cet après-midi-là. Mais elle devait d'abord passer par la banque pour y déposer ses maigres pourboires de la veille et prévenir M. Prendergast qu'il n'y aurait plus de factures en provenance du lycée de Bristol, puisque son fils le quitterait dès la fin du trimestre.

Elle décida d'aller à pied à la banque et d'économiser ainsi un penny. Chemin faisant, elle pensa à tous ceux dont elle avait trahi la confiance. Mlles Tilly et Monday pourraient-elles jamais lui pardonner ? Plusieurs serveuses, surtout les plus âgées, n'avaient pas retrouvé de travail. Et puis il y avait ses parents qui avaient toujours gardé Harry afin qu'elle puisse aller travailler. Le vieux Jack, qui n'aurait pas pu en faire davantage pour aider son fils, et surtout Harry lui-même, qui, selon la formule de M. Holcombe, était sur le point de ceindre son front des lauriers de la victoire.

Quand elle arriva à la banque, elle se plaça dans la file d'attente la plus longue, n'étant pas pressée d'être servie.

— Bonjour, madame Clifton, lança le guichetier d'un ton joyeux quand ce fut enfin son tour.

— Bonjour, répondit Maisie, avant de poser quatre shillings et six pence sur le comptoir.

L'employé vérifia soigneusement le montant, puis rangea les pièces dans un casier sous le comptoir. Ensuite il inscrivit la somme déposée par M$^{me}$ Clifton sur un reçu qu'il lui remit. Elle s'écarta pour laisser passer le client suivant tandis qu'elle plaçait le reçu dans son sac à main.

— Madame Clifton, reprit le guichetier.

— Oui ? fit-elle, en le regardant à nouveau.

— Le directeur souhaiterait vous parler.

— Je comprends.

Elle n'avait pas besoin qu'il lui apprenne qu'il n'y avait pas assez d'argent sur son compte pour régler la dernière facture du lycée. En fait, ce serait un soulagement d'indiquer à M. Prendergast qu'il n'y aurait plus de notes concernant les activités périscolaires.

Le jeune homme lui fit traverser la salle en silence avant de la devancer dans un long couloir. Quand il atteignit le bureau du directeur, il frappa discrètement à la porte puis l'ouvrit en annonçant :

— Mme Clifton, monsieur.

— Ah, oui, fit M. Prendergast. Il faut vraiment que je vous parle, madame Clifton. Entrez, je vous prie. (Où avait-elle déjà entendu cette voix ?)

— Madame Clifton, poursuivit-il, une fois qu'elle se fut assise, je suis désolé de devoir vous informer que vous avez été incapable d'honorer votre dernier chèque d'un montant de trente-sept livres, dont le destinataire était l'association caritative de la municipalité de Bristol. Et, si vous le remettiez à nouveau, je crains qu'il n'y ait toujours pas assez d'argent sur votre compte pour couvrir le montant total. Sauf, bien sûr, si vous avez l'intention d'y déposer des fonds supplémentaires dans un futur proche ?

— Non, dit Maisie en sortant l'enveloppe blanche de son sac, avant de la placer sur le bureau devant le directeur. Peut-être aurez-vous la bonté de faire savoir au lycée de Bristol que, si on me laisse un peu de temps, je serai en mesure de régler tous les autres frais encourus durant le dernier trimestre de Harry.

— Je suis absolument désolé, madame Clifton. J'aimerais pouvoir vous aider, d'une manière ou d'une autre. (Il prit l'enveloppe blanche.) Puis-je l'ouvrir ?

— Oui, bien sûr, répondit Maisie, qui, jusqu'à ce moment, avait évité de découvrir la somme qu'elle devait encore à l'école.

M. Prendergast saisit sur son bureau un mince coupe-papier en argent et décacheta la lettre avec dextérité. Il en tira un chèque de la compagnie d'assurances Bristol et Ouest de l'Angleterre d'un montant de six cents livres, libellé à l'ordre de Mme Maisie Clifton.

# Hugo Barrington

## 1921-1936

## 20

Je ne me serais même pas souvenu de son nom si elle ne m'avait pas accusé plus tard d'avoir tué son mari.

Tout avait commencé quand mon père avait insisté pour que j'accompagne les ouvriers durant leur sortie annuelle à Weston-super-Mare.

— C'est bon pour leur moral, de voir que le fils du P.-D.G. s'intéresse à eux, avait-il dit.

J'étais loin d'être convaincu et, franchement, je trouvais qu'il s'agissait là d'une belle perte de temps, mais une fois que mon père a pris une décision, inutile de la discuter. Et ç'aurait été, en effet, une perte de temps si Maisie – quel prénom commun ! – n'avait pas fait partie du voyage. J'ai été moi-même surpris de la voir aussi facilement se mettre au lit avec le fils du patron. Je supposais que, une fois de retour à Bristol, je n'entendrais plus jamais parler d'elle. Et peut-être aurait-ce été le cas si elle n'avait pas épousé Arthur Clifton.

*
* *

Assis à mon bureau, j'examinais la soumission concernant le *Maple Leaf*, vérifiant et revérifiant les chiffres, espérant trouver un moyen de faire réaliser des économies à l'entreprise. Or, malgré tous mes efforts, les comptes n'étaient pas satisfaisants. D'autant plus que c'est moi qui avais décidé de soumissionner.

Mon interlocuteur à Myson avait âprement négocié et, après plusieurs contretemps que je n'avais pas budgétés, nous avions à présent cinq mois de retard. Il existait, en outre, des clauses entraînant des pénalités, qui prendraient effet à compter du 15 décembre si la construction n'était pas terminée à cette date. Ce qui, au début, avait paru un contrat de rêve, capable de rapporter un joli bénéfice, se transformait en cauchemar dont nous nous réveillerions à la date fatidique avec de lourdes pertes.

Mon père avait toujours été contre ce projet et avait exprimé clairement son point de vue.

— Nous devrions nous en tenir à ce que nous savons faire, avait-il répété, en tant que président, à chaque réunion du conseil d'administration. Depuis un siècle, la compagnie maritime Barrington effectue des allers et retours entre l'Angleterre et les quatre coins du monde pour transporter des marchandises, laissant nos concurrents de Belfast, Liverpool et Newcastle construire des bateaux.

Sachant que je ne pourrais pas le faire changer d'avis, j'ai passé beaucoup de temps à tenter de persuader les plus jeunes membres du conseil que nous avions raté plusieurs occasions ces dernières années, tandis que d'autres avaient décroché des contrats juteux que nous aurions pu aisément obtenir. J'ai fini par les convaincre, à une faible majorité, de se mouiller un peu et de signer un contrat avec Myson pour leur construire un bateau marchand qui s'ajouterait à leur flotte, laquelle s'accroissait rapidement.

— Si nous faisons du bon travail et livrons le *Maple Leaf* à temps, avais-je dit au conseil, d'autres contrats ne manqueront pas de suivre.

— Espérons que nous n'allons pas le regretter.

Tel a été le seul commentaire de mon père lorsqu'il n'a pas eu la majorité à la réunion du conseil d'administration.

Je regrettais déjà ma décision. Bien que la compagnie ait prévu des bénéfices pour 1921, il semblait que son annexe, l'entreprise de construction maritime Barrington, serait la seule dans le rouge cette année-là. Certains membres du conseil commençaient déjà à prendre leurs distances par rapport à cette décision, tout en rappelant qu'ils avaient voté comme mon père.

Je venais d'être nommé directeur général et j'imaginais fort bien ce qu'on pouvait dire derrière mon dos. Et ce n'était pas : « C'est bien le fils de son père ! » L'un des directeurs avait déjà donné sa démission et, le jour de son départ, il n'aurait pu s'exprimer plus clairement :

— Ce garçon manque de jugement, avait-il prévenu mon père. Prenez garde à ce qu'il ne finisse pas par mettre la compagnie en faillite.

Pourtant je n'avais pas abandonné la partie. Je restais convaincu que, du moment que nous finissions le travail à temps, nous pourrions encore équilibrer les comptes et peut-être même réaliser un petit bénéfice. Cela dépendait beaucoup de ce qui allait se passer les semaines suivantes. J'avais donné l'ordre de faire travailler les équipes vingt-quatre heures sur vingt-quatre, par roulement de huit heures, et promis aux ouvriers de belles primes s'ils réussissaient à terminer à temps. Après tout, pas mal d'hommes faisaient le pied de grue devant la grille, attendant désespérément du travail.

J'étais sur le point d'annoncer à ma secrétaire que j'allais rentrer chez moi lorsqu'il a fait irruption dans mon bureau.

Petit, trapu, bâti comme un docker, il avait de lourdes épaules et des muscles saillants. Ma première pensée a été de me demander comment il avait réussi à éviter Mlle Potts, qui le suivait, l'air inhabituellement bouleversée.

— Je n'ai pas pu l'arrêter ! s'est-elle écriée, inutilement. Dois-je appeler le gardien ?

— Non, ai-je répondu en le regardant droit dans les yeux.

Mlle Potts est restée près de la porte tandis que l'homme et moi nous jaugions mutuellement, comme une mangouste et un serpent, chacun se demandant qui allait frapper le premier. Puis il a ôté sa casquette à contrecœur et a commencé à bredouiller. J'ai mis un certain temps à comprendre ce qu'il disait.

— Mon meilleur pote va mourir ! Arthur Clifton va mourir ! Arthur Clifton va mourir si vous intervenez pas !

Je lui disais de se calmer et d'expliquer de quoi il s'agissait lorsque mon contremaître est entré en trombe dans la pièce.

— Je suis désolé que Tancock vous ait ennuyé, monsieur, a-t-il déclaré, une fois qu'il a eu repris son souffle. Mais je peux vous assurer qu'on a la situation bien en main. Surtout, vous inquiétez pas !

— Quelle situation avez-vous bien en main ?

— Tancock raconte que son pote Clifton était en train de travailler à l'intérieur de la coque au moment de la relève et que la nouvelle équipe l'a scellé par mégarde à l'intérieur.

— Venez voir par vous-même ! s'est écrié Tancock. On l'entend taper.

— Est-ce possible, Haskins ?

— Tout est possible, monsieur. Mais il est plus probable que Clifton se soit déjà tiré et qu'il se trouve au pub.

— Alors pourquoi est-ce qu'il a pas signé le registre de sortie à la grille ? s'est écrié Tancock.

— Rien d'inhabituel à ça, monsieur, répondit Haskins. Ce qui compte, c'est de signer à l'entrée, pas à la sortie.

— Si vous venez pas vous rendre compte par vous-même, s'est exclamé Tancock, vous aurez son sang sur les mains jusqu'à la mort !

Cette menace a fait taire même Haskins.

— Mademoiselle Potts, ai-je alors déclaré, je vais au quai n° 1. Ça ne devrait pas me prendre trop de temps.

Sur ce, le petit homme trapu s'est précipité hors de mon bureau, sans ajouter un seul mot.

— Montez dans ma voiture, Haskins. On va discuter de la marche à suivre en chemin.

— Y a rien à faire, monsieur, a-t-il insisté. Tout ça, c'est des bêtises.

Une fois dans la voiture, j'ai posé franchement la question à mon contremaître :

— Y a-t-il la moindre possibilité que Clifton ait pu être scellé dans la coque ?

— Aucune, monsieur, a-t-il affirmé catégoriquement. Je regrette seulement de vous faire perdre votre temps.

— Mais cet homme avait l'air d'en être sûr et certain.

— Comme il est toujours sûr et certain du nom du gagnant du trois trente[1] à Chepstow.

Cela ne m'a pas fait rire.

— L'équipe de Clifton finissait à 18 heures, a-t-il poursuivi, d'un ton plus sérieux. Il devait bien savoir que les soudeurs allaient prendre le relais et qu'ils comptaient finir le travail avant l'arrivée de l'équipe de relève à 2 heures du matin.

— Mais, d'abord, que faisait Clifton dans la coque ?

— Il effectuait les dernières vérifications, avant que les soudeurs ne commencent leur boulot.

— Est-il possible qu'il ne se soit pas rendu compte que c'était l'heure de la relève ?

— On entend la corne qui annonce le changement d'équipe jusqu'au centre de Bristol, a expliqué Haskins alors que nous dépassions Tancock qui courait comme un possédé.

— Même si on se trouve enfermé dans la coque ?

— S'il se trouvait dans le double fond il est possible qu'il l'ait pas entendue, mais j'ai jamais rencontré un ouvrier qui laisse passer l'heure de la fin de sa journée.

— S'il a une montre, ai-je dit, en jetant un coup d'œil pour voir si Haskins en portait une. (Ce n'était pas le cas.) Si Clifton est enfermé, possède-t-on l'équipement pour l'extirper de là ?

— On a suffisamment de chalumeaux à acétylène pour percer la coque et enlever toute une section. L'ennui, c'est que ça va prendre des heures, et si Clifton est là-dedans y a pas beaucoup de chances qu'il soit toujours en vie quand on l'atteindra. En plus, il faudra aux

---

1. Course de chevaux.

hommes quinze jours, peut-être plus, pour remplacer toute la section. Comme vous cessez pas de me le répéter, patron, vous donnez des primes à tout le monde pour accélérer la cadence, pas pour la ralentir.

L'équipe de nuit avait largement entamé sa deuxième heure lorsque j'ai garé ma voiture le long du bateau. Plus d'une centaine d'hommes devaient se trouver à bord en train de travailler d'arrache-pied, martelant, soudant, rivetant. Tandis que je gravissais la passerelle, j'ai vu Tancock arriver en courant. Quand il m'a rattrapé quelques instants plus tard, il a dû se plier en deux et placer ses mains sur ses cuisses pour reprendre son souffle.

— Bon. Que voulez-vous que je fasse, Tancock ? lui ai-je demandé, une fois qu'il a eu repris haleine.

— Les faire arrêter de travailler, patron. Alors, vous l'entendrez taper.

J'ai opiné du chef.

Haskins a haussé les épaules, incapable, à l'évidence, d'imaginer que je pouvais ne serait-ce qu'envisager de donner un tel ordre. Il a mis plusieurs minutes à faire lâcher leurs outils à tous les ouvriers et à les faire taire. Tous ceux qui se trouvaient à bord et sur le quai sont restés immobiles et ont tendu l'oreille, mais je n'ai rien entendu, à part le cri d'une mouette et la toux d'un fumeur.

— Comme je l'ai dit, monsieur, on a fait perdre son temps à tout le monde, a déclaré Haskins. En ce moment, Clifton doit être en train d'avaler sa troisième pinte au Pig and Whistle.

Quelqu'un a lâché un marteau et le bruit s'est répercuté dans tous les docks. Puis, l'espace d'un bref instant, j'ai cru percevoir un autre bruit, un son faible et régulier.

— C'est lui ! a hurlé Tancock.

Le bruit s'est arrêté aussi soudainement qu'il avait commencé.

— Quelqu'un d'autre a-t-il entendu quelque chose ? ai-je lancé.

— Pas moi, a affirmé Haskins en jetant un regard à la ronde, défiant les ouvriers de le contredire.

Certains l'ont regardé droit dans les yeux, tandis que deux ou trois ont ramassé leur marteau d'un air menaçant, comme s'ils attendaient qu'un meneur leur ordonne de franchir le pas.

J'avais l'impression d'être le capitaine d'un navire qui a une dernière chance de mater une mutinerie. De toute façon, je ne pouvais pas gagner. Si je disais aux hommes de reprendre le travail, la rumeur se répandrait, et tous les ouvriers des docks finiraient par me tenir responsable de la mort de Clifton. Je mettrais des semaines, voire des mois, à recouvrer mon autorité. Mais si je donnais l'ordre de défoncer la coque, tout espoir de faire des bénéfices serait anéanti, et avec lui mes chances de jamais devenir président-directeur général. Je suis resté là, espérant que le silence prolongé convaincrait les hommes que Tancock se trompait. Chaque seconde de silence accroissait ma confiance.

— Il semble que personne ait rien entendu, monsieur, a dit Haskins, quelques instants plus tard. Est-ce que vous me donnez la permission de remettre les hommes au boulot ?

Ils restaient impassibles, continuant seulement à me toiser du regard. Haskins les a fixés, et deux ou trois ont fini par baisser les yeux.

Me tournant vers le contremaître, je lui ai donné l'ordre de reprendre le travail. Dans le court silence qui a suivi, j'aurais pu jurer avoir entendu un coup. J'ai jeté un œil vers Tancock, mais le bruit a été étouffé par un millier d'autres bruits, les hommes se remettant au travail à contrecœur.

— Tancock, file donc au pub pour voir si ton pote y est, a dit Haskins. Et quand tu le trouveras, passe-lui un bon savon pour avoir fait perdre son temps à tout le monde.

— Et s'il n'y est pas, ai-je ajouté, passez chez lui et demandez à sa femme si elle l'a vu. (Me rendant compte de mon erreur, je me suis empressé d'ajouter :) S'il est marié, bien sûr.

— Oui, patron, a-t-il répondu. À ma sœur.

— Si vous ne le trouvez toujours pas, revenez me le dire.

— Ce sera trop tard, a répliqué Tancock en s'éloignant, le dos courbé.

— Si vous avez besoin de moi, je serai dans mon bureau, Haskins, ai-je ajouté avant de redescendre la passerelle.

J'ai regagné le bâtiment Barrington, espérant ne plus jamais revoir Tancock.

De retour à mon bureau, j'étais incapable de me concentrer sur les lettres que Mlle Potts avait laissées pour que je les signe. J'entendais sans cesse les coups frappés dans la coque, tel un air populaire qui passe en boucle dans votre tête jusqu'à vous empêcher de dormir. Je savais que, si Clifton ne venait pas travailler le lendemain matin, je ne m'en libérerais jamais.

Pendant l'heure qui a suivi, j'ai commencé à reprendre confiance à l'idée que Tancock avait retrouvé son copain et allait regretter de s'être ridiculisé.

Ç'a été l'une des rares fois où Mlle Potts a quitté le bureau avant moi. J'étais en train de fermer à clé le premier tiroir de mon bureau avant de rentrer à la maison quand j'ai entendu quelqu'un escalader les marches quatre à quatre. Il ne pouvait s'agir que d'une personne.

J'ai levé les yeux, et l'homme que j'avais espéré ne jamais revoir se tenait dans l'encadrement de la porte, une fureur contenue brûlant dans ses yeux.

— Vous avez tué mon meilleur pote, espèce de salaud ! a-t-il lancé en brandissant le poing. C'est comme si vous l'aviez tué de vos propres mains !

— Allons, du calme, mon vieux. Autant que nous sachions, Clifton est peut-être toujours en vie.

— Il est mort uniquement pour que vous puissiez finir à temps votre foutu boulot. Quand on apprendra la vérité, personne ne naviguera à bord de ce bateau.

— Sur les chantiers navals, des ouvriers meurent tous les jours dans des accidents du travail, ai-je affirmé sans conviction.

Tancock a fait un pas dans ma direction. Il était si en colère que, l'espace d'un instant, j'ai bien cru qu'il allait me frapper. Mais il s'est contenté de me regarder droit dans les yeux, les pieds écartés, les poings serrés.

— Quand je raconterai à la police ce que je sais, vous devrez avouer qu'un seul mot de votre part aurait pu lui sauver la vie. Puisque tout ce qui vous intéresse, c'est votre foutu argent, je vais m'assurer qu'aucun ouvrier des docks ne travaille plus jamais pour vous.

Je savais que, si la police enquêtait sur cette affaire, la moitié de Bristol croirait que Clifton se trouvait toujours dans la coque, et le syndicat exigerait qu'elle soit ouverte. Je n'avais aucun doute sur ce qu'on y trouverait alors.

230

Je me suis levé de mon fauteuil pour me diriger sans hâte vers le coffre-fort, situé à l'autre bout de la pièce. J'ai fait le code, tourné la clé, ouvert la porte, j'en ai tiré une épaisse enveloppe blanche, puis je suis retourné à mon bureau. Saisissant un coupe-papier en argent, j'ai décacheté l'enveloppe et j'en ai sorti un billet de cinq livres. Tancock en avait-il jamais vu un ? J'ai placé le billet sur le sous-main et j'ai regardé ses yeux porcins s'écarquiller de plus en plus.

— Rien ne pourra ramener votre ami, lui ai-je dit en plaçant un second billet sur le premier. (Il ne quittait pas les billets des yeux.) De toute façon, qui sait ? Il se peut qu'il se soit fait la belle pour quelques jours. Cela n'aurait rien d'inhabituel dans son genre de travail. (J'ai posé un troisième billet sur le second.) Et quand il reviendra, vos copains ne vous pardonneront jamais votre erreur. (Un quatrième billet a été suivi d'un cinquième.) Et vous ne voudriez pas qu'on vous accuse d'avoir fait perdre son temps à la police, n'est-ce pas ? C'est un grave délit, pour lequel on peut aller en prison. (Deux billets de plus.) Et, bien sûr, vous pourriez également perdre votre travail. (Il m'a regardé, sa colère se changeant visiblement en frayeur. Trois billets supplémentaires.) On ne peut guère s'attendre à ce que j'emploie un ouvrier qui m'a accusé de meurtre. (J'ai placé les deux derniers billets au sommet de la liasse. L'enveloppe était vide.)

Tancock a détourné le regard. J'ai sorti mon portefeuille et ajouté un dernier billet de cinq livres, trois de une livre et un de dix shillings. Cela faisait, en tout, soixante-huit livres et dix shillings. Ses yeux se sont posés à nouveau sur la liasse.

— Ce n'est qu'une petite partie du magot, ai-je dit, d'un ton que j'espérais convaincant.

Tancock s'est lentement avancé vers mon bureau et, sans me regarder, a ramassé les billets, les a fourrés dans sa poche avant de s'en aller sans mot dire.

Je me suis dirigé vers la fenêtre et je l'ai regardé émerger du bâtiment puis marcher lentement vers la grille des docks.

J'ai laissé le coffre grand ouvert avant d'éparpiller par terre certains éléments qui s'y trouvaient. Ensuite, j'ai quitté le bureau sans fermer la porte à clé. J'ai été la dernière personne à sortir du bâtiment.

## 21

— L'inspecteur de police Blakemore, monsieur, annonça Mlle Potts, avant de s'écarter pour permettre au policier d'entrer dans le bureau du directeur général.

Hugo Barrington étudia attentivement l'inspecteur. Il devait mesurer à peine plus que la taille minimale requise d'un mètre soixante-douze et malgré quelques kilos superflus il avait l'air en forme. Il portait un imperméable qu'il avait dû acheter à l'époque où il était encore gardien de la paix et était coiffé d'un chapeau en feutre marron un peu plus neuf, signe que sa promotion devait être assez récente.

Les deux hommes se serrèrent la main. Une fois assis, Blakemore prit un carnet et un stylo dans une poche intérieure de sa veste.

— Comme vous le savez, monsieur, je mène l'enquête sur un vol qui aurait eu lieu, hier soir, dans ce bureau. (Barrington n'apprécia pas le conditionnel.) Puis-je commencer par vous demander quand vous avez découvert que l'argent avait disparu ?

— Oui, bien sûr, monsieur l'inspecteur, répondit Barrington qui cherchait à paraître le plus coopératif possible. Je suis arrivé aux docks vers 7 heures et me suis directement rendu au chantier pour voir comment s'était passé le travail de l'équipe de nuit.

— Faites-vous cela tous les matins ?

— Non. De temps en temps seulement, répondit Hugo, déconcerté par la question.

— Et combien de temps y êtes-vous resté ?

— Une vingtaine de minutes. Une trentaine peut-être. Ensuite, je suis monté à mon bureau.

— Par conséquent, vous avez gagné votre bureau à 7 h 20, 7 h 30, au plus tard.

— Oui. Plus ou moins, dirais-je.

— Votre secrétaire était-elle déjà là ?

— En effet. J'arrive rarement à la devancer. C'est une femme redoutable, ajouta-t-il avec un sourire.

— Tout à fait, renchérit le policier. C'est donc Mlle Potts qui vous a annoncé que l'on avait fracturé le coffre ?

— Oui. Elle m'a dit que lorsqu'elle est arrivée ce matin elle a trouvé la porte du coffre ouverte et une partie du contenu éparpillée sur le sol. Elle a donc immédiatement prévenu la police.

— Elle ne vous a pas appelé en premier, monsieur ?

— Non, inspecteur. À cette heure-là, elle se doutait que j'étais dans ma voiture sur le chemin du bureau.

— Votre secrétaire est donc arrivée avant vous ce matin. Et, hier soir, êtes-vous parti avant elle, monsieur ?

— Je ne m'en souviens pas. Mais ce serait tout à fait inhabituel que je parte après elle.

— En effet, Mlle Potts l'a confirmé. Elle a cependant ajouté, précisa-t-il en jetant un coup d'œil à son carnet : « Je suis partie avant M. Barrington hier soir, car un problème est survenu et il a dû s'en occuper. » (Blakemore leva les yeux.) Pouvez-vous me dire de quel problème il s'agissait, monsieur ?

— Quand on dirige une entreprise de cette taille, des problèmes surviennent constamment.

— Par conséquent, vous ne vous souvenez pas de quel problème il s'agissait ?

— Non, inspecteur.

— Quand vous êtes arrivé à votre bureau ce matin et que vous avez trouvé la porte du coffre ouverte, quelle a été votre première réaction ?

— J'ai cherché à voir ce qui manquait.

— Et alors ?

— Tout l'argent liquide avait disparu.

— Comment pouvez-vous être sûr que tout avait disparu ?

— Parce que j'ai trouvé cette enveloppe ouverte sur mon bureau, dit-il en la tendant à l'inspecteur.

— Et combien devait-il y avoir dans l'enveloppe, monsieur ?

— Soixante-huit livres et dix shillings.

— Vous paraissez très sûr du montant.

— Certes. Qu'y a-t-il là de surprenant ?

— C'est simplement que Mlle Potts m'a déclaré qu'il y avait soixante livres dans le coffre, en billets de cinq livres. Peut-être pourrez-vous me dire d'où venaient les huit livres et dix shillings supplémentaires ?

Hugo resta coi.

— Je garde parfois, finit-il par répondre, de la menue monnaie dans le tiroir de mon bureau.

— C'est une bien grosse somme que cette « menue monnaie ». Permettez-moi, cependant, de revenir au coffre-fort quelques instants. Donc, quand vous êtes entré dans votre bureau ce matin, ce que vous avez remarqué en premier, c'est que la porte du coffre était ouverte.

— C'est exact, inspecteur.

— Avez-vous la clé du coffre ?

— Oui, bien sûr.

— Êtes-vous le seul à connaître le code et à avoir une clé, monsieur ?

— Non. Mlle Potts les possède également.

— Pouvez-vous confirmer que le coffre était fermé quand vous êtes parti hier soir ?

— Oui. Il l'est toujours.

— Par conséquent, nous devons supposer que le cambriolage a été effectué par un professionnel.

— Qu'est-ce qui vous fait dire ça, inspecteur ?

— Mais si c'était un professionnel, poursuivit Blakemore, sans tenir compte de la question, je suis étonné qu'il ait laissé la porte du coffre ouverte.

— Je ne suis pas certain de bien vous suivre, inspecteur.

— Je vais vous expliquer, monsieur. D'habitude, les cambrioleurs professionnels laissent les choses exactement comme ils les ont trouvées, afin que leur méfait ne soit pas découvert tout de suite. Cela leur donne plus de temps pour se débarrasser de leur butin.

— Plus de temps, répéta Hugo.

— Un professionnel aurait refermé la porte du coffre et emporté l'enveloppe, afin que vous découvriez le larcin le plus tard possible. Au cours de ma carrière j'ai constaté que des gens restent des jours, voire des semaines, sans ouvrir leur coffre. Seul un amateur aurait laissé votre bureau dans un tel désordre.

— Par conséquent, c'était peut-être un amateur ?

— Alors, comment est-il parvenu à ouvrir le coffre ?

— Peut-être a-t-il réussi à subtiliser la clé de Mlle Potts ?

— Ainsi que le code ? Mais Mlle Potts m'assure qu'elle emporte chez elle sa clé du coffre, chaque soir, comme, me semble-t-il, vous le faites vous-même, monsieur. (Hugo ne broncha pas.) Puis-je regarder à l'intérieur du coffre ?

— Oui, bien sûr.

— Et ça, qu'est-ce que c'est ? demanda l'inspecteur en désignant une boîte en métal posée sur l'étagère du bas.

— Ma collection de pièces, inspecteur. C'est l'un de mes passe-temps.

— Auriez-vous la bonté de l'ouvrir, monsieur ?

— Est-ce vraiment nécessaire ? demanda Hugo d'un ton agacé.

— Je crains que ce ne le soit, monsieur.

Hugo ouvrit la boîte qui contenait un trésor de pièces d'or, amassées au fil des ans.

— Voilà donc un nouveau mystère, fit l'inspecteur. Notre voleur prend soixante livres dans le coffre et huit livres et dix shillings dans le tiroir de votre bureau, mais laisse un coffret plein de pièces d'or qui doivent valoir bien davantage. Et il y a également la question de l'enveloppe.

— L'enveloppe ?

— Oui, monsieur. L'enveloppe qui, d'après vous, contenait l'argent.

— Mais je l'ai trouvée sur mon bureau ce matin.

— Je n'en doute pas, monsieur. Mais notez qu'elle a été soigneusement ouverte.

— Sans doute avec mon coupe-papier, expliqua Hugo en le brandissant triomphalement.

— C'est tout à fait possible, monsieur. Cependant, l'expérience prouve que les voleurs ont plutôt tendance à déchirer les enveloppes qu'à les décacheter proprement avec un coupe-papier, comme s'ils savaient à l'avance ce qui se trouvait à l'intérieur.

— Mais d'après Mlle Potts vous avez trouvé le voleur, dit Hugo en s'efforçant de maîtriser son exaspération.

— Non, monsieur. Si nous avons trouvé l'argent, je ne suis pas convaincu que nous ayons trouvé le coupable.

— Mais vous avez trouvé une partie de l'argent en sa possession.

— En effet, monsieur.

— Alors, que vous faut-il de plus ?

— Je veux être sûr que nous avons mis la main sur le vrai coupable.

— Et qui est l'homme que vous avez inculpé ?

— Je n'ai pas dit que je l'avais inculpé, monsieur, répliqua l'inspecteur en tournant une page de son carnet. Il s'agit d'un certain Stanley Tancock, l'un de vos débardeurs. Le nom vous dit quelque chose ?

— Pas vraiment. Mais s'il travaille au chantier, il doit savoir où est situé mon bureau.

— Je ne doute pas du tout que Tancock sache où est situé votre bureau, puisqu'il affirme être venu vous voir vers 19 heures hier soir pour vous signaler que son beau-frère, un certain M. Arthur Clifton, était enfermé dans la coque d'un bateau qu'on est en train de construire au chantier et qu'il mourrait si vous ne donniez pas l'ordre de le tirer de là.

— Ah oui, je m'en souviens à présent ! Je me suis, en effet, rendu au chantier hier après-midi, comme peut le confirmer mon contremaître. Il s'agissait d'une fausse alerte et cela a fait perdre son temps à tout le monde. Il voulait sans doute simplement repérer l'emplacement du coffre-fort, afin de revenir plus tard pour me voler.

— Il admet être revenu dans votre bureau, répondit Blakemore en tournant une nouvelle page de son carnet, et affirme que vous lui avez offert soixante-huit livres et dix shillings s'il se taisait à propos de Clifton.

— C'est inouï ! Quelle allégation outrageuse !

— Eh bien, monsieur, considérons l'autre possibilité quelques instants ! Supposons que Tancock soit bien revenu dans votre bureau, hier soir, avec l'intention de vous voler, entre 19 heures et 19 h 30. Ayant réussi à entrer dans le bâtiment sans se faire remarquer, il parvient au cinquième étage, se dirige vers votre bureau, et avec votre clé ou celle de Mlle Potts, il fait le code, s'empare de l'enveloppe, l'ouvre proprement avec le coupe-papier et en retire l'argent, sans s'intéresser au coffret plein de pièces d'or. Il laisse ouverte la porte du coffre, éparpille quelques éléments du contenu sur le sol, place l'enveloppe soigneusement décachetée sur votre bureau, puis, tel le Mouron rouge, s'évanouit dans les airs.

— Cela ne s'est pas forcément passé entre 19 heures et 19 h 30, hier soir, rétorqua Hugo d'un ton de défi. Ç'aurait pu être à n'importe quel moment avant 8 heures du matin.

— Pas à mon avis, monsieur. Tancock, voyez-vous, possède un alibi entre 20 et 23 heures.

— Je suppose que ce prétendu « alibi » est l'un de ses copains.

— Trente et un de ses copains, au dernier recensement. Il semble qu'après avoir volé votre argent il a débarqué vers 20 heures au Pig and Whistle où il a non seulement offert des tournées à tout le monde mais aussi réglé son ardoise. Il a payé le tavernier avec un billet de cinq livres tout neuf, que j'ai sur moi.

Sur ce, l'inspecteur sortit son portefeuille et y prit le billet qu'il plaça sur le bureau de Barrington.

— Le tavernier a également ajouté, poursuivit l'inspecteur, que Tancock a quitté le pub vers 23 heures et qu'il était tellement ivre que deux de ses amis ont dû le raccompagner chez lui, dans Still House Lane, où on l'a trouvé ce matin. Force m'est d'ajouter, monsieur, que si c'est lui le voleur, nous avons affaire à un maître en la matière, et je serais fier d'être le policier qui l'enverra en prison. Et tel était, sans doute, votre plan, quand vous lui avez effectivement donné l'argent.

— Et pourquoi, diable, aurais-je fait ça ? s'exclama Hugo en s'efforçant de garder son calme.

— Parce que si Stanley Tancock était arrêté et envoyé en prison, personne ne prendrait au sérieux son histoire sur Arthur Clifton. Entre parenthèses, on n'a pas revu Clifton depuis hier après-midi. Aussi vais-je recommander à mes supérieurs qu'on défonce la coque le plus vite possible afin de vérifier s'il s'agissait d'une fausse alerte et si Tancock a effectivement fait perdre son temps à tout le monde.

*

* *

Hugo Barrington jeta un coup d'œil au miroir et redressa son nœud papillon. Il n'avait parlé à son père ni de l'incident Arthur Clifton ni de la visite de l'inspecteur Blakemore. Moins le vieil homme en savait, mieux c'était. Il lui avait juste signalé qu'on avait volé de l'argent dans son bureau et qu'un docker avait été arrêté.

Une fois qu'il eut revêtu son smoking, il s'assit au bout du lit et attendit que sa femme ait fini de s'habiller. Il avait horreur d'être en retard, mais il savait qu'il aurait beau la houspiller, Élisabeth ne se presserait pas pour autant. Il était allé voir Giles et Emma, sa petite sœur, qui dormaient tous les deux à poings fermés.

Hugo aurait voulu avoir deux fils, afin de posséder un héritier de rechange. À cause d'Emma il allait devoir remettre ça. Son père avait eu un frère aîné, mort durant la guerre des Boers en Afrique du Sud. Le frère aîné d'Hugo avait été tué à Ypres, comme la moitié de son régiment. Par conséquent, Hugo espérait succéder tôt ou tard à son père comme président-directeur général de l'entreprise et, à la mort de ce dernier, hériter le titre et la fortune familiale.

Élisabeth et lui devraient donc se livrer à une nouvelle tentative. Non que faire l'amour à sa femme soit toujours un plaisir. En fait, il ne se rappelait pas si ça l'avait jamais été, et depuis peu il avait cherché à se distraire ailleurs.

« Votre mariage est une union bénie des dieux », lui répétait sa mère. Son père était plus terre à terre, considérant que l'union de son fils aîné et de la fille unique de lord Harvey s'apparentait davantage à la fusion de deux sociétés commerciales qu'à un mariage. Lorsque le frère d'Hugo fut tué sur le front Ouest, sa fiancée fut transférée à Hugo. L'opération releva alors plus d'une reprise d'entreprise que d'une fusion. Durant la nuit de noces Hugo n'avait pas été surpris de découvrir qu'Élisabeth était vierge. C'était sa seconde vierge, en fait.

Élisabeth émergea de son cabinet de toilette en s'excusant, comme à l'accoutumée, de l'avoir fait attendre. Environ trois kilomètres et demi séparaient leur manoir du château Barrington, et toutes les terres entre les deux demeures appartenaient à la famille. Au moment où Hugo et Élisabeth pénétrèrent dans le salon des parents de celui-ci, lord Harvey en était déjà à son deuxième sherry. Hugo jeta un regard circulaire sur les autres invités. Il connaissait tout le monde à part un couple.

Son père lui fit immédiatement traverser la pièce pour le présenter au colonel Danvers, le tout nouveau commissaire central de police du comté. Hugo décida de ne pas mentionner son entretien du matin avec l'inspecteur Blakemore, mais, juste avant le dîner, il prit son père à part pour le mettre au courant des dernières nouvelles concernant le vol, sans citer une seule fois le nom d'Arthur Clifton.

Pendant qu'on dégustait le bouillon de volaille, le succulent rôti d'agneau accompagné de haricots verts, puis la crème brûlée, la conversation roula sur la visite à Cardiff du prince de Galles et ses décourageants commentaires au sujet de la sympathie que lui inspiraient les mineurs, sur les dernières taxes à l'importation instaurées par Lloyd George et comment elles affecteraient l'industrie des transports maritimes. On en vint au discours de Winston Churchill à la Chambre des communes dans lequel il mettait en garde ses collègues députés à propos du réarmement allemand, sur *La Maison des cœurs brisés*, de Bernard Shaw, pièce qu'on donnait depuis peu au théâtre de l'Old Vic et qui avait reçu des critiques mitigées, avant de revenir au prince de Galles et à la difficile question de savoir comment lui trouver une épouse adéquate.

Une fois que les domestiques eurent débarrassé la table après le dessert, les dames se retirèrent au salon pour prendre le café, tandis que le maître d'hôtel offrait aux messieurs du brandy ou du porto.

— Importé par vous et transporté par moi, déclara sir Walter en levant son verre en l'honneur de lord Harvey, alors que le maître d'hôtel faisait le tour de la table en présentant des cigares.

Lorsque le *Romeo y Julieta* de lord Harvey fut allumé à sa convenance, il se tourna vers son gendre et lui dit :

— Votre père m'informe qu'un type est entré dans votre bureau et vous a volé une grosse somme d'argent.

— C'est exact, en effet. Mais je suis ravi qu'on ait arrêté le voleur. Il se trouve, hélas, que c'est l'un de nos débardeurs.

— Est-ce vrai, Danvers, demanda sir Walter, que vous avez attrapé l'homme ?

— J'en ai entendu parler, mais on ne m'a pas dit qu'on avait déjà inculpé quelqu'un.

— Pourquoi pas ? fit lord Harvey.

— L'homme en question prétend que c'est moi qui lui ai donné l'argent, intervint Hugo. En fait, quand l'inspecteur m'a interrogé, je me suis demandé qui était le malfaiteur et qui était la victime.

— Désolé d'apprendre que vous avez eu cette impression, répondit Danvers. Puis-je savoir qui est l'inspecteur ?

— L'inspecteur Blakemore, dit Hugo. J'ai eu le sentiment qu'il était possible qu'il en veuille à notre famille.

— Quand on emploie autant de monde que nous, intervint sir Walter en reposant son verre sur la table, il est inévitable qu'il y ait de temps en temps quelqu'un qui nous en veuille.

— Je dois reconnaître, admit Danvers, que le tact n'est pas le fort de Blakemore. Je vais prendre connaissance de l'affaire et, si j'ai l'impression qu'il a dépassé les bornes, je chargerai quelqu'un d'autre de l'enquête.

## 22

« Les années d'école sont les plus heureuses de la vie », affirme l'écrivain R. C. Sherriff, mais Hugo Barrington ne l'avait pas personnellement constaté. Il avait toutefois la certitude que Giles, selon l'expression de son père, « se débrouillerait comme un chef ».

Hugo essaya d'oublier ce qui s'était passé le premier jour de sa scolarité, vingt-quatre ans plus tôt. Il était arrivé à Saint-Bède en fiacre, accompagné de son père, de sa mère et de Nicholas, son frère aîné, qui venait d'être nommé élève major. Il avait fondu en larmes lorsqu'un autre bizut lui avait innocemment demandé : « C'est vrai que ton grand-père était débardeur ? » Sir Walter était fier que son père se soit « hissé à la force du poignet », mais chez les gamins de 8 ans les premières impressions sont indélébiles. « Grand-papa était débardeur ! Grand-papa était débardeur ! Petit pleurnicheur ! Petit pleurnicheur ! » psalmodiaient les autres élèves du dortoir.

Aujourd'hui, son fils, Giles, serait conduit à Saint-Bède dans la Rolls-Royce de sir Walter Barrington.

Alors qu'Hugo avait souhaité amener son fils à l'école dans sa propre voiture, son père n'avait rien voulu savoir :

— Trois générations de Barrington ont été élèves de Saint-Bède et d'Eton, avait-il déclaré. Mon héritier doit y arriver en grande pompe.

Hugo ne fit pas remarquer à son père que Giles n'avait pas encore été accepté à Eton et qu'il était même possible qu'il ait ses propres idées sur l'école où il voudrait aller. « Que Dieu nous garde ! croyait-il déjà entendre son père s'écrier. Les idées sentent la rébellion, et les rébellions doivent être matées. »

Giles n'avait pas ouvert la bouche depuis qu'ils avaient quitté la maison, bien que depuis une heure sa mère n'ait pas cessé de chouchouter son seul fils. Emma s'était mise à sangloter quand on lui avait dit qu'elle ne pouvait pas les accompagner, tandis que Grace – une seconde fille, et Hugo n'avait pas l'intention de faire une nouvelle tentative – s'était contentée d'agripper la main de sa gouvernante et, pendant que la voiture s'éloignait, de leur faire des signes d'adieu du haut du perron.

Tandis que la voiture progressait lentement le long des chemins de campagne en direction de la ville, Hugo avait d'autres soucis en tête que la crainte que sa succession ne tombe en quenouille. Allait-il voir Harry Clifton pour la première fois ? Allait-il reconnaître en lui l'autre fils qu'il avait toujours souhaité avoir en vain ? Ou bien, au contraire, dès qu'il verrait le gamin, serait-il absolument certain qu'il ne pouvait y avoir aucun lien de parenté entre eux ?

Il devrait faire bien attention à éviter la mère de Clifton. La reconnaîtrait-il seulement ? Il avait récemment découvert qu'elle travaillait comme serveuse au Palm Court du Royal Hotel, établissement qu'il fréquentait chaque fois qu'il avait un rendez-vous d'affaires en ville. Il allait désormais se limiter à y aller de temps en temps, le soir, et seulement s'il était sûr qu'elle avait terminé son service du jour.

Stan Tancock, le frère de Maisie, avait été libéré de prison après avoir effectué dix-huit mois de sa peine de trois ans. Hugo n'apprit jamais ce qu'était devenu l'inspecteur Blakemore, mais il ne le revit pas après le dîner chez son père. Un jeune sergent de police témoigna au procès de Tancock et lui n'avait aucun doute sur l'identité du coupable.

Une fois que Tancock se retrouva derrière les barreaux, les hypothèses sur le sort d'Arthur Clifton passèrent vite aux oubliettes. Dans un métier où la mort est banale, Arthur Clifton fut réduit à une statistique parmi d'autres. Malgré tout, lorsque six mois plus tard lady Harvey procéda au lancement du *Maple Leaf*, Hugo ne put s'empêcher de penser qu'au lieu de la « Feuille d'érable », le bateau aurait dû s'appeler le « Cercueil d'érable ».

Quand les comptes définitifs furent présentés au conseil d'administration, on découvrit que le projet avait fait perdre près de quatorze mille livres à l'entreprise Barrington. Hugo ne suggéra pas qu'à l'avenir on effectue de nouvelles soumissions à des appels d'offres pour la construction de bateaux, et sir Walter ne reparla plus de la question. Les années suivantes, la société Barrington reprit ses activités traditionnelles de compagnie de transport maritime et ne cessa de se renforcer.

Après que Stan eut été expédié à la prison de la ville, Hugo avait supposé qu'il n'entendrait plus jamais parler de lui. Or, peu avant sa libération, le vice-gouverneur de la geôle de Sa Majesté téléphona à Mlle Potts pour solliciter un rendez-vous. Quand ils se rencontrèrent, le vice-gouverneur pria Barrington de rendre son emploi à Tancock, car autrement le débardeur aurait peu d'espoir de retrouver du travail. Hugo fut d'abord ravi d'apprendre cette dernière nouvelle, mais après avoir réfléchi quelque peu à la question, il changea d'avis et envoya Phil Haskins, son premier contremaître, rendre visite à Tancock en prison pour lui annoncer qu'il pourrait récupérer son poste à la condition expresse qu'il ne mentionne plus jamais le nom d'Arthur Clifton. Dans le cas contraire, il serait mis à la porte et devrait chercher du boulot ailleurs. Tancock avait accepté l'offre avec reconnaissance, et il devint clair au fil des ans qu'il respectait son engagement.

La Rolls-Royce s'arrêta devant le portail de Saint-Bède, et le chauffeur descendit de la voiture pour ouvrir la portière arrière. Plusieurs yeux se tournèrent vers eux, certains avec admiration, d'autres avec jalousie.

N'appréciant pas à l'évidence d'être le point de mire, Giles s'éloigna à grands pas, ignorant et le chauffeur et ses parents. Sa mère courut derrière lui, se pencha pour remonter ses chaussettes, avant d'inspecter une dernière fois ses ongles. Hugo passa son temps à scruter les visages d'innombrables gamins. Reconnaîtrait-il d'emblée quelqu'un qu'il n'avait jamais vu ?

C'est alors qu'il le vit grimper la côte, sans père ni mère pour l'accompagner. Regardant au-delà du garçonnet, il aperçut une femme qui le fixait, une femme qu'il ne pourrait jamais oublier. Ils durent tous les deux se demander si Hugo avait un ou bien deux fils sur le point de découvrir Saint-Bède.

*
* *

Lorsque Giles attrapa la varicelle et dut rester quelques jours à l'infirmerie, son père vit là une chance de prouver que Harry Clifton n'était pas son fils. Ne voulant pas que sa femme l'entende poser à l'intendante de l'école une question apparemment innocente, il n'avertit pas Élisabeth qu'il allait rendre visite à Giles.

Une fois qu'il eut traité son courrier du matin, Hugo annonça à Mlle Potts qu'il allait faire un saut à Saint-Bède pour voir son fils et serait absent au moins deux heures. Il alla en ville et se gara devant la maison Frobisher. Il se rappelait trop bien où se trouvait l'infirmerie pour s'y être rendu régulièrement quand il était lui-même élève de l'institution.

Au moment où il entra dans la pièce, son fils était assis dans son lit, et on lui prenait sa température. Le visage de Giles s'éclaira dès qu'il vit son père.

L'intendante, qui s'occupait également des malades, se tenait près du lit et consultait le thermomètre.

— C'est retombé à 37,2 °C. On va vous remettre sur pied pour la première classe de lundi matin, jeune homme, déclara-t-elle en secouant le thermomètre. Je vous laisse à présent, monsieur Barrington, afin que vous puissiez passer un peu de temps avec votre fils.

— Merci, madame. Pourrais-je vous dire un mot avant de partir ?

— Bien sûr, monsieur Barrington. Je serai dans mon bureau.

— Tu n'as pas l'air en trop mauvaise forme, Giles, dit Hugo, après le départ de l'intendante.

— Je me sens bien, père. En fait, j'espérais qu'on me laisserait sortir samedi matin pour que je puisse jouer au foot.

— Je vais en parler à l'intendante avant de partir.

— Merci, père.

— Alors, comment vont les études ?

— Plutôt bien. Mais c'est uniquement parce que je partage un bureau avec les deux plus forts élèves de ma classe.

— Qui sont-ils ? demanda son père, craignant la réponse.

— Il y a Deakins, qui est le plus brillant élève de l'école. En fait, les autres le fuient parce qu'ils le trouvent trop bûcheur. Mon meilleur ami, c'est Harry Clifton. Il est très intelligent, lui aussi, mais pas autant que Deakins. Vous avez dû l'entendre chanter dans la maîtrise. Je suis sûr que vous l'aimerez.

— Clifton n'est-il pas le fils d'un débardeur ?

— Oui. Et, comme grand-papa, il ne le cache pas. Mais comment le savez-vous, père ?

— Il me semble que Clifton travaillait pour l'entreprise, répondit Hugo, qui regretta immédiatement ses paroles.

— Ç'a dû être avant votre époque. Parce que son père est mort à la guerre.

— Qui te l'a dit ?

— La mère de Harry. Elle est serveuse au Royal Hotel. On est allés y prendre le goûter pour son anniversaire.

Hugo aurait voulu demander la date de l'anniversaire de Clifton, mais il craignit que ce ne soit la question de trop.

— Ta mère t'embrasse. Je crois qu'elle et Emma ont l'intention de venir te rendre visite cette semaine.

— Beurk ! Il ne manquait plus que ça ! s'écria Giles. La varicelle et une visite de mon affreuse sœur.

— Tu exagères, dit Hugo en riant.

— Elle est pire que ça. Et je n'ai pas l'impression que Grace sera beaucoup mieux. Est-ce qu'elles doivent venir en vacances avec nous, papa ?

— Oui. Évidemment.

— Est-ce que Harry Clifton pourrait nous accompagner en Toscane, cet été ? Il n'a jamais quitté l'Angleterre.

— Non, rétorqua Hugo, un peu trop fermement. Les vacances sont strictement réservées à la famille et ne doivent pas être partagées avec des étrangers.

— Ce n'est pas un étranger. C'est mon meilleur ami.

— Non, répéta Hugo. Un point, c'est tout. (Giles eut l'air déçu.) Bien. Que veux-tu pour ton anniversaire, mon garçon ? demanda-t-il en s'empressant de changer de sujet.

— La toute dernière radio, répondit Giles sans hésitation. La Roberts Reliable.

— Vous avez le droit d'avoir une radio à l'école ?

— Oui. Mais on ne peut s'en servir que durant le week-end. Si on est surpris à l'écouter après l'extinction des feux pendant la semaine, on nous la confisque.

— Je verrai ce que je peux faire. Tu vas venir à la maison pour ton anniversaire ?

— Oui. Seulement pour le goûter. Il faudra que je rentre à l'école à temps pour l'étude.

— Alors j'essaierai de passer à la maison à ce moment-là. Je vais te laisser maintenant. Je veux dire un mot à l'intendante avant de partir.

— N'oubliez pas de lui demander si elle me laissera sortir samedi matin, rappela Giles à son père alors que celui-ci quittait la pièce pour s'occuper du principal motif de sa visite.

*
* *

— Je suis ravie que vous ayez pu venir, monsieur Barrington. Cela va énormément revigorer Giles, déclara l'intendante lorsque Hugo entra dans le bureau. Et, vous avez pu le constater vous-même, il est presque complètement rétabli.

— Oui, et il espère que vous le laisserez sortir samedi matin afin qu'il puisse jouer au football.

— Je suis sûre que ce sera possible. Mais vous m'avez dit que vous vouliez me parler de quelque chose ?

— En effet, madame. Comme vous le savez, Giles est daltonien. Je voulais juste savoir si cela lui créait des difficultés.

— Pas que je sache. Et, si c'était le cas, ça ne l'empêche pas de renvoyer une balle rouge à travers un terrain vert jusqu'à une limite blanche.

Il rit avant de faire sa déclaration suivante, qu'il avait préparée avec soin :

— Quand j'étais à Saint-Bède on me taquinait parce que j'étais le seul daltonien.

— Je peux vous assurer que personne ne taquine Giles. Et, de toute façon, son meilleur ami est lui aussi daltonien.

\*
\* \*

Sur le chemin du bureau, Hugo se disait qu'il fallait faire quelque chose avant que la situation ne lui échappe. Il décida de s'entretenir à nouveau avec Danvers.

Une fois réinstallé à sa table de travail, il prévint Mlle Potts qu'il ne voulait pas être dérangé. Il attendit qu'elle ait refermé la porte avant de décrocher le téléphone. Quelques instants plus tard, le commissaire central était en ligne.

— Ici Hugo Barrington, mon colonel.

— Comment allez-vous, mon garçon ?

— Très bien. J'aimerais savoir si vous pouvez me conseiller à propos d'une question privée.

— Allez-y, mon vieux !

— Je cherche un nouveau chef de sécurité et je me demandais si vous pouviez me donner un tuyau à ce sujet.

— En fait, je connais quelqu'un qui pourrait faire l'affaire, mais je ne suis pas sûr qu'il soit toujours disponible. Je vais me renseigner et je vous tiens au courant.

Le commissaire tint sa promesse et rappela le lendemain matin.

— L'homme auquel je pensais travaille à mi-temps en ce moment et il cherche quelque chose à plein temps.

— Que pouvez-vous me dire sur lui ?

— Il était promis à un brillant avenir dans la police, mais il a dû la quitter après avoir été grièvement blessé en essayant d'arrêter un cambrioleur au cours d'un assaut lancé à la Midland Bank. Vous vous rappelez sans doute ce fait divers. Même la presse nationale en a parlé. À mon avis, ce serait l'homme idéal pour diriger votre équipe de sécurité et, franchement, vous ne pourrez que vous féliciter de l'avoir à votre service. Si vous êtes toujours intéressé, je pourrais vous envoyer quelques notes sur lui et son curriculum vitae.

*
* *

Ne voulant pas que Mlle Potts soit au courant de ses intentions, Barrington appela Derek Mitchell de chez lui et lui donna rendez-vous lundi soir, à 18 heures, heure à laquelle sa secrétaire aurait terminé sa journée de travail et où le Palm Court serait vide.

Il arriva quelques minutes à l'avance, traversa la salle de part en part et choisit une table à laquelle il n'aurait normalement jamais envisagé de s'asseoir. Il s'installa derrière le pilier, là où il savait qu'on ne pourrait ni les voir ni entendre leur conversation. Pendant qu'il l'attendait, il répéta dans sa tête une série de questions. Les réponses lui permettraient de savoir s'il pouvait faire confiance à l'inconnu.

À 17 h 47 un homme de haute taille, bien bâti et à l'allure martiale, poussa la porte tournante. Ses cheveux coupés court, son blazer bleu marine, son pantalon de flanelle grise, ses chaussures impeccablement cirées, tout suggérait une grande discipline de vie.

Hugo se leva et fit un geste de la main, comme s'il appelait un serveur. Mitchell traversa la pièce à pas lents sans chercher à cacher une légère claudication, séquelle de la blessure qui, selon Danvers, l'avait empêché de poursuivre sa carrière dans la police.

Hugo se rappela la fois où il s'était retrouvé face à face avec un policier, mais cette fois-ci, c'est lui qui allait poser les questions.

— Bonsoir, monsieur.

— Bonsoir, Mitchell, dit Hugo en serrant la main de l'ancien policier.

Une fois Mitchell assis, Hugo regarda de plus près son nez cassé, ses oreilles en feuille de chou et se souvint que dans ses notes le colonel Danvers lui avait signalé qu'il avait joué en seconde ligne pour Bristol.

— En préambule, déclara Hugo tout à trac, permettez-moi d'insister sur le fait que le sujet dont je souhaite discuter avec vous est absolument confidentiel et que tout doit rester strictement entre vous et moi. (Mitchell opina du chef.) Cela est d'ailleurs si confidentiel que même le colonel Danvers ne connaît pas la vraie raison pour laquelle j'ai besoin de vous voir, car je ne cherche nullement quelqu'un pour diriger mon service de sécurité.

Attendant qu'Hugo précise ce qu'il avait en tête, Mitchell demeurait totalement impassible.

— Je cherche quelqu'un qui me serve de détective privé. Son seul travail sera de me faire un rapport mensuel sur les activités d'une femme qui vit à Bristol et qui, en fait, travaille dans cet hôtel.

— Je comprends, monsieur.

— Je veux être au courant de tout ce qu'elle fait, que ce soit dans le domaine professionnel ou personnel, même si cela peut paraître tout à fait insignifiant. Elle ne doit jamais, au grand jamais, se rendre compte de l'intérêt que vous lui portez. Par conséquent, avant que je ne révèle son nom, vous sentez-vous à la hauteur ?

— Si effectuer ce genre de tâche n'est jamais facile, ce n'est pas impossible. Du temps où j'étais jeune sergent de police, j'ai participé à une opération secrète qui a abouti à l'arrestation et à la mise sous les verrous pour seize ans d'un individu particulièrement répugnant. S'il entrait maintenant dans cet hôtel, je suis sûr et certain qu'il ne me reconnaîtrait pas.

— Avant que j'aille plus loin, reprit Hugo en souriant pour la première fois, je dois savoir si vous êtes partant.

— Cela dépend de plusieurs choses, monsieur.

— C'est-à-dire ?

— S'agirait-il d'un emploi à plein temps ? Parce qu'en ce moment je travaille comme vigile de nuit dans une banque.

— Donnez votre démission dès demain. Je ne veux pas que vous travailliez pour un autre employeur.

— Et quel serait l'horaire ?

— À votre convenance.

— Et le salaire ?

— Huit livres par semaine, payables un mois à l'avance, et je rembourserai toute dépense justifiée.

Mitchell acquiesça.

— Puis-je vous suggérer de me payer en espèces, monsieur, afin qu'on ne puisse pas remonter jusqu'à vous ?

— Cela me paraît plus prudent, en effet, répondit Hugo qui avait déjà pris cette décision.

— Et souhaitez-vous que les rapports mensuels soient faits par écrit ou de vive voix ?

— De vive voix. Je veux que ne soit mis par écrit que le strict minimum.

— Alors nous devrons nous rencontrer chaque mois dans un endroit différent et jamais le même jour. Ainsi il sera extrêmement peu probable que quelqu'un puisse nous voir ensemble plus d'une fois.

— Cela ne me gêne pas.

— Quand voulez-vous que je commence, monsieur ?

— Vous avez commencé il y a une demi-heure.

Sur ce, Barrington sortit d'une poche intérieure un morceau de papier et une enveloppe contenant trente-deux livres, qu'il tendit à Mitchell, lequel étudia quelques instants le nom et l'adresse inscrits sur le papier avant de le rendre à son nouveau patron.

— J'aurais également besoin de connaître votre numéro personnel, monsieur, et de savoir où et quand vous pouvez être joint.

— À mon bureau, tous les soirs entre 17 et 18 heures. Vous ne devez jamais m'appeler chez moi, sauf si c'est urgent, précisa-t-il en prenant son stylo.

— Donnez-moi les numéros oralement, monsieur. Ne les mettez pas par écrit.

## 23

— Pensez-vous assister au goûter d'anniversaire de monsieur Giles ? s'enquit Mlle Potts.

Hugo consulta son agenda et lut, écrit en grosses lettres en haut de la page : « *Giles, 12ᵉ anniversaire, 15 heures. Manoir* ».

— Ai-je le temps d'acheter un cadeau sur le chemin de la maison ?

Mlle Potts quitta la pièce pour revenir quelques instants plus tard, chargée d'un gros paquet enveloppé dans un papier brillant rouge et attaché avec un ruban.

— Qu'est-ce que c'est ? demanda Hugo.

— Le dernier appareil de radio Roberts, celui qu'il a demandé quand vous êtes allé le voir à l'infirmerie, le mois dernier.

— Merci, mademoiselle Potts. Je ferais mieux de partir maintenant, dit-il en jetant un coup d'œil à sa montre, si je veux arriver à temps pour le voir couper le gâteau.

Elle plaça un épais dossier dans sa sacoche et, avant qu'il n'ait eu le temps de l'interroger, expliqua :

— Ce sont des fiches pour vous permettre de préparer la réunion du conseil d'administration de demain matin. Vous pouvez les parcourir après le départ de M. Giles pour Saint-Bède. De cette façon, il ne vous sera pas nécessaire de revenir au bureau ce soir.

— Merci, mademoiselle Potts. Vous pensez à tout.

Roulant en ville en direction du manoir, il ne put s'empêcher de remarquer que le nombre d'automobiles avait beaucoup augmenté depuis l'année précédente. Les piétons faisaient plus attention avant de traverser la grand-rue depuis que le gouvernement avait porté la vitesse maximale à cinquante kilomètres à l'heure. Un cheval se cabra au moment où il doubla un fiacre à toute vitesse. Combien de temps les fiacres pouvaient-ils espérer survivre maintenant que le conseil municipal avait autorisé le premier taxi ?

Une fois sorti de la ville, il accéléra pour ne pas arriver en retard au goûter d'anniversaire de son fils. Comme le gamin grandissait vite ! Il était déjà plus grand que sa mère. Allait-il dépasser son père ?

Lorsque Giles quitterait Saint-Bède dans un an pour, naturellement, poursuivre ses études à Eton, Hugo était persuadé que son amitié avec le jeune Clifton serait vite oubliée, même s'il était conscient des difficultés à régler auparavant.

Il ralentit pour franchir le portail de son domaine. Il ne se lassait pas du parcours le long de la grande allée de chênes menant au manoir. Jenkins se tenait sur la plus haute marche du perron au moment où Hugo descendit de voiture. Tenant ouverte la porte d'entrée, il annonça :

— Mme Barrington se trouve au salon, Monsieur, avec M. Giles et deux de ses camarades de classe.

Quand il entra dans le vestibule, Emma dévala l'escalier et se jeta dans les bras de son père.

— Qu'est-ce qu'il y a dans le paquet ? demanda-t-elle.

— Le cadeau d'anniversaire de ton frère.

— D'accord. Mais qu'est-ce que c'est ?

— Il faudra que tu attendes pour le savoir, jeune demoiselle, lui répondit son père en souriant, avant de remettre sa sacoche au maître d'hôtel. Posez ça dans mon cabinet de travail, je vous prie, Jenkins, dit-il, tandis qu'Emma lui attrapait la main et commençait à le tirer vers le salon.

Le sourire d'Hugo disparut dès qu'il ouvrit la porte et vit qui était assis sur le canapé.

Giles quitta son siège d'un bond et courut vers son père qui lui tendit le paquet avec un : « Joyeux anniversaire, mon garçon ! »

— Merci, père, répondit Giles, avant de lui présenter ses amis.

Hugo serra la main de Deakins, mais lorsque Harry lui tendit la sienne, il se contenta de dire : « Bonjour, Clifton. » Puis il s'assit dans son fauteuil préféré.

Il regarda avec intérêt Giles défaire le ruban du paquet, et ils virent tous deux le cadeau pour la première fois. Même la joie débordante de son fils en découvrant sa nouvelle radio ne parvint pas à le faire sourire. Il fallait qu'il pose une question au jeune Clifton, mais la réponse ne devait pas paraître tirer à conséquence.

Il resta silencieux pendant que les trois garçons se relayaient pour passer d'une station à l'autre, écoutant sortir du haut-parleur les étranges voix et la musique qu'émettaient les deux stations, saluées régulièrement par des éclats de rire et des applaudissements.

Mme Barrington discutait avec Harry d'un récent concert où l'on avait joué *Le Messie*, précisant qu'elle avait énormément aimé son interprétation de *Je sais que vit mon Rédempteur.*

— Merci, madame Barrington, dit Harry.

— Après Saint-Bède, espérez-vous aller au lycée de Bristol, Clifton ? demanda Hugo, voyant là une ouverture.

— Seulement si je réussis le concours des bourses, monsieur.

— Pourquoi est-ce nécessaire ? demanda Mme Barrington. On vous offrira une place, sans aucun doute, comme à tous les autres élèves.

— Parce que ma mère ne pourrait pas payer les frais de scolarité, madame Barrington. Elle est serveuse au Royal Hotel.

— Votre père ne pourrait-il pas...

— Il est mort. Il a été tué à la guerre.

— Veuillez m'excuser. Je n'en avais aucune idée.

À ce moment, la porte s'ouvrit et le maître d'hôtel entra dans la pièce, chargé d'un grand gâteau posé sur un plateau d'argent. Une fois que Giles eut réussi à souffler les douze bougies d'un seul coup, tout le monde applaudit.

— Et votre anniversaire, quand est-ce, Clifton ? demanda Hugo.

— C'était le mois dernier, monsieur.

Lorsque Giles eut découpé le gâteau, Hugo se leva et quitta la pièce sans dire un mot de plus.

Il se rendit directement à son cabinet de travail mais s'aperçut qu'il n'arrivait pas à se concentrer sur les fiches concernant la réunion du conseil d'administration du lendemain. La réponse du jeune Clifton signifiait qu'il allait devoir consulter un avocat spécialisé dans le droit des successions.

Au bout d'environ une heure, il entendit des voix dans le vestibule, le claquement de la porte d'entrée, puis le bruit d'une voiture qui s'éloignait. Quelques instants plus tard, on frappa à la porte de son cabinet de travail, et Élisabeth entra.

— Pour quelle raison nous avez-vous quittés aussi brusquement ? demanda-t-elle. Et pourquoi n'êtes-vous pas venu dire au revoir, alors que vous deviez savoir que Giles et ses invités s'en allaient ?

— J'ai, demain matin, une réunion très difficile du conseil d'administration, répondit-il sans relever la tête.

— Ce n'est pas une raison pour ne pas dire au revoir à votre fils, surtout le jour de son anniversaire.

— J'ai beaucoup de choses en tête, répliqua-t-il sans quitter ses notes des yeux.

— Rien ne peut justifier que vous soyez impoli envers des invités. Vous avez été plus cavalier avec Harry Clifton qu'avec n'importe quel domestique.

— C'est peut-être que je considère Clifton comme inférieur à nos domestiques, rétorqua Hugo, se redressant pour la première fois. (Élisabeth eut l'air choquée.) Savez-vous que son père était docker et que sa mère est serveuse ? Je ne suis pas certain que ce soit une bonne fréquentation pour Giles.

— À l'évidence, ce n'est pas l'avis de Giles. Et quel que soit le milieu auquel il appartient, Harry est un charmant garçon. Je ne comprends pas pourquoi vous lui en voulez à ce point. Vous n'avez pas traité Deakins de cette façon alors que son père n'est qu'un marchand de journaux.

— Il a également été reçu au concours général des bourses.

— Et Harry a obtenu sa bourse pour sa voix exceptionnelle, comme le savent tous les paroissiens de Bristol. La prochaine fois que vous le rencontrerez, j'espère que vous serez un peu plus poli.

Sur ce, elle sortit de la pièce et claqua la porte derrière elle.

*
* *

Quand son fils entra dans la salle, sir Walter Barrington demeura à sa place, au haut bout de la table du conseil d'administration.

— Je suis de plus en plus préoccupé par la législation que projette d'instaurer le gouvernement sur les taxes d'importation, déclara Hugo en s'asseyant à la droite de son père, et par la façon dont cela peut affecter notre bilan.

— C'est la raison pour laquelle un avocat siège au conseil d'administration, indiqua sir Walter. Pour nous conseiller sur ce genre de sujet.

— Selon mes calculs, cela risque de nous coûter vingt mille livres par an si la loi est votée. Ne pensez-vous pas qu'on devrait demander un second avis ?

— Je pourrais peut-être en toucher un mot à sir James Amhurst la prochaine fois que j'irai à Londres.

— Je vais à Londres mardi pour le dîner annuel de l'Association des armateurs britanniques, dit Hugo. Puisque c'est le conseiller juridique de notre industrie, peut-être devrais-je lui en parler.

— Seulement si tu es persuadé que c'est nécessaire. Et n'oublie pas qu'Amhurst se fait payer à l'heure, même durant un dîner.

*
* *

Le dîner annuel de l'Association des armateurs britanniques, auquel participaient plus d'un millier de membres et leurs invités, se déroulait à l'hôtel Grosvenor House.

Auparavant, Hugo avait téléphoné à la secrétaire de l'Association pour savoir si on pouvait le placer à côté de sir James Amhurst à la table d'honneur. La secrétaire haussa un sourcil mais accepta de modifier le plan de table. Après tout, le vieux Joshua Barrington avait été l'un des membres fondateurs de l'Association.

Une fois que l'évêque eut récité le bénédicité, Hugo se garda d'interrompre l'éminent avocat de la Couronne en pleine conversation avec l'homme assis à sa droite. Cependant, quand l'avocat finit par se tourner vers l'inconnu qu'on avait placé à sa gauche, Hugo alla droit au but.

— Mon père, sir Walter Barrington, commença-t-il pour capter l'attention de sa proie, est préoccupé par le projet de loi sur les taxes d'importation, qui est en ce moment examiné à la Chambre des communes, et par les effets que la loi pourrait avoir sur notre industrie. Il aimerait savoir s'il pourrait vous consulter sur la question lors de sa prochaine venue à Londres.

— Absolument, mon cher garçon, répondit sir James. Il suffit de demander à sa secrétaire d'appeler mon clerc, et je m'arrangerai pour être libre la prochaine fois qu'il viendra à Londres.

— Merci, monsieur. Pour parler d'un sujet plus léger, auriez-vous déjà lu un livre d'Agatha Christie ?

— Hélas, non. C'est un bon auteur ?

— J'aime beaucoup sa dernière œuvre, *Mes premières volontés*, mais je ne sais pas si l'intrigue paraîtrait plausible dans un tribunal.

— Que propose cette dame ? demanda Amhurst au moment où l'on posait devant lui une mince tranche de bœuf trop cuit, servie sur une assiette froide.

— Selon Mme Christie, le fils aîné d'un homme possédant un titre héréditaire de chevalier en hérite automatiquement à la mort de son père, même s'il s'agit d'un enfant illégitime.

— Ah, voilà en effet un casse-tête légal intéressant ! En fait, si j'ai bonne mémoire, les juges siégeant à la Chambre des lords ont tout récemment examiné un tel cas : Benson contre Carstairs. La presse désigne souvent leur décision comme l'« amendement du bâtard ».

— Et à quelles conclusions ont abouti les lords ? fit Hugo en essayant de ne pas avoir l'air trop intéressé.

— Ils se sont déclarés en faveur du premier-né, quoique le jeune homme en question ait été illégitime, si on ne parvenait pas à déceler une faille dans le testament originel. (Réponse qu'Hugo avait crainte.) Cependant, poursuivit sir James, Leurs seigneuries ont ménagé leurs arrières et ajouté un codicille précisant que chaque dossier devait être considéré comme un cas d'espèce, et seulement après avoir été soumis au roi d'armes principal de l'ordre de la Jarretière, autrement dit, au chef de la corporation héraldique du roi. C'est typique des juges de la Chambre des lords, ajouta-t-il avant de saisir son couteau et sa fourchette pour attaquer la tranche de bœuf. Trop pusillanimes pour créer un précédent et ravis de se défausser sur quelqu'un d'autre.

Lorsque sir James se tourna à nouveau vers son voisin de droite, Hugo réfléchit à ce qui risquait d'arriver si Harry Clifton découvrait qu'il était en droit d'hériter non seulement la compagnie maritime Barrington mais également la fortune familiale. Être contraint de reconnaître qu'il avait engendré un fils illégitime serait déjà assez pénible, mais la pensée que Harry Clifton puisse, en outre, hériter le titre après sa mort et devenir sir Harry était tout bonnement insupportable. Il était disposé à faire tout ce qui était en son pouvoir pour empêcher qu'un tel cauchemar ne devienne réalité.

## 24

Hugo Barrington était en train de prendre son petit déjeuner lorsqu'il lut la lettre du directeur de Saint-Bède dans laquelle celui-ci fournissait des précisions sur l'appel de fonds, d'un montant de mille livres, lancé par l'école en vue de la construction d'un nouveau bâtiment abritant les vestiaires et le bar du club de cricket First XI. Il ouvrit son carnet de chèques et venait d'inscrire le chiffre *100* quand le bruit d'une automobile roulant sur le gravier et s'arrêtant devant le perron attira son attention.

Il se dirigea vers la fenêtre. Qui pouvait bien venir lui rendre visite de si bonne heure un samedi matin ? À sa grande surprise, son fils sortit par la porte arrière d'un taxi, une valise à la main, alors qu'il s'était réjoui à l'avance de le voir être le premier à la batte lors du dernier match de la saison opposant son école à Avonhurst.

Jenkins apparut juste à temps pour ouvrir la porte à Giles.

— Bonjour, monsieur Giles, dit le majordome, comme s'il l'attendait.

Hugo sortit rapidement de la salle du petit déjeuner et trouva son fils dans le vestibule, la tête baissée, sa valise posée à terre à côté de lui.

— Que fais-tu ici ? demanda-t-il. Est-ce qu'il ne reste pas encore une semaine avant la fin du trimestre ?

— J'ai été renvoyé temporairement, déclara simplement Giles.

— « Renvoyé temporairement » ? répéta Hugo. Et puis-je savoir ce que tu as fait pour mériter ce renvoi ?

Giles leva les yeux vers Jenkins qui se tenait sans rien dire près de la porte.

— Je vais monter le bagage de M. Giles dans sa chambre, fit le majordome.

Se saisissant de la valise, il commença à gravir lentement l'escalier.

— Suis-moi, dit Hugo une fois Jenkins disparu.

Ni l'un ni l'autre ne reparlèrent avant qu'Hugo n'ait refermé la porte du cabinet de travail.

— Qu'as-tu fait pour que l'école prenne une mesure aussi grave ? s'enquit Hugo en s'affalant dans son fauteuil.

— J'ai volé des friandises dans la boutique de l'école, répondit Giles que son père avait laissé debout au milieu de la pièce.

— Y a-t-il une explication ? Quelque malentendu, peut-être ?

— Non. Pas du tout, père, répondit Giles en refoulant ses larmes.

— As-tu quelque chose à dire pour ta défense ?

— Non, père. (Il hésita.) Sauf que…

— Sauf que quoi ?

268

— J'ai toujours donné les bonbons. Je ne les ai jamais gardés pour moi.

— À Clifton, sans aucun doute.

— Ainsi qu'à Deakins.

— Est-ce Clifton qui t'a poussé à faire ça ?

— Absolument pas, répliqua fermement Giles. En fait, lorsqu'il a découvert mes agissements, Harry a systématiquement rapporté à la boutique les friandises que je leur avais données. Il s'est même laissé accuser par M. Frobisher.

Il y eut un long silence avant qu'Hugo ne demande :

— Par conséquent, il s'agit d'un renvoi temporaire, et non pas définitif ?

Giles hocha la tête.

— Penses-tu qu'on te permettra de revenir à l'école le prochain trimestre ?

— J'en doute.

— Pourquoi ?

— Parce que je n'ai jamais vu le directeur aussi en colère.

— Pas aussi en colère que ta mère quand elle l'apprendra.

— Je vous en prie, père, ne le lui dites pas ! supplia Giles en éclatant en sanglots.

— Et comment veux-tu que je lui explique pourquoi tu es rentré à la maison une semaine plus tôt que prévu et qu'il est même possible que tu ne retournes pas à Saint-Bède le prochain trimestre ?

Giles ne chercha pas à répondre, continuant à sangloter en silence.

— Et Dieu seul sait ce que diront tes grands-parents, ajouta son père, quand je devrai leur expliquer pourquoi finalement tu ne vas pas à Eton !

Un autre long silence s'ensuivit.

— Monte dans ta chambre et surtout ne t'avise pas de redescendre avant que je t'y autorise.

— Oui, père.

— Et, de toute façon, reprit Hugo comme Giles s'apprêtait à partir, ne discute pas de ça avec qui que ce soit, surtout pas devant les domestiques.

— Oui, père.

Il sortit de la pièce en courant, escalada les marches quatre à quatre et faillit buter contre Jenkins qu'il croisa dans l'escalier.

Hugo se pencha en avant dans son fauteuil, cherchant un moyen de remédier à la situation et se préparant à affronter l'inévitable coup de téléphone du directeur. Il plaça ses coudes sur le bureau et sa tête entre ses mains, mais il s'écoula un certain temps avant que son regard ne tombe sur le chèque.

Ses lèvres ébauchèrent un sourire, et il ajouta un zéro de plus avant de le signer.

## 25

Assis dans le coin du fond, Mitchell lisait le *Bristol Evening Post* lorsque Hugo traversa la salle d'attente et vint s'asseoir à côté de lui. Il y avait tant de courants d'air qu'il garda les mains dans ses poches.

— Le sujet, commença Mitchell sans quitter des yeux son journal, cherche à lever cinq cents livres pour reprendre une affaire commerciale.

— À quelle sorte d'affaire commerciale peut-elle bien s'intéresser ?

— Le salon de thé Tilly. Il semble qu'elle y ait travaillé avant de passer au Palm Court du Royal Hotel. Mlle Tilly a récemment reçu une offre de cinq cents livres pour son affaire de la part d'un certain M. Edward Atkins. Atkins ne plaît guère à Mlle Tilly, qui a clairement expliqué à la personne en question que, si celle-ci réussissait à lever la même somme, elle préférerait que ce soit elle qui reprenne l'affaire.

— Mais où pourrait-elle espérer trouver autant d'argent ?

— Peut-être auprès de quelqu'un qui souhaiterait la contrôler financièrement, ce qui pourrait se révéler, un de ces jours, profitable.

Hugo resta silencieux. Les yeux de Mitchell ne quittèrent pas son journal.

— A-t-elle pris contact avec quelqu'un pour tenter de lever les fonds ? finit-il par demander.

— En ce moment, elle prend conseil auprès d'un certain M. Patrick Casey, qui travaille pour Dillon & Co., une compagnie financière dont le siège est à Dublin et qui se spécialise dans l'obtention de prêts pour des clients privés.

— Comment puis-je entrer en contact avec Casey ?

— Je ne vous conseille pas une telle démarche.

— Pourquoi ?

— Il vient à Bristol une fois par mois et descend toujours au Royal.

— On ne serait pas obligés de se donner rendez-vous au Royal.

— Il entretient une relation intime avec cette personne. Chaque fois qu'il vient à Bristol, il l'invite à dîner au restaurant ou l'emmène au théâtre, et, depuis peu, elle revient avec lui à l'hôtel où ils passent la nuit ensemble dans la chambre 371.

— Fascinant. Autre chose ?

— Cela vous intéressera peut-être de savoir que la banque du sujet est la National Provincial, sise au 49 Corn Street. Le directeur est un certain M. Prendergast. Le compte du sujet montre un solde créditeur de douze livres et neuf shillings.

Hugo aurait aimé savoir comment Mitchell avait obtenu ce dernier renseignement mais il se contenta de dire « Excellent ».

— Dès que vous trouverez quelque chose d'autre, poursuivit-il, même un détail insignifiant, donnez-moi un coup de fil.

Il prit une grosse enveloppe dans la poche de son manteau et la fit passer à Mitchell.

« Le train de 7 h 22 en provenance de Taunton entrera en gare quai numéro neuf. »

Mitchell rangea l'enveloppe dans une poche, replia son journal et quitta la salle d'attente. Il n'avait pas une seule fois regardé son employeur.

*
* *

Hugo avait été incapable de cacher sa colère en découvrant la vraie raison pour laquelle Giles n'avait pas été admis à Eton. Il avait téléphoné au directeur, qui refusa de prendre ses appels, et à l'éventuel chef de résidence de son fils, qui compatit mais ne lui donna aucun espoir de rédemption, et même au surveillant général qui promit de le rappeler mais n'en fit rien. Bien qu'Élisabeth et les filles n'aient eu aucune idée de la cause des récentes et fréquentes colères, apparemment inexplicables, d'Hugo, elles continuaient à supporter avec philosophie les conséquences des fautes commises par Giles.

Le jour de la rentrée, Hugo accompagna Giles au lycée de Bristol à contrecœur et ne permit ni à Emma ni à Grace de se joindre à eux, malgré les pleurs et les bouderies d'Emma.

Lorsqu'il arrêta la voiture dans College Street, Harry Clifton fut la première personne qu'il aperçut devant la grille du lycée. Avant même qu'il ait mis le frein, Giles avait bondi hors de la voiture et couru vers son ami pour le saluer.

Hugo se garda de se mêler aux autres parents avec qui Élisabeth semblait tout à fait heureuse de bavarder et lorsqu'il tomba sur Clifton par inadvertance, il s'abstint ostensiblement de lui serrer la main.

Sur le chemin du retour, Élisabeth demanda à son mari pourquoi il traitait avec un tel mépris le meilleur ami de Giles. Hugo lui rappela que leur fils aurait dû aller à Eton, où il aurait fréquenté des fils de gentlemen et non pas les rejetons des commerçants du coin, ou bien pire dans le cas de Clifton. Elle se réfugia dans la relative sécurité du silence, comme très souvent depuis quelque temps.

## 26

« Salon de thé Tilly entièrement réduit en cendres ! On soupçonne un incendie criminel ! » braillait le petit vendeur de journaux qui se tenait au coin de Broad Street.

Hugo pila, sortit d'un bond de sa voiture, donna un demi-penny au gamin et commença à lire la première page en regagnant son véhicule.

> « Le salon de thé Tilly, établissement bien connu, très fréquenté par les Bristoliens, a été réduit en cendres aux toutes premières heures de la matinée. La police a arrêté un citadin d'une trentaine d'années et l'a inculpé du délit d'incendie volontaire. Mlle Tilly, qui vit désormais dans les Cornouailles… »

Hugo sourit en voyant la photo de Maisie Clifton et de son personnel debout sur le trottoir en train de contempler les restes calcinés de Chez Tilly. Les dieux étaient clairement avec lui.

Il remonta en voiture, posa le journal sur le siège du passager et poursuivit son trajet en direction du zoo. Il faudrait qu'il prenne rendez-vous de toute urgence avec M. Prendergast.

S'il voulait garder secret le fait qu'il était le bailleur de fonds, Mitchell lui avait conseillé de tenir ses entretiens avec M. Prendergast dans les bureaux de l'entreprise Barrington et de préférence après le départ de Mlle Potts. Hugo n'essaya pas de lui expliquer qu'il était loin d'être certain que Mlle Potts rentre jamais chez elle. S'il lui tardait d'avoir un entretien avec M. Prendergast, au cours duquel il administrerait le coup de grâce, il lui fallait voir quelqu'un auparavant.

*
* *

Mitchell était en train de donner à manger à Rosie quand Hugo arriva. Celui-ci se dirigea lentement vers lui, s'accouda à la balustrade et fit semblant de s'intéresser à l'éléphant indien que le zoo de Bristol venait d'acheter à l'Uttar Pradesch et qui attirait déjà un grand nombre de visiteurs. Mitchell lança un bout de pain que Rosie attrapa avec sa trompe, avant de le porter à sa bouche d'un mouvement souple et gracieux.

— La personne en question est revenue travailler au Palm Court à partir de 22 heures, annonça Mitchell comme s'il s'adressait à l'éléphant. Elle y reste jusqu'à 6 heures du matin et gagne trois livres par semaine, plus les pourboires, qui sont plutôt maigres, vu que les clients sont rares à ces heures.

Il jeta un autre croûton à l'éléphant et poursuivit :

— Un certain Bob Burrows a été arrêté et inculpé du délit d'incendie criminel. C'était le fournisseur de pâtisseries de la personne en question jusqu'à ce qu'elle le congédie. Il est passé aux aveux et a déclaré qu'il avait eu l'intention de demander en mariage le sujet, lui avait même offert une bague de fiançailles, mais qu'il avait été éconduit. Selon l'accusé, en tout cas.

Hugo ébaucha un sourire.

— Et qui est chargé du dossier ? s'enquit-il.

— Un certain inspecteur Blakemore.

Hugo se renfrogna.

— Bien que Blakemore ait d'abord pensé que la personne en question était peut-être complice de Burrows, reprit Mitchell, il a depuis informé la compagnie d'assurances Bristol et Ouest de l'Angleterre qu'elle a été mise hors de cause.

— Dommage ! fit Hugo, les sourcils toujours froncés.

— Pas nécessairement. La compagnie d'assurances va remettre à M$^{me}$ Clifton un chèque de six cents livres pour solde de tout compte.

Hugo sourit à nouveau.

— Je me demande si elle en a informé son fils, dit Hugo, presque comme s'il se parlait à lui-même.

Si Mitchell entendit la remarque, il n'en tint pas compte.

— Le seul autre renseignement qui puisse vous intéresser, reprit-il, c'est que M. Patrick Casey est descendu au Royal Hotel vendredi soir et a emmené la personne en question dîner au Plimsoll Line. Ils sont revenus à l'hôtel et elle l'a suivi dans sa chambre, la 371, qu'elle n'a quittée qu'après 7 heures du matin.

Un long silence suivit, signe habituel que Mitchell avait terminé son rapport mensuel. Hugo sortit une enveloppe d'une poche intérieure et la passa discrètement à Mitchell, qui ne le remercia pas. Celui-ci lança son dernier bout de pain à une Rosie ravie de son repas.

*
* *

— M. Prendergast est arrivé, déclara Mlle Potts en s'écartant pour permettre au banquier d'entrer dans le bureau du directeur général.

— C'est très aimable à vous de venir jusqu'ici, commença Hugo. Je suis certain que vous comprendrez pourquoi je ne souhaite pas discuter à la banque d'un sujet aussi confidentiel.

— Je comprends fort bien, répondit M. Prendergast, qui avait ouvert sa grosse sacoche de cuir et en avait extrait une épaisse enveloppe, avant de s'asseoir. Par-dessus le bureau il remit à M. Barrington un seul feuillet.

Hugo vérifia la dernière ligne avant de se caler dans son fauteuil.

— Juste pour récapituler, si vous permettez, dit M. Prendergast, vous avez fourni un capital de cinq cents livres afin que Mme Clifton puisse acquérir l'affaire appelée Chez Tilly, un salon de thé de Broad Street. Le contrat signé par les deux parties concernait la somme totale, plus les intérêts composés à cinq pour cent par an, à régler au bailleur de fonds en cinq ans.

» Bien que Chez Tilly ait réussi à déclarer un petit bénéfice, la première année, ainsi que la deuxième, Mme Clifton n'a jamais fait assez de profits pour payer les intérêts ni rembourser la moindre partie du capital. Par conséquent, quand l'incendie s'est déclaré, Mme Clifton vous devait cinq cent soixante-douze livres et seize shillings. Je dois ajouter à cette somme vingt livres de frais bancaires, ce qui fait un total de cinq cent quatre-vingt-douze livres et seize shillings. Cela, naturellement, sera largement couvert par la prime d'assurance, ce qui signifie que, alors que votre investissement est protégé, il ne restera pratiquement rien à Mme Clifton.

— Comme c'est triste ! fit Hugo. Puis-je savoir pourquoi la somme finale ne semble pas prendre en compte les honoraires de M. Casey ? ajouta-t-il après avoir étudié les chiffres de plus près.

— Parce que M. Casey a informé la banque qu'il ne présentera aucune note d'honoraires pour ses services.

— Voilà au moins une bonne nouvelle pour cette malheureuse femme, déclara Hugo en se renfrognant.

— En effet. Je crains, malgré tout, qu'elle ne puisse continuer à payer les frais de scolarité de son fils au lycée de Bristol, et ce, dès le prochain trimestre.

— Quel malheur ! fit Hugo. Le gamin devra donc quitter le lycée ?

— À mon grand regret, je dois dire que c'est inévitable. C'est très dommage, poursuivit M. Prendergast, parce qu'elle adore cet enfant, et je crois qu'elle est prête à se passer de presque tout pour le maintenir au lycée.

— C'est extrêmement dommage, en effet, renchérit Hugo. Je ne vous retiens pas plus longtemps, monsieur Prendergast, ajouta-t-il en se levant. J'ai un rendez-vous en ville dans une demi-heure environ. Peut-être puis-je vous reconduire en voiture ?

— C'est fort aimable à vous, monsieur Barrington, mais ce ne sera pas nécessaire. Je suis venu en auto.

— Quelle auto avez-vous ? demanda Hugo en prenant sa serviette.

— Une Morris Oxford, répondit Prendergast, tout en remettant à la hâte des papiers dans sa sacoche, avant d'emboîter le pas à Hugo qui se dirigeait vers la porte.

— La voiture du peuple, commenta Hugo. Il paraît que, pareille à vous, monsieur Prendergast, elle est très solide. (Ils éclatèrent tous les deux de rire en descendant l'escalier côte à côte.) Voilà une bien triste histoire, reprit Hugo en sortant du bâtiment. Mais, en fait, je ne suis pas certain d'approuver que les femmes entrent dans les affaires. Cela ne fait pas partie de l'ordre normal des choses.

— Tout à fait d'accord, approuva Prendergast, au moment où ils s'arrêtaient près de la voiture de Barrington. Remarquez, ajouta-t-il, vous n'auriez pas pu en faire davantage pour cette malheureuse.

— C'est aimable à vous de dire ça, Prendergast. Toutefois, je vous serais reconnaissant, dans la mesure du possible, de garder strictement pour vous mon implication dans cette affaire.

— Bien sûr, monsieur, affirma Prendergast comme ils se serraient la main. Vous pouvez me faire confiance.

— Restons en contact, mon ami, dit Hugo en montant dans sa voiture. Je compte bien avoir à nouveau recours aux services de votre banque. (Prendergast sourit.)

Tout en roulant vers le centre-ville, Hugo repensa à Maisie Clifton. Après lui avoir asséné un coup dont elle n'avait guère de chances de se remettre, il avait à présent l'intention de la mettre K.-O.

Il entra dans Bristol en se demandant où elle se trouvait à ce moment précis. Elle était probablement en train de faire asseoir son fils pour lui expliquer pourquoi il allait être forcé de quitter le lycée à la fin de l'année scolaire. Avait-elle seulement imaginé un instant que son fils allait pouvoir continuer ses études comme si rien ne s'était passé ? Il décida de ne pas aborder le sujet avec Giles jusqu'à ce que celui-ci lui apprenne la triste nouvelle que son ami Harry ne retournerait pas au lycée l'année suivante et ne ferait pas sa première avec lui.

La seule pensée que son propre fils devait aller au lycée de Bristol le faisait encore frémir de colère, mais il n'avait jamais révélé ni à Élisabeth ni à son père la vraie raison pour laquelle Giles n'avait pas été admis à Eton.

Une fois qu'il eut dépassé la cathédrale, il continua à rouler dans College Green avant d'entrer au Royal Hotel. Il avait quelques minutes d'avance pour son rendez-vous, mais il était sûr que le directeur ne le ferait pas attendre. Il poussa le tambour et traversa le vestibule, sans qu'on ait besoin de lui indiquer où se trouvait le bureau de M. Frampton.

La secrétaire se leva d'un bond dès qu'Hugo entra dans la pièce.

— Je vais informer M. Frampton de votre arrivée, dit-elle en se précipitant dans le bureau contigu.

Un instant plus tard, le directeur apparut.

— Quel plaisir de vous voir, monsieur Barrington ! s'écria-t-il en le faisant pénétrer dans son bureau. J'espère que Mme Barrington et vous-même allez bien.

Hugo hocha la tête et s'installa dans un fauteuil, en face du directeur, mais sans lui serrer la main.

— Lorsque vous avez demandé à me voir, j'ai pris la liberté de vérifier le plan de table concernant le dîner annuel de votre compagnie, dit Frampton. Je crois comprendre qu'il y aura un peu plus de trois cents invités.

— Peu m'importe le nombre d'invités. Ce n'est pas pour ça que je suis venu vous voir, Frampton. Je souhaite discuter d'une affaire privée que je trouve absolument répugnante.

— Je suis tout à fait désolé d'entendre cela, répondit Frampton, en se redressant de toute sa hauteur.

— L'un de nos directeurs externes est descendu dans votre hôtel jeudi soir, et le lendemain il a lancé une accusation qu'il est, me semble-t-il, de mon devoir de vous signaler.

— Assurément, renchérit Frampton en frottant ses paumes humides contre son pantalon. Nous ne voudrions surtout pas mécontenter l'un de nos clients les plus estimés.

— Ravi de vous l'entendre dire. Étant arrivé à l'hôtel après la fermeture du restaurant, le directeur en question s'est rendu au Palm Court afin de prendre une légère collation.

— C'est moi qui ai mis en place ce service, expliqua Frampton en s'autorisant un petit sourire contraint.

— Il a fait sa commande auprès d'une jeune femme, qui semblait être en charge du service, poursuivit Hugo, sans tenir compte de la remarque.

— Oui. Il doit s'agir de notre Mme Clifton.

— Je n'ai aucune idée du nom de la personne. Cependant, comme elle lui servait une tasse de café et des sandwichs, un autre homme est entré dans le Palm Court, a passé sa commande et a demandé si on pouvait la lui faire porter à sa chambre. La seule chose dont se souvient mon ami à propos de cet homme, c'est qu'il avait un léger accent irlandais. Mon ami a signé son addition et s'est retiré pour la nuit. Le lendemain matin, il s'est levé de bonne heure, car il souhaitait prendre le petit déjeuner et relire ses fiches avant le conseil d'administration. Quand il est sorti de sa chambre il a vu la même femme, encore vêtue de l'uniforme de l'hôtel, quitter la chambre 371. Elle a alors marché jusqu'au bout du couloir, s'est faufilée par la porte-fenêtre et est descendue par l'échelle de secours.

— Je suis absolument choqué, monsieur. Je…

— Le membre du conseil d'administration en question a demandé qu'on lui réserve une chambre dans un autre hôtel lorsqu'il reviendra à Bristol. Je ne veux pas avoir l'air pudibond, Frampton, mais le Royal a toujours été un endroit où j'ai eu plaisir à emmener ma femme et mes enfants.

— Soyez assuré, monsieur Barrington, que la personne concernée sera renvoyée séance tenante et sans références. Puis-je ajouter que je vous suis extrêmement reconnaissant d'avoir porté cet incident à ma connaissance ?

— Il va sans dire, reprit Hugo en se levant, que je ne souhaite pas que la compagnie ni moi-même soyons mentionnés, si vous jugez nécessaire de renvoyer la dame en question.

— Vous pouvez compter sur ma discrétion.

— Pour conclure sur une note plus agréable, poursuivit Hugo en souriant pour la première fois, je souhaite vous confirmer que nous attendons tous avec grande impatience le dîner annuel qui, à n'en pas douter, sera aussi excellent que d'habitude. L'année prochaine, nous fêterons le centenaire de la compagnie, et je suis persuadé que mon père voudra mettre les petits plats dans les grands. (Les deux hommes rirent tous les deux un peu trop bruyamment.)

— Vous pouvez nous faire confiance, monsieur Barrington, déclara Frampton en raccompagnant son client.

— Une dernière chose, Frampton, ajouta Hugo, alors qu'ils traversaient le vestibule. Je préférerais que vous ne parliez pas de l'incident à sir Walter. Mon père est un peu vieux jeu en ce qui concerne ce genre de chose. Je pense donc qu'il vaut mieux que cela reste entre nous.

— Je suis tout à fait d'accord, monsieur Barrington. Soyez assuré que je traiterai l'affaire personnellement.

Au moment où il poussa à nouveau la porte tournante, Hugo ne put s'empêcher de se demander combien d'heures Mitchell avait dû passer au Royal pour lui fournir un aussi précieux renseignement.

Il sauta dans sa voiture, mit le moteur en marche et reprit le chemin du manoir. Il pensait toujours à

Maisie Clifton lorsqu'il sentit une petite tape sur son épaule. Il fut pris de panique en se retournant et découvrant qui était assis sur le siège arrière. Aurait-elle été au courant de son rendez-vous avec Frampton ?

— Que voulez-vous ? fit-il, sans ralentir, de peur que quelqu'un ne les voie ensemble.

Tandis qu'il écoutait ses exigences, il n'arrivait pas à comprendre comment elle était aussi bien informée. Une fois qu'elle eut terminé, il s'empressa d'accepter ses conditions, sachant que c'était la meilleure façon de la faire sortir de la voiture au plus vite.

Elle plaça une mince enveloppe marron sur le siège du passager à côté de lui.

— J'attends de vos nouvelles, conclut-elle.

Il rangea l'enveloppe dans une poche intérieure, ralentit en arrivant à une ruelle sans éclairage et ne s'arrêta que lorsqu'il fut certain que personne ne pouvait les voir. Il bondit alors hors de la voiture et ouvrit la portière arrière. Quand il vit son air, il comprit qu'elle était persuadée d'avoir atteint son but.

Il lui accorda un instant de triomphe, avant de l'agripper par les épaules et de la secouer comme s'il s'efforçait de détacher une pomme s'accrochant obstinément à l'arbre. Après ne lui avoir laissé aucun doute sur ce qui arriverait si elle le relançait, il lui flanqua un violent coup de poing en plein visage. Elle s'effondra, se recroquevilla sur elle-même et ne cessa pas de trembler. Il se retint de lui donner un coup de pied dans le ventre, car il ne voulait pas risquer d'être aperçu par un passant. Il remonta donc en voiture et s'éloigna sans autre forme de procès.

Le vieux Jack Tar

1925-1936

## 27

Par un doux jeudi après-midi dans le Transvaal du Nord, j'ai tué onze hommes, et la nation reconnaissante m'a décerné la Victoria Cross pour hauts faits d'armes. Depuis lors, je n'ai plus passé de nuit paisible.

Si j'avais tué un seul Anglais dans mon pays, un juge m'aurait condamné à la pendaison jusqu'à ce que mort s'ensuive. Au lieu de cela, j'ai été condamné à la prison à vie car, jour après jour, je continue à voir le visage de ces onze malheureux jeunes hommes, telle l'effigie d'une pièce de monnaie qui ne s'estompe jamais. J'ai souvent pensé au suicide, mais ce serait un acte de lâcheté.

Dans la citation, reproduite dans le *Times*, on a déclaré que mon comportement avait sauvé la vie de deux officiers, cinq sous-officiers et dix-sept soldats du Royal Gloucestershire. L'un des officiers, le lieutenant Walter Barrington, m'a permis de purger ma peine avec une certaine dignité.

Quelques semaines après ce fait de guerre, on m'a rapatrié en Angleterre et réformé avec honneur pour ce qu'on appellerait aujourd'hui une « dépression nerveuse ». Après six mois passés dans un hôpital militaire, on m'a renvoyé dans le monde. J'ai changé de nom, évité Wells, ma ville natale, dans le Somerset, et pris la direction de Bristol. Contrairement au fils prodigue, j'ai refusé de faire quelques kilomètres pour passer dans le comté voisin où j'aurais joui de la tranquillité de la maison de mon père.

Pendant la journée je parcourais les rues de Bristol, fouillant dans les poubelles à la recherche de déchets. La nuit, j'avais un parc pour chambre à coucher, un banc pour lit, un journal pour couverture, et pour réveille-matin le premier oiseau annonçant une nouvelle aube. S'il faisait trop froid ou s'il pleuvait à verse, je me réfugiais dans la salle d'attente d'une gare du coin, dormant sous le banc et me levant, le lendemain matin, avant la manœuvre du premier train. Lorsque les nuits se sont allongées je me suis inscrit en tant que pensionnaire indigent à l'Armée du Salut, sur Little George Street, où de gentilles dames me fournissaient une tranche épaisse de pain et un bouillon léger avant que je ne m'endorme sur un matelas de crin sous une seule couverture. Le luxe.

Comme les années passaient, j'espérais que mes compagnons d'armes et mes collègues officiers supposeraient que j'étais mort. Je ne souhaitais pas qu'ils découvrent le lieu que j'avais choisi pour purger ma peine de prison à vie. Et ç'aurait pu continuer de la sorte si une Rolls-Royce n'avait pas fait crisser ses freins au milieu de la chaussée. La porte arrière s'est ouverte, et un homme que je n'avais pas vu depuis des années a bondi hors de la voiture.

— Capitaine Tarrant ! s'est-il écrié en se dirigeant vers moi.

J'ai détourné la tête, dans l'espoir qu'il croie s'être trompé. Mais je me rappelais trop bien que Walter Barrington n'était pas homme à douter de lui-même. M'attrapant par les épaules, il m'a fixé un bon moment avant de lancer :

— Mon vieux, comment est-ce possible ?

Plus j'essayais de le persuader que je n'avais pas besoin de son aide, plus il se montrait déterminé à devenir mon sauveur. J'ai fini par céder, mais pas avant qu'il n'ait accepté mes conditions.

Il a commencé par me supplier de venir habiter chez lui et sa femme au manoir, mais j'avais vécu trop longtemps sans un toit au-dessus de ma tête pour considérer ce confort comme autre chose qu'un fardeau. Il m'a même offert un siège au conseil d'administration de la compagnie maritime qui porte son nom.

— À quoi pourrais-je bien te servir ? ai-je demandé.

— Ta seule présence, Jack, nous inspirerait tous.

Je l'ai remercié avant de lui expliquer que je n'avais pas encore purgé ma peine pour le meurtre de onze hommes. Il a néanmoins refusé de s'avouer vaincu.

J'ai fini par accepter le poste de veilleur de nuit aux docks, pour un salaire de trois livres par semaine. J'étais logé gratuitement dans un compartiment de train Pullman abandonné, qui devint ma cellule de prison. J'aurais sans doute continué à accomplir ma peine jusqu'à ma mort, si je n'avais pas connu le jeune Harry Clifton.

Des années plus tard, Harry affirmerait que j'avais façonné toute sa vie. En vérité, c'est lui qui a sauvé la mienne.

La première fois où je l'ai rencontré il ne devait pas avoir plus de 4 ou 5 ans. « Entre donc, mon garçon ! » lui ai-je lancé en le voyant s'avancer vers le wagon à quatre pattes et se hisser jusqu'à la vitre. Sautant à terre immédiatement, il s'est enfui en courant.

Le samedi suivant il s'est enhardi jusqu'à regarder un moment par la vitre. J'ai à nouveau tenté le coup : « Tu ne veux pas entrer, mon garçon ? Je ne vais pas te mordre », lui ai-je dit, afin de le rassurer. Cette fois-là il a accepté mon offre et a ouvert la portière, mais après quelques mots il a repris la fuite. Avais-je l'air à ce point effrayant ?

Le samedi d'après, il a non seulement tourné la poignée, mais il s'est tenu dans l'encadrement de la portière, pieds écartés et me défiant du regard. Nous avons bavardé plus d'une heure à bâtons rompus, parlant du club de foot de Bristol City, du constructeur du pont suspendu Clifton, ou encore de la mue des serpents. Puis il a déclaré : « Maintenant, faut que j'y aille, monsieur Tar. Ma mère m'attend pour le thé. » Cette fois, il est parti d'un pas tranquille tout en regardant plusieurs fois en arrière.

Après cela, il m'a rendu visite tous les samedis jusqu'à ce qu'il aille à l'école élémentaire Merrywood, et alors il venait me voir presque tous les matins. J'ai mis un certain temps à le persuader de rester en classe pour apprendre à lire et à écrire. Franchement, je n'aurais même pas réussi à accomplir cette simple tâche sans l'aide de Mlle Monday, de M. Holcombe et de la mère énergique du jeune Harry. Il a fallu une solide équipe pour que Harry Clifton donne toute sa mesure, et j'ai su que nous avions réussi lorsqu'il n'est plus revenu que le samedi matin parce qu'il se préparait à passer le concours des bourses pour devenir choriste à Saint-Bède.

Une fois que Harry est allé à sa nouvelle école, je ne m'attendais pas à le revoir avant les vacances de Noël. Or, à mon grand étonnement, le premier vendredi du trimestre, je l'ai trouvé devant ma porte, un peu avant 23 heures.

Il m'a expliqué qu'il avait quitté Saint-Bède parce qu'un préfet – le nom de ce malotru m'échappe – le malmenait et qu'il allait devenir marin. S'il avait mis son projet à exécution, je suppose qu'il aurait fini amiral. Heureusement, il a suivi mon conseil et a regagné son école le lendemain matin, à temps pour le petit déjeuner.

Parce qu'il arrivait toujours aux docks en compagnie de Stan Tancock, j'ai mis quelque temps à comprendre qu'il était le fils d'Arthur Clifton. Il m'a demandé une fois si j'avais connu son père. Je lui ai répondu par l'affirmative, ajoutant que c'était un brave et honnête homme qui s'était fort bien conduit à la guerre. Il m'a alors demandé si je savais comment il était mort, et j'ai répondu que non. Je n'avais pas le droit d'aller à l'encontre des désirs de sa mère.

*
* *

Je me trouvais sur le quai au moment de la relève. Personne ne faisait jamais attention à moi, presque comme si je n'avais pas de corps, et je savais d'ailleurs que certains pensaient que je n'avais pas toute ma tête… Je ne faisais rien pour les détromper, car cela me permettait de purger ma peine dans l'anonymat.

Arthur Clifton était un bon chef d'équipe, l'un des meilleurs. Il prenait son travail au sérieux, contrairement à Stan Tancock, son meilleur ami et beau-frère, dont la première escale sur le chemin du retour était toujours le Pig and Whistle, lorsqu'il réussissait à rentrer chez lui.

J'ai regardé Clifton disparaître dans la coque du *Maple Leaf* afin de procéder aux ultimes vérifications avant que les soudeurs n'interviennent pour sceller le double fond. C'est le son criard de la sirène signifiant la relève qui a dû égarer tout le monde. Une équipe partait, une autre arrivait, et les soudeurs devaient commencer sans tarder s'ils voulaient avoir fini le boulot à la fin de leur service et gagner la prime. Personne ne s'est préoccupé de savoir si Clifton était ressorti du double fond. Moi non plus, d'ailleurs.

Nous avons tous cru qu'il avait dû entendre la sirène et qu'il se trouvait parmi les centaines de dockers qui franchissaient les grilles d'entrée en direction de leur maison. Contrairement à son beau-frère, Clifton s'arrêtait rarement au Pig and Whistle pour boire une pinte de bière, préférant rejoindre directement Still House Lane pour retrouver sa femme et son enfant. À cette époque je ne connaissais ni sa femme ni son fils et peut-être ne les aurais-je jamais connus si Arthur Clifton était rentré chez lui ce soir-là.

La seconde équipe était en plein travail quand j'ai entendu Tancock hurler comme un fou. Il désignait la coque du bateau mais Haskins, le contremaître, l'a simplement écarté d'un geste, comme une agaçante guêpe.

Après s'être rendu compte qu'il n'arrivait pas à convaincre Haskins, Tancock a dévalé la passerelle et s'est mis à courir le long du quai en direction du bâtiment Barrington. Lorsque le contremaître a compris où filait Tancock, il s'est précipité derrière lui et il l'avait presque rattrapé quand Tancock a poussé violemment les portes battantes et s'est engouffré dans le quartier général de la compagnie.

À ma grande surprise, quelques instants plus tard, Tancock est ressorti du bâtiment en courant, et j'ai été encore plus étonné de voir que Haskins et le directeur général lui avaient emboîté le pas. Je ne parvenais pas à imaginer ce qui avait pu convaincre M. Hugo de quitter son bureau après une entrevue aussi brève avec Stan Tancock.

J'ai très vite découvert la raison, car dès que le directeur général est arrivé sur le quai, il a enjoint à toute l'équipe de poser ses outils, de cesser le travail et de garder le silence, comme si c'était le jour de la commémoration de l'Armistice. Quelques instants plus tard, Haskins a donné l'ordre aux ouvriers de reprendre leurs tâches.

C'est à ce moment que je me suis dit qu'il était possible qu'Arthur Clifton soit resté enfermé dans le double fond. Mais personne ne pouvait être insensible au point de repartir s'il croyait qu'il y avait la moindre possibilité que quelqu'un soit enseveli vivant dans un tombeau d'acier de sa fabrication.

Lorsque les soudeurs se sont remis au travail, M. Hugo a reparlé à Tancock avant que celui-ci ne prenne le chemin de la grille des docks et ne disparaisse. J'ai tourné la tête pour voir si Haskins lui emboîtait à nouveau le pas, mais, tel un garde-chiourme éreintant ses galériens, il a préféré augmenter la cadence des ouvriers au maximum pour rattraper le temps perdu. Peu après, M. Hugo a redescendu la passerelle, est remonté en voiture et a pris la direction du bâtiment Barrington.

Plus tard, quand j'ai jeté un coup d'œil par la vitre de mon compartiment, j'ai vu Tancock refranchir en courant la grille des docks et se précipiter derechef vers le bâtiment Barrington. Cette fois-ci, il n'a reparu qu'au bout d'une demi-heure, au moins, et il n'était plus tout rouge et tremblant de colère mais semblait beaucoup plus calme. Je me suis dit qu'il avait dû retrouver Clifton et qu'il était simplement allé l'annoncer à M. Hugo.

Levant les yeux vers le bureau de M. Hugo, j'ai vu celui-ci regarder Tancock quitter les docks. Il est resté à la fenêtre jusqu'à ce que Tancock ait disparu. Quelques instants après, il est sorti du bâtiment, s'est dirigé vers sa voiture, a mis le moteur en marche et s'est éloigné.

J'aurais complètement oublié cette histoire si Arthur Clifton avait pointé le lendemain avec l'équipe du matin, mais il n'en a rien fait. Ni ce jour-là ni aucun autre.

Le matin suivant, un inspecteur de police du nom de Blakemore est venu me rendre visite dans mon compartiment. On peut souvent juger du caractère d'un homme à sa façon de traiter ses semblables. Blakemore était l'une des rares personnes capables de voir plus loin que le bout de leur nez.

— Vous affirmez avoir vu Stanley Tancock quitter le bâtiment Barrington hier soir, entre 19 heures et 19 h 30 ?

— En effet.

— Avait-il l'air pressé, inquiet ? Cherchait-il à filer en douce ?

— Au contraire. Je me rappelle avoir pensé qu'il paraissait particulièrement détendu, vu les circonstances.

— Vu les circonstances ?

— Environ une heure plus tôt il hurlait que son copain Arthur Clifton était enfermé dans le double fond du *Maple Leaf* et qu'on ne faisait rien pour le tirer de là.

L'inspecteur a inscrit ma déclaration dans son carnet.

— Savez-vous où Tancock est allé ensuite ?

— Non. La dernière fois que je l'ai aperçu, il franchissait la grille, un bras autour des épaules de l'un de ses copains.

— Merci, monsieur. Votre aide m'a été fort précieuse. (Cela faisait longtemps qu'on ne m'avait pas donné du « monsieur ».) Accepteriez-vous, quand vous aurez le temps, de venir faire une déposition écrite au commissariat ?

— Je préférerais m'abstenir, monsieur l'inspecteur. Pour des raisons personnelles. Mais j'accepterais volontiers de faire une déclaration écrite que vous pouvez venir chercher quand vous voulez.

— C'est fort aimable à vous, monsieur.

Il a ouvert sa serviette, en a extirpé un formulaire de déposition, qu'il m'a tendu. Puis, soulevant son chapeau, il a dit :

— Je vous recontacterai, monsieur.

Je ne l'ai jamais revu, en fait.

Six semaines plus tard, Stan Tancock a été condamné à trois ans de prison pour vol, M. Hugo étant le principal témoin à charge. J'ai assisté à tout le procès et je n'ai jamais eu le moindre doute sur l'identité du coupable.

## 28

— N'oublie pas que tu m'as sauvé la vie.

— Voilà vingt-six ans que je tente de l'oublier, lui rappela le vieux Jack.

— Mais tu as également sauvé la vie de vingt-quatre de tes concitoyens de l'Ouest de l'Angleterre. Tu restes un héros dans cette ville et tu sembles ne pas en être du tout conscient. Aussi, je te le demande encore une fois : combien de temps vas-tu continuer à te torturer ?

— Tant que je verrai aussi nettement que je te vois en ce moment les onze hommes que j'ai tués.

— Tu ne faisais que ton devoir, protesta sir Walter.

— C'est ainsi, en effet, que je considérais les choses à l'époque.

— Qu'est-ce qui a changé, entre-temps ?

— Si je pouvais répondre à cette question, nous n'aurions pas cette conversation.

— Et tu es toujours capable de faire beaucoup pour tes semblables. Ton ami, par exemple. Tu me dis qu'il passe son temps à faire l'école buissonière, mais s'il apprenait que tu es le capitaine Jack Tarrant, du régiment du Royal Gloucestershire, décoré de la Victoria Cross, ne penses-tu pas qu'il pourrait t'écouter avec davantage de respect ?

— Il pourrait également s'enfuir à nouveau. De toute façon, j'ai d'autres projets pour le jeune Harry Clifton.

— Clifton, Clifton… répéta sir Walter. Pourquoi ce nom m'est-il familier ?

— Son père est resté coincé dans le double fond du *Maple Leaf*, et personne n'est venu à son…

— Ce n'est pas ce que l'on m'a dit, répliqua sir Walter en changeant de ton. Il paraît que Clifton a quitté son épouse, car c'était, pour dire les choses avec délicatesse, une femme légère.

— Dans ce cas, on t'a trompé. Parce que je peux t'affirmer que Mme Clifton est une femme intelligente et délicieuse, et tout homme ayant eu la chance de l'épouser n'aurait jamais souhaité la quitter.

Sir Walter eut l'air sincèrement choqué et il mit quelque temps à réagir.

— Tu ne crois quand même pas cette histoire à dormir debout selon laquelle Clifton serait resté coincé dans le double fond ? fit-il d'un ton calme.

— Si, hélas, Walter. Vois-tu, j'ai assisté à toute la scène.

— Alors, pour quelle raison n'as-tu rien dit à l'époque ?

— J'en ai parlé quand j'ai été interrogé, le lendemain, par l'inspecteur Blakemore. Je lui ai dit tout ce que j'avais vu et j'ai fait une déclaration écrite à sa demande.

— Pourquoi ta déclaration n'a-t-elle pas été produite à décharge au procès de Tancock ?

— Parce que je n'ai jamais revu Blakemore. Et lorsque je me suis présenté au commissariat, on m'a dit qu'il avait été dessaisi de l'enquête, et son remplaçant a refusé de me voir.

— C'est moi qui l'ai fait dessaisir du dossier. Ce sale type avait eu le toupet d'accuser Hugo d'avoir donné l'argent à Tancock afin qu'il n'y ait pas d'enquête sur l'affaire Clifton. (Jack resta coi.) N'en parlons plus, poursuivit sir Walter. Je sais que mon fils est loin d'être parfait, mais je refuse de croire…

— Peut-être ne veux-tu pas voir la vérité en face.

— Dans quel camp es-tu, Jack ?

— Dans celui de la justice. Comme toi, lorsqu'on s'est rencontrés.

— Je le suis toujours. (Il se tut un instant, avant d'ajouter :) Je veux que tu me fasses une promesse, Jack. Si tu découvrais quelque chose sur Hugo qui, à ton avis, risquerait de salir la réputation de la famille, n'hésite pas à m'en faire part.

— Tu peux compter sur moi.

— Et tu peux être sûr, mon ami, que je n'hésiterais pas à remettre Hugo à la police si je pensais qu'il avait contrevenu à la loi.

— J'espère que rien de nouveau ne surviendra qui rende nécessaire une telle démarche.

— Je suis d'accord, mon vieil ami. Parlons de sujets plus agréables… As-tu besoin de quelque chose en ce moment ? Je peux toujours…

— Aurais-tu de vieux vêtements dont tu n'as plus l'usage ?

— Oserais-je demander ?… fit sir Walter en haussant un sourcil.

— Non. Mais je dois rendre visite à un certain monsieur, et je dois être correctement habillé.

*
* *

Jack avait tellement maigri au fil des ans que les vêtements de sir Walter pendaient sur son corps telle « de la filasse de chanvre sur une quenouille », comme les cheveux de sir Andrew Aguecheek, le personnage comique de *La Nuit des rois*, de Shakespeare. Et, étant donné qu'il mesurait plusieurs centimètres de plus que son vieil ami, le bas du pantalon atteignait à peine les chevilles, même après avoir défait les ourlets. Quoi qu'il en soit, il considérait que le costume en tweed, la chemise à carreaux et la cravate rayée feraient l'affaire pour l'entretien en question.

Lorsqu'il sortit des docks pour la première fois depuis des années, quelques visages familiers se tournèrent afin de regarder de plus près cet élégant inconnu.

Quand la cloche de l'école sonna 16 heures, le vieux Jack recula pour se réfugier dans l'ombre, tandis qu'un flot de bruyants et turbulents gamins se déversait par la grille de Merrywood, comme s'ils s'évadaient de prison.

Mme Clifton attendait depuis dix minutes, et Harry la laissa à contrecœur lui prendre la main. *Quelle belle femme*, se dit Jack en les regardant s'éloigner. À son habitude, Harry sautait comme un cabri, n'arrêtait pas de jacasser, montrant autant d'énergie que la « fusée », la locomotive de George Stephenson.

Jack attendit qu'ils aient disparu de son champ de vision pour traverser la rue et pénétrer dans la cour d'école. S'il avait porté ses vêtements habituels, quelque personnage officiel l'aurait arrêté bien avant qu'il ne puisse atteindre la porte d'entrée du bâtiment. Parcourant le couloir du regard, il aperçut un maître qui se dirigeait vers lui.

— Veuillez m'excuser, dit le vieux Jack, mais je cherche M. Holcombe.

— Troisième porte à gauche, répondit l'homme en indiquant la direction.

Il s'arrêta devant la classe et donna un petit coup contre la porte.

— Entrez.

Il ouvrit la porte. Assis à un bureau en face de rangées de pupitres vides, un jeune homme, dont la longue blouse noire était couverte de poussière de craie, corrigeait des cahiers.

— Désolé de vous déranger, dit Jack. Je cherche M. Holcombe.

— Eh bien, vous l'avez trouvé ! déclara le maître d'école en reposant son stylo.

— Je m'appelle Tar, reprit Jack en avançant vers lui, mais mes amis m'appellent Jack.

Le visage de Holcombe s'éclaira.

— Vous êtes sans doute la personne à qui Harry Clifton va rendre visite presque tous les matins.

— En effet, hélas ! Veuillez m'excuser.

— Inutile de vous excuser. J'aimerais beaucoup avoir autant d'influence sur lui que vous.

— C'est la raison pour laquelle je viens vous voir, monsieur Holcombe. Je suis convaincu que Harry est un enfant exceptionnel et qu'il faut lui donner toutes les chances de tirer le meilleur parti de ses dons.

302

— Je suis tout à fait d'accord avec vous. Et je devine que vous-même ignorez l'un de ses dons.

— Lequel ?

— Il chante comme un ange.

— Harry n'est certainement pas un ange, répliqua le vieux Jack avec un sourire ironique.

— Certes, mais ce sera peut-être notre meilleure chance pour abattre ses défenses.

— À quoi pensez-vous ?

— Il est possible qu'il soit tenté de faire partie de la maîtrise de la Sainte-Nativité. Aussi si vous pouviez le convaincre de venir en classe plus souvent, je sais que je pourrais lui apprendre à lire et à écrire.

— Est-ce si important pour faire partie d'une maîtrise d'église ?

— C'est obligatoire à la Sainte-Nativité. Mlle Monday, la directrice musicale, refuse de faire la moindre exception à la règle.

— Il faudra donc que je m'assure que le gamin assiste à vos cours, n'est-ce pas ?

— Vous pourriez faire davantage. Les jours où il ne vient pas à l'école, vous pourriez vous-même lui donner des leçons.

— Je ne suis pas qualifié pour faire la classe.

— Les diplômes n'impressionnent pas Harry Clifton, et nous savons tous les deux qu'il vous écoute. Peut-être pourrions-nous faire équipe.

— Si Harry découvrait notre projet, ni vous ni moi ne le reverrions.

— Comme vous le connaissez bien ! soupira l'instituteur. Il faudra simplement s'assurer qu'il ne s'en aperçoive pas.

— Cela risque d'être difficile. Mais je suis prêt à relever le défi.

— Merci, monsieur. (M. Holcombe se tut un instant avant d'ajouter :) M'autoriseriez-vous à vous serrer la main ? (Jack parut surpris que M. Holcombe lui tende sa main, qu'il serra chaleureusement.) Je me permets d'ajouter que ç'a été un honneur de faire votre connaissance, capitaine Tarrant.

Jack eut l'air horrifié.

— Comment pouvez-vous ?...

— Mon père a toujours une photo de vous accrochée au mur de notre salon.

— Mais pourquoi ?

— Vous lui avez sauvé la vie, mon capitaine.

*
* *

Les visites de Harry au vieux Jack s'espacèrent pendant quelques semaines, et ils finirent par se voir seulement le samedi matin. Jack devina que M. Holcombe avait mené à bien son projet lorsque Harry l'invita à venir l'entendre chanter, le dimanche suivant, à la Sainte-Nativité.

Le dimanche matin, Jack se leva tôt pour aller prendre une douche – une invention récente – dans la salle de bains personnelle de sir Walter, au cinquième étage du bâtiment Barrington. Il se tailla même la barbe, avant d'enfiler l'autre costume que lui avait donné son vieil ami.

Arrivé à la Sainte-Nativité juste avant le début de l'office, il se coula jusqu'à l'extrémité de la dernière rangée de chaises. Il aperçut Mme Clifton au troisième rang, assise entre ce qui ne pouvait être que ses parents. Quant à Mlle Monday, il aurait pu la repérer au milieu d'une assemblée de mille fidèles.

M. Holcombe n'avait pas exagéré la qualité de la voix de Harry. Elle valait les meilleures voix de l'époque où il fréquentait la cathédrale de Wells. Dès que le garçonnet entonna le *Conduis-moi, Seigneur*, le vieux Jack ne douta pas un seul instant que son protégé possédait un don exceptionnel.

Une fois que le révérend Watts eut donné sa dernière bénédiction, Jack s'éclipsa et regagna les docks en toute hâte. Il allait devoir attendre le samedi suivant pour dire à Harry à quel point il avait apprécié sa façon de chanter.

Sur le chemin du retour, il se rappela le reproche de sir Walter. « Tu pourrais faire beaucoup plus pour Harry si seulement tu mettais un terme à cette abnégation. » Il médita ces paroles, mais il n'était pas encore prêt à se débarrasser des chaînes de la culpabilité. Toutefois, il connaissait quelqu'un qui pouvait changer la vie de Harry, un homme qui avait été avec lui en ce jour fatidique et auquel il n'avait pas parlé depuis plus de vingt-cinq ans. Cet homme enseignait dans une école qui fournissait des choristes à Sainte-Marie-Redcliffe. Malheureusement, Merrywood n'étant pas un vivier naturel de candidats au concours des bourses réservé aux choristes, il faudrait l'aiguiller dans la bonne direction.

Sa seule crainte était que le lieutenant Frobisher ne se souvienne pas de lui.

## 29

Après avoir attendu qu'Hugo ait quitté le bâtiment Barrington, le vieux Jack dut patienter trente minutes avant que la lumière ne s'éteigne finalement dans le bureau de Mlle Potts.

Il descendit du wagon et se dirigea lentement vers le bâtiment, conscient qu'il ne disposait que d'une demi-heure avant que les femmes de ménage ne prennent leur service. Il se glissa dans la pénombre, escalada l'escalier jusqu'au cinquième étage et, tel un chat, réussit à repérer dans le noir la porte sur laquelle se trouvait l'inscription : *Directeur général.*

Il s'installa au bureau d'Hugo et alluma la lumière, sûr que si on la remarquait on penserait seulement que Mlle Potts faisait des heures supplémentaires. Il feuilleta l'annuaire du téléphone jusqu'à ce qu'il atteigne la liste des saints et des saintes : Barthélemy, Béatrice, Bède.

Il décrocha le téléphone pour la première fois de sa vie, sans trop savoir que faire ensuite. Une voix se fit entendre :

— Quel numéro, s'il vous plaît ?

— TEM 8612, lut Jack, l'index placé juste sous le numéro.

— Merci, monsieur.

Plus l'attente se prolongeait, plus il devenait nerveux. Que dirait-il si quelqu'un d'autre répondait ? Il raccrocherait, tout simplement. Il sortit un morceau de papier de sa poche, le déplia et le posa sur le bureau devant lui. Il entendit bientôt une sonnerie, suivie d'un déclic et d'une voix masculine.

— Maison Frobisher.

— Est-ce bien Noel Frobisher ? demanda-t-il, se rappelant la tradition de Saint-Bède, selon laquelle chaque résidence portait le nom du directeur en exercice.

Il baissa les yeux vers son message dont chaque phrase avait été soigneusement composée et maintes fois répétée.

— Lui-même, répondit Frobisher, à l'évidence surpris d'entendre une voix qu'il ne reconnaissait pas mais qui l'appelait par son prénom. (Un long silence suivit.) Y a-t-il quelqu'un au bout du fil ? s'enquit Frobisher, d'un ton un rien agacé.

— Oui. Ici le capitaine Jack Tarrant.

Il y eut un silence encore plus long, puis Frobisher lança finalement :

— Bonsoir, mon capitaine.

— Pardonnez-moi de vous appeler aussi tard, mon cher, mais j'ai besoin de vos conseils.

— Ne vous excusez pas. C'est un privilège de vous parler après toutes ces années.

— Très aimable à vous. Je vais essayer de ne pas vous faire perdre trop de temps. Je voudrais savoir si

Saint-Bède fournit toujours des sopranos pour la maîtrise de Sainte-Marie-Redcliffe.

— En effet, mon capitaine. Malgré tant de changements dans le monde moderne, voilà une tradition qui perdure.

— À mon époque, l'école accordait chaque année une bourse de choriste à un jeune soprano possédant un talent hors du commun.

— C'est toujours le cas, mon capitaine. En fait, nous allons examiner les demandes concernant ce poste dans les semaines qui viennent.

— Émanant de toutes les écoles du comté ?

— Oui. De toutes les écoles capables de produire un soprano à la voix exceptionnelle. Mais il doit posséder une solide formation scolaire.

— Dans ce cas, j'aimerais vous présenter un candidat.

— Bien sûr, mon capitaine. À quelle école ce garçon va-t-il en ce moment ?

— Merrywood.

Nouveau silence.

— Je dois reconnaître, reprit Frobisher, que ce serait la première fois que nous recevrions une demande émanant de cette école. Connaîtriez-vous le nom du professeur de musique ?

— L'école n'a pas de professeur de musique, mais vous devriez vous mettre en relation avec M. Holcombe, l'instituteur du garçon, et il vous présentera à sa directrice musicale.

— Puis-je vous demander le nom du garçon ?

— Il s'appelle Harry Clifton. Si vous voulez l'entendre chanter, je vous recommande d'assister à l'office de dimanche matin, à l'église de la Sainte-Nativité.

— Serez-vous présent ?

— Non.

— Comment puis-je entrer en contact avec vous, une fois que j'aurai écouté le garçon ?

— C'est impossible, répondit le vieux Jack d'un ton ferme, avant de raccrocher.

Tandis qu'il repliait le feuillet où étaient inscrites ses notes et le rangeait dans sa poche, il fut certain d'entendre crisser le gravier devant le bâtiment. S'empressant d'éteindre la lumière, il sortit à la hâte du bureau d'Hugo et s'engagea dans le couloir.

Il entendit une porte s'ouvrir et des voix dans l'escalier. Il fallait surtout éviter qu'on ne le trouve au cinquième étage, étage absolument interdit à tous, sauf aux membres de la direction de l'entreprise et à Mlle Potts. Il n'aimerait pas gêner sir Walter.

Il commença à descendre rapidement l'escalier. Arrivé au troisième étage, il aperçut Mme Nettles monter vers lui, tenant un balai à franges dans une main, un seau dans l'autre, et flanquée d'une femme qu'il ne reconnut pas.

— Bonsoir, madame Nettles, dit-il. Quelle belle soirée pour faire ma ronde.

— B'soir, vieux Jack, répondit-elle en le croisant d'un pas tranquille.

Une fois qu'il eut dépassé le tournant, il s'arrêta et tendit l'oreille.

— C'est le vieux Jack, dit Mme Nettles. Le soi-disant veilleur de nuit. Il est complètement maboul, mais tout à fait inoffensif. Aussi, si vous le croisez par hasard, ne faites pas attention à lui...

Jack gloussa, tandis que la voix de Mme Nettles s'estompait au fur et à mesure qu'elle gravissait les marches.

En retournant à son wagon, il se demanda dans combien de temps Harry viendrait lui demander conseil sur son éventuelle candidature à la bourse de choriste accordée par Saint-Bède.

## 30

Harry frappa à la portière du compartiment de première classe, entra et s'installa sur le siège en face du vieux Jack.

Pendant le trimestre à Saint-Bède, Harry n'avait pu lui rendre visite que le samedi matin. Jack l'avait remercié en assistant à la messe de Sainte-Marie-Redcliffe, où, assis au dernier rang, il aimait voir M. Frobisher et M. Holcombe rayonner de fierté en écoutant son protégé.

Durant les vacances scolaires, Jack ne savait jamais quand Harry allait débarquer, parce qu'il considérait le wagon comme son second foyer. Quand il retournait à Saint-Bède au début d'un nouveau trimestre, le garçon lui manquait, et il fut touché que Mme Clifton le décrive comme le père que Harry n'avait pas connu. En vérité, Harry était le fils qu'il avait toujours voulu avoir.

— Tu as fini de distribuer tes journaux plus tôt que d'habitude ? fit-il en se frottant les yeux et en clignant des paupières lorsque Harry entra dans le compartiment ce samedi matin-là.

— Non. Vous avez juste fait un petit somme, vieil homme, répondit Harry en lui passant un exemplaire du *Times* de la veille.

— Et toi, tu deviens de plus en plus insolent, jeune homme, rétorqua Jack en souriant. Alors, comment se passe la distribution des journaux ?

— Bien. Je pense que je vais économiser assez d'argent pour acheter une montre à maman.

— C'est un cadeau utile, vu le nouveau travail de ta maman. Mais en as-tu les moyens ?

— J'ai déjà économisé quatre shillings. Je pense que j'en aurai environ six à la fin des vacances.

— As-tu choisi la montre que tu souhaites acheter ?

— Oui. Elle se trouve dans un présentoir de la boutique de M. Deakins, mais elle ne va pas y rester très longtemps, répondit Harry avec un grand sourire.

Deakins… Voici un nom que le vieux Jack n'oublierait jamais.

— Combien coûte-t-elle ?

— Aucune idée. Je ne vais pas en demander le prix à M. Deakins avant le dernier jour des vacances.

Ne sachant comment dire au jeune garçon que six shillings n'allaient pas constituer une somme suffisante pour acheter une montre, il changea de sujet.

— J'espère que ces tournées ne t'empêchent pas d'étudier. Inutile, bien sûr, de te rappeler que l'examen approche de jour en jour.

— Vous êtes pire que le Frob… Vous serez content d'apprendre que je passe deux heures par jour à la bibliothèque avec Deakins et deux heures de plus presque tous les après-midi.

— Presque tous les après-midi ?

— Eh bien, Giles et moi, on va de temps en temps au ciné et, comme la semaine prochaine Gloucestershire joue contre Yorkshire sur le terrain du comté, ce sera l'occasion de voir Herbert Sutcliffe à la batte.

— Giles te manquera quand il ira à Eton.

— Il essaye toujours de convaincre son père de le laisser venir avec moi et Deakins au lycée de Bristol.

— Deakins et moi, rectifia le vieux Jack. Mais ne te fais pas d'illusions… Si M. Hugo a pris sa décision, Giles ne parviendra pas à le faire changer d'avis.

— M. Barrington ne m'aime pas, dit Harry, à la grande surprise de Jack.

— Qu'est-ce qui te fait dire ça ?

— Il ne me traite pas comme les autres élèves de Saint-Bède. On dirait qu'il pense que je ne suis pas assez bien pour être l'un des amis de son fils.

— C'est un problème auquel tu vas devoir faire face toute ta vie, Harry. Les Anglais sont les plus grands snobs de la terre et, la plupart du temps, sans raison valable. Selon mon expérience, moins leur valeur est grande plus ils sont snobs. C'est la seule façon dont les prétendues classes supérieures peuvent espérer survivre. Prends garde, mon garçon, elles n'aiment pas les parvenus comme toi qui pénètrent dans leur club sans y avoir été invités.

— Vous, vous ne me traitez pas comme ça.

— C'est parce que je ne fais pas partie de la classe supérieure, répliqua le vieux Jack en riant.

— C'est peut-être vrai, mais maman dit que vous avez beaucoup de classe. Et c'est comme ça que je veux être.

Malheureusement, Jack ne pouvait révéler à Harry la véritable raison de l'impolitesse de M. Hugo à son égard. Il regrettait parfois d'avoir eu la malchance d'être témoin de ce qui était réellement arrivé le jour de la mort du père du gamin.

— Vous êtes-vous à nouveau assoupi, vieil homme ? Je ne peux pas passer toute la journée à bavarder avec vous. J'ai rendez-vous avec maman chez Charles, dans Broad Street, parce qu'elle veut m'acheter une paire de chaussures. Bien que je ne voie pas ce qui cloche dans celles que je porte en ce moment.

— C'est une dame extraordinaire, ta maman.

\*
\* \*

— C'est pourquoi je vais lui acheter cette montre !

La clochette accrochée au-dessus de la porte tinta au moment où il entra dans la boutique. Jack espérait que suffisamment d'années s'étaient écoulées pour que le soldat Deakins ne se souvienne pas de lui.

— Bonjour, monsieur. Que puis-je faire pour vous ?

Jack reconnut aussitôt M. Deakins. Il sourit, se dirigea vers la vitrine intérieure et contempla les deux montres sur l'étagère du haut.

— Je voudrais juste savoir le prix de cette Ingersoll.

— Le modèle pour dame ou celui pour homme, monsieur ? demanda Deakins en sortant de derrière son comptoir.

— Le modèle pour dame.

Il déverrouilla la vitrine de son unique main, enleva avec adresse la montre du présentoir et examina l'étiquette.

— Seize shillings, monsieur.

— Très bien, fit le vieux Jack en plaçant un billet de dix shillings sur le comptoir. (M. Deakins eut l'air encore plus étonné.) Monsieur Deakins, quand Harry Clifton vous demandera le prix de la montre, dites-lui, je vous prie, qu'elle coûte six shillings, parce que c'est la somme qu'il aura économisée lorsqu'il aura cessé de travailler pour vous. Et je sais qu'il espère pouvoir l'offrir à sa mère.

— Vous devez être le vieux Jack. Il sera si touché que vous...

— Ne le lui dites surtout pas, s'écria Jack en regardant M. Deakins droit dans les yeux. Je veux qu'il croie que la montre vaut réellement six shillings.

— Je comprends, se reprit M. Deakins en replaçant la montre sur son présentoir.

— Et combien vaut le modèle pour homme ?

— Une livre.

— Me permettrez-vous de vous remettre un autre billet de dix shillings en acompte et ensuite une demi-couronne par semaine le mois suivant jusqu'à ce que j'aie entièrement payé la montre ?

— C'est tout à fait faisable, monsieur. Mais ne souhaitez-vous pas l'essayer auparavant ?

— Non, merci. Elle n'est pas pour moi. Je vais l'offrir à Harry quand il aura obtenu une bourse pour aller au lycée de Bristol.

— J'ai eu la même idée. Au cas où mon fils, Algy, aurait la chance d'en obtenir une, lui aussi.

— Alors vous devriez en commander une sans plus tarder, parce que Harry me dit que votre fils est donné gagnant à la course.

M. Deakins s'esclaffa et regarda le vieux Jack de plus près.

— Nous sommes-nous déjà rencontrés, monsieur ?

— Pas à ma connaissance, répondit Jack, qui s'empressa de sortir de la boutique sans un mot de plus.

## 31

*Si Mahomet ne vient pas à la montagne...*, se dit Jack en souriant au moment où il se levait pour accueillir M. Holcombe et l'inviter à s'asseoir.

— Puis-je vous offrir une tasse de thé au wagon-restaurant ? Mme Clifton a eu la gentillesse de me donner un paquet d'excellent Earl Grey.

— Non, merci, monsieur. Je viens de prendre mon petit déjeuner.

— Par conséquent, le jeune Harry a manqué de peu d'obtenir une bourse, dit Jack, supposant que c'était le motif de la visite de l'instituteur.

— Harry considère qu'il a échoué au concours, bien qu'il ait été reçu dix-septième sur trois cents et qu'on lui ait offert une place dans la section forte au mois de septembre.

— Mais pourra-t-il accepter cette proposition ? Cela risque de grever le budget de sa mère.

— Du moment qu'il n'y a pas de catastrophe imprévue, elle devrait être capable d'entretenir Harry durant les cinq années qui viennent.

— Harry ne pourra pas, malgré tout, s'offrir les petits extras que les autres élèves considèrent comme naturels.

— C'est possible, mais j'ai réussi à régler certaines des dépenses occasionnées par les activités périscolaires inscrites sur la liste fournie par l'école. Si bien qu'il pourra au moins choisir deux des trois activités qu'il a très envie de pratiquer.

— Laissez-moi deviner. La maîtrise, le club d'art dramatique et… ?

— La société d'étude des beaux-arts, compléta Holcombe. Mlle Monday et Mlle Tilly se chargent de tous les éventuels déplacements de la maîtrise. Moi je me charge du club d'art dramatique et…

— Par conséquent, il me reste l'étude des beaux-arts, sa nouvelle passion. Je peux toujours discuter avec Harry quand il s'agit de Rembrandt et de Vermeer, et même de ce nouveau type, Matisse. Mais en ce moment, il essaie de m'intéresser à un Espagnol du nom de Picasso, et, personnellement, je ne vois pas ce qu'on lui trouve.

— Je n'en ai jamais entendu parler, reconnut Holcombe.

— Et je doute que ç'arrive jamais. Mais ne racontez surtout pas à Harry que je vous ai dit ça.

Il prit une petite boîte métallique, l'ouvrit, en sortit trois billets et presque toutes les pièces de monnaie.

— Non, non ! s'écria Hocombe. Je ne suis pas venu pour ça. En fait, j'ai l'intention d'aller voir M. Craddick, cet après-midi, et je suis persuadé qu'il…

— À mon avis, vous allez vous apercevoir que j'ai priorité sur M. Craddick, interrompit Jack en lui tendant l'argent.

— C'est très généreux de votre part.

— De l'argent dépensé à bon escient, même s'il ne s'agit que du denier de la veuve… En tout cas, mon père approuverait mon geste, ajouta-t-il après un instant de réflexion.

— Votre père ?

— C'est le chanoine titulaire de la cathédrale de Wells.

— Je n'en avais aucune idée. Au moins, vous pouvez aller lui rendre visite de temps en temps.

— Hélas, non. J'ai bien peur d'être un fils prodigue moderne… Alors, dites-moi, jeune homme, enchaîna-t-il, refusant de faire un pas de plus dans cette direction. Pour quelle raison souhaitiez-vous me voir ?

— Je ne me rappelle pas la dernière fois où on m'a appelé « jeune homme ».

— Soyez content que ça vous arrive encore.

L'instituteur éclata de rire.

— J'ai deux billets pour *Jules César*, la pièce de fin d'année de l'école, dit-il. Comme Harry y tient un rôle, j'ai pensé que cela vous ferait peut-être plaisir d'assister à la première avec moi.

— Je savais qu'il passait des auditions… Quel rôle joue-t-il ?

— Cinna.

— Alors on le reconnaîtra à sa démarche, comme Cassius le dit dans la pièce.

— Est-ce que ça signifie que vous allez m'accompagner ? demanda Holcombe en faisant un profond salut.

— Je crains que non, répondit le vieux Jack en levant la main. C'est extrêmement gentil de votre part d'avoir pensé à moi, Holcombe, mais je ne suis pas encore prêt pour une représentation théâtrale, même comme simple spectateur.

*
* *

Jack fut déçu de ne pas avoir pu assister à la prestation de Harry et il dut se contenter de son récit concernant la façon dont il avait joué. L'année d'après, lorsque Holcombe suggéra qu'il devrait peut-être assister à la représentation, car Harry avait un plus grand rôle, il faillit céder, mais ce ne fut que l'année suivante, quand Harry joua Puck, dans *Le Songe d'une nuit d'été*, qu'il finit par permettre à son rêve de devenir réalité.

Quoiqu'il ait toujours peur des foules, il avait décidé qu'il se glisserait au fond de la grande salle de l'école, là où personne ne pourrait le voir ou, pire, le reconnaître.

C'est pendant qu'il se taillait la barbe, au cinquième étage du bâtiment Barrington, qu'il remarqua la manchette du canard du coin abandonné là : « Salon de thé Tilly réduit en cendres. On soupçonne un incendie criminel ». Lorsqu'il vit la photo au-dessous, il faillit se trouver mal. Entourée de son personnel, Mme Clifton se tenait sur le trottoir et contemplait les débris calcinés de son salon de thé. « Voir tous les détails en page 11 ». Jack voulut suivre les instructions, mais la page 11 manquait.

Il quitta en toute hâte le cabinet de toilette dans l'espoir de découvrir la page manquante sur le bureau de Mlle Potts. Il ne fut pas étonné de consta-

320

ter qu'il n'y avait rien sur son bureau et que sa corbeille à papier avait été vidée. Il ouvrit avec précaution la porte du directeur général et aperçut la page étalée sur le bureau. Après s'être installé dans le fauteuil à haut dossier, il commença à lire l'article.

Sa première réaction fut de se demander si Harry allait devoir quitter l'école.

L'article précisait que, à moins que la compagnie d'assurances ne la rembourse intégralement, Mme Clifton risquait la faillite. Le journaliste indiquait ensuite qu'un porte-parole de la Bristol et Ouest de l'Angleterre avait précisé que la compagnie ne paierait pas un sou tant que l'enquête n'aurait pas mis hors de cause tous les suspects. *Quel autre malheur pourrait frapper l'infortunée ?* se demanda Jack.

Le journaliste s'était bien gardé de citer le nom de Maisie, mais Jack savait fort bien pourquoi sa photo s'étalait en première page. Il poursuivit sa lecture. Lorsqu'il découvrit que l'inspecteur Blakemore était chargé du dossier, il se sentit un peu plus optimiste. Cet homme ne tarderait pas à comprendre que Mme Clifton construisait et ne détruisait pas.

Comme il replaçait le journal sur le bureau de M. Hugo, il aperçut une lettre qu'il n'avait pas remarquée jusque-là. Il n'y aurait prêté aucune attention, car cela ne le regardait pas, s'il n'avait vu le nom de la mère de Harry dans le premier paragraphe.

Il se mit à lire la lettre et eut du mal à croire que c'était Hugo Barrington qui avait avancé les cinq cents livres pour permettre à Mme Clifton d'acheter Chez Tilly. Pourquoi aurait-il voulu aider Maisie ? Était-ce possible qu'il ressente des remords à cause de la mort de son mari ? Ou avait-il honte d'avoir envoyé un innocent en prison ? Certes, il avait rendu son travail à Tancock dès que celui-ci avait été libéré. Il commença à se demander s'il ne devrait pas accorder à Hugo le bénéfice du doute. Il se rappela les paroles de sir Walter : « Il n'est pas entièrement mauvais, tu sais. »

Il relut la lettre. Elle était écrite par M. Prendergast, le directeur de la National Provincial Bank, qui indiquait avoir insisté pour que la compagnie d'assurances remplisse ses obligations contractuelles envers Mme Clifton et la rembourse intégralement, selon la police souscrite, à savoir six cents livres. Elle était, soulignait le banquier, la victime innocente, et l'inspecteur Blakemore venait d'informer la banque qu'elle n'était plus concernée par l'enquête.

Dans le dernier paragraphe de sa lettre à Barrington, Prendergast suggérait qu'ils se rencontrent le plus tôt possible pour mettre un point final à l'affaire, afin que Mme Clifton reçoive la somme à laquelle elle avait droit. Jack leva les yeux lorsque la petite pendule placée sur le bureau sonna sept coups.

Il éteignit la lumière, se précipita dans le couloir et dévala l'escalier. Il ne voulait pas arriver en retard à la représentation de la pièce dans laquelle jouait Harry.

## 32

Quand le vieux Jack rentra chez lui ce soir-là, il prit un exemplaire du *Times* que Harry lui avait laissé un peu plus tôt dans la semaine. Il ne se souciait jamais des petites annonces de la première page puisqu'il n'avait pas besoin d'un nouveau chapeau melon, d'une paire de bretelles ni d'une première édition des *Hauts de Hurle-Vent*.

Tournant la page, il découvrit une photographie du roi Édouard VIII, au cours d'une croisière d'agrément en Méditerranée à bord d'un yacht. À côté de lui se tenait Mme Simpson, une Américaine. L'article était rédigé en termes ambigus, mais même le « Jupiter tonnant » – surnom du journal – avait du mal à soutenir le jeune roi dans sa volonté d'épouser une femme divorcée. Cela attrista Jack, car il admirait Édouard, surtout après sa visite aux mineurs gallois, l'année précédente, et son évident émoi devant leurs conditions de vie. Comme le disait la vieille nounou de Jack, des larmes couleraient avant l'heure du coucher.

Il passa un bon bout de temps à lire un article à propos de la loi sur la réforme des tarifs douaniers, laquelle venait d'être adoptée en seconde lecture à la Chambre, malgré les objurgations de cet incendiaire de Winston Churchill, clamant que ce n'était ni du lard ni du cochon et que personne n'en tirerait bénéfice, pas même le gouvernement au moment des élections. Il lui tardait d'entendre les déclarations non-expurgées de sir Walter sur le sujet.

Tournant la page, il apprit que la B.B.C. avait émis sa première émission télévisée depuis l'Alexandra Palace. Il n'arrivait pas à comprendre comment une telle invention était possible. Comment une image pouvait-elle être diffusée chez un particulier ? Il n'avait même pas de radio et n'éprouvait aucun désir de posséder un poste de télévision.

Passant aux pages des sports, il vit un Fred Perry élégamment vêtu sous le titre : « Trois fois champion à Wimbledon, donné gagnant à l'Open américain ». Le journaliste sportif suggérait ensuite qu'il se pouvait que, pendant les matchs de tennis à Forest Hills, certains concurrents étrangers portent des shorts, autre nouveauté que Jack avait du mal à accepter.

Comme chaque fois qu'il lisait le *Times*, Jack gardait la rubrique nécrologique pour la fin. Il avait atteint l'âge où l'on apprend le décès d'hommes plus jeunes que soi, et pas seulement à la guerre.

Quand il tourna la page, il blêmit, et une immense tristesse s'empara de lui. Il prit son temps pour lire la notice nécrologique du révérend Thomas Alexander Tarrant, chanoine titulaire de la cathédrale de Wells, décrit dans le titre comme un saint homme. Lorsqu'il eut fini de lire la notice, il eut honte.

*
* *

— Sept livres et quatre shillings ? répéta Jack. Je croyais que vous aviez reçu un chèque de six cents livres de la compagnie d'assurances Bristol et Ouest de l'Angleterre, « pour solde de tout compte », si ma mémoire est bonne.

— En effet, dit Maisie. Mais lorsque j'ai eu remboursé l'emprunt initial, les intérêts composés de cet emprunt, et payé les frais bancaires, il me restait sept livres et quatre shillings.

— Que je suis naïf ! s'écria le vieux Jack. Pensez que l'espace d'un instant, d'un court instant, j'ai vraiment cru que Barrington avait voulu vous aider !

— Vous n'êtes pas aussi naïf que moi. Parce que si j'avais deviné, même une seconde, qu'il était impliqué dans l'affaire, je n'aurais pas accepté un sou de lui, et je n'aurais pas tout perdu. Y compris mon travail à l'hôtel.

— Mais pourquoi ? M. Frampton ne cessait de répéter que vous étiez irremplaçable.

— Eh bien, ce n'est plus le cas, apparemment ! Quand je lui ai demandé pourquoi il me congédiait, il a refusé de me donner le motif du renvoi, m'indiquant simplement qu'il avait reçu une plainte émanant d'une source au-delà de tout soupçon. Ce ne peut pas être une coïncidence que j'aie été renvoyée le lendemain du jour où cette « source au-delà de tout soupçon » est passée au Royal Hotel pour s'entretenir avec le directeur.

— Avez-vous vu Barrington entrer dans l'hôtel ?

— Non, mais je l'ai vu en sortir. N'oubliez pas que je l'attendais, tapie à l'arrière de sa voiture.

— Bien sûr. Alors que s'est-il passé quand vous l'avez mis au pied du mur à propos de Harry ?

— Dans la voiture, il a pratiquement admis sa responsabilité dans la mort d'Arthur.

— Il a enfin avoué, après toutes ces années ? fit Jack, incrédule.

— Pas exactement. Plutôt un lapsus. Mais quand j'ai laissé sur le siège du passager l'enveloppe contenant la facture des frais de scolarité du trimestre suivant, il l'a mise dans sa poche et m'a dit qu'il verrait ce qu'il pourrait faire pour me venir en aide.

— Et vous avez gobé l'hameçon ?

— L'hameçon, le bouchon et tout le fil, reconnut-elle. Parce qu'une fois qu'il a arrêté la voiture il est même sorti pour m'ouvrir la portière. Mais dès que je suis descendue de l'auto, il m'a flanquée par terre d'un coup de poing, a déchiré la facture et il est reparti.

— L'œil au beurre noir, ça vient de là ?

Elle hocha la tête.

— Et il m'a aussi menacée de me faire enfermer dans un asile de fous si je cherchais à contacter sa femme.

— C'est purement et simplement du bluff. Même lui n'a pas ce pouvoir.

— Vous avez peut-être raison, mais je n'ai pas l'intention de prendre un tel risque.

— Et si vous disiez à Mme Barington que son mari était responsable de la mort d'Arthur, il suffirait qu'il lui fasse remarquer que vous êtes la sœur de Stan

Tancock pour qu'elle mette immédiatement en doute vos accusations.

— C'est possible. Mais pas si je lui disais que son mari est peut-être le père de Harry…

Stupéfait, le vieux Jack resta bouche bée. Il tenta de prendre la mesure des propos de Maisie.

— Je suis non seulement naïf, finit-il par dire, mais complètement idiot. Peu lui importe que sa femme croie ou non qu'il est impliqué dans la mort de votre mari. Sa plus grande peur, c'est que Harry découvre un jour qu'il puisse être son père…

— Je ne le dirai jamais à Harry. Je ne veux surtout pas qu'il passe le restant de sa vie à se demander qui est vraiment son père.

— C'est justement sur quoi compte Barrington. Et maintenant qu'il vous a brisée il s'acharne à détruire Harry.

— Pourquoi ? Harry ne lui a jamais fait le moindre mal.

— Bien sûr que non. Pourtant, si Harry pouvait prouver qu'il est le fils aîné d'Hugo Barrington, il pourrait prétendre hériter non seulement le titre, mais tout ce qui va avec, tandis que Giles se retrouverait sans rien.

Ce fut au tour de Maisie de rester sans voix.

— Par conséquent, reprit Jack, maintenant que nous avons découvert la raison pour laquelle Barrington tient tant à faire renvoyer Harry du lycée, il est peut-être temps que je rende visite à sir Walter et que je lui révèle quelques vérités peu ragoûtantes sur son fils.

— Non, je vous en supplie, n'en faites rien !

— Pourquoi pas ? Il est possible que ce soit notre unique chance de permettre à Harry de rester au lycée de Bristol.

— Peut-être bien, mais cela signifierait aussi que mon frère Stan serait viré sur-le-champ. Et Dieu seul sait ce que Barrington serait capable de faire en plus.

Jack ne répondit pas tout de suite.

— Si vous ne m'autorisez pas à dire la vérité à sir Walter, il va falloir que je me mette à ramper dans l'égout où gîte à présent Hugo Barrington.

## 33

— Vous voulez quoi ? fit Mlle Potts, pas tout à fait certaine d'avoir bien compris.

— Une entrevue particulière avec M. Hugo, répondit le vieux Jack.

— Et puis-je me permettre de demander l'objet d'une telle entrevue ? rétorqua-t-elle sans tenter de masquer l'ironie dans sa voix.

— L'avenir de son fils.

— Attendez un instant. Je vais voir si M. Barrington consent à vous recevoir.

Elle donna un petit coup contre la porte du directeur général et disparut à l'intérieur du bureau. Elle revint quelques instants plus tard, l'air étonnée.

— M. Barrington va vous recevoir, dit-elle en tenant la porte ouverte.

Il ne put s'empêcher de sourire en passant tranquillement devant elle. Assis à son bureau, Hugo Barrington leva les yeux, sans l'inviter à s'asseoir ni prendre la peine de lui serrer la main.

— Quel intérêt pouvez-vous porter à l'avenir de Giles ?

— Aucun. C'est à celui de votre autre fils que je m'intéresse.

— De quoi, diable, parlez-vous ? lança Barrington un peu trop fort.

— Si vous ne saviez pas de qui je voulais parler vous n'auriez pas accepté de me recevoir, rétorqua Jack avec hauteur.

Barrington devint livide. Jack craignit même qu'il ne tourne de l'œil.

— Qu'attendez-vous de moi ? finit-il par dire.

— Toute votre vie, vous avez été un négociant. Je possède quelque chose que vous voudrez acheter.

— C'est-à-dire ?

— Le lendemain du jour où Arthur Clifton a mystérieusement disparu et où Stan Tancock a été arrêté pour un délit qu'il n'avait pas commis, l'inspecteur Blakemore m'a demandé de faire une déposition écrite à propos de tout ce dont j'avais été témoin ce soir-là. Parce que vous avez fait dessaisir Blakemore de l'enquête, cette déposition demeure en ma possession. J'ai l'impression que si elle tombait entre de mauvaises mains la lecture s'en avérerait très intéressante.

— Sachez que cela s'appelle du chantage, délit passible d'une longue peine de prison.

— D'aucuns pourraient considérer la publication d'un tel document comme un simple devoir civique.

— Et qui, à votre avis, ferait cas des divagations d'un vieillard ? Sûrement pas la presse, une fois que mes avocats lui auront expliqué les lois contre la diffamation. Et, vu qu'il y a belle lurette que la police a classé l'affaire, je n'imagine pas que le chef de la police va gaspiller son temps et l'argent du contribuable à rouvrir le dossier sur la foi des dires d'un vieillard que l'on pourrait considérer au mieux comme un excentrique et au pire comme un fou. C'est pourquoi je répète ma question : avec qui d'autre pensez-vous partager vos grotesques supputations ?

— Avec votre père, bluffa Jack, Barrington n'étant pas au courant de la promesse qu'il avait faite à Maisie.

Barrington se tassa dans son fauteuil, trop conscient de l'influence que le vieux Jack avait sur son père, bien qu'il n'ait jamais compris pourquoi.

— Combien pensez-vous que je suis prêt à payer pour obtenir ce document ?

— Trois cents livres.

— C'est du vol !

— Ce n'est ni plus ni moins que la somme nécessaire pour couvrir les frais de scolarité et les petits extras qui permettront à Harry Clifton de rester au lycée de Bristol les deux prochaines années.

— Et si je payais ses frais de scolarité au début de chaque trimestre comme je le fais pour mon propre fils ?

— Non, sinon, dès que vous aurez récupéré ma déposition, vous cesserez de régler ceux de l'un de vos deux fils.

— Il vous faudra accepter des espèces, dit Barrington, en prenant une clé dans sa poche.

— Non, merci. Je me rappelle trop bien ce qui est arrivé à Stan Tancock après que vous lui avez donné vos trente deniers de Judas. Et je n'ai aucun désir de passer les trois prochaines années en prison pour un délit que je n'ai pas commis.

— Alors, il faudra que j'appelle la banque si je fais un chèque d'un tel montant.

— Je vous en prie, dit Jack en désignant le téléphone posé sur le bureau.

Barrington hésita quelques instants, puis décrocha le récepteur. Il attendit qu'une voix se fasse entendre. « TEM 3731 », fit-il.

À nouveau quelques instants d'attente, avant qu'une autre voix dise :

— *Oui ?*

— Prendergast ?

— *Non, monsieur.*

— Bien. Vous êtes justement la personne à qui je dois parler. Je vous envoie dans l'heure un certain M. Tar qui sera porteur d'un chèque de trois cents livres payable à l'association caritative municipale de Bristol. Voudriez-vous vous assurer qu'il soit mis en paiement immédiatement ? Et n'oubliez pas de me téléphoner dès que ce sera fait.

— *Si vous voulez que je vous rappelle, dites seulement : « Oui, d'accord. » Et je vous rappellerai dans quelques minutes.*

— Oui, d'accord, répondit Barrington, avant de raccrocher.

Il ouvrit un tiroir de son bureau, y prit un carnet de chèques et inscrivit ces mots : *Payez à l'association caritative municipale de Bristol.* Et sur la ligne suivante : *Trois cents livres.* Il signa le chèque et le passa à Jack qui l'étudia soigneusement avant de hocher la tête.

— Je vais juste le mettre dans une enveloppe, reprit Barrington.

Il appuya sur la sonnette placée sous son bureau. Jack jeta un coup d'œil à Mlle Potts quand elle entra dans la pièce.

— Oui, monsieur ?

— M. Tar va se rendre à la banque, dit Barrington en plaçant le chèque dans l'enveloppe.

Il la cacheta et l'adressa à M. Prendergast, ajoutant *PERSONNEL* en grosses lettres, avant de la tendre à Jack.

— Merci, dit Jack. Je viendrai vous remettre le document dès mon retour.

Barrington opina du chef, juste au moment où le téléphone se mettait à sonner. Il attendit que Jack ait quitté la pièce avant de décrocher.

Jugeant qu'une telle occasion justifiait la dépense, Jack décida de prendre le tramway pour gagner le centre-ville. Lorsqu'il pénétra dans la banque vingt minutes plus tard, il dit au jeune homme à la réception qu'il avait une lettre pour M. Prendergast. Le réceptionniste ne parut pas particulièrement impressionné jusqu'à ce que Jack ajoute :

— C'est de la part de M. Hugo Barrington.

Quittant immédiatement son poste, le jeune homme lui fit traverser la salle et emprunter un long couloir. Il frappa à la porte du directeur, l'ouvrit et annonça :

— Ce monsieur a une lettre de la part de M. Barrington, monsieur.

M. Prendergast se leva d'un bond de son bureau, serra la main du vieil homme et le conduisit à un siège en face de lui. Jack lui tendit l'enveloppe en disant :

— M. Barrington m'a demandé de vous remettre ça en main propre.

— Oui. Bien sûr, dit Prendergast, qui reconnut tout de de suite l'écriture de l'un de ses meilleurs clients. Il ouvrit l'enveloppe à l'aide d'un coupe-papier et en tira un chèque, qu'il regarda quelques instants avant de déclarer :

— Il doit y avoir une erreur.

— Il n'y a pas d'erreur. M. Barrington souhaiterait que toute la somme soit versée dès que possible au compte de l'association caritative municipale de Bristol, comme il vous l'a indiqué au téléphone il y a seulement une demi-heure.

— Mais je n'ai pas parlé à M. Barrington ce matin, répondit M. Prendergast en lui rendant le chèque.

Incrédule, Jack fixa un chèque vierge. Il ne mit pas longtemps à deviner que Barrington avait dû échanger les chèques au moment où Mlle Potts était entrée dans son bureau. Son coup de maître fut d'adresser l'enveloppe à M. Prendergast et d'y inscrire la mention « *Personnel* », s'assurant ainsi qu'elle ne serait ouverte que par le directeur de la banque. Or, il y avait un mystère que Jack n'arrivait pas à percer : quelle était la personne qui s'était trouvée à l'autre bout du fil ?

Sans dire un mot de plus à Prendergast, il sortit en hâte du bureau, traversa la salle et se précipita dans la rue. Il n'eut que quelques minutes à attendre avant qu'arrive un tramway à destination des docks. Pas plus d'une heure avait dû s'écouler depuis qu'il en avait franchi les grilles.

Un homme qu'il ne reconnut pas avançait vers lui à grandes enjambées. Il avait une allure militaire et

Jack se demanda s'il boitait à cause d'une blessure reçue durant la Grande Guerre.

Il passa rapidement à côté de lui et se dirigea vers le quai. Il fut soulagé de voir que la portière du wagon était fermée et, quand il l'ouvrit, il le fut encore plus de constater que tout était exactement comme il l'avait laissé. Il s'agenouilla et souleva le coin du tapis, mais la déposition écrite n'était plus là. L'inspecteur Blakemore aurait décrit le vol comme l'œuvre d'un professionnel.

## 34

Le vieux Jack s'installa au cinquième rang de l'assemblée des fidèles, en espérant que personne ne le reconnaîtrait. La cathédrale était si bondée que ceux qui n'avaient pu trouver une place assise dans les chapelles latérales restaient debout dans les bas-côtés ou s'entassaient tout au fond.

Les yeux de Jack se mouillèrent lorsque l'évêque de Bath et de Wells parla de la foi inébranlable de son père et expliqua comment, depuis la mort prématurée de sa femme, le chanoine avait consacré son temps au service de la communauté.

— On peut voir la preuve de son dévouement, déclara l'évêque en levant les bras pour embrasser d'un geste la vaste assemblée, dans le nombre des présents appartenant à tant de milieux sociaux différents venus lui rendre hommage et honorer sa mémoire. Et, bien que cet homme n'ait eu aucune vanité, il ne pouvait cacher qu'il était fier de son fils unique, Jack, dont l'abnégation, le courage, la témérité en Afrique du Sud pendant la guerre des Boers, ont, au péril de sa vie, sauvé de la mort tant de ses camarades et lui ont valu la Victoria Cross. (Il se tut, fixa le cinquième rang, avant de poursuivre :) Et comme je suis heureux de le voir aujourd'hui parmi nous !

Plusieurs personnes tournèrent la tête pour apercevoir un homme qu'ils n'avaient jamais vu. Très gêné, Jack baissa les yeux.

À l'issue de l'office, quelques fidèles vinrent dire au capitaine Jack Tarrant à quel point ils avaient admiré son père. Les mots de « dévouement », « désintéressement », « générosité » et « amour » tombaient de toutes les lèvres.

Il se sentait fier d'être le fils de son père, tout en ayant honte de l'avoir exclu de sa vie, en même temps que le reste de l'humanité.

À la sortie de la cathédrale il crut reconnaître un homme âgé qui se tenait près du grand portail et qui, à l'évidence, souhaitait lui parler. L'homme s'avança vers lui et souleva son chapeau.

— Capitaine Tarrant ? s'enquit-il d'une voix d'où émanait une certaine autorité.

— Oui, monsieur ?

— Je m'appelle Edwin Trent. J'ai eu le privilège d'être le notaire de votre père et, je l'espère, l'un de ses plus anciens et plus proches amis.

Jack lui serra la main avec chaleur.

— Je me souviens très bien de vous. Vous m'avez appris à aimer Trollope et à apprécier l'art de donner de l'effet à la balle, au cricket.

— Merci de vous en souvenir, gloussa Trent. Pourrais-je vous raccompagner à la gare ?

— Bien sûr, monsieur.

— Vous savez, poursuivit Trent, comme ils se dirigeaient vers le centre-ville, que votre père était le chanoine titulaire de la cathédrale depuis neuf ans. Vous savez également, sans doute, qu'il était indifférent aux biens matériels et qu'il partageait le peu qu'il possédait avec ceux qui étaient moins bien lotis que lui. Si on le canonisait, il serait certainement le saint patron des vagabonds.

Jack sourit. Il se rappela être parti un matin pour l'école sans avoir pris de petit déjeuner parce que trois clochards dormaient dans le vestibule et, pour citer sa mère, les avaient mis sur la paille et réduits à la famine.

— Aussi quand on lira son testament, continua Trent, on découvrira que, tout comme il est venu au monde, il en est parti sans rien, à part un millier d'amis, ce qu'il aurait considéré comme une véritable fortune. Avant de mourir il m'a chargé d'une petite tâche, dans le cas où vous assisteriez à son enterrement. À savoir, vous remettre la dernière lettre qu'il a écrite. (Il sortit une enveloppe d'une poche intérieure de son pardessus, la tendit à Jack et, soulevant son chapeau de nouveau, déclara :) J'ai accompli la mission qu'il m'avait confiée et je suis fier d'avoir revu son fils.

— Je vous en suis reconnaissant, monsieur. Je regrette seulement de l'avoir obligé à m'écrire une lettre.

Il souleva à son tour son chapeau, et les deux hommes se séparèrent.

Jack décida d'attendre d'être dans le train et d'avoir commencé le voyage de retour à Bristol pour lire la lettre de son père. Tandis que la locomotive sortait de la gare en envoyant des nuages de fumée grise, il s'installa dans un compartiment de troisième classe. Il se rappela avoir, enfant, demandé à son père pourquoi il voyageait toujours en troisième, ce à quoi son père avait répondu : « Parce qu'il n'y a pas de quatrième. » N'était-ce pas ironique que depuis trente ans Jack ait habité dans un compartiment de première classe ?

Il prit son temps pour décacheter l'enveloppe, et même après en avoir tiré la lettre il ne la déplia pas, tout à ses pensées pour son père. Aucun fils n'aurait pu demander un meilleur mentor ou un meilleur ami. Quand il revoyait sa vie, il constatait que toutes ses actions, toutes ses opinions et toutes ses décisions n'étaient que le pâle reflet de celles de son père.

Lorsqu'il déplia enfin la lettre et reconnut l'écriture ferme et les lettres calligraphiées à l'encre très noire, un autre flot de souvenirs se déversa. Il commença à lire.

*Enceinte de la cathédrale de Wells,*
*Wells, Somerset*                    *Le 26 août 1936*

> *Mon fils bien-aimé,*
> *Si tu as eu la bonté d'assister à mon enterrement, tu dois être en train de lire cette lettre. Permets-moi de commencer par te remercier de t'être trouvé parmi les fidèles.*

Il leva la tête et regarda le paysage défiler de l'autre côté de la vitre. S'il eut honte, une fois de plus, d'avoir traité son père avec une telle indifférence, une telle désinvolture, il était désormais trop tard pour lui demander pardon. Ses yeux se portèrent de nouveau sur la lettre.

> *Quand tu as reçu la Victoria Cross, j'étais le père le plus fier de toute l'Angleterre, et ta citation est toujours accrochée au-dessus de mon bureau. Or, au fil des ans, mon bonheur s'est mué en chagrin, et j'ai demandé à Notre-Seigneur ce que j'avais fait pour mériter d'être aussi sévèrement puni, en perdant non seulement ta chère mère mais aussi toi, mon seul enfant.*
>
> *Si j'accepte le fait que tu as dû avoir une noble raison pour détourner ta tête et ton cœur du monde, j'aurais aimé que tu m'en fasses part. Si tu lis cette lettre, peut-être m'accorderas-tu une dernière faveur.*

Il tira sa pochette et s'essuya les yeux pour pouvoir continuer sa lecture.

> *Dieu t'ayant donné le merveilleux don de savoir mener et inspirer les hommes, je te supplie de ne pas risquer de devoir avouer, au moment du trépas, lorsque tu devras faire face à ton Créateur, que tu as enterré le seul talent qu'Il t'avait donné, comme dans la parabole de Matthieu 25, 14-34.*
>
> *Utilise plutôt ce don pour aider tes semblables, afin que lorsque ton heure viendra, en temps voulu, et que ces mêmes hommes assisteront à ton enterrement, ils ne se souviennent pas uniquement de la Victoria Cross quand ils entendront ton nom.*
>
> *Ton père qui t'aime*

— Vous allez bien, mon cher petit ? s'enquit une dame, qui avait quitté sa place de l'autre côté du compartiment pour venir s'asseoir près du vieux Jack.

— Oui, merci, répondit-il, le visage ruisselant de larmes. C'est simplement que je viens d'être libéré de prison.

# Giles Barrington

## 1936-1938

## 35

Quel bonheur de voir Harry franchir la grille du lycée le jour de la rentrée ! Ayant passé les grandes vacances dans notre villa de Toscane, je n'étais pas à Bristol lorsque Chez Tilly a été réduit en cendres et je n'ai appris la nouvelle qu'à mon retour en Angleterre, le week-end avant la rentrée. J'aurais aimé que Harry vienne nous rejoindre en Italie, mais mon père n'a rien voulu savoir.

Je n'ai jamais rencontré quelqu'un qui n'ait pas aimé Harry, à part mon père, qui refuse même qu'on prononce son nom à la maison. J'ai demandé à maman si elle pouvait expliquer cette antipathie, mais elle ne semble pas en savoir plus que moi.

Je n'ai pas insisté auprès de mon paternel, car je ne m'étais pas précisément couvert de gloire auparavant. J'avais failli me faire renvoyer définitivement de Saint-Bède pour vol – Dieu seul sait comment il a réussi à régler ça ! – et, peu après, je l'ai déçu une seconde fois en n'étant pas accepté à Eton. Là encore je n'étais pas totalement innocent. Après les épreuves, j'ai dit à mon père que j'avais fait de mon mieux, ce qui était la vérité. Ou, plutôt, une demi-vérité. Personne ne se serait aperçu de la supercherie si mon complice avait tenu sa langue. En tout cas, ça m'a au moins servi de leçon. Si on conclut un pacte avec un imbécile, il ne faut pas s'étonner qu'il agisse en imbécile.

Mon complice était Percy, le fils du comte de Bridport. Il devait faire face à un dilemme encore plus grand que le mien parce que, si sept générations de Bridport avaient été élèves d'Eton, tout portait à croire que le jeune Percy allait mettre à mal ce brillant palmarès.

Eton enfreint parfois le règlement quand il s'agit d'un membre de l'aristocratie. Il arrive que l'école permette à un jeune crétin titré de franchir son seuil. Or, c'est justement pour ses facultés que j'avais choisi Percy afin de pratiquer mon petit subterfuge. J'ai su que j'avais trouvé mon complice lorsque j'ai entendu le Frob dire à un autre prof : « Si Bridport était un peu plus intelligent, il ne serait qu'un demeuré. »

Percy désirait aussi ardemment être accepté par Eton que je souhaitais être recalé. *Voilà donc*, ai-je pensé, *une bonne occasion pour tous les deux de réaliser notre rêve.*

Je n'ai fait part de mon projet ni à Harry ni à Deakins. Vu sa grande rectitude morale, Harry l'aurait sans aucun doute désapprouvé, et Deakins n'aurait pu comprendre pourquoi on chercherait à échouer à un examen.

La veille du concours mon père m'a conduit à Eton dans sa nouvelle Bugatti pimpante, qui pouvait faire du cent cinquante à l'heure et qui le prouva dès que nous roulâmes sur la nationale A1. Nous avons passé la nuit au Swann Arms, l'hôtel où il était descendu vingt ans plus tôt quand il avait lui-même passé le concours d'entrée. Durant le dîner il m'a clairement indiqué qu'il était très désireux que j'aille à Eton, au point que j'ai failli changer d'avis au dernier moment. Toutefois, ayant donné ma parole à Percy Bridport, j'ai considéré que je ne pouvais pas le laisser tomber.

Percy et moi avions scellé notre accord par une poignée de mains à Saint-Bède : à l'entrée de la salle d'examen, chacun donnerait le nom de l'autre au responsable chargé du placement des candidats. J'ai trouvé plutôt agréable que tout le monde me donne du milord, ne serait-ce que durant quelques heures.

Les sujets n'étaient pas aussi difficiles que ceux sur lesquels j'avais planché quinze jours plus tôt au concours d'entrée du lycée de Bristol et j'ai eu le sentiment d'avoir fait plus qu'il n'en fallait pour que Percy entre à Eton en septembre. Ils étaient cependant assez ardus pour que je sois certain que Sa seigneurie n'allait pas trahir ma confiance.

Une fois que nous avons remis nos copies et recouvré nos identités respectives, je suis allé goûter avec mon père à Windsor. Quand il m'a demandé comment ç'avait marché je lui ai répondu que j'avais fait de mon mieux. Il a paru satisfait de ma réponse et a même commencé à se détendre, ce qui m'a fait me sentir encore plus coupable. Je n'ai pris aucun plaisir au voyage du retour à Bristol et je me suis senti encore plus mal lorsque ma mère m'a posé la même question.

Dix jours plus tard, j'ai reçu une lettre d'Eton commençant par « J'ai le regret de vous informer que... ». Je n'avais obtenu que 32 points sur 100, tandis que Percy en avait reçu 56. On lui offrait une place pour la rentrée de septembre, ce qui a ravi son père et a suscité l'incrédulité du Frob.

Tout aurait marché comme sur des roulettes si Percy n'avait pas raconté à un ami comment il avait réussi à entrer à Eton. L'ami l'a raconté à un ami, qui l'a raconté à un ami, qui l'a raconté au père de Percy. Le comte de Bridport, Croix de la valeur militaire, homme d'honneur, a immédiatement prévenu le directeur d'Eton. S'en est suivie l'expulsion de Percy avant même qu'il ait posé un pied à Eton. Si le Frob n'était pas intervenu personnellement, j'aurais pu connaître le même sort au lycée de Bristol.

Mon père a essayé de convaincre le directeur d'Eton qu'il ne s'agissait que d'une erreur d'écriture et que, puisque j'avais obtenu cinquante-six points au concours, je devais prendre la place de Bridport. Cet argument a été rejeté par retour de courrier, Eton n'ayant pas besoin d'un nouveau pavillon abritant les vestiaires et le bar sur son terrain de cricket. Par conséquent, le jour de la rentrée, je me suis dûment présenté au lycée de Bristol.

*

\* \*

La première année, j'ai quelque peu restauré ma réputation en marquant trois centaines au cricket pour les Colts et, à la fin de la saison, j'ai été choisi comme membre titulaire de l'équipe. Harry a joué Ursula dans *Beaucoup de bruit pour rien* et, bien sûr, personne n'a été surpris que Deakins reçoive le prix d'excellence.

La deuxième année, j'ai mieux compris les difficultés financières que devait connaître la mère de Harry quand j'ai remarqué qu'il portait ses chaussures les lacets défaits. Il a avoué qu'elles lui faisaient mal parce qu'elles étaient trop serrées.

Aussi lorsque Chez Tilly a été incendié seulement quelques semaines avant notre passage en première, je n'ai pas été autrement surpris d'apprendre que Harry craignait de ne pas pouvoir rester au lycée. J'ai pensé demander à mon père s'il pourrait lui venir en aide, mais ma mère m'a dit que c'était inutile. C'est pourquoi j'ai été si heureux de le voir franchir la grille du lycée le jour de la rentrée.

Il m'a expliqué que sa mère avait pris un travail de nuit au Royal Hotel, qui s'avérait bien plus lucratif qu'elle ne l'avait d'abord imaginé.

Aux grandes vacances suivantes, j'aurais à nouveau bien aimé l'inviter à rejoindre notre famille en Toscane, mais je savais que mon père n'accepterait pas. Or, comme la société d'étude des beaux-arts, dont Harry était désormais secrétaire, projetait de faire un voyage à Rome, on a décidé de s'y retrouver, même si ça voulait dire que je serais obligé de visiter la Villa Borghèse.

*

\* \*

Quoique nous ayons vécu dans notre petite bulle dans la région de l'Ouest, il était impossible de ne pas être conscient de ce qui se passait sur le continent.

La montée des nazis en Allemagne et des fascistes en Italie ne semblait pas affecter l'Anglais moyen qui continuait à boire sa pinte de cidre et à manger son sandwich au fromage, le samedi, dans le pub du coin, avant d'assister l'après-midi (ou, dans mon cas, de participer) au match de cricket sur le terrain communal. Durant des années ce bienheureux mode de vie avait pu continuer parce qu'on ne supportait pas l'idée d'une nouvelle guerre contre l'Allemagne. Nos pères avaient combattu dans la « der des ders », mais à présent le sujet tabou semblait être sur toutes les lèvres.

Harry m'a annoncé que si la guerre était déclarée, il n'irait pas à l'université mais s'engagerait sur-le-champ, comme l'avaient fait son père et son oncle vingt ans plus tôt. Mon père l'avait « ratée », pour le citer, d'une part parce qu'il était, malheureusement, daltonien et que, d'autre part, les autorités avaient pensé qu'il serait plus utile à la défense du pays en restant à son poste pour assurer une fonction capitale aux docks. Même si je n'ai jamais pu déterminer avec précision la nature de cette fonction capitale.

*

* *

Durant notre dernière année au lycée de Bristol, Harry et moi avons tous les deux décidé de solliciter notre admission à l'université d'Oxford, qui avait déjà offert à Deakins une bourse pour Balliol College. J'aurais voulu aller à Christ Church College, mais le responsable des admissions m'ayant répondu très poliment que ce collège n'admettait que rarement des élèves de lycée, je me suis contenté de Brasenose College, jadis décrit par Bertie Wooster, le personnage de P. G. Wodehouse, comme un collège où « les méninges comptent pour du beurre ».

Étant donné que Brasenose était également le collège ayant le plus de joueurs de cricket titulaires et que, comme capitaine de l'équipe du lycée de Bristol, j'avais marqué trois centaines pendant ma dernière année, l'une d'elles au Lord's au cours d'un des matchs entre les écoles publiques et les autres, je pensais que j'avais ma chance. D'ailleurs, mon professeur principal, M. Paget, docteur ès lettres, m'a dit que si j'étais convoqué pour un entretien, on me lancerait une balle de cricket dès que j'entrerais dans la pièce. Si je l'attrapais on m'offrirait une place. Si je l'attrapais d'une main, une bourse. Cela s'avéra imaginaire, mais je dois reconnaître que lorsque nous bûmes un verre avec le directeur du collège, il m'a davantage interrogé sur Len Hutton, le champion de cricket, que sur Horace.

Il y eut des hauts et des bas durant mes deux dernières années au lycée. Les quatre médailles d'or gagnées par Jessie Owens aux Jeux olympiques de Berlin, sous le regard de Hitler, constituèrent un véritable « haut », alors que l'abdication d'Édouard VIII parce qu'il souhaitait épouser une divorcée américaine fut un indiscutable « bas ».

Tout comme Harry et moi, la question de l'abdication du roi semblait diviser la nation. Je ne parvenais pas à comprendre qu'un homme né pour être roi puisse sacrifier son trône afin d'épouser une divorcée, tandis que Harry compatissait davantage que moi à la souffrance du souverain, expliquant que nous ne pourrions comprendre son cas de conscience que lorsque nous tomberions amoureux nous-mêmes. J'ai considéré ces propos comme des âneries, jusqu'au voyage à Rome qui allait déterminer un tournant dans nos deux vies.

## 36

Si Giles imaginait avoir travaillé dur pendant la fin de sa scolarité à Saint-Bède, les deux dernières années au lycée de Bristol se chargèrent de lui faire découvrir, ainsi qu'à Harry, les longues heures d'étude dont seul Deakins avait déjà l'expérience.

M. Paget, le professeur principal de la classe de première, leur expliqua sans mâcher ses mots que, s'ils voulaient être admis à Oxford ou à Cambridge, ils devraient laisser tomber les activités périscolaires, car ils seraient obligés de passer tout leur temps à préparer le concours d'entrée.

La dernière année, Giles espérait devenir capitaine de l'équipe de cricket, tandis que Harry souhaitait ardemment tenir le premier rôle dans la pièce de fin d'année. M. Paget haussa les sourcils quand il apprit la nouvelle, bien que *Roméo et Juliette* soit l'œuvre au programme du concours d'entrée à Oxford. « Mais ne vous inscrivez surtout pas pour une activité périscolaire », déclara-t-il fermement.

Harry démissionna à contrecœur de la maîtrise, ce qui lui donna deux soirées de plus par semaine pour étudier. Il y avait cependant une activité dont aucun élève ne pouvait s'exempter... Le mardi et le jeudi, à 16 heures, en tant que futurs membres du corps des élèves officiers, tous les élèves devaient se tenir au garde-à-vous sur le terrain de manœuvres, équipés de pied en cap et prêts pour l'inspection.

— Faut pas laisser la jeunesse hitlérienne s'imaginer que, si l'Allemagne est assez stupide pour nous déclarer la guerre une nouvelle fois, on sera pris au dépourvu ! hurlait le sergent-major à la retraite Roberts.

Ces propos faisaient chaque fois tressaillir les rangées de lycéens, qui se rendaient compte qu'au fil des jours il devenait de plus en plus probable qu'au lieu d'aller étudier à l'université ils serviraient en première ligne, en tant qu'officiers subalternes, sur un champ de bataille en pays étranger.

Harry prit à cœur les déclarations du sergent-major et fut promu élève officier sans tarder. Giles les prenait moins au sérieux, sachant que s'il était mobilisé, il pourrait, comme son père, s'en tirer à bon compte en arguant de son daltonisme pour éviter d'avoir à affronter l'ennemi.

Deakins ne s'intéressait guère à toute l'opération, déclarant d'un ton qui ne souffrait aucune contradiction : « On n'a pas besoin de savoir démonter un fusil-mitrailleur quand on travaille au service des renseignements. »

Lorsque les longues nuits d'été commencèrent à raccourcir, ils étaient tous prêts à partir en vacances avant de revenir au lycée pour faire leur dernière année, au bout de laquelle ils devraient à nouveau affronter les examinateurs. Une semaine après la fin de l'année scolaire ils étaient tous les trois partis en vacances. Giles était allé rejoindre sa famille en Toscane, Harry avait gagné Rome en compagnie de la société d'étude des beaux-arts, tandis que Deakins s'enterrait à la bibliothèque centrale de Bristol, évitant tout contact avec ses semblables, bien qu'on lui ait déjà offert une place à Oxford.

*
* *

Au fil des ans, Giles avait fini par accepter que, s'il souhaitait voir Harry pendant les vacances, il devait s'assurer que son père ne devine pas ce qu'il tramait. Autrement, comme le dit le poète Robert Burns, « souventes fois échouent les mieux conçus des plans des souris et des hommes ». Mais pour mener à bien ses projets il devait parfois prier Emma de lui prêter main-forte, et elle n'hésitait jamais à réclamer sa livre de chair avant d'accepter de devenir sa complice.

— Si ce soir tu lances l'affaire durant le dîner, je prendrai le relais, conclut Giles une fois qu'il eut décrit sa dernière stratégie.

— Il semble que ce soit l'ordre naturel des choses, répondit Emma avec mépris.

Dès que le premier plat fut servi, elle demanda innocemment à sa mère si elle pouvait l'emmener le lendemain à la Villa Borghèse, parce que son professeur d'histoire de l'art en avait chaudement recommandé la visite, tout en sachant fort bien que sa mère avait déjà formé d'autres projets.

— Désolée, ma chérie, mais demain ton père et moi allons déjeuner avec les Henderson à Arezzo. Joignez-vous à nous si vous voulez.

— Giles peut très bien t'emmener à Rome, intervint son père depuis l'autre côté de la table.

— J'y suis obligé ? demanda Giles, qui avait été sur le point de faire la même suggestion.

— Oui, répliqua son père d'un ton ferme.

— Mais à quoi ça sert, père ? À peine arrivés, on sera obligés de faire demi-tour. Ça ne vaut guère la peine d'effectuer tout ce voyage.

— Pas si vous passez la nuit au Plaza Hotel. Je les appellerai dès demain matin pour réserver deux chambres.

— Êtes-vous sûr qu'ils sont assez grands pour ça ? s'enquit Mme Barrington d'un ton un rien inquiet.

— Giles aura 18 ans dans quelques semaines. Il est temps qu'il mûrisse et assume certaines responsabilités.

Giles baissa la tête, d'un air penaud, comme s'il cédait à la pression.

Le lendemain matin, lui et Emma prirent un taxi jusqu'à la gare locale pour monter dans le premier train pour Rome.

— Occupe-toi bien de ta sœur, lui recommanda son père, au moment où ils quittaient la villa.

— Oui, promit Giles, quand le taxi démarra.

Plusieurs hommes se levèrent pour offrir leur place à Emma quand elle entra dans le compartiment, alors que Giles dut rester debout pendant tout le voyage. À Rome, un taxi les conduisit à la *via* del Corso et, une fois qu'ils eurent pris possession de leurs chambres à l'hôtel, ils partirent pour la Villa Borghèse. Giles fut surpris de voir le grand nombre de jeunes hommes, à peine plus âgés que lui, qui portaient l'uniforme, tandis que sur presque toutes les colonnes et presque tous les lampadaires étaient affichés des portraits de Mussolini.

Lorsque le taxi les eut déposés, ils montèrent à travers les jardins, croisant d'autres hommes en uniforme et apercevant encore plus de portraits d'Il Duce, avant de parvenir à la magnifique Villa Borghèse.

Harry avait écrit à Giles qu'ils commenceraient leur visite guidée à 10 heures. Il jeta un coup d'œil à sa montre : il était un peu plus de 11 heures. Avec un peu de chance la visite devait tirer à sa fin. Il acheta deux billets, en donna un à Emma, escalada les marches quatre à quatre jusqu'à la *galleria* puis partit à la recherche du groupe scolaire. Emma admira sans se presser les statues du Bernin, les plus nombreuses se trouvant dans les quatre premières salles. Giles passa d'une salle à l'autre avant de repérer un groupe de jeunes garçons, portant veste bordeaux sombre et pantalon de flanelle noire, qui s'agglutinaient autour du petit portrait d'un homme âgé, vêtu d'une soutane de soie couleur crème et coiffé d'une mitre blanche.

— Les voilà ! s'écria Giles, mais Emma avait disparu.

Il se dirigea vers le groupe qui écoutait la guide avec grande attention. Dès qu'il la vit il oublia complètement la raison pour laquelle il était venu à Rome.

— Ce portrait du pape Paul V fut commandé au Caravage en 1605, expliqua-t-elle avec un léger accent. Vous noterez qu'il n'a pas été terminé, et cela parce que le peintre a dû fuir Rome.

— Pourquoi, mademoiselle ? fit un jeune garçon au premier rang qui, à l'évidence, était décidé à remplacer Deakins dans un avenir plus ou moins proche.

— Parce qu'il a participé à une rixe entre ivrognes au cours de laquelle il a fini par tuer un homme.

— Est-ce qu'on l'a arrêté ? demanda le même garçon.

— Non. Le Caravage a toujours réussi à gagner la ville la plus proche avant que les forces de l'ordre ne le rattrapent. Finalement, le Saint-Père a décidé de le gracier.

— Pourquoi donc ? s'écria le même élève.

— Parce qu'il voulait que le Caravage exécute d'autres tableaux pour lui. Certains d'entre eux se trouvent parmi les dix-sept œuvres qu'on peut voir à Rome aujourd'hui encore.

C'est alors que Harry aperçut son ami qui, fasciné, levait les yeux vers le tableau. Quittant le groupe, Giles se dirigea vers lui.

— Depuis combien de temps es-tu là ? s'enquit Harry.

— Assez longtemps pour tomber amoureux, répondit Giles, les yeux toujours fixés sur la guide.

Harry éclata de rire quand il se rendit compte que ce n'était pas le tableau que Giles admirait, mais la jeune femme élégante et sûre d'elle-même qui s'adressait aux élèves.

— Je crains qu'elle ne soit pas tout à fait dans ta tranche d'âge, le prévint Harry, ni même dans tes moyens.

— Je suis prêt à prendre ce risque, répliqua Giles, alors que la guide conduisait le petit groupe dans la salle suivante.

Il suivit sagement et se plaça de sorte à avoir une vue dégagée sur la jeune femme, tandis que le reste des élèves examinaient une statue de Paolina Bonaparte par Canova, peut-être le plus grand sculpteur de tous les temps, affirma-t-elle, et Giles n'avait aucun désir de la contredire.

— Eh bien, nous sommes parvenus au terme de notre visite, conclut-elle. Mais si vous avez d'autres questions, puisque je vais rester ici encore quelques instants, n'hésitez pas à les poser.

Giles n'hésita pas.

Cela amusa Harry de voir son ami se diriger vers la jeune Italienne et commencer à bavarder avec elle, comme s'ils étaient de vieux amis. Même le garçon du premier rang n'osa pas l'interrompre. Giles rejoignit Harry quelques minutes plus tard, un large sourire plaqué sur le visage.

— Elle a accepté de dîner avec moi ce soir.

— Je ne te crois pas.

— Mais il y a un problème, ajouta-t-il, sans faire aucun cas de l'air dubitatif de son ami.

— Plus d'un, j'imagine.

— … qui ne peut être résolu qu'avec ton aide.

— Tu as besoin d'un chaperon pour vous accompagner, suggéra Harry, au cas où vous n'arriveriez pas à vous maîtriser.

— Non, espèce d'idiot. Je voudrais que tu t'occupes de ma sœur pendant que Caterina me fera découvrir la vie nocturne romaine.

— C'est hors de question. Je ne suis pas venu jusqu'à Rome pour jouer les baby-sitters.

— Mais tu es mon meilleur ami ! supplia Giles. Si tu refuses de m'aider, à qui puis-je demander ce service ?

— Pourquoi ne t'adresses-tu pas à Paolina Bonaparte ? Je doute qu'elle ait des projets pour ce soir.

— Il suffit que tu l'emmènes dîner au restaurant et que tu t'assures qu'elle soit couchée à 22 heures.

— Excuse-moi de te le rappeler, Giles, mais je pensais que tu étais venu à Rome pour dîner avec moi.

— Je te donnerai mille lires si tu m'en débarrasses. Et on peut quand même prendre le petit déjeuner ensemble à mon hôtel demain matin.

— On ne m'achète pas aussi facilement.

— De plus, ajouta Giles en abattant sa dernière carte, je te donnerai mon disque de Caruso chantant *La Bohème*.

Se retournant, Harry vit une jeune fille à côté de lui.

— Au fait, dit Giles, je te présente ma sœur Emma.

— Bonjour, fit Harry. Tope là ! ajouta-t-il en se retournant vers Giles.

\*
\* \*

Le lendemain, Harry rejoignit Giles à l'hôtel pour prendre le petit déjeuner avec lui. Giles l'accueillit avec le sourire triomphant qu'il arborait après avoir marqué une centaine.

— Alors, comment ça s'est passé avec Caterina ? demanda Harry, peu désireux d'écouter la réponse.

— Mieux que dans mes rêves les plus fous.

Il allait lui poser des questions plus précises lorsqu'un serveur apparut à ses côtés. « *Cappuccino, per favore.* » Puis il poursuivit :

— Jusqu'où t'a-t-elle laissé aller ?

— Jusqu'au bout.

Harry resta bouche bée.

— Tu as…, finit-il par dire.

— J'ai quoi ?

— Tu as…, répéta Harry.

— Oui ?

— Tu l'as vue nue ?

— Oui. Bien sûr.

— Tout son corps ?

— Évidemment, dit Giles tandis qu'on plaçait une tasse de café devant Harry.

— Le bas comme le haut ?

— Tout. Et je dis bien : tout.

— As-tu touché ses seins ?

— J'ai même léché ses mamelons, précisa Giles en avalant une petite gorgée de café.

— Tu as fait quoi ?

— Tu m'as bien entendu.

— Mais tu as fait ?... Je veux dire as-tu fait ?...

— Oui. Je l'ai fait.

— Combien de fois ?

— Je n'ai pas compté. Elle était insatiable. Sept fois, peut-être huit. Elle refusait de me laisser dormir. J'y serais toujours si elle n'avait pas dû se trouver au musée du Vatican à 10 heures pour servir de guide à une nouvelle bande de mioches.

— Et si elle tombe enceinte ?

— Ne sois pas aussi naïf, Harry. N'oublie pas que c'est une Italienne. (Il avala une autre gorgée de café.) Alors, comment s'est comportée ma sœur ?

— On a fait un excellent repas, et tu me dois ton Caruso.

— Ça s'est si mal passé ? Eh bien, on ne peut pas tous gagner le gros lot !

Ni l'un ni l'autre n'avait remarqué qu'Emma était entrée dans la salle et qu'elle se tenait à côté d'eux. Harry se leva d'un bond pour lui offrir son siège.

— Désolé de vous quitter, dit-il. Mais il faut que je sois au musée du Vatican à 10 heures.

— Transmets tout mon amour à Caterina, cria Giles alors que Harry quittait presque en courant la salle du petit déjeuner. (Il attendit que Harry ait disparu pour demander à sa sœur :) Alors, comment ça s'est passé hier soir ?

— Ç'aurait pu être pire, dit-elle en prenant un croissant. Il est un peu sérieux, non ?

— Tu devrais rencontrer Deakins.

Elle éclata de rire.

— Eh bien, en tout cas on a bien mangé ! Mais n'oublie pas qu'à présent ton gramophone m'appartient.

## 37

Plus tard, Giles en parla comme de la soirée la plus mémorable de sa vie, mais pour des raisons négatives.

La pièce de fin d'année est l'un des événements les plus importants au lycée de Bristol, notamment parce que la ville possédait une belle tradition théâtrale, et 1937 allait être un excellent cru en ce domaine.

Le lycée, comme tant d'autres écoles du pays, présentait l'une des pièces de Shakespeare au programme. Il avait fallu choisir entre *Roméo et Juliette* et *Le Songe d'une nuit d'été*. M. Paget, docteur ès lettres, avait préféré la tragédie à la comédie, surtout parce qu'il avait un Roméo mais pas de Bottom.

Pour la première fois dans l'histoire du lycée, les jeunes filles de l'école Red Maids, située de l'autre côté de la ville, furent invitées à passer une audition pour les rôles féminins. Mais pas avant que plusieurs discussions n'aient eu lieu avec Mlle Webb, la directrice, qui avait insisté pour que certaines règles soient respectées, lesquelles auraient impressionné la mère supérieure d'un couvent.

La pièce devait être donnée trois soirs consécutifs, la dernière semaine du premier trimestre. Comme d'habitude, les billets pour la représentation du samedi soir partirent les premiers, d'anciens élèves et les parents des comédiens souhaitant assister à la dernière.

Giles attendait ses parents et sa sœur dans le vestibule, jetant toutes les deux minutes un coup d'œil anxieux à sa montre. Il espérait que Harry jouerait à nouveau très bien et que son père finirait par l'accepter.

Si le critique du *Bristol Evening World* avait décrit le jeu de Harry comme « très mûr pour un si jeune homme », il avait réservé ses plus grands éloges pour Juliette, affirmant qu'il n'avait jamais vu la scène de la mort jouée de manière aussi émouvante, même à Stratford.

Giles serra la main de M. Frobisher lorsque celui-ci entra dans le vestibule. Son ancien directeur de résidence lui présenta un certain M. Holcombe, puis les deux hommes gagnèrent leurs places dans la grande salle.

Des murmures parcoururent l'auditoire lorsque le capitaine Tarrant avança le long de l'allée centrale et s'installa au premier rang. Sa récente nomination comme membre du conseil d'administration de l'école avait été approuvée par tous. Au moment où il se penchait pour dire un mot au président du conseil d'administration, il aperçut Maisie Clifton, placée quelques rangs derrière lui. Il lui fit un chaleureux sourire mais ne reconnut pas l'homme assis à côté d'elle. La distribution lui procura une deuxième surprise.

Le proviseur et Mme Barton furent parmi les derniers spectateurs à entrer dans la salle. Ils s'assirent au premier rang, à côté de sir Walter Barrington et du capitaine Tarrant.

De plus en plus inquiet, Giles se demandait si ses parents allaient arriver avant le lever du rideau.

— Je suis absolument désolée, Giles, s'excusa sa mère lorsqu'ils finirent par apparaître. C'est ma faute, je ne m'étais pas rendu compte de l'heure, ajouta-t-elle en entrant d'un pas pressé dans le vestibule, Grace à ses côtés.

Son père marchait un mètre derrière elles et haussa les sourcils en apercevant son fils. Giles ne lui tendit pas le programme, car il voulait que ce soit une surprise, quoiqu'il ait annoncé la nouvelle à sa mère, qui, comme lui, espérait que son père finirait par traiter Harry en ami de la famille, et non pas en étranger.

Le rideau se leva quelques instants seulement après que les Barrington se furent installés à leurs places. Dans la salle bondée, tous les spectateurs se turent en attendant le début de la pièce.

Lorsque Harry fit son entrée, Giles jeta un coup d'œil vers son père. Ne le voyant pas réagir, il commença à se détendre pour la première fois de la soirée. Hélas, cette agréable situation ne dura que jusqu'à la scène du bal, lorsque Roméo et Hugo virent Juliette pour la première fois.

Certains voisins des Barrington furent agacés par l'agitation de cet homme qui gâchait leur plaisir par ses bruyants chuchotements et ses demandes répétées d'un programme. Ils furent encore plus énervés au moment où Roméo lança : « N'est-ce pas la fille de

Capulet ? » Car alors Hugo Barrington se leva, passa à toute vitesse le long de la rangée, sans chercher à éviter les pieds des spectateurs, parcourut à grands pas l'allée centrale, poussa la porte battante et disparut dans la nuit. Roméo mit un certain temps à reprendre complètement ses esprits.

Sir Walter tenta de donner l'impression qu'il n'avait pas remarqué ce qui se passait derrière lui, et, même s'il se renfrogna, le capitaine Tarrant ne quitta jamais la scène des yeux. S'il s'était retourné, il aurait vu que Mme Clifton ne prêtait aucune attention à la sortie intempestive de Barrington, car elle se concentrait sur la moindre parole des deux jeunes amoureux.

Pendant l'entracte Giles partit à la recherche de son père. En vain. La Bugatti ne se trouvait plus dans le parking. Quand il revint dans la salle il vit son grand-père penché vers sa mère et lui parlant à l'oreille.

— Hugo est-il devenu complètement fou ? demanda sir Walter.

— Non, il a toute sa tête, répondit Élisabeth sans chercher à cacher sa colère.

— Alors qu'est-ce qui lui prend, grands dieux ?

— Je n'en ai aucune idée.

— Est-ce que ça pourrait être à cause du jeune Clifton ?

Elle allait répondre quand Jack Tarrant les rejoignit.

— Votre fille a beaucoup de talent, Élisabeth, dit-il après lui avoir baisé la main. En plus d'avoir eu le privilège d'hériter de votre beauté.

— Vous êtes un vieux flatteur, Jack, répondit-elle, avant d'ajouter : Je ne crois pas que vous connaissiez mon fils, Giles.

— Bonsoir, monsieur, dit Giles. C'est un grand honneur pour moi de faire votre connaissance. Permettez-moi de vous féliciter pour votre récente nomination.

— Merci, jeune homme. Et que pensez-vous de la prestation de votre ami ?

— Elle est remarquable. Mais saviez-vous…

— Bonsoir, madame Barrington.

— Bonsoir, monsieur le proviseur.

— Je ne dois pas être le premier à souhaiter présenter ses…

Giles regarda le capitaine Tarrant s'éclipser pour rejoindre la mère de Harry. Comment se faisait-il qu'ils se connaissaient ?

— Je suis vraiment ravie de vous voir, capitaine Tarrant.

— Tout le plaisir est pour moi, madame Clifton. Et comme vous êtes élégante, ce soir. Si Cary Grant avait su qu'une telle beauté existait à Bristol il ne nous aurait jamais quittés pour aller à Hollywood… Saviez-vous qu'Emma Barrington jouait le rôle de Juliette ?

— Non. Harry ne m'avait pas mise au courant. Mais pourquoi l'aurait-il fait ?

— Espérons que l'ardeur des sentiments qu'ils se témoignent sur scène n'est due qu'à leur talent de comédiens, parce que si c'est ce qu'ils ressentent vraiment on risque d'avoir à affronter un problème plus grave… Je suppose que vous n'avez encore rien dit à Harry ? ajouta-t-il, après avoir regardé à l'entour pour s'assurer que personne n'écoutait leur conversation.

— Pas un mot. Et, à en juger par le comportement grossier de Barrington, il semble qu'il ait été surpris lui aussi.

— Bonsoir, capitaine Tarrant, dit Mlle Monday en touchant le bras de Jack. (Mlle Tilly se trouvait à ses côtés.) Comme c'est gentil à vous d'être venu de Londres pour voir jouer votre protégé.

— Ma chère mademoiselle Monday, Harry est tout autant votre protégé que le mien, et il sera extrêmement heureux que vous ayez fait la route depuis les Cornouailles pour le voir jouer.

Mlle Monday fit un sourire radieux tandis qu'une sonnerie résonnait pour avertir les spectateurs qu'ils devaient regagner leurs places.

Une fois tout le monde assis, le rideau se leva sur le début de la deuxième partie, mais un siège du sixième rang resta ostensiblement vide. La scène de la mort fit monter les larmes aux yeux de personnes qui n'avaient jamais pleuré en public. Quant à Mlle Monday, elle n'avait jamais autant versé de larmes depuis le jour où Harry avait mué.

À la tombée du rideau, les spectateurs se levèrent tous ensemble. Harry et Emma furent salués par une salve d'applaudissements au moment où, main dans la main, ils avancèrent vers le bord de la scène. Des hommes qui n'affichaient jamais leurs sentiments poussèrent des vivats.

Au moment où ils se tournèrent pour se saluer l'un l'autre en inclinant le buste, Mme Barrington sourit et rougit.

— Grands dieux, ils ne jouaient pas la comédie ! s'écria-t-elle, assez fort pour que Giles l'entende.

La même pensée avait déjà traversé l'esprit de Maisie Clifton et de Jack Tarrant, longtemps avant le salut final des comédiens.

Quand Mme Barrington, Giles et Grace gagnèrent les coulisses, ils trouvèrent Roméo et Juliette toujours main dans la main, pendant qu'on faisait la queue pour leur prodiguer des louanges.

— Tu as été merveilleux, dit Giles en donnant une grande claque dans le dos de son ami.

— J'ai été assez bien, mais Emma a été magnifique.

— Quand est-ce que tout a commencé ? chuchota Giles.

— À Rome, reconnut Harry avec un sourire espiègle.

— Quand je pense que j'ai sacrifié mon disque de Caruso, sans parler de mon gramophone, pour servir d'intermédiaire.

— Et tu as aussi payé notre premier dîner en amoureux.

— Où est père ? demanda Emma en jetant un coup d'œil à l'entour.

Grace s'apprêtait à lui expliquer ce qui était arrivé quand le capitaine Tarrant apparut.

— Félicitations, mon garçon, dit-il. Tu as été absolument formidable.

— Merci, mon capitaine. Mais je ne pense pas que vous ayez déjà rencontré la vraie vedette du spectacle.

— Non, en effet. Laissez-moi vous assurer, mademoiselle, que si j'avais quarante ans de moins, je me débarrasserais de tous mes rivaux.

— Vous n'avez pas de rivaux pour mon affection, dit Emma. Harry n'arrête pas de me parler de tout ce que vous avez fait pour lui.

— Je peux lui retourner le compliment, répliqua Jack, au moment où, apercevant sa mère, Harry se jeta dans ses bras.

— Je suis si fière de toi ! s'exclama Maisie.

— Merci, maman. Permets-moi de te présenter Emma Barrington, dit-il en entourant d'un bras la taille de la jeune fille.

— Je sais maintenant pourquoi votre fils est aussi beau, dit Emma en serrant la main de la mère de Harry. Puis-je vous présenter ma mère ? ajouta-t-elle.

C'était une rencontre à laquelle Maisie pensait depuis de nombreuses années, mais elle n'avait jamais songé qu'elle aurait lieu dans de telles circonstances. Si elle se sentit mal à l'aise en serrant la main d'Élisabeth Barrington, le sourire très amical de celle-ci lui fit vite comprendre qu'elle n'était pas du tout consciente de ce qui les liait.

— Je vous présente M. Atkins, dit Maisie en désignant l'homme qui était assis à ses côtés durant la représentation.

C'était la première fois que Harry rencontrait M. Atkins. Regardant le manteau de fourrure de sa mère, il se demanda si c'était grâce à Atkins qu'il avait désormais trois paires de chaussures.

Il allait lui parler quand il fut interrompu par M. Paget, qui souhaitait vivement le présenter au professeur Henry Wyld. Harry reconnut immédiatement le nom.

— Il paraît que vous espérez intégrer Oxford pour faire des études d'anglais, lui dit Wyld.

— Seulement si je peux être votre étudiant, monsieur.

— Je vois que le charme de Roméo n'est pas resté sur la scène.

— Et voici Emma Barrington, monsieur.

Le professeur de langue et littérature anglaises à Merton College inclina légèrement le buste.

— Vous avez été sensationnelle, jeune demoiselle.

— Merci, monsieur. Moi aussi, j'espère être votre étudiante. J'ai sollicité une place pour l'année prochaine à Somerville College.

Jack Tarrant jeta un regard à Mme Clifton et remarqua l'effroi qui se lisait clairement dans ses yeux.

— Grand-père, dit Giles, tandis que le président du conseil d'administration de l'école les rejoignait, je ne crois pas que vous connaissiez mon ami, Harry Clifton.

Sir Walter serra chaleureusement la main de Harry, avant d'étreindre sa petite-fille.

— Vous comblez de fierté un vieil homme, tous les deux, dit-il.

Aux yeux de Jack et de Maisie, il devenait de plus en plus clair que les nouveaux Roméo et Juliette – les « amants maudits par le sort » –, Harry et Emma, n'avaient aucune idée des complications qu'ils avaient déclenchées.

*
* *

Sir Walter pria le chauffeur de raccompagner Mme Barrington et les enfants au manoir. Malgré le triomphe d'Emma, sa mère ne chercha pas à cacher ses sentiments dans la voiture qui les ramenait à Chew Valley. Au moment où ils franchissaient la grille, Giles remarqua que des lampes étaient toujours allumées dans le salon.

Une fois que le chauffeur les eut déposés, avant de gagner le salon, Élisabeth enjoignit à Giles, Emma et Grace d'aller se coucher d'un ton qu'elle n'avait pas utilisé depuis de nombreuses années. Giles et Emma montèrent à contrecœur le vaste escalier mais s'assirent sur la dernière marche dès que leur mère eut disparu, tandis qu'en fille obéissante Grace alla dans sa chambre. Giles se demanda même si sa mère avait fait exprès de laisser la porte ouverte.

Lorsque Élisabeth entra dans la pièce, son mari ne prit pas la peine de se lever. Elle remarqua la bouteille de whisky à moitié vide et un verre sur la petite table à côté de lui.

— Nul doute que vous puissiez fournir une explication à votre attitude impardonnable ?

— Je n'ai pas à vous expliquer mes actes.

— Emma a réussi à surmonter le trouble que lui a causé votre atroce comportement ce soir.

Il se versa un autre verre de whisky et en but une gorgée.

— J'ai fait le nécessaire pour qu'Emma quitte Red Maids dès maintenant. L'année prochaine, elle fréquentera une école assez loin pour l'empêcher de revoir ce garçon.

Dans l'escalier Emma fondit en larmes. Giles l'entoura d'un bras.

— Qu'a donc bien pu faire Harry Clifton pour que vous vous conduisiez de cette façon éhontée ?

— Ça ne vous regarde pas.

— Évidemment que ça me regarde ! répliqua Élisabeth, tout en essayant de garder son calme. Nous parlons de notre fille et du meilleur ami de notre fils. Si Emma est tombée amoureuse de Harry, et je devine que c'est le cas, je ne peux imaginer de plus gentil et de plus honnête garçon à qui elle puisse donner son cœur.

— Harry Clifton est le fils d'une putain. C'est la raison pour laquelle son mari l'a quittée. Et je répète que je n'autoriserai jamais Emma à reprendre contact avec ce petit salaud.

— Je vais aller me coucher avant de perdre mon sang-froid. Ne songez même pas à me rejoindre dans l'état où vous vous trouvez.

— Je n'avais pas l'intention de vous rejoindre, dans cet état ou dans un autre, rétorqua Barrington en se versant une autre rasade de whisky. Autant qu'il m'en souvienne, vous ne m'avez jamais donné de plaisir au lit.

Emma se leva d'un bond et se précipita dans sa chambre en refermant la porte derrière elle. Giles ne bougea pas.

— Vous êtes ivre, à l'évidence, répliqua Élisabeth. Nous reprendrons la discussion demain matin, quand vous serez à jeun.

— Il n'y aura rien à discuter demain matin, bredouilla Barrington, alors que sa femme quittait la pièce.

Quelques instants plus tard, sa tête tomba sur le coussin, et il se mit à ronfler.

*

\* \*

Lorsque Jenkins ouvrit les volets du salon, juste avant 8 heures, il ne manifesta aucun étonnement en découvrant son maître, affalé dans un fauteuil, profondément endormi et toujours en smoking.

Le soleil matinal réveilla Barrington, qui cligna les paupières et fixa le majordome, avant de jeter un coup d'œil à sa montre.

— Une voiture va venir chercher Mlle Emma dans environ une heure, Jenkins. Aussi, assurez-vous qu'elle ait fait ses bagages et qu'elle se tienne prête.

— Mlle Emma n'est pas là, Monsieur.

— Quoi ? Où est-elle alors ? s'écria Barrington.

Il s'efforça de se lever, tituba quelques instants, puis retomba dans le fauteuil.

— Je n'en ai aucune idée, Monsieur. Madame et Mademoiselle ont quitté la maison, hier soir, peu après minuit.

## 38

— Où crois-tu qu'elles soient allées ? demanda Harry, à la fin du récit de Giles sur ce qui s'était passé lorsqu'il était rentré au manoir.

— Je n'en ai pas la moindre idée. Je dormais quand elles sont parties. Tout ce que j'ai pu tirer de Jenkins, c'est qu'un taxi les a amenées à la gare un peu après minuit.

— Et tu dis que ton père était soûl quand vous êtes rentrés hier soir ?

— Comme un tonneau. Et il n'avait pas dessoûlé lorsque je suis descendu prendre le petit déjeuner ce matin. Il criait contre quiconque croisait son chemin. Il a même essayé de m'accuser de tout ce qui s'était passé. C'est à ce moment-là que j'ai décidé d'aller me réfugier chez mes grands-parents.

— Penses-tu que ton grand-père puisse savoir où elles sont ?

— Je ne le crois pas. Même s'il n'a pas eu l'air particulièrement surpris quand je lui ai raconté ce qui s'était passé. Grand-mère m'a dit que je pouvais rester chez eux autant que je voulais.

— Elles ne doivent pas se trouver à Bristol, si le taxi les a conduites à la gare.

— À l'heure qu'il est, elles pourraient se trouver n'importe où.

Ils restèrent silencieux quelques instants.

— Votre villa en Toscane, peut-être ? suggéra Harry.

— C'est peu probable. Comme c'est l'endroit auquel mon père penserait en premier, elles n'y seraient pas longtemps à l'abri.

— C'est donc quelque part où ton père hésiterait à aller les chercher.

Ils se turent à nouveau, puis Harry déclara :

— Je connais quelqu'un qui sait peut-être où elles se trouvent.

— Qui donc ?

— Le vieux Jack, dit Harry, qui avait toujours un certain mal à l'appeler le capitaine Tarrant. Je sais qu'il est devenu l'ami de ta mère, et elle lui fait sûrement confiance.

— Sais-tu où il pourrait être en ce moment ?

— Tous les lecteurs du *Times* le savent, déclara Harry avec hauteur.

— Alors où est-il, petit futé ? demanda Giles en donnant un léger coup de poing dans le bras de son ami.

— Dans son bureau à Londres. À Soho Square, si ma mémoire est bonne.

— J'ai toujours voulu avoir un bon prétexte pour passer une journée à Londres. Dommage que j'aie laissé tout mon argent à la maison.

— Aucun problème. Je suis plein aux as. Le dénommé Atkins m'a donné un billet de cinq livres, même s'il m'a dit que c'était pour acheter des bouquins.

— Ne t'en fais pas. Je pense à un plan de rechange.

— C'est-à-dire ? fit Harry d'un ton plein d'espoir.

— On n'a qu'à tranquillement attendre qu'Emma t'écrive.

Ce fut au tour de Harry de donner un petit coup de poing à Giles.

— D'accord, fit-il. Mais on a intérêt à se manier avant que quelqu'un ne s'aperçoive de ce qu'on trame.

*
* *

— Je n'ai pas l'habitude de voyager en troisième classe, dit Giles dans le train qui quittait la gare de Temple Meads.

— Eh bien, tu vas devoir t'y habituer tant que c'est moi qui paye !

— Alors, dis-moi, Harry... Ton ami, le capitaine Tarrant, qu'est-ce qu'il fait ? Je sais que le gouvernement l'a nommé directeur du Service des personnes déplacées, titre assez ronflant, mais je ne sais pas exactement à quoi ça correspond.

— À ce que ça dit. Il est chargé de trouver un logement pour les réfugiés, en particulier les familles qui fuient la tyrannie de l'Allemagne nazie. Il affirme poursuivre l'œuvre de son père.

— Il a de la classe, ton ami, le capitaine Tarrant.

— Et encore tu ne sais pas tout.

— Billets, s'il vous plaît.

Ils passèrent la majeure partie du trajet à essayer de déterminer où pouvaient bien se trouver Mme Barrington et Emma, mais lorsque le train arriva à la gare de Paddington, ils n'étaient toujours pas parvenus à une conclusion définitive.

Ils prirent le métro jusqu'à Leicester Square, émergèrent dans la lumière du soleil et partirent à la recherche de Soho Square. Tandis qu'ils cheminaient dans le West End, Giles fut si distrait par les enseignes lumineuses au néon et les vitrines pleines d'articles qu'il n'avait jamais vus auparavant que Harry dut lui rappeler le motif de leur venue à Londres.

Quand ils débouchèrent dans Soho Square ils aperçurent immédiatement le constant va-et-vient d'hommes, de femmes et d'enfants dépenaillés, traînant les pieds, la tête baissée, à l'entrée d'un vaste bâtiment situé de l'autre côté de la place.

Les deux jeunes hommes en blazer, pantalon gris et cravate détonnaient singulièrement dans l'immeuble où ils pénétrèrent, avant de suivre les flèches qui les dirigèrent jusqu'au troisième étage. Supposant qu'ils étaient chargés d'une mission officielle, plusieurs réfugiés s'écartèrent et s'arrêtèrent pour les laisser monter.

Giles et Harry se joignirent à la longue file d'attente qui s'était formée devant le bureau du directeur, où ils auraient pu passer la journée si une secrétaire ne les avait pas remarqués en sortant du bureau. Elle se dirigea vers Harry et lui demanda s'il était venu voir le capitaine Tarrant.

— Oui, répondit Harry. C'est un vieil ami.

— Je sais. Je vous ai tout de suite reconnu.

— Comment ça ?

— Il a une photo de vous sur son bureau. Suivez-moi. Le capitaine Tarrant sera ravi de vous voir.

Le visage de Jack s'illumina quand les deux garçons – il les considérait toujours comme des garçons, alors que c'étaient des jeunes hommes, à présent – entrèrent dans son bureau.

— Quel plaisir de vous voir tous les deux ! s'écria-t-il en se levant d'un bond et en contournant son bureau pour les saluer.

— Que fuyez-vous, cette fois ? demanda-t-il en souriant.

— Mon père, répondit Giles à mi-voix.

Il traversa la pièce, ferma la porte et les fit asseoir sur un canapé peu confortable. Il approcha une chaise et les écouta attentivement raconter tout ce qui s'était passé depuis qu'ils s'étaient retrouvés la veille à la représentation.

— J'ai vu votre père quitter la salle bien sûr, dit Jack, mais je n'aurais jamais pensé qu'il aurait pu aussi atrocement traiter votre mère et votre sœur.

— Avez-vous la moindre idée de l'endroit où elles pourraient se trouver, mon capitaine ? demanda Giles.

— Non. Mais, à première vue, je dirais qu'elles sont sans doute chez votre grand-père.

— Non, mon capitaine. J'ai passé la matinée avec grand-père, et même lui ne sait pas où elles se trouvent.

— Je n'ai pas précisé de quel grand-père il s'agissait.

— Lord Harvey ? fit Harry.

— Je parierais que c'est chez lui qu'elles sont allées. Elles se sentiraient en sécurité chez lui et seraient certaines que M. Barrington hésiterait à aller les y chercher.

— Mais grand-papa possède au moins trois maisons, il me semble, soupira Giles. Alors, par où commencer mes recherches ?

— Que je suis bête ! s'exclama Harry. Je sais exactement où il réside en ce moment.

— Vraiment ? Où donc ? s'écria Giles.

— En Écosse. Dans son domaine.

— Tu as l'air très sûr de toi, dit Jack.

— C'est seulement parce que la semaine dernière il a envoyé un mot à Emma pour lui expliquer pourquoi il ne pourrait pas assister à la pièce. Apparemment, il passe toujours les mois de décembre et de janvier en Écosse. Mais impossible de me rappeler l'adresse…

— Château de Mulgelrie, dans les Highlands, précisa Giles.

— Quelle mémoire ! fit Jack.

— Pas vraiment, mon capitaine. C'est seulement qu'il y a des années qu'après les étrennes maman me fait écrire des lettres de remerciement à tous mes proches. Mais comme je ne suis jamais allé en Écosse, je n'ai pas la moindre idée d'où ça se trouve.

Jack se leva et prit un gros atlas sur une étagère derrière lui. Il chercha Mulgelrie dans l'index, tourna prestement plusieurs pages et posa l'atlas devant lui sur le bureau. Faisant courir son doigt depuis Londres jusqu'à l'Écosse, il déclara :

— Il faudra que vous voyagiez par le train de nuit jusqu'à Édimbourg puis que vous changiez pour prendre un train d'intérêt local jusqu'à Mulgelrie.

— Je ne pense pas qu'il nous reste assez d'argent pour un tel périple, dit Harry en ouvrant son portefeuille.

— Il faudra donc que je vous délivre deux bons de chemin de fer, n'est-ce pas ?

Il ouvrit le tiroir de son bureau, en tira un grand bloc chamois et en arracha deux formulaires, qu'il remplit, signa et tamponna.

— Après tout, reprit-il, vous êtes, à l'évidence, des apatrides à la recherche d'un pays d'accueil.

— Merci, mon capitaine, dit Giles.

— Un dernier conseil, ajouta Jack en se levant de son bureau. Hugo Barrington n'est pas un homme qui aime être contrarié. Et, si je suis à peu près certain qu'il ne fera rien qui puisse agacer lord Harvey, il en va sans doute autrement de toi, Harry. Aussi, reste sur tes gardes jusqu'à ce que tu sois en sécurité à l'intérieur du château de Mulgelrie. Si, à un moment ou à un autre, tu rencontres un boiteux, méfie-toi de lui. Il travaille pour le père de Giles. Il est rusé et astucieux, et surtout, il ne fait allégeance qu'à son patron.

## 39

Giles et Harry furent dirigés vers une autre voiture de troisième classe. Ils étaient si fatigués tous les deux qu'ils dormirent profondément, malgré les fréquentes ouvertures et fermetures de portières durant la nuit, le fracas des roues sur les aiguilles et les incessants coups de sifflet du train.

Giles se réveilla en sursaut au moment où le train entra dans la gare de Newcastle quelques minutes avant 6 heures. À travers la vitre, il découvrit un temps gris, maussade, et des rangées de soldats s'apprêtant à monter en voiture. Un sergent salua un sous-lieutenant qui n'avait pas l'air plus âgé que Giles, avant de lui demander :

— Peut-on embarquer, mon lieutenant ?

— Allez-y, sergent, répondit le jeune homme d'une voix plus douce, après avoir rendu le salut.

L'un derrière l'autre, les soldats commencèrent à monter.

La constante menace de guerre et la question de savoir si lui et Harry porteraient l'uniforme avant même de commencer leurs études à Oxford n'étaient jamais longtemps absentes des pensées de Giles. Son oncle Nicholas, qu'il n'avait jamais connu, officier comme le jeune homme du quai, avait commandé une section, avant d'être fauché à Ypres. S'il devait y avoir une autre der des ders, quelles seraient les batailles que l'on commémorerait, chaque année, en portant un coquelicot à la boutonnière ?

Ses pensées furent interrompues par le passage d'une silhouette qui se réfléchit dans la vitre. Il tourna brusquement la tête mais la silhouette avait disparu. La mise en garde du capitaine Tarrant l'avait-elle fait réagir de façon excessive ? N'était-ce qu'une coïncidence ?

Il regarda Harry qui dormait toujours profondément, car cela faisait sans doute deux nuits qu'il n'avait pas fermé l'œil. Quand le train entra dans la gare de Berwick-on-Tweed, Giles aperçut le même homme passer devant leur compartiment et disparaître en un clin d'œil. Ce ne pouvait plus être une simple coïncidence. Cherchait-il à savoir à quelle gare ils descendaient ?

Harry finit par se réveiller.

— J'ai une faim de loup ! lança-t-il en s'étirant et en clignant les paupières.

Giles se pencha vers lui et chuchota :

— Je crois qu'il y a quelqu'un dans le train qui nous suit.

— Qu'est-ce qui te fait dire ça ? s'enquit Harry, soudain tout à fait réveillé.

— J'ai vu le même homme passer devant notre compartiment une fois de trop.

— Billets, s'il vous plaît !

Giles et Harry donnèrent leurs bons au contrôleur.

— Combien de temps le train s'arrête-t-il à chaque gare ? demanda Giles à l'employé une fois qu'il eut poinçonné les bons.

— Ça dépend si on est à l'heure ou non, répondit-il d'un ton un peu las. En tout cas, jamais moins de quatre minutes, selon le règlement de la compagnie.

— Quelle est la prochaine gare ?

— Dunbar. On devrait y arriver dans trente minutes. Mais vous avez tous les deux des bons pour Mulgelrie, ajouta-t-il, avant de passer dans le compartiment suivant.

— À quoi tout cela rime-t-il ? fit Harry.

— J'essaye de déterminer si on est suivis. Et tu vas jouer un rôle dans l'étape suivante de mon plan.

— Quel rôle vais-je devoir jouer cette fois-ci ? demanda Harry, assis au bord de son siège.

— Sûrement pas celui de Roméo. Quand le train s'arrêtera à Dunbar, je veux que tu descendes pendant que je regarderai si quelqu'un te suit. Dès que tu seras sur le quai, marche très vite en direction de la sortie, puis fais demi-tour, entre dans la salle d'attente et commande une tasse de thé. N'oublie pas que tu n'as que quatre minutes pour remonter dans le train avant le départ. Et ne te retourne surtout pas, car autrement il saura qu'on l'a repéré.

— Mais si quelqu'un nous suit, tu l'intéresses sans doute plus que moi, non ?

— Je ne crois pas. Et certainement pas si le capitaine Tarrant a raison. Parce que je pense que ton ami en sait davantage qu'il veut bien l'admettre.

— Je ne peux pas dire que ça me rassure.

Une demi-heure plus tard, le train s'immobilisa en tressautant à Dunbar. Harry ouvrit la portière, descendit sur le quai et se dirigea vers la sortie.

Giles eut à peine le temps d'apercevoir l'homme qui emboîtait le pas à Harry.

— Je te tiens ! fit-il, avant de s'appuyer au dossier de son siège et de fermer les yeux, certain que, lorsque l'homme se rendrait compte que Harry n'était descendu que pour boire une tasse de thé, il regarderait dans sa direction afin de s'assurer qu'il n'avait pas quitté la voiture.

Il rouvrit les yeux lorsque Harry rentra dans le compartiment, une barre de chocolat dans la main.

— Alors, tu as repéré quelqu'un ? demanda Harry.

— Absolument. D'ailleurs il est en train de remonter dans le train.

— Comment est-il ? fit Harry en s'efforçant de ne pas paraître trop inquiet.

— Je l'ai juste entraperçu, mais je dirais qu'il a une quarantaine d'années, mesure un peu plus d'un mètre quatre-vingts, est élégamment vêtu et porte ses cheveux coupés très court. Ce qui le trahit c'est sa claudication.

— Et maintenant qu'on connaît notre adversaire, Sherlock, qu'est-ce qu'on fait ?

— D'abord, mon cher Watson, il est important de se rappeler qu'on possède plusieurs atouts.

— Personnellement, je n'en vois même pas un.

— Primo, on sait qu'on est suivis, mais lui ne sait pas qu'on le sait. Deuzio, contrairement à lui, on connaît notre destination. Et, tertio, on est en pleine forme et deux fois plus jeunes que lui. En outre, sa claudication l'empêche de marcher très vite.

— Tu es plutôt doué pour ce genre de chose.

— J'ai un avantage inné. Je suis le fils de mon père.

*
* *

Lorsque le train entra dans la gare Waverley, à Édimbourg, Giles avait répété une bonne dizaine de fois son plan avec Harry. Ils descendirent du train et marchèrent lentement vers le bout du quai.

— Ne regarde surtout pas en arrière, dit Giles au moment où il montrait à l'employé son bon de chemin de fer.

Il se dirigea vers une file de taxis.

— Au Royal Hotel, indiqua Giles au chauffeur. Et pourrez-vous me dire si un autre taxi nous suit ? ajouta-t-il avant de rejoindre Harry à l'arrière.

— D'accord, répondit le chauffeur, tandis que la voiture se détachait de la file et se mêlait à la circulation.

— Comment sais-tu qu'il y a un Royal Hotel à Édimbourg ? demanda Harry.

— Il existe un Royal Hotel dans toutes les villes, affirma Giles.

Quelques minutes plus tard, le chauffeur déclara :

— J'en suis pas sûr, mais je crois que le collègue qu'était derrière moi dans la file nous suit.

— Très bien, dit Giles. Combien coûterait la course jusqu'au Royal ?

— Deux shillings, monsieur.

— Je vous en donnerai quatre si vous le semez.

Le chauffeur appuya aussitôt sur le champignon, projetant ses deux passagers contre le dossier de leur siège. Giles reprit rapidement son équilibre et regarda par la lunette arrière. Le taxi qui les suivait avait lui aussi accéléré. S'ils avaient gagné sur lui une bonne soixantaine de mètres, il devina qu'il ne garderait pas longtemps cet avantage.

— Chauffeur, prenez la première à gauche, puis ralentissez quelques instants. Une fois que nous aurons sauté hors de la voiture, continuez jusqu'au Royal et ne vous arrêtez pas avant d'arriver à l'hôtel.

Un bras apparut. Harry plaça deux pièces de deux shillings dans la main tendue.

— Quand je sauterai, dit Giles, suis-moi et ensuite fais exactement comme moi.

Harry hocha la tête. Le taxi prit le tournant puis ralentit brièvement au moment où Giles ouvrit la porte et sauta sur le trottoir. Après un roulé-boulé, il se remit d'un bond sur pied, puis se précipita dans la boutique la plus proche, où il se jeta par terre. Harry suivit quelques secondes plus tard, claqua la porte derrière lui et s'aplatit sur le sol à côté de son ami, juste à l'instant où le second taxi tournait au coin sur les chapeaux de roues.

— Que puis-je faire pour vous, messieurs ? demanda une vendeuse, les mains sur les hanches, en regardant les deux jeunes hommes allongés sur le sol.

— Vous avez déjà beaucoup fait pour nous, répondit Giles en se relevant, un sourire radieux sur les lèvres.

Il épousseta ses vêtements et ajouta :

— Merci.

Sur ce, il quitta la boutique. Lorsque Harry se releva à son tour il se trouva face à face avec un mannequin à la taille de guêpe, vêtu seulement d'un corset. Il devint tout rouge et sortit en courant pour rejoindre Giles sur le trottoir.

— Comme je n'ai pas l'impression que le boiteux va passer la nuit au Royal, dit Giles, on a intérêt à se manier.

— D'accord, fit Harry, pendant que Giles hélait un autre taxi.

— À la gare Waverley, lança Giles au chauffeur, avant de grimper à l'arrière.

— Où as-tu appris à faire tout ça ? demanda Harry avec admiration.

— Tu sais, Harry, tu devrais lire un peu moins de Joseph Conrad et un peu plus de John Buchan si tu veux apprendre à voyager à travers l'Écosse en étant poursuivi par un ennemi diabolique.

Le voyage en direction de Mulgelrie fut beaucoup plus lent et bien moins animé que celui de Londres à Édimbourg. En tout cas, ils ne virent pas l'ombre d'un homme boiteux. Quand la locomotive traîna enfin ses quatre voitures et ses deux passagers dans la petite gare, le soleil avait déjà disparu derrière la plus haute montagne. À leur descente du dernier train de la journée, le chef de gare les attendait près de la sortie pour contrôler leurs billets.

— Y a-t-il le moindre espoir d'avoir un taxi ? s'enquit Giles en tendant leurs bons.

— Non, monsieur. Jock rentre chez lui prendre le thé vers 18 heures, et il ne sera de retour que dans une heure.

Giles se retint d'expliquer au chef de gare l'illogisme des habitudes de Jock.

— Peut-être aurez-vous alors la bonté de me dire comment se rendre au château de Mulgelrie ?

— Il faudra y aller à pied, répondit le chef de gare d'un ton serviable.

— Et quelle direction doit-on prendre ? demanda Giles en s'efforçant de maîtriser son agacement.

— C'est par là, à environ cinq kilomètres là-haut, répondit l'homme en désignant la colline. Vous pouvez pas vous tromper.

« Là-haut » fut le seul renseignement juste, car, lorsqu'ils eurent marché pendant plus d'une heure, il faisait complètement noir. Et pas le moindre château fort en vue.

Giles commençait à se demander s'ils allaient devoir passer leur première nuit dans les Highlands à la belle étoile, en plein champ, avec un troupeau de moutons pour toute compagnie, quand Harry s'écria : « Le voici ! »

Giles scruta l'obscurité brumeuse, et, même s'il ne pouvait pas bien distinguer le contour d'un château fort, la lumière tremblotante de plusieurs fenêtres lui mit du baume au cœur. Poursuivant péniblement leur chemin, ils finirent par arriver devant une énorme grille à deux battants en fer forgé qui n'était pas verrouillée. Pendant qu'ils avançaient sur la longue allée, Giles entendit des aboiements, mais sans apercevoir le moindre chien. Après avoir parcouru environ un kilomètre et demi, ils parvinrent à un pont qui enjambait des douves, de l'autre côté duquel se dressait un lourd portail de chêne plutôt sinistre.

— Laisse-moi parler en premier, dit Giles alors qu'ils traversaient le pont en titubant et s'arrêtaient devant le portail.

Il frappa trois fois avec le côté du poing. Quelques instants après le portail s'ouvrit, révélant un véritable géant, portant kilt, veste sombre de tweed bleu-vert, chemise blanche et nœud papillon blanc. L'intendant regarda de haut les deux créatures dépenaillées, épuisées, qui se tenaient devant lui.

— Bonsoir, monsieur Giles, dit-il, alors que c'était la première fois que Giles voyait cet homme. Sa seigneurie vous attend depuis un certain temps et aimerait savoir si vous lui ferez le plaisir de dîner avec elle.

## 40

GILES ET HARRY CLIFTON EN ROUTE
POUR MULGELRIE - (STOP) -
DEVRAIENT ARRIVER VERS DIX-HUIT
HEURES - (STOP) -

Lord Harvey tendit le télégramme à Giles.

— Envoyé par notre ami commun, le capitaine Tarrant, gloussa-t-il. Il s'est juste trompé sur l'heure d'arrivée.

— On a dû venir à pied depuis la gare, protesta Giles entre deux cuillérées de soupe.

— J'ai bien songé à envoyer la voiture vous chercher au dernier train, mais rien ne vaut une bonne marche revigorante dans les Highlands pour ouvrir l'appétit.

Harry sourit. Il n'avait guère parlé depuis qu'ils étaient descendus pour dîner et, Emma ayant été placée à l'autre bout de la table, il devait se contenter d'un regard langoureux de temps en temps. Allait-on les laisser jamais seuls, en tête à tête ?

Le dîner commença par une épaissse soupe des Highlands, que Harry termina un peu trop vite, et quand on en resservit à Giles il accepta aussi qu'on emplisse de nouveau son assiette. Harry aurait demandé une troisième assiettée si tout le monde n'avait pas continué à deviser poliment en attendant que Giles et lui aient terminé leur soupe pour qu'on puisse passer au plat de résistance.

— Ne craignez pas qu'on se demande où vous êtes, déclara lord Harvey, parce que j'ai déjà envoyé des télégrammes à sir Walter et à Mme Clifton afin de leur indiquer que vous êtes tous deux sains et saufs. Je n'ai pas pris la peine de contacter ton père, Giles, ajouta-t-il, sans autre commentaire.

Giles jeta un coup d'œil de l'autre côté de la table, à sa mère, qui pinça les lèvres.

Quelques instants plus tard, les portes de la salle à manger s'ouvrirent de part en part, et plusieurs serviteurs en livrée entrèrent pour emporter les assiettes vides. Trois autres serviteurs apparurent, chargés de plateaux d'argent sur lesquels étaient posés six petits poulets, sembla-t-il à Harry.

— J'espère que vous aimez la grouse, monsieur Clifton, dit lord Harvey (c'était la première fois qu'on l'appelait « monsieur »). Je les ai chassées moi-même, précisa-t-il comme on en plaçait une devant lui.

Harry ne savait que répondre. Il regarda Giles prendre son couteau et sa fourchette et commencer à découper de minuscules fragments de la volaille, ce qui lui rappela leur premier repas pris ensemble à Saint-Bède. Quand on enleva les assiettes, Harry n'avait réussi à manger que quatre morceaux. À quel âge oserait-il enfin répondre : « Non, merci. Je préfé-rerais une autre assiette de soupe » ?

Les choses s'améliorèrent un peu lorsqu'une grande coupe de fruits divers, dont certains étaient inconnus de lui, fut posée au milieu de la table. Il aurait voulu demander leurs noms à son hôte et ceux des divers pays d'où ils venaient, mais le souvenir de sa première banane lui revint à l'esprit, épisode où il avait fait un sacré faux pas. Il se contenta d'imiter Giles, l'observant attentivement pour savoir ceux qui devaient être pelés, ceux qu'on devait couper et ceux qu'on pouvait croquer à pleines dents.

Quand il eut terminé, un serviteur apparut et plaça un petit bol d'eau à côté de son assiette. Il allait le prendre pour boire l'eau quand il vit lady Harvey y placer ses doigts. Quelques instants plus tard, un serviteur lui tendit une petite serviette en coton pour qu'elle s'essuie les mains. Harry trempa ses doigts dans le bol et, comme par magie, une petite serviette fit son apparition.

Le dîner terminé, les dames se retirèrent au salon. Harry aurait voulu les y rejoindre pour pouvoir enfin se retrouver avec Emma et lui raconter tout ce qui s'était passé depuis qu'elle s'était empoisonnée sur scène. Mais à peine avait-elle quitté la salle à manger que lord Harvey se rassit, signal indiquant au maître d'hôtel qu'il devait offrir un cigare à Sa seigneurie, tandis qu'un autre valet lui servait un grand verre de cognac.

Une fois qu'il en eut bu une gorgée, il fit un signe de tête, et des verres furent posés devant Giles et Harry. Le maître d'hôtel referma la boîte à cigares avant de servir Giles et Harry.

— Alors, commença lord Harvey, après avoir tiré deux ou trois délicieuses bouffées, je me suis laissé dire que vous espérez tous les deux aller à Oxford…

— Harry a toutes ses chances, répondit Giles. Mais il me faudra marquer deux ou trois centaines cet été, et de préférence une au Lord's, pour que les examinateurs me pardonnent mes lacunes les plus criantes.

— Giles est modeste, monsieur, intervint Harry. Il a autant de chances que moi d'être admis. Après tout, il est non seulement capitaine de l'équipe de cricket, mais également élève major.

— Eh bien, si vous êtes admis, vous allez passer trois des meilleures années de votre vie. En tout cas si Herr Hitler n'est pas assez idiot pour vouloir à tout prix rejouer la dernière guerre, dans le fol espoir de prendre sa revanche.

Ils levèrent tous les trois leurs verres, et Harry avala sa première gorgée de cognac. Le goût lui déplut. Il se demandait si ce serait discourtois de ne pas terminer son verre, lorsque lord Harvey vint à son secours.

— Peut-être le moment est-il venu de rejoindre les dames, dit-il en finissant son cognac.

Il écrasa son cigare, se leva et sortit à grands pas de la salle à manger, sans attendre un deuxième avis. Les deux jeunes hommes traversèrent le vestibule et entrèrent dans le salon à sa suite.

Lord Harvey s'installa dans le fauteuil à côté d'Élisabeth. Giles fit un clin d'œil à Harry, avant de se diriger vers sa grand-mère. Son ami alla s'asseoir sur le sofa, à côté d'Emma.

— Comme c'est courageux de ta part de venir jusqu'ici, Harry ! fit-elle en lui touchant la main.

— Je regrette infiniment ce qui s'est passé après la pièce. J'espère seulement que ce n'est pas moi qui ai causé le problème.

— Comment pourrait-ce être ta faute, Harry ? Tu n'as rien fait qui justifie que mon père parle à mère de la sorte.

— Mais ce n'est un secret pour personne que ton père pense que nous ne devrions pas nous fréquenter, même dans une pièce de théâtre.

— Attendons demain matin pour parler de ça, chuchota-t-elle. On pourra aller faire une longue promenade dans les collines, se retrouver en tête à tête et n'être entendus que par le bétail des Highlands.

— Vivement demain matin !

Il aurait aimé lui tenir la main, mais trop d'yeux regardaient constamment dans leur direction.

— Jeunes hommes, vous devez être épuisés après un voyage aussi éreintant, intervint lady Harvey. Pourquoi n'allez-vous pas vous coucher tous les deux ? On se reverra au petit déjeuner demain matin.

Harry n'avait aucun désir d'aller se coucher. Il aurait voulu rester avec Emma et tenter d'apprendre si elle avait réussi à découvrir pourquoi son père était si opposé à ce qu'ils se fréquentent. Giles se leva immédiatement, embrassa sa grand-mère et sa mère sur la joue, leur souhaita une bonne nuit ainsi qu'à son grand-père, ce qui obligea Harry à le suivre. Il posa un baiser sur la joue d'Emma, remercia son hôte pour cette merveilleuse soirée et quitta la pièce derrière Giles.

Dans le vestibule, Harry s'arrêta pour admirer un tableau représentant une coupe de fruits peinte par un artiste appelé Peploe. C'est alors qu'Emma sortit en courant du salon, passa ses bras autour de son cou et l'embrassa tendrement sur les lèvres.

Giles continua son chemin et monta l'escalier, faisant semblant de n'avoir rien remarqué, tandis que Harry ne quittait pas des yeux la porte du salon. Emma ne se détacha de lui que lorsqu'elle entendit la porte s'ouvrir derrière elle.

— « Bonne nuit, bonne nuit, se séparer est un si doux chagrin », dit-elle, citant Juliette.

— « Que je vais dire bonne nuit, jusqu'à ce qu'il soit demain », compléta Harry.

\*
\* \*

— Où allez-vous tous les deux ? s'enquit Élisabeth Barrington en sortant de la salle du petit déjeuner.

— Nous allons grimper sur Crag Cowen, répondit Emma. Ne nous attendez pas, il se peut que vous ne nous revoyiez jamais.

— Alors assurez-vous de vous vêtir chaudement, gloussa sa mère, parce que même les moutons s'enrhument dans les Highlands. (Elle attendit que Harry ait refermé la porte derrière eux avant d'ajouter :) Giles, ton grand-père souhaiterait nous voir dans son cabinet de travail à 10 heures.

Giles eut l'impression que c'était plus un ordre qu'un souhait.

— Très bien, mère, répondit-il, avant de regarder par la fenêtre Harry et Emma s'éloigner sur l'allée, en direction de Crag Cowen.

Ils n'avaient fait que quelques mètres lorsque Emma saisit la main de Harry. Giles sourit au moment où ils disparaissaient derrière une rangée de pins.

Quand l'horloge du vestibule commença à sonner, Giles dut parcourir le couloir à grandes enjambées pour être certain d'arriver au cabinet de travail de son grand-père avant le dixième coup. Ses grands-parents et sa mère s'arrêtèrent de parler dès qu'il entra dans la pièce. À l'évidence, il les avait fait attendre.

— Assieds-toi, mon cher garçon, dit son grand-père.

— Merci, grand-père.

Il s'assit entre sa mère et sa grand-mère.

— Je suppose qu'on pourrait parfaitement qualifier notre réunion de conseil de guerre, commença lord Harvey, trônant dans son fauteuil en cuir à haut dossier, comme s'il s'adressait à son conseil d'administration. Je vais essayer de vous mettre tous au courant avant que nous décidions de la meilleure stratégie à adopter.

Giles fut flatté d'être considéré par son grand-père comme un membre à part entière du conseil de famille.

— J'ai téléphoné à Walter hier soir. Il a été aussi choqué par le comportement d'Hugo pendant la pièce que moi lorsque Élisabeth m'a relaté la scène, bien que j'aie dû lui raconter ce qui s'est passé quand elle est rentrée au manoir. (La mère de Giles baissa la tête mais n'interrompit pas son père.) J'ai ajouté que j'avais eu une longue conversation avec ma fille et que nous pensions qu'il n'y avait que deux solutions.

Giles s'appuya sur le dossier de sa chaise, mais sans se détendre.

— J'ai fait clairement comprendre à Walter qu'avant qu'Élisabeth ne songe à retourner au manoir, Hugo devrait faire plusieurs concessions. En premier lieu, il doit sincèrement s'excuser à propos de son inqualifiable conduite. (La grand-mère de Giles opina du chef.)

» Deuxièmement, il ne doit jamais, au grand jamais, suggérer qu'Emma quitte son école et, en outre, il lui faudra à l'avenir sérieusement soutenir ses efforts pour être admise à Oxford. Dieu seul sait que c'est difficile pour un homme, mais pour une femme, c'est quasiment impossible.

» Ma troisième et plus importante exigence – j'ai été très ferme à ce sujet –, c'est qu'il nous explique pourquoi il continue à traiter Harry Clifton de façon aussi atroce. Je suppose que c'est peut-être lié au fait que l'oncle de Harry l'ait volé. Les péchés du père, c'est une chose, mais ceux d'un oncle… Je refuse d'accepter, comme il l'a maintes fois affirmé à Élisabeth, qu'il considère Clifton indigne de fréquenter ses enfants pour la simple raison que son père était débardeur et que sa mère est serveuse. Peut-être Hugo a-t-il oublié que mon grand-père était grattepapier chez des négociants en vins, tandis que son propre grand-père a quitté l'école à l'âge de 12 ans et a commencé à travailler comme docker, à l'instar du père du jeune Clifton. Enfin, au cas où quelqu'un l'aurait oublié, je suis le premier lord Harvey de la famille, et on ne peut pas être beaucoup plus « nouveau noble » que ça.

Giles avait envie d'applaudir.

— Or, aucun d'entre nous n'a pu éviter de voir, poursuivit lord Harvey, ce qu'Emma et Harry ressentent l'un pour l'autre. Rien de surprenant à cela puisqu'ils sont tous les deux des jeunes gens exceptionnels. Si leur amour fleurit avec le temps, personne ne sera plus ravi que Victoria et moi. Sur ce sujet, Walter est tout à fait d'accord avec moi.

Giles sourit. Il aimait l'idée que Harry devienne un membre de la famille, même s'il se doutait que son père n'accepterait jamais une telle union.

— J'ai dit à Walter, continua son grand-père, que si Hugo se sentait incapable d'accepter ces conditions, il ne resterait à Élisabeth qu'un seul choix : entamer sur-le-champ une procédure de divorce. Je devrais également démissionner du conseil d'administration de l'entreprise Barrington et rendre publiques les raisons de ma démission.

Ces propos attristèrent Giles, car il savait qu'il n'y avait jamais eu de divorce dans aucune des deux familles.

— Walter m'a gentiment promis de me rappeler dans quelques jours, dès qu'il aura pu discuter avec son fils, mais il a précisé qu'Hugo s'était engagé à cesser de boire et qu'il semblait sincèrement contrit. Pour conclure, permettez-moi de vous rappeler qu'il s'agit là d'une affaire de famille qui ne doit, en aucun cas, être discutée avec des tiers. Nous devons espérer qu'il ne s'agit que d'un malheureux incident qui sera vite oublié.

*
* *

Le lendemain matin, le père de Giles téléphona et demanda à lui parler. Il s'excusa platement, regrettant amèrement de l'avoir accusé alors que c'est lui qui avait entièrement tort. Il supplia Giles de faire tout ce qui était en son pouvoir pour convaincre sa mère et Emma de rentrer dans le Gloucestershire afin qu'ils puissent passer Noël tous ensemble au manoir. Il espérait également, comme l'avait suggéré son beau-père, que l'incident serait vite oublié. Il ne fit aucune allusion à Harry Clifton.

## 41

Une fois qu'ils furent sortis de la gare de Temple Meads, Giles et sa mère attendirent dans la voiture pendant qu'Emma disait au revoir à Harry.

— Ils viennent de passer neuf jours ensemble, dit Giles. Ont-ils oublié qu'ils vont se revoir demain ?

— Et après-demain sans doute, renchérit la mère de Giles. Mais n'oublie pas que même à toi cela risque d'arriver un jour, aussi improbable que cela puisse paraître.

Emma finit par les rejoindre. Comme la voiture s'éloignait, elle continua à regarder par la lunette arrière et n'arrêta pas d'agiter la main jusqu'à ce qu'elle ne puisse plus voir Harry.

Il tardait à Giles d'arriver au manoir et de découvrir enfin ce que Harry pouvait bien avoir fait pour que son père le traite si cruellement depuis tout ce temps. Ce n'était sûrement pas pire que de voler dans la boutique de l'école et d'échouer volontairement à un examen. Il avait envisagé une dizaine de possibilités, mais aucune n'avait de sens. À présent il espérait apprendre la vérité. Il jeta un coup d'œil à sa mère. En général peu démonstrative, plus ils approchaient de Chew Valley, plus elle devenait agitée.

Lorsque la voiture s'arrêta devant le perron, le père de Giles se tenait en haut des marches pour les accueillir. (Jenkins n'était pas dans les parages.) Il s'excusa immédiatement auprès d'Élisabeth, puis des enfants, ajoutant qu'ils lui avaient beaucoup manqué.

— Le thé est servi dans la salle à manger, dit-il. Rejoignez-moi dès que vous serez prêts.

Giles fut le premier à redescendre et, très mal à l'aise, il s'assit sur une chaise en face de son père. Pendant qu'ils attendaient sa mère et Emma, son père se contenta de lui demander si l'Écosse lui avait plu et de lui expliquer que la gouvernante avait emmené Grace à Bristol pour lui acheter son uniforme scolaire. Il ne fit aucune allusion à Harry. Quand sa mère et sa sœur entrèrent dans la pièce, quelques minutes plus tard, son père se leva aussitôt. Une fois qu'elles furent assises, il servit à tous une tasse de thé. À l'évidence, il ne voulait pas que les serviteurs entendent ce qu'il allait dire.

Dès qu'ils furent tous installés, il resta sur le bord de sa chaise et commença à parler à mi-voix.

— Permettez-moi de commencer par vous dire à tous les trois que ma conduite a été absolument inacceptable le soir de ce que tout le monde a appelé le « grand triomphe d'Emma ». Le fait que ton père n'ait pas été présent pour le salut final est déjà assez déplorable, Emma, déclara-t-il en regardant sa fille droit dans les yeux, mais la façon dont j'ai traité ta mère quand vous êtes rentrés est tout à fait impardonnable, et je suis conscient qu'un certain temps risque de s'écouler avant qu'une aussi profonde blessure ne cicatrise.

Il plaça sa tête entre ses mains, et Giles remarqua qu'il tremblait. Il finit par se rasséréner.

— Vous avez tous, pour différents motifs, cherché à savoir pourquoi je traitais si mal Harry Clifton au cours des années. Il est vrai que je ne supporte pas d'être en sa présence, mais c'est entièrement ma faute. Quand vous connaîtrez la raison, peut-être allez-vous commencer à me comprendre et peut-être même à me plaindre.

Giles jeta un coup d'œil à sa mère qui se tenait droite comme un i sur sa chaise. Il était impossible de deviner quels étaient ses sentiments.

— Il y a de nombreuses années, poursuivit Barrington, quand je suis devenu directeur général de la compagnie, j'ai persuadé le conseil d'administration de se lancer dans la construction de bateaux, malgré les réserves de mon père. J'ai signé un contrat avec une compagnie canadienne pour construire un navire appelé le *Maple Leaf*. Cela s'est non seulement soldé par une catastrophe financière pour notre entreprise, mais une tragédie personnelle pour moi, dont je ne me suis jamais complètement remis et que je risque de ne jamais surmonter. Laissez-moi vous expliquer.

» Un après-midi, un docker a fait irruption dans mon bureau en déclarant que son collègue était enfermé dans la coque du *Maple Leaf* et que si je ne donnais pas l'ordre de la défoncer, il risquait de perdre la vie. Naturellement, je me suis rendu immédiatement aux docks, où le contremaître m'a assuré que l'histoire était totalement fausse. J'ai cependant exigé que les ouvriers posent leurs outils afin qu'on puisse entendre tout son émanant de la coque. J'ai attendu un bon bout de temps, et comme on n'entendait rien, je leur ai ordonné de reprendre le travail, car on accusait déjà un retard de plusieurs semaines.

» J'ai supposé que l'ouvrier en question pointerait le lendemain à son heure habituelle. Or, non seulement n'est-il pas revenu au travail, mais il n'a plus jamais été revu. Depuis, l'éventualité de sa mort pèse sur ma conscience. (Il se tut, releva la tête, puis ajouta :) L'homme s'appelait Arthur Clifton, et Harry est son fils unique.

Emma se mit à pleurer.

— Je vous laisse imaginer, si vous le pouvez, les pensées qui me traversent l'esprit quand je vois ce jeune homme et ce qu'il ressentirait s'il découvrait que je suis peut-être responsable de la mort de son père. Que Harry Clifton soit devenu le meilleur ami de Giles et qu'il soit tombé amoureux de ma fille, n'est-ce pas digne d'une tragédie grecque ?

Il plaça de nouveau sa tête entre ses mains et resta un bon moment silencieux. Levant enfin les yeux, il déclara :

— Si vous voulez me poser des questions, je ferai de mon mieux pour y répondre.

Giles attendit que sa mère parle la première.

— Avez-vous envoyé en prison un innocent pour un délit qu'il n'a pas commis ? demanda Élisabeth d'un ton calme.

— Non, ma chère. J'espère que vous me connaissez assez bien pour vous rendre compte que j'en serais incapable. Stan Tancock était un simple voleur qui est entré dans mon bureau pour me cambrioler. Si je l'ai repris dans l'entreprise dès qu'il a été libéré, c'est uniquement parce qu'il était le beau-frère d'Arthur Clifton.

Élisabeth sourit pour la première fois.

— Puis-je poser une question, père ? fit Giles.

— Oui. Bien sûr.

— Est-ce que vous nous avez fait suivre, Harry et moi, lorsque nous sommes allés en Écosse ?

— Oui, Giles. Je voulais à tout prix découvrir où se trouvaient ta mère et Emma afin de pouvoir m'excuser auprès d'elles de mon honteux comportement. Je t'en prie, essaye de me pardonner.

Ils se tournèrent tous vers Emma, qui n'avait encore rien dit. Quand elle ouvrit la bouche, ils furent tous les trois surpris par ses propos.

— Il faudra, déclara-t-elle, que vous répétiez à Harry tout ce que vous nous avez expliqué, chuchota-t-elle. Et s'il accepte de vous pardonner, alors vous devrez l'accueillir dans la famille.

— Je serais enchanté de l'accueillir dans notre famille, ma chérie. Je comprendrais, cependant, qu'il ne veuille plus jamais me parler. Mais je ne peux pas lui dire la vérité sur ce qui est arrivé à son père.

— Pourquoi pas ?

— Parce que sa mère a expressément indiqué qu'elle refusait qu'il sache comment son père est mort. Il a été élevé dans l'idée que c'était un homme courageux qui a été tué à la guerre. Jusqu'à aujourd'hui j'ai tenu ma promesse de ne jamais révéler à quiconque ce qui s'est réellement passé ce jour fatidique.

Élisabeth Barrington se leva, se dirigea vers son mari et l'embrassa tendrement. Barrington éclata en sanglots. Quelques instants plus tard Giles rejoignit ses parents et plaça un bras autour des épaules de son père.

Emma ne bougea pas.

## 42

— Ta mère a-t-elle toujours été aussi belle ? demanda Giles. Ou ai-je seulement grandi ?

— Aucune idée, répondit Harry. Tout ce que je peux dire, c'est que ta mère à toi est toujours extrêmement élégante.

— Malgré tout mon amour pour la chère créature, comparée à la tienne, ma mère a l'air préhistorique, dit Giles, tandis qu'Élisabeth Barrington, le parasol dans une main et le sac dans l'autre, approchait à grands pas.

Comme tous les autres élèves, Giles s'était anxieusement demandé quels vêtements sa mère allait porter pour l'occasion. Quant au choix du chapeau, c'était pire qu'Ascot, les mères et leurs filles se disputant la palme.

Harry regarda plus attentivement sa mère qui bavardait avec M. Paget. Force lui fut de reconnaître qu'elle attirait plus l'attention que les autres mères, ce qu'il trouvait un rien gênant. Il fut heureux de constater, malgré tout, qu'elle ne paraissait plus accablée de problèmes financiers, et il supposa que l'homme qui se tenait à son côté devait y être pour quelque chose.

Il avait beau lui en être très reconnaissant, il n'avait guère envie que M. Atkins devienne son beau-père. Si M. Barrington avait peut-être par le passé surveillé de trop près sa fille, Harry ne pouvait nier qu'il se sentait tout aussi protecteur vis-à-vis de sa mère.

Elle lui avait récemment expliqué que M. Frampton était si content de son travail à l'hôtel qu'il lui avait accordé une promotion et une nouvelle augmentation, la nommant surveillante de nuit. S'il était vrai que Harry n'avait plus à attendre que ses pantalons soient trop courts pour être remplacés, il avait cependant été surpris qu'elle ne se plaigne pas du prix du voyage à Rome avec la société d'étude des beaux-arts.

— Comme c'est agréable de vous voir, Harry, en votre jour de gloire ! s'écria Mme Barrington. Vous avez obtenu deux prix, si j'ai bonne mémoire. Je suis désolée qu'Emma ne puisse être parmi nous pour assister à votre triomphe mais, comme l'a indiqué Mlle Webb, on ne peut s'attendre à ce que ses fifilles prennent leur matinée pour assister à la distribution des prix de quelqu'un d'autre, même si le frère de cette personne est élève major.

M. Barrington vint les rejoindre. Giles regarda attentivement son père serrer la main de Harry. Il montrait toujours une certaine froideur à son ami, bien qu'on ne puisse nier qu'il déploie de grands efforts pour donner le change.

— Alors, Harry, quand pensez-vous recevoir des nouvelles d'Oxford ? demanda Barrington.

— La semaine prochaine, monsieur.

— Je suis persuadé que vous serez admis, quoique je devine que ça ne sera pas aussi simple pour Giles.

— N'oubliez pas qu'il a également eu son moment de gloire.

— Je ne m'en souviens pas, dit Mme Barrington.

— Je crois, mère, que Harry fait allusion à la centaine que j'ai marquée au Lord's.

— Bien que ce soit admirable, je ne vois absolument pas comment cela t'aidera à entrer à Oxford, dit son père.

— J'aurais été d'accord avec vous, père, dit Giles, si pendant le match le professeur d'histoire n'avait pas été assis à côté du président du Marylebone Cricket Club, le plus prestigieux club de cricket de Londres.

L'éclat de rire qui salua ces propos fut étouffé par un son de cloche. Les élèves se dirigèrent sans tarder vers la grande salle, tandis que leurs parents suivaient docilement quelques pas derrière.

Giles et Harry prirent place parmi les préfets et les lauréats, assis aux trois premiers rangs.

— Tu te rappelles notre premier jour à Saint-Bède ? demanda Harry. Lorsque nous étions tous assis au premier rang, absolument terrifiés par le révérend Oakshott ?

— Je n'ai jamais été terrifié par le Shot.

— Non. Bien sûr que non, s'esclaffa Harry.

— En revanche, je me rappelle qu'au petit déjeuner, le lendemain matin, tu as léché ton bol de porridge.

— Et je me rappelle que tu as juré de ne plus jamais en reparler, chuchota Harry.

— Et je te promets de ne plus jamais en reparler, affirma Giles, sans chuchoter. Comment s'appelait donc cette atroce brute qui t'a flanqué des coups de savate, le premier soir ?

— Fisher, dit Harry. Et c'était le deuxième soir.

— Je me demande ce qu'il peut bien faire à présent.

— Il dirige probablement un camp de jeunesse nazie.

— Alors c'est une bonne raison pour faire la guerre, déclara Giles, au moment où tout le monde se levait pour accueillir le président du conseil d'administration de l'école et ses collègues.

En rang deux par deux, un cortège d'hommes élégants avança le long de l'allée centrale puis monta sur l'estrade. La dernière personne à s'asseoir fut M. Barton, le proviseur, mais seulement après avoir conduit l'invité d'honneur au fauteuil placé au centre du premier rang.

Lorsque tout le monde fut installé, le proviseur se leva pour accueillir les parents et les invités, avant d'entamer la lecture du rapport annuel du lycée. Il commença par qualifier 1938 d'excellente année et durant les vingt minutes suivantes il justifia cette affirmation, énumérant tous les succès scolaires et sportifs de l'établissement. Il termina son exposé en invitant Son Excellence M. Winston Churchill, chancelier de l'université de Bristol, député d'Epping, à s'adresser à l'auditoire et à remettre les prix.

M. Churchill se leva lentement et du haut de l'estrade fixa l'assemblée durant un bon moment.

— Certains invités d'honneur, déclara-t-il, commencent leur discours en révélant qu'ils n'ont jamais reçu le moindre prix quand ils étaient lycéens, qu'en fait ils ont toujours été les derniers de la classe. Je ne peux, hélas, revendiquer une telle distinction. Si je n'ai, à coup sûr, jamais reçu de prix, en tout cas, je n'ai jamais été dernier, seulement avant-dernier.

Les élèvent éclatèrent de rire et acclamèrent l'orateur, tandis que les professeurs souriaient. Seul Deakins resta impassible.

Dès que les rires se calmèrent, Churchill fronça les sourcils.

— Notre nation, reprit-il, fait à nouveau face à l'un de ses grands moments historiques où le peuple britannique risque d'être appelé, une fois de plus, à décider du sort du monde libre. Un grand nombre d'entre vous, présents dans cette grande salle…

Il baissa la voix et, sans regarder une seule fois vers leurs parents, fixa son attention sur la rangée d'élèves assis à ses pieds.

— Ceux d'entre nous, continua-t-il, qui ont vécu la Grande Guerre n'oublieront jamais les tragiques pertes humaines subies par la nation et les effets produits sur toute une génération. Sur les vingt garçons de ma classe à Harrow qui ont par la suite servi en première ligne, seuls trois d'entre eux ont vécu assez longtemps pour pouvoir voter. J'espère seulement que la personne qui parlera à ma place dans vingt ans n'aura pas à faire allusion à de barbares et inutiles pertes humaines comme lors de la Première Guerre mondiale. C'est mon seul et unique espoir. Sur ce, je vous souhaite à tous une vie heureuse et réussie.

Giles fut le premier à se lever et à applaudir chaleureusement l'invité d'honneur tandis que celui-ci regagnait sa place. Il se dit que si la Grande-Bretagne était contrainte de déclarer la guerre, voilà l'homme qui devait succéder à Neville Chamberlain et devenir Premier Ministre. Quand tout le monde se fut rassis, quelques instants plus tard, le proviseur invita M. Churchill à remettre les prix.

Giles et Harry poussèrent des vivats lorsque, après avoir annoncé que Deakins avait été désigné comme meilleur élève de l'année, M. Barton ajouta :

— J'ai reçu ce matin un télégramme du directeur de Balliol College, à Oxford, m'indiquant que M. Deakins avait obtenu la prestigieuse bourse de lettres classiques. Je dois préciser, poursuivit-il, qu'il est le premier élève à recevoir cette distinction depuis la fondation du lycée, il y a quatre cents ans.

Giles et Harry se mirent immédiatement sur pied, au moment où un garçon dégingandé d'un mètre quatre-vingt-cinq, portant des lunettes à verres très épais et vêtu d'un costume accroché à son corps comme à un cintre, s'avança et monta sur l'estrade. M. Deakins eut envie de bondir pour prendre une photo de son fils pendant que M. Churchill lui remettait son prix, mais il s'abstint de peur que ce ne soit mal vu.

Harry reçut de chaleureux applaudissements quand on lui décerna le premier prix d'anglais, ainsi que le prix d'interprétation d'un texte littéraire.

— Aucun d'entre nous, déclara le proviseur, n'oubliera jamais la prestation de Harry dans le rôle de Roméo. Espérons qu'il sera parmi ceux qui recevront la semaine prochaine un télégramme les informant de leur admission à Oxford.

En lui remettant ses prix M. Churchill lui chuchota :

— Je ne suis jamais allé à l'université, et je le regrette. Espérons que vous recevrez ce télégramme, Clifton. Bonne chance.

— Merci, monsieur.

Toutefois les plus sonores vivats furent réservés à Giles Barrington quand il alla chercher le prix du proviseur, en tant qu'élève major et capitaine de l'équipe de cricket. Au grand étonnement de l'invité d'honneur, le président du conseil d'administration bondit hors de son siège et serra la main de Giles, avant même que celui-ci n'ait le temps d'arriver devant M. Churchill.

— C'est mon petit-fils, monsieur, expliqua sir Walter en se rengorgeant.

Churchill sourit, saisit la main de Giles et, levant les yeux vers lui, déclara :

— Attachez-vous à servir votre pays aussi brillamment que vous avez, à l'évidence, servi votre lycée.

Ce fut à ce moment que Harry sut exactement ce qu'il ferait si l'Angleterre entrait en guerre.

À la fin de la cérémonie, élèves, parents et professeurs se levèrent en même temps pour entonner *Carmen Bristoliense*.

« *Sit clarior, sit dignior, quotquot labuntur menses :
Sit primus nobis hic decor, Sumus Bristolienses.* »

Après la dernière strophe, l'invité d'honneur et le proviseur, suivis du personnel, descendirent de l'estrade, traversèrent la grande salle et sortirent dans le radieux soleil de l'après-midi. Quelques instants plus tard, tout l'auditoire s'égailla sur la pelouse pour prendre le thé avec eux. Trois élèves en particulier furent entourés par des invités venus les féliciter, ainsi que par un essaim de sœurs qui trouvaient Giles « très mignon ».

— C'est le plus beau jour de ma vie, dit la mère de Harry en étreignant son fils.

— Je sais ce que vous ressentez en ce moment, madame Clifton, dit le vieux Jack en serrant la main de Harry. Mon seul regret, Harry, c'est que Mlle Monday n'ait pas vécu assez longtemps pour te voir aujourd'hui, parce que je suis persuadé que ç'aurait également été le plus beau jour de sa vie.

M. Holcombe se tenait à l'écart, attendant patiemment de le féliciter lui aussi. Harry le présenta au capitaine Tarrant, ignorant qu'ils étaient de vieux amis.

Quand l'orchestre eut cessé de jouer, que « les capitaines et les rois furent partis » – pour citer Kipling –, Giles, Harry et Deakins restèrent tous les trois assis sur l'herbe pour se remémorer leur passé révolu d'écoliers.

## 43

L'après-midi du jeudi un jeune élève apporta un télégramme au bureau de Harry. Giles et Deakins attendirent patiemment qu'il l'ouvre, mais il préféra tendre le petit pli marron à Giles.

— Tu me refiles le bébé une fois de plus, dit Giles, en déchirant l'enveloppe. (Il ne put cacher sa surprise en lisant le contenu.) Tu n'as pas réussi, déclara-t-il d'un ton scandalisé (Harry s'affala sur son siège), à obtenir une bourse prestigieuse. Cependant, ajouta Giles en lisant le télégramme à haute voix : « Nous sommes enchantés de vous offrir une allocation d'études pour Brasenose College, université d'Oxford. Chaleureuses félicitations. Précisions suivront dans quelques jours. W. T. S. Stallybrass, principal. » Pas mal, mais tu ne cours pas dans la même catégorie que Deakins.

— Et toi, dans quelle catégorie cours-tu ? fit Harry, qui regretta immédiatement ses paroles.

— Un boursier de première catégorie, un allocutaire…

— « Allocataire », corrigea Deakins.

— Et un étudiant payant, continua Giles, sans prêter attention à son ami. Ça sonne plutôt bien.

Ce jour-là, onze autres télégrammes furent apportés à des élèves du lycée de Bristol admis à l'université, mais aucun n'était destiné à Giles Barrington.

— Tu devrais aller annoncer la nouvelle à ta mère, dit Giles tandis qu'ils entraient dans la salle à manger pour dîner. Ça fait sans doute une semaine qu'elle passe des nuits blanches.

Harry jeta un coup d'œil à sa montre.

— C'est trop tard, dit-il, elle a déjà dû partir travailler. Je ne pourrai pas lui annoncer avant demain matin.

— Et si on allait lui faire la surprise à l'hôtel ?

— C'est impossible. Elle trouverait que ce n'est pas professionnel d'être dérangée pendant le travail. Je ne crois pas que je puisse faire une exception, même pour ça, répondit-il en agitant triomphalement le télégramme.

— Mais tu ne penses pas qu'elle a le droit de savoir ? Après tout, elle a tout sacrifié pour ça. Franchement, si on m'offrait une place à Oxford, je dérangerais la mienne, même si elle était en train de s'adresser à l'Union des mères. Tu n'es pas d'accord, Deakins ?

Deakins enleva ses lunettes et commença à les nettoyer avec un mouchoir, signe qu'il était plongé dans ses réflexions.

— À sa place, je consulterais Paget et s'il n'oppose aucune objection…

— Excellente idée ! s'écria Giles. Allons voir le Page.

— Tu nous accompagnes, Deakins ? demanda Harry, avant de remarquer que, les lunettes ayant été replacées sur le bout de son nez, leur propriétaire avait déjà été transporté dans un autre monde.

— Mes sincères félicitations, dit M. Paget lorsqu'il eut lu le télégramme. Et vous les avez bien méritées, ajouterai-je.

— Merci, monsieur. Pourrais-je me rendre au Royal Hotel pour annoncer la nouvelle à ma mère ?

— Je ne vois pas ce qui vous en empêcherait, Clifton.

— Puis-je l'accompagner ? demanda Giles innocemment.

— D'accord, Barrington, répondit M. Paget, après une brève hésitation. Mais pas question d'y boire un verre ni de fumer.

— Même pas un verre de champagne, monsieur ?

— Non, Barrington. Pas même un verre de cidre, répliqua Paget d'un ton ferme.

Après avoir franchi le portail du lycée les deux jeunes hommes passèrent devant un homme qui, dressé sur sa bicyclette, tendait le bras pour allumer un réverbère. Ils parlèrent des grandes vacances, Harry pouvant, pour la première fois, aller en Toscane avec la famille de Giles. Ils décidèrent de revenir à Bristol pour assister au match opposant l'équipe australienne à celle du Gloucestershire au stade du comté. Ils discutèrent de la possibilité, ou, selon Harry, de la probabilité, que la guerre soit déclarée maintenant que tout le monde avait touché un masque à gaz. Aucun des deux n'aborda l'autre sujet qui les préoccupait : Giles allait-il étudier à Oxford en septembre avec Harry et Deakins ?

Comme ils approchaient de l'hôtel, Harry n'était plus aussi sûr que ce soit une bonne idée d'importuner sa mère en plein travail. Mais Giles avait déjà poussé le tambour de toutes ses forces et l'attendait dans le vestibule.

— Ça ne prendra que deux minutes, dit Giles lorsque Harry le rejoignit. Annonce-lui simplement la bonne nouvelle, et on pourra ensuite rentrer directement au lycée.

Harry opina du chef.

Giles demanda au portier où se trouvait le Palm Court. L'homme leur indiqua une salle, en haut de marches, à l'autre bout du foyer. Après avoir gravi les six marches, il se dirigea vers l'hôtesse.

— Pourrions-nous dire deux mots à Mme Clifton ? s'enquit-il à voix basse.

— Mme Clifton ? A-t-elle fait une réservation ? (Elle fit courir son doigt le long de la liste des réservations.)

— Non. Elle travaille ici.

— Ah bon ! Je suis nouvelle, mais je vais interroger l'une des serveuses. Elles sont sans doute au courant.

— Merci.

Harry resta sur la première marche, parcourant la salle du regard, à la recherche de sa mère.

— Hattie, demanda l'hôtesse à une collègue qui passait à ce moment-là, est-ce qu'une Mme Clifton travaille ici ?

— Plus maintenant, répondit la serveuse sans hésiter. L'est partie y a deux ans. N'a pas donné signe de vie depuis.

— Il doit y avoir un malentendu, intervint Harry en grimpant les marches deux à deux pour rejoindre son ami.

— Sauriez-vous où on peut la trouver ? fit Giles à voix basse.

— Non. Mais interrogez Doug, le concierge de nuit. L'est ici depuis des lustres.

— Merci, dit Giles. (Se tournant vers Harry, il ajouta :) Il y a sûrement une explication toute simple, mais si tu préfères laisser tomber…

— Non. Allons voir si Doug sait où elle se trouve.

Giles se dirigea vers le comptoir du concierge, d'un pas lent pour permettre à son ami de changer d'avis. Harry resta coi.

— Êtes-vous Doug ? demanda Giles à un homme portant une redingote d'un bleu passé, ornée de boutons ternis.

— En effet, monsieur. Que puis-je faire pour vous ?

— Nous cherchons Mme Clifton.

— Maisie ne travaille plus ici, monsieur. Ça doit bien faire deux ans qu'elle est partie.

— Savez-vous où elle travaille maintenant ?

— Je n'en ai aucune idée, monsieur.

Giles sortit son porte-monnaie, en tira une demi-couronne qu'il plaça sur le comptoir. Le concierge fixa la pièce quelque temps, avant de reprendre :

— Peut-être la trouverez-vous au Night-Club d'Eddie.

— Eddie Atkins ? fit Harry.

— Je pense que c'est ça, monsieur.

— Eh bien, tout s'explique !… Et où se trouve le Night-Club d'Eddie ?

418

— Welsh Back, monsieur, répondit le portier en empochant la pièce.

Harry quitta l'hôtel sans dire un mot et sauta à l'arrière d'un taxi qui attendait dehors. Giles s'installa à côté de lui.

— Tu ne penses pas qu'on devrait rentrer au lycée ? dit Giles en jetant un coup d'œil à sa montre. Tu pourras toujours annoncer la nouvelle à ta mère demain matin.

Harry secoua la tête.

— C'est toi qui as prétendu que tu interromprais ta mère même si elle était en train de s'adresser à l'Union des mères, lui rappela Harry. Chauffeur, s'il vous plaît, au Night-Club d'Eddie, Welsh Back, lança-t-il d'une voix ferme.

Il resta silencieux durant le court trajet. Le taxi s'engagea dans une ruelle sombre puis s'arrêta devant le cabaret. Harry en descendit, se dirigea vers l'entrée et cogna contre la porte.

Un petit panneau coulissa, et deux yeux dévisagèrent les deux jeunes gens.

— C'est cinq shillings par personne, déclara la voix derrière les yeux.

Giles passa un billet de dix shillings par l'ouverture, et la porte s'ouvrit sur-le-champ.

Ils descendirent un escalier mal éclairé qui menait au sous-sol. Giles fut le premier à l'apercevoir et s'empressa de faire demi-tour, mais c'était trop tard. Médusé, Harry contemplait une rangée de filles juchées sur des tabourets devant le bar. Certaines parlaient à des hommes, tandis que d'autres étaient seules. L'une d'entre elles, vêtue d'un chemisier blanc transparent, d'une jupe courte en cuir noir et de bas noirs, s'avança vers eux.

— Que puis-je faire pour vous, messieurs ?

Harry ne lui prêta aucune attention. Ses yeux fixaient une femme, à l'autre bout du comptoir, qui écoutait attentivement un homme âgé dont la main était posée sur sa cuisse. La fille suivit le regard de Harry.

— J'avoue que vous savez reconnaître une personne qui a de la classe. Mais, attention, tout le monde ne plaît pas à Maisie. Et je dois vous prévenir : c'est pas donné.

Harry pivota sur ses talons, regrimpa les marches quatre à quatre et ouvrit la porte à la volée, Giles dans son sillage. Une fois sur le trottoir, il tomba à genoux et vomit ses tripes. Giles s'agenouilla à côté de son ami et passa un bras autour de ses épaules pour tenter de le réconforter.

Un homme, resté dans l'ombre sur le trottoir d'en face, s'éloigna en claudiquant.

Emma Barrington

1932-1939

## 44

Je n'oublierai jamais la première fois où je l'ai vu.

Il était venu goûter au manoir pour fêter les 12 ans de mon frère. Il était si réservé, si timide que je me suis demandé comment il pouvait être son meilleur ami. L'autre, Deakins, était vraiment bizarre. Il n'a pas arrêté de manger et n'a pratiquement pas desserré les lèvres de tout l'après-midi.

Puis Harry a parlé. Il avait une voix calme, douce, qui donnait envie de l'écouter. Le goûter d'anniversaire se déroulait apparemment à la perfection lorsque mon père est entré en trombe dans la pièce et n'a pratiquement pas dit un mot. Je n'avais jamais vu mon père aussi cavalier avec quelqu'un et je n'arrivais pas à comprendre pourquoi il se conduisait de la sorte avec un inconnu. Mais sa réaction quand il a demandé à Harry la date de son anniversaire a été encore plus inexplicable. Comment la réponse à une question aussi banale pouvait-elle entraîner une réaction aussi extrême ? Quelques instants plus tard, mon père s'est levé et a quitté la pièce, sans même dire au revoir à Giles ni à ses invités. J'ai bien vu que mère était gênée par son comportement, même si elle a servi une autre tasse de thé et a fait semblant de n'avoir rien remarqué.

Un peu plus tard, mon frère et ses deux amis sont rentrés à l'école. Avant de s'en aller Harry s'est tourné vers moi et m'a souri. Comme ma mère, j'ai fait semblant de n'avoir rien remarqué. Quand la porte d'entrée s'est refermée, je me suis postée à la fenêtre du salon pour voir la voiture rouler dans l'allée avant de disparaître. Il m'a semblé qu'il regardait par la lunette arrière, mais je n'en étais pas sûre.

Après leur départ, mère s'est rendue immédiatement dans le cabinet de travail de mon père, et je les ai entendus se disputer, ce qui, depuis peu, leur arrivait souvent. Lorsqu'elle est revenue, elle m'a souri, comme si de rien n'était.

— Comment s'appelle le meilleur ami de Giles ? ai-je demandé.

— Harry Clifton, a-t-elle répondu.

\*

\*   \*

La deuxième fois où j'ai vu Harry Clifton, c'était à un office de l'avent à Sainte-Marie-Redcliffe. Il a interprété le chant de Noël *Ô petite ville de Bethléem*, et Jessica Braithwaite, ma meilleure amie, m'a accusée d'avoir manqué de m'évanouir comme s'il était le nouveau Bing Crosby. Je n'ai pas cherché à nier. Je l'ai vu bavarder avec Giles après l'office et j'aurais aimé aller le féliciter, mais père paraissait pressé de rentrer à la maison. Comme nous partions, j'ai aperçu sa grand-mère le serrer très fort dans ses bras.

J'étais également présente à Sainte-Marie-Redcliffe le soir où sa voix a mué. À l'époque je n'ai pas compris pourquoi tant de gens tournaient la tête et chuchotaient entre eux. Tout ce que je sais, c'est que je ne l'ai plus jamais entendu chanter.

Quand on a conduit Giles au lycée en auto, le jour de la rentrée, j'ai supplié ma mère de me laisser les accompagner parce qu'en fait j'avais envie de revoir Harry. Mais mon père a refusé tout net et, bien que j'aie délibérément fondu en larmes, on m'a laissée sur le perron avec Grace, ma petite sœur. Je savais que papa était furieux que Giles n'ait pas été admis à Eton, ce que je ne comprends toujours pas, d'ailleurs, parce qu'un grand nombre de garçons plus bêtes que lui ont été reçus au concours d'entrée. Apparemment, peu importait à mère l'école où Giles irait, alors que moi j'étais ravie qu'il aille au lycée de Bristol, car ainsi j'aurais davantage de chances de revoir Harry.

En fait, j'ai dû le voir une dizaine de fois durant les trois années suivantes, mais lui ne s'en souvenait jamais, jusqu'à ce qu'on se rencontre à Rome.

Cet été-là, toute la famille séjournait dans notre villa toscane quand Giles m'a prise à part pour m'annoncer qu'il avait besoin de mes conseils, ce qu'il ne faisait que lorsqu'il voulait quelque chose. Or, cette fois-là nous voulions la même chose.

— Alors, qu'est-ce que tu attends de moi, cette fois-ci ?

— Il me faut un prétexte pour aller à Rome demain, parce que j'ai rendez-vous avec Harry.

— Quel Harry ? ai-je demandé, feignant l'indifférence.

— Harry Clifton, petite idiote. Il est en voyage scolaire et je lui ai promis de m'échapper et de passer la journée avec lui. (Il n'avait pas besoin de préciser que père n'aurait pas été d'accord.) Il te suffit, a-t-il continué, de prier mère de t'emmener passer la journée à Rome.

— Mais elle va vouloir savoir pourquoi je veux aller à Rome.

— Dis-lui que tu as toujours souhaité visiter la Villa Borghèse.

— Pourquoi la Villa Borghèse ?

— Parce que Harry va s'y trouver demain matin, à 10 heures.

— Et si mère accepte de m'y emmener ?

— C'est impossible. Demain, ils déjeunent avec les Henderson à Arezzo. Je vais alors me porter volontaire pour être ton chaperon.

— Et qu'est-ce que tu me donnes en échange ? ai-je demandé, pour qu'il ne devine pas que j'avais très envie de voir Harry.

— Mon gramophone.

— Tu me le donnes pour de bon ou tu me le prêtes seulement ?

— Pour de bon, a-t-il répondu à contrecœur.

— Donne-le-moi tout de suite. De peur que tu n'oublies.

Et il me l'a donné, à ma grande surprise.

J'ai été encore plus étonnée que ma mère tombe dans le panneau. Il n'a même pas eu à se proposer comme chaperon, car père a insisté pour qu'il m'accompagne. Mon fourbe de frère a fait semblant de protester avant de finir par céder.

Le lendemain matin, j'ai passé pas mal de temps à choisir ma toilette. S'il fallait qu'elle soit assez discrète pour ne pas éveiller les soupçons de ma mère, je voulais malgré tout que Harry me remarque.

Dans le train j'ai disparu dans les toilettes pour enfiler une paire de bas de soie de mère et mettre un peu de rouge à lèvres, mais juste une touche afin d'éviter que Giles ne s'en aperçoive.

Il a voulu partir pour la Villa Borghèse immédiatement après avoir pris les chambres à l'hôtel. Moi aussi.

Tandis que nous traversions les jardins et montions vers le musée, un soldat s'est retourné pour me regarder. C'était la première fois que ça m'arrivait, et je me suis sentie rougir.

Nous étions à peine entrés dans le musée que Giles est parti à la recherche de Harry. Je suis restée en arrière, faisant semblant d'être très intéressée par les peintures et les statues. Il fallait que je fasse une entrée remarquée.

Lorsque je les ai finalement rejoints, Harry était en train de parler à mon frère, mais Giles ne faisait même pas semblant de l'écouter car il était, à l'évidence, toqué de la guide. J'aurais pu lui dire qu'il n'avait pas la moindre chance, mais, en matière de femmes, les frères écoutent rarement leur petite sœur. J'aurais pu lui conseiller de la complimenter sur ses chaussures que je lui enviais énormément. Les hommes pensent que les Italiens n'excellent que dans le dessin de la carrosserie des voitures. Le capitaine Tarrant est l'exception qui confirme la règle : il sait parfaitement comment se comporter avec les femmes. Mon frère pourrait beaucoup apprendre de lui. Giles me considérait seulement comme sa godiche de petite sœur, même s'il ne connaît sûrement pas le mot.

J'ai soigneusement choisi le moment pour m'avancer vers eux et j'ai attendu que Giles nous présente. Imaginez ma surprise lorsque Harry m'a invitée à dîner. Ma première pensée a été que je n'avais pas pris une robe de soirée adéquate. Durant le dîner, j'ai découvert que mon frère lui avait donné mille lires pour qu'il le débarrasse de moi et que Harry avait refusé jusqu'à ce que Giles accepte de lui offrir en plus son disque de Caruso.

J'ai dit à Harry que, si lui avait les disques, moi, j'avais le gramophone. Il n'a pas réagi.

Pendant que nous traversions la rue pour regagner l'hôtel, il m'a pris la main et quand nous sommes parvenus sur l'autre trottoir je n'ai pas lâché la sienne. J'ai deviné que c'était la première fois qu'il tenait la main d'une fille, parce qu'il était si nerveux qu'il transpirait.

En arrivant à l'hôtel je me suis efforcée de lui faciliter la tâche pour qu'il m'embrasse, mais il s'est contenté de me serrer la main et de me souhaiter une bonne nuit comme si nous étions de bons copains. J'ai suggéré qu'il était possible qu'on se rencontre par hasard lorsque nous serions de retour à Bristol, et cette fois il a répondu plus positivement, allant jusqu'à proposer pour notre prochain rendez-vous l'endroit le plus romantique de la ville. Autrement dit, la bibliothèque centrale. Il a expliqué que c'était un lieu où Giles ne tomberait jamais sur nous. J'ai accepté avec joie.

Il m'a quittée un peu après 22 heures, et je suis montée dans ma chambre. Quelques minutes plus tard, j'ai entendu Giles ouvrir sa porte. Je n'ai pu m'empêcher de sourire. Sa soirée avec Caterina n'avait pas dû valoir un disque de Caruso et un gramophone.

Quand la famille est rentrée à Chew Valley, deux semaines plus tard, trois lettres m'attendaient sur la table du vestibule, l'adresse rédigée de la même main. Si mon père l'avait remarqué, il n'a fait aucun commentaire.

Pendant tout le mois suivant Harry et moi avons passé de nombreuses heures de bonheur ensemble à la bibliothèque municipale, sans que cela n'éveille les soupçons de personne, parce qu'il avait trouvé une salle où même Deakins ne risquait pas de nous découvrir.

Après la rentrée des classes on n'a pas pu se rencontrer aussi souvent, et j'ai vite compris à quel point il me manquait. On s'écrivait tous les deux jours et on essayait de se voir quelques heures chaque week-end. Et cela aurait pu continuer de la sorte sans l'intervention inconsciente de M. Paget.

Un samedi matin, alors qu'on prenait le café chez Carwardine, Harry qui était devenu très intrépide m'a dit que son professeur d'anglais avait persuadé Mlle Webb de laisser ses filles participer à la pièce de fin d'année du lycée. Lorsque les auditions eurent lieu trois semaines plus tard, je connaissais par cœur le rôle de Juliette. Ce pauvre innocent de M. Paget n'en revenait pas d'avoir autant de chance.

Les répétitions nous permettaient non seulement de passer ensemble trois après-midi par semaine mais aussi de jouer le rôle de jeunes amoureux. Lorsque le rideau s'est levé le soir de la première, nous ne jouions plus la comédie.

Les deux premières représentations se sont si bien déroulées qu'il me tardait que mes parents assistent à la dernière, même si, voulant lui faire la surprise, je n'avais pas annoncé à mon père que je jouais le rôle de Juliette. Peu après mon entrée en scène j'ai été troublée par le bruyant départ d'un spectateur. M. Paget nous ayant maintes fois recommandé de ne jamais regarder la salle, car cela rompait le charme, je n'avais aucune idée de l'identité de la personne qui était partie aussi ostensiblement. J'ai prié le ciel que ce ne soit pas mon père, mais quand il n'est pas venu en coulisses après la représentation, j'ai compris que ma prière n'avait pas été exaucée. Le pire était que je devinais que Harry était visé par cet éclat, même si je ne savais pas encore pourquoi.

Quand nous sommes rentrés à la maison ce soir-là, assis dans l'escalier, Giles et moi avons entendu nos parents se disputer une fois de plus. Et c'était plus grave cette fois-là, car je n'avais jamais entendu mon père être aussi méchant avec ma mère. Quand tout ça m'est devenu insupportable je me suis enfermée à clé dans ma chambre.

Allongée sur mon lit, je songeais à Harry lorsqu'on a frappé à la porte. J'ai ouvert, et ma mère n'a pas cherché à cacher qu'elle avait pleuré. Elle m'a dit de faire une petite valise car on allait partir sous peu. Un taxi nous a conduites à la gare, et nous sommes arrivées assez tôt pour attraper le tout premier train pour Londres. Pendant le voyage j'ai écrit un mot à Harry pour lui raconter ce qui s'était passé et lui indiquer où il pourrait me joindre. J'ai posté la lettre dans une boîte à la gare de King's Cross avant de prendre un autre train pour Édimbourg.

Imaginez mon étonnement lorsque le lendemain soir Harry et mon frère ont débarqué au château de Mulgelrie, juste à temps pour le dîner. Nous avons passé ensemble un magnifique séjour écossais imprévu de neuf jours. Je n'avais aucune envie de retourner à Chew Valley, bien que mon père ait téléphoné pour s'excuser humblement de s'être mal conduit le soir de la représentation théâtrale.

Je savais, hélas !, qu'on devrait, tôt ou tard, rentrer à la maison. Au cours de l'une de nos longues promenades matinales, j'ai promis à Harry de chercher à découvrir la raison de la constante hostilité de mon père à son égard.

Quand nous sommes arrivés au manoir, père n'aurait pu être plus accommodant. Il a essayé d'expliquer pourquoi il avait toujours traité Harry aussi mal et ma mère et

Giles ont paru accepter ses explications. Personnellement, je n'étais pas convaincue qu'il nous ait raconté
toute l'histoire.

Ce qui m'a rendu la tâche encore plus difficile, c'est
qu'il m'ait interdit de dire la vérité à Harry sur les circonstances de la mort de son père, sa mère ayant insisté
pour que cela reste un secret de famille. J'avais le sentiment que Mme Clifton connaissait la vraie raison pour
laquelle mon père n'acceptait pas que je fréquente Harry,
même si j'aurais aimé leur dire à tous les deux que rien
ni personne ne pourrait nous séparer. Cependant tout
s'est terminé d'une façon que je n'aurais jamais pu prévoir.

J'étais aussi impatiente que Harry de savoir s'il avait
été accepté à Oxford. On s'était donné rendez-vous
devant la bibliothèque, le lendemain du jour où il devait
recevoir le télégramme lui annonçant le résultat.

J'étais en retard de quelques minutes le vendredi
matin et quand je l'ai vu assis en haut des marches, la
tête entre les mains, j'étais sûre qu'il avait échoué.

## 45

Dès qu'il vit Emma, Harry se mit sur pied d'un bond et la serra dans ses bras. Elle fut d'autant plus persuadée qu'il s'agissait de mauvaises nouvelles qu'il continuait à s'accrocher à elle, ce qu'il n'avait jamais fait en public auparavant.

Sans qu'ils n'échangent la moindre parole, il la prit par la main et la conduisit à l'intérieur du bâtiment, lui fit descendre un escalier de bois en spirale, longer un étroit couloir de brique, avant d'arriver devant une porte sur laquelle était inscrit le mot « *Antiquité* ». Il jeta un coup d'œil à l'intérieur pour s'assurer que personne n'avait découvert leur cachette.

Ils s'assirent l'un en face de l'autre à une petite table où ils avaient passé tant d'heures à étudier durant l'année scolaire. Si Harry tremblait, ce n'était pas à cause du froid qui régnait dans cette pièce aveugle dont tous les murs étaient tapissés de livres reliés en cuir, rangés sur des étagères et couverts de poussière, certains ne semblant pas avoir été ouverts depuis des lustres. Avec le temps ils deviendraient eux-mêmes des antiquités.

Harry ne parla qu'au bout d'un long moment.

— Penses-tu que je pourrais dire ou faire quelque chose qui te ferait cesser de m'aimer ?

— Non, mon chéri, dit Emma. Absolument rien.

— J'ai découvert pourquoi ton père a tout fait pour qu'on ne se fréquente pas.

— Je suis déjà au courant, répondit Emma en baissant un peu la tête. Et je t'assure que ça ne change rien.

— Comment peux-tu être au courant ?

— Mon père nous l'a appris le jour de notre retour d'Écosse, mais il nous a fait jurer de garder le secret.

— Il vous a dit que ma mère était prostituée ?

Stupéfaite, Emma mit un certain temps à reprendre suffisamment ses esprits pour parler.

— Non, il ne nous a pas dit ça ! s'écria-t-elle avec force. Comment peux-tu dire quelque chose d'aussi cruel ?

— Parce que c'est la vérité. Contrairement à ce que je pensais, depuis deux ans ma mère ne travaille plus au Royal Hotel, mais dans une boîte de nuit appelée « Le Night-Club d'Eddie ».

— Ça ne suffit pas à faire d'elle une prostituée.

— L'homme assis au comptoir, un verre de whisky dans une main et l'autre sur la cuisse de ma mère, n'espérait pas avoir une conversation stimulante avec elle.

Emma se pencha par-dessus la table et toucha délicatement la joue de Harry.

— Je suis vraiment désolée, mon chéri, mais ça ne changera jamais rien à mes sentiments pour toi.

Harry esquissa un maigre sourire. Emma resta silencieuse, sachant très bien qu'il ne tarderait pas à lui poser l'inévitable question.

— Si ce n'est pas là le secret que votre père vous a demandé de garder, demanda-t-il en se rembrunissant soudain, alors qu'est-ce que c'est ?

Ce fut le tour d'Emma de placer sa tête entre ses mains, consciente qu'il l'avait contrainte à lui révéler la vérité. Comme sa mère, elle ne savait pas dissimuler.

— Qu'est-ce qu'il vous a dit ? insista-t-il en haussant le ton.

Elle s'agrippa au bord de la table pour se rasséréner et, s'enhardissant, se força à regarder Harry. Bien qu'il soit à moins de un mètre d'elle il n'aurait pu être plus éloigné.

— Je dois te poser la même question que toi tout à l'heure. Est-ce que je pourrais faire ou dire quelque chose qui mettrait fin à ton amour pour moi ?

Harry se pencha vers elle et lui prit la main.

— Bien sûr que non, répondit-il.

— Ton père n'a pas été tué à la guerre, se lança-t-elle d'une voix douce. Et mon père est sans doute responsable de sa mort.

Elle lui serra fortement la main avant de lui raconter tout ce que son père leur avait révélé à leur retour d'Écosse.

Quand elle eut terminé son récit, Harry garda le silence, l'air abasourdi. Il essaya de se lever, mais ses jambes flageolèrent, tel un boxeur qui a reçu un coup de poing de trop, et il retomba sur sa chaise.

— Il y a quelque temps que j'ai deviné que mon père n'avait pas pu mourir à la guerre, murmura

Harry, mais ce que je ne comprends pas, c'est pourquoi ma mère ne m'a pas dit la vérité.

— Et maintenant que tu connais la vérité, dit Emma en s'efforçant de retenir ses larmes, je comprendrais très bien que tu souhaites mettre un terme à notre relation, après ce que mon père a fait subir à ta famille.

— Ce n'est pas ta faute, mais je ne lui pardonnerai jamais, à lui… Et je serai incapable de le regarder en face lorsqu'il découvrira la vérité à propos de ma mère, ajouta-t-il après un instant de silence.

— Pourquoi veux-tu qu'il l'apprenne ? fit Emma en lui reprenant la main. Ça restera un secret entre nous.

— Ce n'est plus possible.

— Pourquoi donc ?

— Parce que Giles a vu l'homme qui nous a suivis à Édimbourg sous un porche devant le Night-Club d'Eddie.

— Alors c'est mon père qui s'est prostitué, dit Emma. Parce qu'il nous a non seulement menti à nouveau mais il a manqué à sa parole…

— Dans quel sens ?

— Il a promis à Giles que cet homme ne le suivrait plus.

— Ce n'est pas à Giles que cet homme s'intéressait. Je pense que c'est ma mère qu'il suivait.

— Mais pourquoi ça ?

— Parce qu'il doit espérer que, en prouvant la façon dont ma mère gagne sa vie, ça te convaincrait de me laisser tomber.

— Comme il connaît mal sa fille ! Je suis encore plus décidée à ne rien laisser nous séparer. Et il ne

435

peut pas m'empêcher d'admirer ta mère encore plus qu'avant.

— Comment peux-tu dire ça ?

— Elle travaille comme serveuse pour subvenir aux besoins de sa famille, finit par être la propriétaire de Chez Tilly, et, quand le salon de thé brûle entièrement, on l'accuse d'incendie volontaire, mais se sachant innocente, elle garde la tête haute. Elle trouve un autre travail au Royal Hotel et lorsqu'elle est mise à la porte elle refuse quand même d'abandonner la partie. Elle reçoit un chèque de six cents livres et, après avoir cru un instant que tous ses problèmes étaient résolus, elle découvre qu'elle est sans le sou. Juste au moment où elle a besoin d'argent pour que tu puisses poursuivre tes études. De désespoir, elle se tourne vers...

— Mais j'aurais refusé qu'elle...

— Elle le savait, bien sûr. Elle a pensé malgré tout que ça valait la peine de faire ce sacrifice.

Suivit un autre long silence.

— Oh, mon Dieu ! s'écria Harry. Comment ai-je jamais pu mal la juger... Je voudrais que tu fasses quelque chose pour moi, ajouta-t-il en levant les yeux vers Emma.

— Tout ce que tu veux.

— Peux-tu aller voir ma mère ? Utilise n'importe quel prétexte pour tenter de savoir si elle m'a vu hier soir dans cet horrible endroit.

— Comment le savoir si elle refuse de l'admettre ?

— Tu le sauras, répondit Harry d'une voix calme.

— Si ta mère t'a vu elle va obligatoirement me demander ce que tu faisais là.

— Je la cherchais.

— Mais pourquoi ?

— Pour lui dire que je suis admis à Oxford.

*
* *

Elle s'assit discrètement sur un banc au fond de la Sainte-Nativité et attendit la fin de l'office. Elle regardait Mme Clifton, au troisième rang, à côté d'une vieille dame. Harry avait semblé un peu moins tendu quand ils s'étaient retrouvés un peu plus tôt ce matin-là. Il lui avait précisé clairement ce qu'il voulait savoir, et elle avait promis de ne pas faire de zèle. Ils avaient plusieurs fois passé en revue tous les scénarios possibles, jusqu'à ce qu'elle connaisse son rôle par cœur.

Lorsque le vieux prêtre eut donné sa dernière bénédiction, Emma se leva et se posta au milieu de la nef centrale afin que Mme Clifton soit obligée de la voir. Quand Maisie aperçut Emma, elle ne put cacher son étonnement, mais l'expression de surprise céda vite la place à un sourire engageant. Elle se dirigea d'un pas alerte vers Emma et lui présenta la vieille dame qui se trouvait à ses côtés.

— Maman, je te présente Emma Barrington. C'est une amie de Harry.

La vieille dame lui fit un large sourire.

— Il existe une grande différence entre être une amie et être la petite amie. Qu'êtes-vous au juste ?

Mme Clifton s'esclaffa, mais Emma se rendit bien compte que sa réponse l'intéressait beaucoup également.

— Je suis sa petite amie, répondit-elle avec fierté.

À nouveau la vieille dame lui fit un large sourire, tandis que Maisie se rembrunit.

— Eh bien, tout est donc pour le mieux, pas vrai ? dit la grand-mère de Harry avant d'ajouter : Je ne peux pas rester là à bavarder. J'ai le repas à préparer. (Elle commença à s'éloigner, puis, se retournant, reprit :) Accepteriez-vous de déjeuner avec nous, jeune demoiselle ?

Harry avait prévu la question et rédigé la réponse.

— C'est très aimable à vous. Mais mes parents m'attendent.

— C'est tout à fait normal. Il faut toujours respecter les désirs de ses parents. À tout à l'heure, Maisie.

— Puis-je faire quelques pas avec vous, madame Clifton ? fit Emma comme elles sortaient de l'église.

— Oui, bien sûr, ma petite.

— Harry m'a prié de venir vous voir, car il savait que vous seriez contente d'apprendre qu'il a été admis à Oxford.

— Oh, quelle merveilleuse nouvelle ! s'exclama Maisie en étreignant Emma. (La relâchant soudain, elle demanda :) Mais pourquoi n'est-il pas venu me l'annoncer lui-même ?

Autre réponse préparée à l'avance :

— Il est collé, répliqua Emma en espérant que sa réponse n'avait pas l'air d'avoir été trop bien répétée. Il copie des vers de Shelley. Je crains que ce ne soit la faute de mon frère. Vous voyez, quand il a appris la bonne nouvelle, il a fait entrer en catimini une bouteille de champagne au lycée, et on les a surpris hier soir en train de fêter l'événement dans son bureau.

— Est-ce si grave ? demanda Maisie en souriant.

— C'est ce que pense M. Paget. Harry est affreusement désolé.

Maisie rit si fort qu'Emma était absolument certaine qu'elle ne savait pas que son fils était venu au cabaret la veille. Elle aurait voulu l'interroger sur un sujet qui continuait à la mystifier, mais Harry avait été catégorique : « Si ma mère ne veut pas que je sache comment est mort mon père, eh bien, tant pis ! »

— Je regrette que vous ne puissiez pas déjeuner avec nous, reprit Maisie, parce que je souhaitais vous dire quelque chose. Ce sera peut-être pour une autre fois…

## 46

Harry passa la semaine suivante à attendre une autre nouvelle sensationnelle. Quand elle tomba, il poussa des vivats.

Le dernier jour du trimestre, Giles reçut un télégramme lui annonçant qu'il était admis à Oxford, à Brasenose College, pour faire une licence d'histoire.

— De justesse, dit M. Paget quand il en informa le proviseur.

Deux mois plus tard, un boursier, un allocataire et un étudiant payant arrivèrent par divers moyens de transport dans la vieille ville universitaire pour commencer leurs trois années d'études.

Harry s'inscrivit au club d'art dramatique et à la préparation militaire supérieure, Giles au cercle des débats et au club de cricket, tandis que Deakins se terrait dans les entrailles de la bibliothèque Bodléienne, et, telle une taupe, était rarement vu à l'air libre. Il est vrai qu'il avait déjà décidé qu'Oxford était l'endroit où il passerait sa vie entière.

Harry n'était pas aussi sûr que lui de l'endroit où il allait passer le restant de sa vie, alors que le Premier Ministre continuait à faire l'aller-retour entre la Grande-Bretagne et l'Allemagne, avant de revenir un beau jour à l'aéroport de Heston, le sourire aux lèvres, en agitant un morceau de papier, tout en disant aux gens ce qu'ils voulaient entendre. Harry était persuadé que l'Angleterre était au bord de la guerre. Lorsque Emma lui demanda pourquoi il en était aussi sûr, il répondit : « N'as-tu pas remarqué que Herr Hitler ne prend jamais la peine de nous rendre visite ? Nous le poursuivons de nos assiduités et nous serons, tôt ou tard, éconduits. » Emma ne faisait aucun cas de son avis. Comme M. Chamberlain, elle refusait de croire qu'il avait peut-être raison.

Elle lui écrivait deux fois par semaine, parfois trois, bien qu'elle ait préparé d'arrache-pied son concours d'entrée à Oxford.

*<br>* *

Lorsque Harry retourna à Bristol pour les vacances de Noël, ils passèrent le plus de temps possible ensemble, même s'il évita soigneusement de croiser le chemin de M. Barrington.

Emma refusa de partir en vacances en Toscane avec la famille, déclarant franchement à son père qu'elle préférait rester avec Harry.

Comme la date du concours approchait, le nombre d'heures qu'elle consacrait à l'étude dans la salle dédiée à l'Antiquité aurait impressionné même Deakins. Harry en déduisit qu'elle souhaitait autant éblouir les examinateurs que son ermite d'ami, l'année précédente. Chaque fois qu'il lui en faisait la remarque, elle lui rappelait qu'à Oxford il y avait vingt étudiants pour une étudiante.

— Tu pourras toujours aller à Cambridge, suggéra bêtement Giles.

— Qui est encore plus préhistorique. On n'y décerne toujours pas de diplômes aux femmes.

La plus grande crainte d'Emma n'était pas qu'elle ne soit pas admise à Oxford mais que, lorsqu'elle y commencerait ses études, la guerre ayant déjà éclaté, Harry se serait engagé et aurait quitté le pays pour quelque champ de bataille étranger qui ne serait pas « pour toujours l'Angleterre », pour parodier le poète Rupert Brooke. Toute sa vie la Grande Guerre lui avait été rappelée par la vue de nombreuses femmes portant toujours le deuil d'un mari, d'un amoureux, d'un frère ou d'un fils, qui n'était jamais revenu du front après une guerre que plus personne ne qualifiait de der des ders.

Elle avait supplié Harry de ne pas se porter volontaire si la guerre était déclarée mais d'attendre au moins d'être mobilisé. L'entrée de Hitler en Tchécoslovaquie et son annexion des Sudètes renforcèrent la conviction de Harry que le conflit armé était inévitable et qu'il serait sous l'uniforme dès le lendemain de la déclaration de guerre.

Lorsqu'il invita Emma à être sa cavalière au Bal de mai, à la fin de sa première année, elle décida de ne pas évoquer l'éventualité de la guerre. Elle prit aussi une autre décision.

*
* *

Elle se rendit à Oxford le matin du bal et descendit au Randolph Hotel. Elle passa le reste de la journée à visiter, en compagnie de Harry, Somerville College, l'Ashmolean Museum et la bibliothèque Bodléienne. Harry était certain qu'elle le rejoindrait dans quelques mois comme étudiante.

Elle rentra à son hôtel assez tôt pour se préparer tranquillement pour le bal. Harry devait venir la chercher à 20 heures.

Il franchit le seuil de l'hôtel quelques minutes avant l'heure du rendez-vous, portant l'élégant blazer bleu nuit que sa mère lui avait offert pour ses 19 ans. Il appela Emma de la réception pour lui annoncer qu'il l'attendait dans le hall.

— Je descends tout de suite, promit-elle.

Comme l'heure tournait, il commença à faire les cent pas. Que voulait-elle dire par « tout de suite » ? Giles lui avait souvent expliqué qu'en matière de ponctualité, Emma tenait de sa mère.

Soudain il la vit en haut de l'escalier. Il resta immobile comme elle descendait lentement les marches, sa robe de soie turquoise sans bretelles soulignant sa gracieuse silhouette. Les jeunes gens présents dans le hall semblaient tous prêts à échanger leur place avec Harry.

— Oh ! là, là ! fit-il au moment où elle atteignait la dernière marche. Vivien Leigh peut aller se rhabiller ! Au fait, j'adore tes souliers.

Emma se dit que la première partie de son plan se mettait en place.

Ils sortirent de l'hôtel et se promenèrent bras dessus, bras dessous, vers Radcliffe Square. Quand ils passèrent les grilles du collège de Harry, le soleil commençait à décliner derrière la Bodléienne. Personne alors n'aurait pu imaginer en entrant à Brasenose College que la Grande-Bretagne était seulement à quelques semaines d'une guerre qui empêcherait la moitié des jeunes gens qui dansèrent ce soir-là de terminer leurs études.

Rien n'aurait pu être plus loin des pensées des jeunes couples joyeux dansant au son de la musique de Cole Porter et de Jerome Kern. Tandis que plusieurs centaines d'étudiants et leurs invités consommaient des caisses de champagne et dévoraient une montagne de petits sandwichs au saumon, Harry quitta rarement Emma des yeux, de peur que quelque goujat ne tente de la lui ravir.

Giles but un peu trop, mangea beaucoup trop d'huîtres et ne dansa pas deux fois avec la même fille de toute la soirée.

À 2 heures du matin, le Billy Cotton Dance Band entama la dernière valse. Accrochés l'un à l'autre, Harry et Emma tourbillonnèrent au rythme de la musique.

Lorsque le chef d'orchestre leva finalement sa baguette pour jouer l'hymne national, Emma ne put s'empêcher de remarquer que, quel que soit leur état d'ivresse, tous les jeunes hommes présents se mirent au garde-à-vous pour chanter le *God Save the King*.

Harry et Emma repartirent d'un pas lent vers le Randolph, parlant de tout et de rien, voulant simplement retarder la fin de la soirée.

— En tout cas, tu vas revenir dans une quinzaine de jours pour ton concours, dit Harry en montant les marches du perron de l'hôtel. Je vais donc te revoir bientôt.

— C'est vrai, dit Emma. Mais je n'aurai pas le temps de me distraire jusqu'à la fin de la dernière épreuve. Une fois que tout sera terminé, on pourra passer ensemble le reste du week-end.

Il s'apprêtait à l'embrasser pour lui souhaiter une bonne nuit lorsqu'elle lui chuchota :

— Veux-tu monter dans ma chambre ? J'ai un cadeau pour toi. Je ne voudrais pas que tu croies que j'ai oublié ton anniversaire.

Harry eut l'air surpris, tout comme le réceptionniste quand il vit le jeune couple monter l'escalier main dans la main. Lorsqu'ils atteignirent la chambre d'Emma, elle agita nerveusement la clé dans la serrure avant de parvenir à ouvrir la porte.

— Je n'en ai que pour quelques instants, dit-elle avant de disparaître dans la salle de bains.

Harry s'assit dans le seul fauteuil de la pièce, se demandant quel cadeau il adorerait recevoir pour son anniversaire. Quand la porte de la salle de bains se rouvrit, Emma apparut dans l'encadrement, auréolée d'une lumière tamisée. L'élégante robe sans bretelles avait cédé la place à une serviette de bain de l'hôtel.

Le cœur de Harry battait la chamade tandis qu'Emma s'avançait lentement vers lui.

— Je te trouve un peu trop habillé, mon chéri, dit-elle en lui ôtant sa veste, qu'elle laissa tomber sur le sol.

Elle défit ensuite son nœud papillon et déboutonna sa chemise, tous deux allèrent rejoindre la veste. Deux chaussures et deux socquettes suivirent, puis elle tira doucement sur son pantalon. Elle était sur le point d'enlever le seul obstacle restant sur son chemin quand il la saisit dans ses bras et la porta à travers la chambre.

Lorsqu'il la lâcha sans cérémonie sur le lit, la serviette tomba par terre. Depuis leur retour de Rome, elle avait souvent imaginé ce moment et supposé que sa première expérience serait empreinte de gêne et de maladresse. Mais Harry fut doux et attentionné même s'il était, à l'évidence, aussi nerveux qu'elle. Une fois qu'ils eurent fait l'amour, elle resta dans ses bras, repoussant le moment de dormir.

— Est-ce que tu as aimé ton cadeau d'anniversaire ?

— Oui. Mais j'espère ne pas avoir à attendre toute une année pour déballer le prochain. Au fait, moi aussi, j'ai un cadeau pour toi.

— Mais ce n'est pas mon anniversaire.

— Ce n'est pas un cadeau d'anniversaire.

Il bondit hors du lit, ramassa son pantalon sur le sol et fouilla dans ses poches jusqu'à ce qu'il trouve un petit étui en cuir. Il regagna le lit, s'agenouilla et demanda :

— Emma, ma chérie, veux-tu m'épouser ?

— Tu as l'air tout à fait ridicule par terre, répliqua Emma en fronçant les sourcils. Remonte dans le lit avant d'attraper froid.

— Pas avant que tu aies répondu à ma question.

— Ne dis pas de bêtises, Harry. J'ai décidé qu'on allait se marier le jour où tu es venu au manoir pour le douzième anniversaire de Giles.

Il éclata de rire et plaça la bague sur l'annulaire de la main gauche d'Emma.

— Je suis désolé que le diamant soit aussi petit, dit-il.

— Il est aussi gros que le Ritz, fit-elle, alors qu'il regrimpait dans le lit. Et, puisque tu sembles avoir si bien organisé les choses, quelle date as-tu choisie pour les noces ? demanda-t-elle d'un ton taquin.

— Samedi 29 juillet, à 15 heures.

— Pourquoi ce jour-là ?

— C'est le dernier jour de cours. Et, de toute façon, on ne peut pas réserver l'église de l'université après mon départ en vacances.

Emma se redressa, prit un crayon et un bloc-notes sur la table de nuit et se mit à écrire.

— Qu'est-ce que tu fais ?

— Je prépare la liste des invités. S'il ne nous reste que sept semaines…

— Ça peut attendre, répliqua Harry en la reprenant dans ses bras.

*<br>* *

— Elle est trop jeune pour songer au mariage, déclara le père d'Emma, comme si elle ne se trouvait pas dans la pièce.

— Elle a l'âge que j'avais quand vous avez demandé ma main, lui rappela Élisabeth.

— Mais vous n'alliez pas passer l'examen le plus important de votre vie quinze jours avant le mariage.

— Voilà pourquoi je me charge de toute l'organisation. De cette façon Emma pourra se consacrer entièrement à la préparation de son concours.

— Ce serait sans doute mieux de repousser les noces de plusieurs mois. Après tout, qu'est-ce qui presse ?

— Quelle bonne idée, père ! s'écria Emma, qui prenait pour la première fois la parole. On pourrait peut-être aussi prier Herr Hitler d'avoir la bonté de repousser la guerre de quelques mois, parce que votre fille souhaite se marier.

— Et Mme Clifton, que pense-t-elle de tout ça ? s'enquit son père, sans réagir à son intervention.

— La nouvelle ne peut que la ravir, non ? fit Élisabeth.

Il ne répondit pas.

\*

\* \*

L'annonce du mariage d'Emma Grace Barrington et de Harold Arthur Clifton fut publiée dans le *Times* dix jours plus tard. Le dimanche d'après, la première lecture des bans fut faite en chaire par le révérend Styler, à Sainte-Marie, et plus de trois cents invitations furent envoyées au cours de la semaine suivante. Personne ne fut surpris lorsque Harry demanda à Giles d'être son garçon d'honneur, et au capitaine Tarrant et à Deakins d'être ses témoins.

Il fut bouleversé de recevoir une lettre de Jack déclinant son aimable invitation parce qu'il ne pouvait pas quitter son poste dans les circonstances présentes. Harry lui répondit en le suppliant de revenir sur son refus et d'assister au moins au mariage, s'il se sentait incapable d'assumer la charge de témoin. La réponse déconcerta encore plus Harry : « *Je pense que ma présence pourrait être gênante.* »

— De quoi parle-t-il ? s'écria Harry. Il ne peut pas ignorer que sa présence nous honorerait tous.

— Il se comporte presque aussi mal que mon père, commenta Emma. Il refuse de me conduire à

448

l'autel et affirme qu'il n'est même pas sûr d'assister à la cérémonie.

— Tu m'avais pourtant dit qu'il avait promis d'être mieux disposé envers nous à l'avenir.

— Certes. Mais tout a changé dès qu'il a appris que nous étions fiancés.

— Je ne peux pas prétendre non plus que ma mère ait eu l'air particulièrement enthousiaste quand je lui ai annoncé la nouvelle, reconnut Harry.

\*
\* \*

Emma ne revit pas Harry avant son retour à Oxford pour passer son concours, et même alors elle attendit la fin de la dernière épreuve. Quand elle ressortit de la salle d'examen, son fiancé l'attendait devant le bâtiment, en haut des marches, une bouteille de champagne dans une main et deux coupes dans l'autre.

— Alors comment ça s'est passé, à ton avis ? lui demanda-t-il en remplissant sa coupe.

— Aucune idée, soupira-t-elle, tandis que des dizaines d'autres jeunes filles sortaient de la salle. Je n'ai compris ce que je devais affronter qu'en voyant ce flot de candidates.

— Eh bien, en tout cas, tu as de quoi te distraire en attendant les résultats !

— Il nous reste deux semaines à attendre, lui rappela Emma. Ça te donne pas mal de temps pour changer d'avis.

— Si tu n'obtiens pas une bourse prestigieuse, il se peut que je doive reconsidérer ma position. Après tout, je refuse qu'on me voie fréquenter une simple étudiante payante.

— Et si j'obtiens une bourse prestigieuse, il se peut que je change d'avis et que je me mette en quête d'un récipiendaire d'une bourse prestigieuse.

— Deakins est toujours disponible, l'informa Harry en emplissant la coupe d'Emma.

— Ce sera trop tard.

— Pourquoi donc ?

— Parce que les résultats doivent être annoncés le matin du mariage.

Ils restèrent enfermés dans la petite chambre d'hôtel d'Emma la majeure partie du week-end, passant et repassant en revue les détails du mariage, entre deux séances amoureuses. Le dimanche soir, Emma était parvenue à une seule conclusion.

— Maman a été merveilleuse, déclara-t-elle, ce qui est loin d'être le cas de mon père.

— Penses-tu qu'il va prendre la peine de venir ?

— Oh, oui. Mère l'a persuadé de venir, mais il refuse toujours de me conduire à l'autel. Quelles sont les dernières nouvelles de Jack ?

— Il n'a même pas répondu à ma dernière lettre.

## 47

— As-tu pris un peu de poids, ma chérie ? demanda la mère d'Emma, en s'efforçant d'attacher la dernière agrafe dans le dos de la robe de mariée de sa fille.

— Je ne crois pas, répondit Emma après s'être regardée d'un œil critique dans la psyché.

— Superbe ! s'écria Élisabeth en reculant d'un pas pour admirer la robe.

Elles s'étaient plusieurs fois rendues à Mayfair pour les essayages chez madame Renée, la propriétaire d'une petite boutique londonienne à la mode, qui était censée avoir pour clientes la reine Mary et la reine Élisabeth. Madame Renée avait personnellement dirigé chaque essayage, et la dentelle brodée victorienne – « quelque chose de vieux » – autour de l'encolure et du bas de la robe de style Empire s'harmonisait parfaitement avec le corsage de soie échancré et la jupe très évasée, à taille haute – « quelque chose de neuf » –, qui était très prisée cette année-là[1].

---

1. La mariée doit porter quelque chose de vieux, quelque chose de neuf, quelque chose d'emprunté, quelque chose de bleu

Dès l'année suivante, leur avait assuré Mme Renée, le petit bibi crème serait porté par toutes les élégantes. Seule la facture suscita un commentaire sur la toilette de la part du père d'Emma.

Élisabeth Barrington jeta un coup d'œil à sa montre. 14 h 41. « On a le temps », annonçait-elle à Emma quand un coup fut frappé à la porte. Elle était sûre d'avoir accroché à la poignée de la porte l'écriteau « *Prière de ne pas déranger* » et d'avoir dit au chauffeur de ne pas les attendre avant 15 heures. À la répétition de la veille, le trajet de l'hôtel à l'église n'avait pris que sept minutes. Élisabeth souhaitait qu'Emma arrive avec un élégant retard. « Il faut les faire attendre quelques minutes, lui avait-elle conseillé, mais sans les inquiéter. » Un second coup fut frappé à la porte.

— J'y vais, dit Élisabeth.

Un jeune chasseur portant un seyant uniforme rouge lui tendit un télégramme, le onzième ce jour-là. Elle allait refermer la porte quand il dit :

— On m'a recommandé de vous préciser, madame, que celui-ci était très important.

Qui avait bien pu se décommander au dernier moment ? Telle fut la première pensée d'Élisabeth. Elle espérait seulement ne pas avoir à réorganiser la table d'honneur à la réception. Elle déchira l'enveloppe et lut le contenu.

— De qui est-ce ? s'enquit Emma en modifiant un rien l'angle de son chapeau, peut-être un tantinet trop aguicheur.

---

(*Something old, something new, something borrowed, something blue*).

Élisabeth lui tendit le télégramme. Emma le lut et fondit en larmes.

— Toutes mes félicitations, ma chérie, lui dit sa mère en tirant un mouchoir de son sac à main pour essuyer les larmes de sa fille. J'aimerais te serrer dans mes bras, mais je ne veux pas froisser ta robe.

Une fois qu'Élisabeth eut décidé qu'Emma était fin prête, elle passa quelques instants à vérifier sa propre toilette dans la glace. Mme Renée avait déclaré : « Si vous ne devez pas voler la vedette à votre fille durant son grand jour, d'un autre côté, vous ne pouvez pas vous permettre de passer inaperçue. » Élisabeth aimait particulièrement le chapeau Norman Hartnell, même s'il n'était pas ce que les jeunes appelaient « chic ».

— Il est l'heure d'y aller, affirma-t-elle, après un dernier coup d'œil à sa montre.

Emma sourit en regardant la toilette de voyage qu'elle revêtirait après la réception quand elle et Harry partiraient pour l'Écosse en voyage de noces. Lord Harvey leur avait prêté le château de Mulgelrie pour deux semaines et promis qu'aucun autre membre de la famille n'aurait le droit de se trouver à moins de quinze kilomètres du domaine et, plus important, que Harry pourrait demander tous les soirs trois assiettes de soupe des Highlands, sans l'ombre d'une grouse en second plat.

Emma sortit de la suite derrière sa mère. Elles longèrent le couloir et, lorsqu'elles arrivèrent devant l'escalier, Emma était sûre que ses jambes allaient ployer sous elle. Les invités qu'elle croisait dans l'escalier s'écartaient afin de ne pas gêner sa descente.

Un portier lui tint la porte de l'hôtel tandis que le chauffeur de sir Walter attendait près de la portière arrière de la Rolls-Royce que la mariée s'asseye près de son grand-père. Au moment où elle s'installa à ses côtés et arrangea soigneusement sa robe, sir Walter plaça son monocle contre l'œil droit et déclara :

— Tu es splendide, ma petite. Harry a vraiment beaucoup de chance.

— Merci, grand-père, répondit-elle en déposant un baiser sur sa joue.

Jetant un coup d'œil par la lunette arrière, elle vit sa mère monter dans une seconde Rolls-Royce et, quelques instants plus tard, les deux automobiles quittèrent le trottoir et se mêlèrent à la circulation de l'après-midi pour commencer leur solennel trajet en direction de Sainte-Marie, l'église de l'université.

— Papa est-il déjà à l'église ? demanda Emma en essayant de ne pas avoir l'air trop inquiète.

— Il est arrivé parmi les premiers. Je suis certain qu'il regrette déjà de m'avoir laissé le privilège de te conduire à l'autel.

— Et Harry ?

— Je ne l'ai jamais vu aussi nerveux. Mais Giles semble parfaitement maîtriser la situation, ce qui doit être une première. Je sais qu'il a passé tout le mois à préparer son discours de garçon d'honneur.

— Nous avons de la chance d'avoir le même meilleur ami. Vous savez, grand-père, j'ai lu quelque part que, le matin de leur mariage, toutes les mariées se demandent si elles ont fait le bon choix.

— C'est tout à fait naturel, ma chérie.

— Mais moi, je n'ai jamais mis en doute ma décision d'épouser Harry, dit-elle comme ils s'arrêtaient devant l'église. Je sais que nous allons passer ensemble le restant de notre vie.

Elle attendit que son grand-père soit descendu de voiture, puis, ramassant les plis de sa robe, elle le rejoignit sur le trottoir.

Sa mère se précipita pour vérifier sa toilette avant de la laisser pénétrer dans l'église et elle lui tendit un petit bouquet de roses de couleur pâle. Les deux demoiselles d'honneur, Grace, la sœur cadette d'Emma, et Jessica, son amie d'école, relevèrent l'extrémité de la traîne.

— Tu seras la prochaine, Grace, lui dit sa mère en se penchant pour défroisser sa robe de demoiselle d'honneur.

— J'espère que non ! répliqua Grace, assez fort pour être entendue de sa mère.

Élisabeth recula d'un pas et fit un signe de tête. Deux marguilliers ouvrirent les battants du lourd portail, signal indiquant à l'organiste d'entamer la *Marche nuptiale*, de Wagner, et aux invités de se lever pour accueillir la mariée. Emma fut étonnée de voir le grand nombre de personnes venues jusqu'à Oxford pour partager son bonheur. Elle avança lentement dans la nef, au bras de son grand-père, les invités se tournant vers elle pour lui sourire tandis qu'elle se dirigeait vers l'autel.

Elle remarqua que M. Frobisher était à côté de M. Holcombe sur le bas-côté droit. Arborant un chapeau très audacieux, Mlle Tilly avait dû venir des Cornouailles. Si M. Paget décocha à Emma un sourire extrêmement chaleureux, rien ne pouvait rivaliser avec le sourire qui apparut sur son propre visage quand elle aperçut le capitaine Tarrant, la tête courbée et portant un costume de ville qui n'était pas tout à fait à sa taille. Harry serait si heureux qu'il ait finalement décidé de venir. Au premier rang se trouvait Mme Clifton qui, vu son élégance, avait dû passer un certain temps à choisir sa toilette. Emma sourit, mais fut surprise et déçue que sa future belle-mère ne se tourne pas pour la regarder.

Et puis elle vit Harry et son frère qui attendaient la mariée sur les marches de l'autel. Elle continua à avancer dans la nef, au bras d'un de ses grand-pères, tandis que l'autre se tenait droit comme un i au premier rang, à côté de son père, à qui elle trouva un air un peu mélancolique. Peut-être regrettait-il sa décision de ne pas l'avoir accompagnée à l'autel.

Sir Walter s'écarta, et Emma grimpa les quatre marches pour rejoindre son futur mari. Se penchant en avant, elle chuchota :

— J'ai failli changer d'avis... (Harry s'efforça de réprimer un sourire en attendant la chute.) Après tout, les récipiendaires d'une bourse prestigieuse de cette université ne peuvent publiquement se mésallier.

— Je suis si fier de toi, ma chérie. Toutes mes félicitations.

Giles lui fit un profond salut en signe de sincère respect, et des chuchotements parcoururent l'assistance, la nouvelle se déformant en passant d'un rang à l'autre.

La musique s'arrêta, et l'aumônier du collège leva les mains en déclarant : « Très chers amis, nous sommes réunis sous le regard de Dieu et devant l'assemblée des fidèles pour unir cet homme et cette femme par le sacrement du mariage... »

Emma se sentit soudain nerveuse. Elle avait appris toutes les répliques par cœur, mais elle ne parvenait pas à se souvenir d'une seule.

« Il a été institué en premier lieu pour procréer des enfants… »

Elle essaya de se concentrer sur les paroles de l'aumônier, mais il lui tardait de s'échapper et de se retrouver seule avec Harry. Peut-être auraient-ils dû s'enfuir la veille, gagner l'Écosse et se marier à Gretna Green. C'était tellement plus proche du château de Mulgelrie, comme elle l'avait fait remarquer à Harry.

« Et c'est dans ce lien sacré que ces deux êtres vont s'unir. Par conséquent, si quelqu'un s'oppose à cette union, qu'il parle, maintenant, ou se taise à jamais… »

L'aumônier se tut poliment quelques instants, avant de poursuivre : « Je vous demande et vous enjoins à tous les deux… » À ce moment, une voix fusa : « J'élève une objection ! »

Emma et Harry se retournèrent tous les deux brusquement pour voir qui avait bien pu prononcer ces atroces paroles.

L'air incrédule, l'aumônier leva les yeux, se demandant s'il avait mal entendu, tandis que dans toute l'église des têtes se tournaient pour essayer de repérer le trouble-fête. N'ayant jamais connu un tel incident de parcours, le pasteur s'efforça désespérément de se rappeler la procédure à adopter en pareil cas.

Emma enfouit sa tête dans l'épaule de Harry, lequel fouillait du regard l'assemblée, où les bavardages allaient bon train, pour tenter de découvrir l'auteur d'un tel scandale. Il supposa qu'il s'agissait du père d'Emma, mais quand il regarda le premier rang il vit que, blanc comme un linge, Hugo Barrington cherchait, lui aussi, à voir qui avait interrompu le déroulement de la cérémonie.

Le révérend Styler dut élever la voix pour se faire entendre par-dessus la clameur qui s'amplifiait.

— Que la personne qui a formulé une objection contre cette union veuille bien se faire connaître !

Un homme de haute taille se mit sur pied et se plaça au milieu de la nef. Tous regardèrent le capitaine Jack Tarrant s'approcher de l'autel et s'arrêter devant l'aumônier. Emma s'accrochait à Harry, de peur qu'on ne soit sur le point de lui arracher son fiancé.

— Dois-je comprendre, monsieur, demanda l'aumônier, que vous pensez qu'il faut interrompre cette cérémonie de mariage ?

— Tout à fait, mon révérend, répondit le vieux Jack d'un ton calme.

— Je dois donc vous demander, ainsi qu'à la mariée, au marié et aux proches des deux familles de m'accompagner à la sacristie… Que l'assemblée reste assise, ordonna-t-il, jusqu'à ce que j'aie examiné l'objection et fait connaître ma décision.

L'aumônier conduisit à la sacristie les personnes concernées, Harry et Emma marchant en queue. Personne ne parlait, mais les invités continuaient à chuchoter bruyamment entre eux.

Lorsque les deux familles se furent entassées dans la minuscule sacristie, le révérend Styler referma la porte.

— Capitaine Tarrant, dit-il, je dois vous rappeler que je suis la seule personne autorisée par la loi à décider si cette cérémonie de mariage peut ou non se poursuivre. Naturellement, je ne prendrai ma décision qu'une fois que j'aurai entendu vos objections.

Dans cette pièce bourrée à craquer, seul le vieux Jack paraissait calme.

— Merci, mon révérend, commença-t-il. Je veux d'abord vous prier tous, surtout Emma et Harry, d'excuser mon intervention. J'ai passé ces dernières semaines à tenter de résoudre ce cas de conscience, avant de parvenir à cette pénible décision. J'aurais pu m'en tirer à bon compte en trouvant un prétexte pour éviter d'assister à cette cérémonie. Si je suis resté silencieux jusqu'à présent c'est que j'espérais qu'avec le temps il n'y aurait plus matière à objection. Mais, hélas !, cela n'a pas été le cas, car, loin de diminuer, l'amour que se portent Harry et Emma a, en fait, crû avec le temps. Voilà pourquoi il m'est devenu impossible de garder plus longtemps le silence.

Ils étaient tous si absorbés par les propos de Jack que seule Élisabeth Barrington vit son mari s'esquiver par la porte de derrière.

— Merci, mon capitaine, dit le révérend Styler. Mais bien que je vous croie sur parole j'ai besoin de savoir quelles accusations précises vous portez contre ces deux jeunes gens.

— Je ne porte aucune accusation contre Harry et Emma, que j'aime et admire et qui, sans aucun doute, sont dans l'ignorance, autant que vous tous. Mais contre Hugo Barrington qui sait depuis de nombreuses années qu'il risque d'être le père de ces deux malheureux enfants.

Un mouvement de stupéfaction parcourut le groupe, chacun tentant de digérer cette incroyable révélation. Avant de reprendre la parole, l'aumônier attendit de pouvoir capter à nouveau l'attention de l'assemblée.

— Quelqu'un peut-il confirmer ou réfuter la déclaration du capitaine Tarrant ? demanda-t-il.

— Cela ne peut pas être vrai, fit Emma, toujours accrochée à Harry. Il doit y avoir une erreur. Il est impossible que mon père…

C'est alors que tout le monde s'aperçut que le père de la mariée avait disparu. L'aumônier se tourna vers Mme Clifton qui sanglotait en silence.

— Je ne peux pas apaiser les craintes du capitaine Tarrant, balbutia-t-elle. J'avoue, reprit-elle après un long silence, avoir eu une fois des rapports avec M. Barrington… Une fois seulement, poursuivit-elle, après un nouveau silence. Juste quelques semaines avant d'épouser mon mari… Voilà pourquoi, conclut-elle en levant lentement la tête, je suis incapable de dire lequel des deux est le père de Harry.

— Je dois vous faire remarquer à tous, dit Jack, qu'Hugo Barrington a plus d'une fois menacé Mme Clifton si elle s'avisait de révéler son affreux secret.

— Madame Clifton, me permettez-vous de vous poser une question ? intervint sir Walter d'une voix douce.

Elle opina du chef, sans le regarder.

— Feu votre mari était-il daltonien ?

— Pas que je sache, murmura-t-elle d'une voix à peine audible.

— Or, c'est votre cas, mon garçon, n'est-ce pas ? fit sir Walter en se tournant vers Harry.

— En effet, monsieur, répondit-il sans hésitation. Quelle importance cela a-t-il ?

— Je suis daltonien moi aussi. Tout comme mon fils et mon petit-fils. C'est un défaut héréditaire dont ma famille est affligée depuis des générations.

Harry prit Emma dans ses bras.

— Je te jure, ma chérie, lui dit-il, que je ne savais rien de tout ça.

— Évidemment que vous n'étiez pas au courant, intervint Élisabeth Barrington, prenant la parole pour la première fois. Mon mari était la seule personne à le savoir, et il n'a pas eu le courage de le reconnaître. S'il l'avait fait, rien de cela ne serait arrivé… Père, dit-elle en se tournant vers lord Harvey, puis-je vous demander d'aller expliquer à nos invités pourquoi la cérémonie ne peut pas se poursuivre ?

Lord Harvey opina de la tête.

— Laisse-moi m'en occuper, ma fille, répondit-il, en lui touchant délicatement le bras. Mais toi, que vas-tu faire ?

— Je vais emmener ma fille aussi loin d'ici que possible.

— Je ne veux pas aller aussi loin que possible, dit Emma. Sauf si Harry m'accompagne.

— Je crains que ton père ne nous ait pas laissé le choix, répliqua Élisabeth, en la tirant doucement par le bras.

Emma continua à s'accrocher à Harry jusqu'à ce qu'il lui chuchote :

— J'ai bien peur que ta mère ait raison, ma chérie. Mais il y a une chose que ton père ne pourra jamais faire, c'est m'empêcher de t'aimer. Et, même si cela doit m'occuper le restant de ma vie, je prouverai qu'il n'est pas mon père.

— Peut-être préférerez-vous sortir par la porte de derrière, madame Barrington, suggéra l'aumônier.

Emma lâcha Harry à contrecœur et se laissa emmener par sa mère. L'aumônier leur fit longer un étroit couloir jusqu'à une porte qu'il fut surpris de trouver déverrouillée.

— Que Dieu vous accompagne, mes enfants ! dit-il avant de leur ouvrir la porte.

Contournant l'église, Élisabeth conduisit sa fille jusqu'aux Rolls-Royce. Elle ne prêta aucune attention aux invités qui étaient sortis pour respirer un peu d'air frais ou pour fumer une cigarette et qui ne cherchèrent pas à cacher leur curiosité quand ils aperçurent les deux femmes s'engouffrer à l'arrière de la limousine.

Avant que le chauffeur n'ait eu le temps de les voir arriver, Élisabeth avait ouvert la portière de la première Rolls et poussé sa fille sur le siège arrière. Il s'était posté près du portail central, ne pensant pas voir reparaître le marié et la mariée avant au moins une demi-heure, au moment où un carillon de cloches annoncerait au monde entier le mariage de M. et Mme Harry Clifton. Dès qu'il entendit la porte claquer, il écrasa sa cigarette, se précipita vers la voiture et se mit au volant d'un bond.

— Ramenez-nous à l'hôtel, dit Mme Barrington.

Ni la mère ni la fille ne prononcèrent la moindre parole jusqu'à ce qu'elles retrouvent l'intimité de leur chambre. Allongée sur le lit, Emma sanglotait tandis qu'Élisabeth lui caressait les cheveux, comme lorsqu'elle était enfant.

— Qu'est-ce que je vais faire ? s'écria Emma. Je ne peux pas d'un seul coup cesser d'aimer Harry.

— Je suis sûre que tu l'aimeras toujours, mais le sort a décidé que vous ne pouviez pas vous unir jusqu'à ce qu'on puisse déterminer l'identité du père de Harry.

Elle continua à lui caresser les cheveux, pensant même qu'Emma s'était endormie lorsque celle-ci ajouta d'une voix calme :

— Et que vais-je dire à mon enfant quand il me demandera qui est son père ?

Harry Clifton

1939-1940

## 48

La chose dont je me souviens le plus distinctement après le départ de l'église d'Emma et de sa mère, c'est le calme apparent de tout le monde. Pas de crise d'hystérie, pas d'évanouissement, pas le moindre éclat de voix. On aurait pu pardonner à un visiteur de ne pas se rendre compte du nombre de vies qui venaient d'être irrémédiablement bouleversées, voire détruites. Attitude typiquement britannique : « rester de marbre », « ne pas sourciller », ce genre de chose. Personne ne voulait reconnaître qu'en moins d'une heure sa vie avait été brisée en mille morceaux. Eh bien, moi, je l'avoue, la mienne l'avait été !

Abasourdi, j'étais resté sans voix, tandis que les divers acteurs du drame jouaient chacun leur rôle. Le vieux Jack avait fait ni plus ni moins que ce qu'il considérait comme son devoir, même si son teint livide et les rides profondes qui marquaient son visage suggéraient que cela n'avait pas été facile. Il aurait pu s'en tirer à bon compte en déclinant notre invitation, mais les hommes décorés de la Victoria Cross ne se défilent pas.

Élisabeth Barrington avait été coulée dans un métal qui, à l'épreuve du feu, en fit l'égale du plus solide des hommes. Véritable Portia, telle que la représente Shake-speare dans *Jules César*, elle n'était pas, hélas, mariée à un Brutus.

Parcourant la sacristie du regard dans l'attente du retour de l'aumônier, j'étais surtout triste pour sir Walter qui avait conduit sa petite-fille à l'autel et qui non seulement n'avait pas acquis un petit-fils mais avait perdu un fils, lequel, comme le vieux Jack me l'avait affirmé il y avait si longtemps, n'était pas « taillé dans le même bois » que son père.

Ma chère mère n'a pas su comment réagir lorsque j'ai voulu la prendre dans mes bras pour l'assurer de mon amour. À l'évidence, elle se croyait seule responsable de tout ce qui était arrivé ce jour-là.

Quant à Giles, il est devenu un homme quand son père a quitté la sacristie en catimini pour aller se cacher sous quelque pierre gluante, laissant d'autres assumer la responsabilité de ses actes. Plus tard, un grand nombre des personnes présentes ce jour-là se rendraient compte que ce qui s'était alors passé était tout aussi catastro-phique pour Giles que pour Emma.

Et, finalement, lord Harvey nous a appris comment réagir en temps de crise. Lorsque l'aumônier est revenu et nous a expliqué les conséquences juridiques d'un mariage consanguin, nous sommes tous tombés d'accord sur le fait que lord Harvey devait s'adresser à l'assem-blée au nom des deux familles.

— J'aimerais que Harry se tienne à ma droite, a-t-il dit, car je veux que tout le monde sache bien, ainsi que ma fille Élisabeth l'a très clairement précisé, qu'il n'est en rien coupable.

» Madame Clifton, a-t-il poursuivi en se tournant vers ma mère, j'espère que vous aurez la bonté de vous placer à ma gauche. Votre courage dans l'adversité est un exemple pour nous tous et pour l'un d'entre nous en particulier.

» J'espère que le capitaine Tarrant se tiendra au côté de Harry. Seul un imbécile en veut au messager de mauvaises nouvelles. Giles devrait se mettre près de lui. Sir Walter, peut-être pourriez-vous prendre place à côté de Mme Clifton, tandis que le reste de la famille se tiendra derrière nous. Qu'il soit bien clair que mon seul but est que toute l'assistance soit absolument convaincue de notre totale unité dans ces tragiques circonstances, afin que personne ne dise jamais que nous étions une maison divisée.

Sur ce, il est sorti de la sacristie à la tête de son petit troupeau.

Quand l'assemblée, qui bavardait à qui mieux mieux, nous a vus rentrer l'un derrière l'autre dans l'église, lord Harvey n'a pas eu à réclamer le silence. Nous nous sommes tous rangés sur les marches de l'autel, comme si nous allions poser pour une photographie de famille destinée à figurer dans un album de mariage.

— Mes amis, si vous me permettez de vous appeler ainsi, a commencé lord Harvey, les deux familles m'ont chargé de vous annoncer que, malheureusement, le mariage d'Emma Barrington, ma petite-fille, et de M. Harry Clifton n'aura pas lieu aujourd'hui, ni, d'ailleurs, aucun autre jour. (Ces trois derniers mots opposaient une glaciale fin de non-recevoir à la seule personne présente ayant encore un lambeau d'espoir que le problème pourrait un jour être résolu.) Je vous prie de nous excuser, a-t-il poursuivi, si ce contretemps vous a occasionné la moindre gêne, car il s'agit d'un cas de force majeure. Puis-je conclure en vous remerciant tous de votre présence et en vous souhaitant un bon voyage de retour.

Je n'avais aucune idée de ce qui allait se passer ensuite, mais deux ou trois membres de l'assemblée se sont levés de leur siège pour se diriger lentement vers la sortie. Le flot a vite grossi et s'est déversé dans la cour jusqu'à ce qu'il ne reste plus dans l'église que ceux d'entre nous qui se tenaient sur les marches de l'autel.

Après avoir remercié l'aumônier et m'avoir chaleureusement serré la main, lord Harvey a avancé dans la nef en compagnie de sa femme et a quitté l'église. Je ne l'ai plus jamais revu.

Ma mère s'est tournée vers moi et a essayé de parler, mais l'émotion a été plus forte. Le vieux Jack est venu à notre secours en lui saisissant doucement le bras et en s'éloignant avec elle, tandis que sir Walter prenait Grace et Jessica sous son aile. Voilà une journée dont les mères et les demoiselles d'honneur n'auraient pas envie de se souvenir toute leur vie.

Giles et moi avons été les derniers à partir. Il était entré dans l'église comme mon garçon d'honneur et en ressortait à présent en se demandant s'il était mon demi-frère. Certains vous soutiennent dans les heures les plus sombres, d'autres s'éloignent, et un tout petit nombre s'empressent auprès de vous et deviennent des amis encore plus proches.

Après avoir salué le révérend Styler, qui semblait incapable de trouver les mots pour exprimer ses regrets, Giles et moi avons traversé d'un pas lourd la cour pavée pour retourner à notre collège. Nous avons gravi l'escalier en bois et gagné ma chambre sans échanger la moindre parole. Nous nous sommes affalés dans les vieux fauteuils en cuir et sommes restés plongés dans un silence mélancolique.

Nous sommes demeurés seuls, alors que le jour déclinait et que la nuit tombait, échangeant de rares propos sans queue ni tête. Lorsque sont apparues les premières longues ombres, messagères de la nuit qui souvent délient les langues, Giles m'a posé une question sur un sujet auquel je n'avais pas songé depuis des années.

— Tu te souviens de la première fois où Deakins et toi êtes venus au manoir ?

— Comment pourrais-je l'oublier ! C'était ton douzième anniversaire, et ton père a refusé de me serrer la main.

— T'es-tu jamais demandé pourquoi ?

— Je crois qu'on a découvert la raison aujourd'hui, ai-je répondu en essayant de ne pas avoir l'air trop insensible.

— Non, dit Giles d'un ton calme. Ce que nous avons découvert aujourd'hui, c'est qu'il est possible qu'Emma soit ta demi-sœur. Je devine à présent que si, durant toutes ces années, mon père a gardé secrète sa relation avec ta mère, c'est qu'il avait encore plus peur que tu sois son fils.

— Je ne vois pas la différence, lui ai-je dit, étonné.

— Alors il est important que tu te rappelles la seule question que mon père t'a posée ce jour-là.

— Il m'a demandé la date de mon anniversaire.

— Exactement. Et lorsqu'il a découvert que tu étais mon aîné de quelques semaines, il a quitté la pièce sans autre commentaire. Et, plus tard, quand on a dû repartir pour l'école, il n'est pas sorti de son cabinet de travail pour dire au revoir, alors que c'était mon anniversaire. Ce n'est qu'aujourd'hui que j'ai compris le sens de son comportement.

— Comment cet incident mineur peut-il encore avoir un sens après toutes ces années ?

— Parce que c'est à ce moment-là que mon père a pris conscience que tu risquais d'être son fils aîné et qu'à sa mort ce pourrait être toi, et non moi, qui hériterais le titre de la famille, l'entreprise et tous ses biens, meubles et immeubles.

— Mais ton père peut laisser ses biens à qui il veut, non ? Et ce ne serait sûrement pas à moi.

— J'aimerais que ce soit aussi simple… Or, comme grand-père ne cesse de me le répéter, son père, sir Joshua Barrington, a été fait chevalier par la reine Victoria en 1877 pour services rendus à l'industrie maritime. Dans son testament, il a stipulé que tous ses titres, tous ses contrats et tous ses biens devraient être laissés à l'aîné des fils survivants, et cela à perpétuité.

— Mais je n'ai pas l'intention de réclamer ce qui, à l'évidence, n'est pas à moi, ai-je dit pour tenter de le rassurer.

— J'en suis persuadé. Mais il est possible que le choix ne t'appartienne pas, parce que, le moment venu, la loi te contraindra à prendre ta place à la tête de la famille Barrington.

\*
\* \*

Giles m'a quitté juste après minuit pour se rendre dans le Gloucestershire en voiture. Il m'a promis de s'enquérir si Emma souhaitait me voir, puisque nous nous étions quittés sans même nous dire au revoir, et de revenir à Oxford dès qu'il aurait des nouvelles.

J'ai passé une nuit blanche. Tant de pensées se bous-culaient dans ma tête et, l'espace d'un instant, j'ai même songé au suicide. Il était inutile cependant que le vieux Jack me rappelle que c'était une solution de lâche.

Je ne suis pas sorti de ma chambre pendant trois jours, ne répondant ni aux discrets coups frappés à ma porte ni au téléphone. Je n'ai pas ouvert les lettres glis-sées sous le battant. C'était peut-être impoli de ma part, de ne pas répondre à ceux qui agissaient uniquement par bonté de cœur, mais un excès de compassion devient parfois plus pesant que la solitude.

Giles est revenu à Oxford le quatrième jour. Il n'a pas eu besoin de parler pour que je comprenne que les nou-velles n'allaient pas me remonter le moral. Et, en fait, c'était pire que je l'avais imaginé. Emma et sa mère étaient parties pour le château de Mulgelrie, où nous étions censés passer notre lune de miel, aucun membre de la famille ne devant se trouver à moins de quinze kilomètres. Si Mme Barrington avait donné l'ordre à ses avocats d'entamer une procédure de divorce, ils n'avaient pu présenter les documents à son mari, per-sonne ne l'ayant revu depuis qu'il s'était éclipsé de la sacristie. Lord Harvey et le vieux Jack avaient tous les deux démissionné du conseil d'administration de la Bar-rington, mais, par respect pour sir Walter, ils n'avaient pas rendu public le motif de leur décision, ce qui n'a pas empêché les colporteurs de rumeurs de s'en donner à cœur joie. Ma mère avait quitté le Night-Club d'Eddie et était devenue serveuse au Grand Hotel.

— Et Emma ? fis-je. Lui as-tu demandé…

— Je n'ai pas eu l'occasion de lui parler. Elles étaient parties pour l'Écosse avant mon arrivée. Mais elle avait laissé une lettre pour toi sur la table du vestibule.

Je sentis mon cœur cogner dans ma poitrine lorsqu'il me tendit un pli portant l'écriture familière.

— Si tout à l'heure tu as envie d'un léger dîner, je serai dans ma chambre.

— Je te remercie, ai-je piètrement répondu.

Je me suis installé dans mon fauteuil près de la fenêtre donnant sur la cour Cobb, peu désireux d'ouvrir une lettre qui, je le savais, ne m'offrirait pas la moindre lueur d'espoir. J'ai fini par déchirer l'enveloppe et en ai extrait trois feuillets rédigés de l'écriture soignée d'Emma. Et, même alors, j'ai mis un certain temps à parvenir à lire sa lettre.

*Le manoir*                           *Le 29 juillet 1939*
*Chew Valley,*
*Gloucestershire*

    *Harry chéri,*

    *C'est le milieu de la nuit et, assise dans ma chambre, j'écris au seul homme que j'aimerai jamais.*

    *La haine farouche que je ressentais contre mon père, à qui je ne pourrai jamais pardonner, a cédé la place à un calme soudain. Aussi dois-je t'écrire avant que ne renaisse l'amère animosité et que je me souvienne de tout ce que ce traître nous a refusé à tous les deux.*

    *Je regrette seulement que nous nous soyons quittés comme deux étrangers dans une pièce bourrée de monde et non pas en amants, les Parques ayant décidé que nous ne pourrons jamais dire « jusqu'à ce que la mort nous sépare », même si je suis certaine de mourir en n'ayant aimé qu'un seul homme.*

474

Je ne me satisferai jamais du seul souvenir de ton amour, car tant que demeure le moindre espoir qu'Arthur Clifton était bien ton père, sois certain, mon chéri, que je te resterai fidèle.

Mère est persuadée qu'avec le temps, ton souvenir, telle la lumière vespérale, finira par s'estomper et disparaître, et que naîtra une nouvelle aube. Ne se rappelle-t-elle pas qu'elle m'a affirmé, le matin du mariage, que notre amour était si pur, si simple, si rare, qu'il ne faisait aucun doute qu'il résisterait à l'épreuve du temps ? Ce qu'elle ne pouvait que nous envier, a-t-elle avoué, puisqu'elle n'avait jamais connu un tel bonheur.

Quoi qu'il en soit, jusqu'à ce que je puisse être ta femme, mon chéri, j'accepte que nous devions rester éloignés l'un de l'autre, sauf s'il peut (ou jusqu'à ce qu'il puisse) être prouvé qu'on a le droit de s'unir légalement. Aucun homme ne peut espérer te remplacer et, le cas échéant, plutôt que de me rabattre sur un succédané, je resterai célibataire.

Le jour viendra-t-il où je n'allongerai plus le bras, m'attendant à te trouver à mon côté ? Et pourrai-je un soir m'endormir sans murmurer ton nom ?

Je sacrifierais volontiers le reste de ma vie pour passer une autre année comme celle que nous venons de partager, et aucune loi promulguée par Dieu ou les hommes n'y pourra rien changer. Je continue à prier pour que vienne le jour où nous pourrons être unis aux yeux de ce même Dieu et de ces mêmes hommes, mais jusque-là, mon chéri, je serai toujours en tout, sauf en titre, ton épouse aimante,

Emma

## 49

Lorsque Harry eut enfin la force de se décider à ouvrir les innombrables lettres qui jonchaient le sol, il en trouva une de la secrétaire londonienne du vieux Jack.

> Soho Square,
> Londres                              Mercredi 2 août 1939
>
>   Cher monsieur Clifton,
>   Il se peut que vous ne receviez cette lettre qu'au retour de votre voyage de noces en Écosse, mais j'aimerais savoir si le capitaine Tarrant est resté à Oxford après le mariage. Il n'est pas revenu au bureau le lundi matin, et personne ne l'a vu depuis. Auriez-vous, par hasard, la moindre idée de l'endroit où je pourrais entrer en contact avec lui ?
>   J'attends avec impatience votre réponse.
>   Bien à vous,
>   Phyllis Watson

Jack avait manifestement oublié d'informer Mlle Watson qu'il allait passer quelques jours à Bristol avec sir

Walter pour indiquer clairement que, s'il avait inter-rompu le mariage et démissionné du conseil d'admi-nistration de la Barrington, il restait un ami proche du président. Puisqu'il n'y avait pas de seconde lettre de Mlle Watson dans la pile de courrier non encore ouvert, Harry en déduisit qu'il avait dû regagner son bureau de Soho.

Il passa la matinée à répondre à toutes les lettres. Tous ces gens exprimaient leur compassion, et ce n'était pas leur faute s'ils ravivaient son chagrin. Il se dit soudain qu'il fallait qu'il s'éloigne le plus possible d'Oxford. Il décrocha le téléphone et demanda un numéro londonien à la standardiste. Une demi-heure plus tard, elle le rappela pour lui indiquer que le numéro était constamment occupé. Il essaya ensuite de téléphoner à sir Walter au manoir Barrington, mais il eut beau laisser sonner personne ne répondit. Frustré par son incapacité à joindre ses deux corres-pondants, il décida de suivre l'une des maximes de Jack : « Magne-toi le train et fais quelque chose de positif ! »

Attrapant la valise qu'il avait préparée pour son voyage de noces, il se dirigea vers la loge et informa le concierge qu'il se rendait à Londres et qu'il ne reviendrait pas avant la rentrée universitaire.

— Si Giles Barrington vous demande où je suis, répondez-lui que je suis allé travailler pour le vieux Jack.

— Le vieux Jack, répéta le concierge, en inscri-vant le nom sur un morceau de papier.

À bord du train en direction de Paddington, il lut dans le *Times* des articles sur les derniers com-muniqués qu'échangeaient constamment le Foreign

Office, à Londres, et le ministère des Affaires étrangères du Reich, à Berlin. Harry commençait à penser que seul M. Chamberlain persistait à croire que la paix était possible pour notre époque. Le *Times* prédisait que la Grande-Bretagne serait sous peu en guerre et que le Premier Ministre ne pouvait espérer rester en poste si, défiant son ultimatum, les Allemands envahissaient la Pologne.

Le « Jupiter tonnant » suggérait que, dans ce cas, il faudrait former un gouvernement de coalition, dirigé par lord Halifax, le ministre des Affaires étrangères (homme entre les mains duquel on se sentait en sécurité), et non pas par Winston Churchill, le premier lord de l'Amirauté (personnage imprévisible et irascible). Malgré l'évidente hostilité du journal envers le ministre de la Marine, Harry ne croyait pas que la Grande-Bretagne ait besoin, à ce moment particulier de son histoire, d'un homme entre les mains duquel on se sentait en sécurité mais de quelqu'un qui n'avait pas peur de violenter une brute.

Quand il descendit du train, à Paddington, il fut accueilli par une vague d'uniformes de différentes couleurs qui déferlait sur lui de toutes parts. Il avait déjà choisi le service qu'il rejoindrait dès que la guerre serait déclarée. Une pensée morbide lui traversa l'esprit en montant dans l'autobus en direction de Piccadilly Circus… S'il était tué en défendant son pays, cela résoudrait tous les problèmes de la famille Barrington, sauf un.

Lorsque l'autobus atteignit la station, il sauta à terre et commença à se frayer un chemin parmi la bande de clowns qui constituait le cirque du West End, traversa le quartier des théâtres, passant devant des restaurants chic et des cabarets hors de prix qui semblaient décidés à ignorer toute menace de guerre. Les immigrants qui entraient dans le bâtiment de Soho Square ou en sortaient paraissaient encore plus nombreux et plus dépenaillés que lors de sa première visite. Cette fois encore, tandis qu'il montait au troisième étage, plusieurs réfugiés s'écartèrent, supposant qu'il faisait partie du personnel. Il espérait que ce serait le cas dans l'heure.

Parvenu au troisième, il se dirigea tout droit vers le bureau de Mlle Watson. Il la trouva en train de remplir des formulaires, d'émettre des bons de chemin de fer, d'organiser l'hébergement et de distribuer des petites sommes d'argent à des gens désespérés. Son visage s'éclaira quand elle vit Harry.

— Dites-moi que le capitaine Tarrant est avec vous ! furent ses premiers mots.

— Non. Je supposais qu'il était revenu à Londres. Voilà pourquoi je suis ici. Je me demandais si vous aviez besoin de deux mains de plus.

— C'est très aimable à vous, Harry. Mais, pour le moment, si vous voulez vous rendre vraiment utile, trouvez-moi le capitaine Tarrant... Sans lui, on est absolument débordés.

— La dernière fois que j'ai eu de ses nouvelles, il séjournait chez sir Walter Barrington à Gloucester. C'était il y a au moins deux semaines.

— Nous ne l'avons pas revu depuis le jour où il est allé à Oxford pour votre mariage, expliqua Mlle Watson, tout en essayant de réconforter deux immigrants qui ne parlaient pas un mot d'anglais.

— Est-ce qu'on a téléphoné à son appartement pour voir s'il s'y trouvait ?

— Il n'a pas le téléphone, et je n'ai pas passé beaucoup de temps chez moi depuis quinze jours, ajouta-t-elle en désignant du menton une file d'attente qui s'étirait à perte de vue.

— Et si je commençais par aller chez lui et vous tenais au courant ?

— Vous feriez cela ? demanda-t-elle, au moment où deux petites filles éclataient en sanglots. Allons, ne pleurez pas... Tout va s'arranger, leur dit-elle en s'agenouillant près d'elles et en les entourant chacune d'un bras.

— Où habite-t-il ?

— Prince Edward Mansions, Lambeth Walk. Appartement 23. Prenez l'autobus 11 jusqu'à Lambeth et là demandez votre chemin. Et merci d'avance, Harry.

Il prit congé et se dirigea vers l'escalier. Quelque chose clochait. Jack n'aurait jamais abandonné son poste sans donner une explication à Mlle Watson.

— J'ai oublié de vous demander comment s'est passé votre voyage de noces ? cria-t-elle.

Il jugea qu'il était assez loin pour faire semblant de ne pas l'avoir entendue.

De retour à Piccadilly Circus, il monta dans un autobus à impériale bourré de soldats. Le bus longea Whitehall, qui grouillait d'officiers, et atteignit Parliament Square, où une énorme foule de badauds attendaient la moindre bribe de renseignements susceptible de sortir de la Chambre des communes. Le bus poursuivit sa route et passa le pont de Lambeth. Harry en descendit quand il atteignit le quai Albert.

Un petit vendeur de journaux qui criait « La Grande-Bretagne attend la réponse d'Hitler » lui dit

480

de prendre la deuxième à gauche, puis la troisième à droite et, pour faire bonne mesure, ajouta :

— Je croyais que tout le monde savait où se trouve Lambeth Walk.

Harry se mit à courir comme un dératé et ne s'arrêta qu'après avoir atteint un immeuble si délabré qu'il ne put s'empêcher de se demander de quel prince Édouard il tenait son nom. Il poussa une porte qui ne survivrait pas très longtemps sur ses gonds et monta quatre à quatre l'escalier, se frayant habilement un chemin entre des tas d'ordures qui n'avaient pas été ramassées depuis des lustres.

Arrivé au deuxième étage, il s'arrêta devant le n° 23 et cogna contre la porte. Aucune réponse. Il cogna de nouveau, encore plus fort, sans plus de succès. Il dévala l'escalier pour chercher quelqu'un travaillant dans le bâtiment. Parvenu au sous-sol, il tomba sur un vieil homme, affalé dans un fauteuil encore plus vieux que lui, en train de fumer une cigarette roulée, tout en feuilletant un exemplaire du *Daily Mail*.

— Avez-vous vu récemment le capitaine Tarrant ? s'enquit Harry d'un ton sec.

— Pas depuis une quinzaine, monsieur, répondit l'homme en se levant d'un bond pour se mettre presque au garde-à-vous.

— Avez-vous un passe-partout qui puisse ouvrir l'appartement ?

— Oui, monsieur. Mais je ne suis autorisé à l'utiliser qu'en cas d'urgence.

— Je peux vous assurer qu'il s'agit d'un cas d'urgence, répliqua Harry, qui fit demi-tour et remonta l'escalier quatre à quatre, sans attendre la réponse de l'homme.

L'employé suivit, quoique pas tout à fait aussi vite. Une fois qu'il eut rattrapé Harry, il ouvrit la porte. Harry passa rapidement d'une pièce à l'autre… Pas de vieux Jack en vue. La dernière porte devant laquelle il arriva était fermée. Il frappa doucement, craignant le pire. Comme il n'obtint aucune réponse, il entra avec précaution et ne vit qu'un lit soigneusement fait. *Il doit toujours se trouver chez sir Walter…* Telle fut sa première pensée.

Il remercia le concierge, redescendit l'escalier et ressortit dans la rue, tout en s'efforçant de réfléchir posément. Il héla un taxi, refusant de gaspiller son temps dans les autobus d'une ville qui ne le connaissait pas.

— À la gare de Paddington ! Je suis pressé.

— Tout le monde semble pressé aujourd'hui, dit le chauffeur en démarrant.

Vingt minutes plus tard, Harry se tenait sur le quai n° 6. Le train pour Temple Meads ne devant partir que dans cinquante minutes, il en profita pour avaler un sandwich (« Y en a qu'au fromage, m'sieur ! ») et une tasse de thé, puis pour téléphoner à Mlle Watson afin de l'informer que le capitaine Tarrant n'était pas revenu à son appartement. Elle semblait encore plus épuisée (si c'était possible) que lorsqu'il l'avait quittée.

— Je vais à Bristol, lui dit-il. Je vous téléphonerai dès que je le retrouverai.

Alors que le train sortait de la capitale et traversait les quartiers périphériques, enfumés et noyés dans le brouillard, avant d'émerger dans l'air pur de la campagne, Harry décida qu'il ne lui restait plus qu'à se rendre au bureau de sir Walter aux docks, même s'il risquait de tomber sur Hugo Barrington. Trouver Jack primait sur toute autre considération.

À la gare de Temple Meads, Harry connaissait le numéro des deux autobus qu'il devait prendre, sans avoir à se renseigner auprès du petit vendeur de journaux qui, posté au coin de la rue, hurlait à tue-tête « La Grande-Bretagne attend la réponse d'Hitler ! ». Même manchette, mais cette fois-ci vociférée avec un accent de Bristol. Une demi-heure plus tard, il se présentait devant la grille des docks.

— Que puis-je faire pour vous ? demanda un vigile qui ne le reconnut pas.

— J'ai un rendez-vous avec sir Walter, répondit-il, espérant qu'on le croirait sur parole.

— Bien sûr, monsieur. Savez-vous comment vous rendre à son bureau ?

— Oui, merci.

Il se mit à marcher lentement vers le bâtiment où il n'était jamais entré. Quelle attitude adopterait-il, si avant d'atteindre le bureau de sir Walter, il tombait nez à nez avec Hugo Barrington ?

Il fut content de voir la Rolls-Royce du président garée à l'endroit habituel et très soulagé de noter l'absence de la Bugatti de son fils. Il s'apprêtait à entrer dans le bâtiment quand il jeta un coup d'œil au wagon de train parqué au loin. Serait-ce possible, après tout ? Bifurquant, il se dirigea vers le « wagon-lit » Pullman, comme disait Jack après deux verres de whisky.

Lorsque Harry atteignit la voiture il frappa discrètement à la vitre, comme s'il s'agissait d'une grande demeure. Aucun maître d'hôtel ne faisant son apparition, il ouvrit la portière, grimpa à l'intérieur et longea le corridor jusqu'à la première classe… Il se trouvait bien là, assis à sa place habituelle.

C'était la première fois qu'il voyait le vieux Jack porter sa Victoria Cross.

Harry s'installa en face de son ami, se remémorant la première fois où il s'était assis là. Il devait avoir environ 5 ans, et ses pieds ne touchaient pas le sol. Il se souvint ensuite du soir où il s'était enfui de Saint-Bède et que le perspicace vieux monsieur l'avait persuadé d'y retourner à temps pour le petit déjeuner. Il se rappela le jour où Jack était venu l'entendre chanter en solo à l'église et où sa voix avait mué. Jack avait affirmé qu'il ne s'agissait là que d'un incident de parcours sans importance. Et puis il y eut la fois où Harry n'avait pas obtenu de bourse pour le lycée de Bristol, grave incident de parcours. Malgré cet échec, Jack lui avait offert la montre Ingersoll qu'il portait encore. Il avait dû vider son portefeuille… Durant sa dernière année de lycée, Jack était venu de Londres pour le voir jouer Roméo. C'était alors que Harry lui avait présenté Emma. Et il n'oublierait jamais la dernière distribution des prix lorsque, en tant que membre du conseil d'administration du lycée, Jack était assis sur l'estrade et avait vu Harry recevoir le premier prix d'anglais.

À présent, Harry ne pourrait plus jamais le remercier ni le dédommager de tant de témoignages d'amitié offerts au fil des ans. Il fixa l'homme qu'il avait aimé et qu'il avait cru immortel. Tandis qu'ils étaient assis ensemble en première classe, le soleil se coucha sur sa jeune vie.

## 50

Le brancard fut placé dans l'ambulance sous le regard de Harry. « Une attaque cardiaque », avait dit le médecin avant le départ du véhicule.

Harry n'eut pas à aller annoncer la mort du vieux Jack à sir Walter, parce que lorsqu'il se réveilla le lendemain matin, le président de la Barrington était assis à son chevet.

— Il m'avait dit qu'il n'avait plus de raison de vivre. (Telles furent les premières paroles de sir Walter.) Nous avons tous les deux perdu un ami très proche.

La réaction de Harry prit sir Walter au dépourvu.

— Qu'allez-vous faire de ce wagon maintenant que le vieux Jack n'est plus ?

— Tant que je serai président de la société, personne n'aura le droit de s'en approcher. Il contient pour moi trop de souvenirs personnels.

— Pour moi également. Quand j'étais gamin, j'y ai passé plus de temps que dans ma propre maison.

— Ou qu'à l'école, d'ailleurs, dit sir Walter avec un sourire ironique. Je vous regardais par la fenêtre de mon bureau et je me disais que vous deviez être un enfant vraiment remarquable pour que Jack accepte de vous consacrer autant de temps.

Harry sourit en pensant à la raison qu'avait trouvée Jack pour l'inciter à retourner en classe et apprendre à lire et écrire.

— Et maintenant qu'allez-vous faire, Harry ? Retourner à Oxford pour poursuivre vos études ?

— Non, monsieur. Je crains que nous ne soyons en guerre avant…

— Avant la fin du mois, dirais-je.

— Dans ce cas, je quitterai Oxford sur-le-champ et m'engagerai dans la marine. J'ai déjà averti de mes intentions M. Bainbridge, mon conseiller universitaire, et il m'a assuré que je pourrai reprendre mes études à Oxford dès la fin de la guerre.

— C'est typique d'Oxford. On y voit toujours loin. Vous allez donc vous rendre à Dartmouth pour suivre la formation d'officier de marine ?

— Non, monsieur. Toute ma vie j'ai été entouré de bateaux. De toute façon, le vieux Jack avait bien commencé comme simple soldat avant de sortir du rang. Alors pourquoi pas moi ?

— Pourquoi pas, en effet ? En fait, c'est l'une des raisons pour lesquelles il était considéré comme supérieur à nous tous, ses compagnons d'armes.

— Je ne savais pas que vous aviez été l'un de ses compagnons d'armes.

— Oh, si. J'étais dans le même régiment que le capitaine Tarrant en Afrique du Sud. J'étais l'un des vingt-quatre hommes dont il a sauvé la vie, le jour pour lequel on lui a décerné la Victoria Cross.

— Cela explique beaucoup de choses que je n'avais pas comprises… Est-ce que je connais certains des autres, monsieur ? fit-il, surprenant sir Walter une seconde fois.

— Le Frob. Mais à cette époque-là il était le lieutenant Frobisher. Le caporal Holcombe, le père de M. Holcombe. Et le jeune deuxième classe Deakins.

— Le père de Deakins ?

— Oui. Le « bleu », comme on l'appelait alors. Un excellent soldat. Il était plutôt taciturne mais il a montré sa bravoure. Il a perdu un bras, ce jour fatidique.

Les deux hommes se turent, chacun plongé dans ses souvenirs du vieux Jack.

— Alors, mon garçon, demanda soudain sir Walter, si vous n'allez pas à Dartmouth, puis-je savoir comment vous espérez gagner la guerre à vous tout seul ?

— Je servirai sur le premier bateau qui voudra bien de moi. Du moment qu'il est décidé à partir à l'assaut des ennemis de Sa Gracieuse Majesté.

— Dans ce cas, il est possible que je puisse vous aider.

— C'est très aimable à vous, monsieur, mais je veux m'engager sur un navire de guerre, pas sur un paquebot ni sur un cargo.

— En effet, dit sir Walter en souriant à nouveau. N'oubliez pas que je suis informé des entrées et des sorties de tous les bateaux et que je connais la plupart de leurs commandants. D'ailleurs je connaissais la plupart de leurs pères s'ils étaient eux-mêmes commandants de navire. Montons donc dans mon bureau pour voir quels bateaux vont entrer dans le port ou appareiller dans les jours qui viennent et, surtout, pour chercher à savoir si l'un d'entre eux accepterait de vous recruter comme matelot.

— C'est très généreux de votre part, monsieur, mais ne devrais-je pas rendre visite à ma mère d'abord ? Il se peut que je ne la revoie pas de sitôt.

— Rien de plus naturel, mon garçon. Et, une fois que vous aurez vu votre mère, passez à mon bureau cet après-midi. Cela me donnera le temps de consulter le programme des mouvements des bateaux.

— Merci, monsieur. Je reviendrai dès que j'aurai informé ma mère de mes projets.

— À votre retour, indiquez seulement au vigile à la grille des docks que vous avez un rendez-vous avec le président, et vous ne devriez avoir aucune difficulté à franchir la sécurité.

— Merci, monsieur, dit Harry en réprimant un sourire.

— Et transmettez toute ma sympathie à votre chère mère. C'est une femme tout à fait remarquable.

Harry comprit pourquoi sir Walter était le meilleur ami du vieux Jack.

*
*   *

Il entra dans le Grand Hotel, magnifique bâtiment victorien au centre de la ville, et demanda au portier le chemin de la salle à manger. Il traversa le vestibule et fut surpris de voir une petite file d'attente devant le comptoir du maître d'hôtel. Il attendit son tour, tout en se rappelant que sa mère n'avait jamais aimé qu'il passe la voir à l'improviste chez Tilly ou au Royal Hotel durant les heures de travail.

Pendant qu'il faisait la queue il parcourut la salle à manger du regard. Elle était pleine de gens en train de bavarder, aucun d'entre eux ne semblant s'attendre à une pénurie alimentaire ni penser à s'engager si le pays déclarait la guerre. Placés sur des plateaux d'argent, des monceaux de nourriture entraient et sortaient par des portes battantes, tandis qu'un homme en tenue de chef promenait un chariot de table en table, découpant de fines tranches de bœuf, un serveur portant une saucière dans son sillage.

Sa mère n'apparaissait toujours pas. Il commençait à se demander si Giles ne lui avait pas dit ce qu'il souhaitait entendre quand elle surgit par les portes battantes. Elle portait trois assiettes en équilibre sur les bras et les plaça devant ses clients avec une telle dextérité qu'ils remarquèrent à peine sa présence. Elle revint quelques instants plus tard chargée de trois légumiers. Quand il arriva devant le comptoir du maître d'hôtel il avait deviné d'où lui venaient son énergie débordante, son optimisme à toute épreuve et son esprit incapable d'envisager la défaite. Comment pourrait-il jamais dédommager cette femme exceptionnelle pour tous les sacrifices qu'elle avait consentis ?

— Désolé de vous avoir fait attendre, monsieur, déclara le maître d'hôtel, interrompant ses pensées, mais, pour le moment, je n'ai pas de table disponible. Pourriez-vous revenir dans vingt minutes environ ?

Harry ne lui dit pas qu'en fait il ne voulait pas une table, non seulement parce que sa mère était l'une des serveuses mais aussi parce qu'il aurait été incapable de s'offrir le moindre plat de la carte, à part, peut-être, la sauce.

— Je reviendrai plus tard, répondit-il, en s'efforçant d'avoir l'air déçu.

*Dans une dizaine d'années*, pensa-t-il, quand sa mère serait probablement devenue maître d'hôtel. Il quitta l'établissement, le sourire aux lèvres, et reprit un autobus en direction des docks.

*
* *

La secrétaire le fit entrer directement dans le bureau de sir Walter, lequel, penché au-dessus de sa table de travail, étudiait les indicateurs, l'horaire des navires et les cartes maritimes qui en recouvraient toute la surface.

— Asseyez-vous, mon cher garçon, lui dit sir Walter avant de placer son monocle et de planter sur Harry un regard grave. J'ai un peu réfléchi ce matin à notre conversation, continua-t-il d'un ton particulièrement sérieux et, avant de poursuivre cette discussion, je dois être sûr que vous prenez la bonne décision.

— J'en suis absolument certain, répliqua Harry sans hésiter.

— C'est possible. Je suis, cependant, tout aussi certain que Jack vous aurait conseillé de retourner à Oxford et d'attendre d'être mobilisé.

— Sans doute, monsieur, mais lui n'aurait pas suivi son propre conseil.

— Vous le connaissez bien ! D'ailleurs je m'attendais à cette réponse de votre part… Voilà ce que j'ai trouvé pour le moment, reprit-il en portant de nouveau son attention sur les documents qui jonchaient son bureau. La bonne nouvelle, c'est que le cuirassé *Resolution*, de la marine royale, doit arriver dans un mois environ à Bristol, où il va se ravitailler dans l'attente de nouveaux ordres.

— Dans un mois ? s'écria Harry, sans chercher à cacher sa frustration.

— Patience, mon garçon, fit sir Walter. Si j'ai choisi le *Resolution*, c'est que le commandant est un vieil ami et que je suis persuadé qu'il peut vous embarquer comme matelot, dans la mesure où fonctionnera l'autre partie de mon plan.

— Mais est-ce que le commandant du *Resolution* envisagerait d'engager quelqu'un sans expérience maritime ?

— Sans doute pas. Toutefois, si tout se passe comme prévu, lorsque vous monterez à bord du *Resolution*, vous serez un vieux loup de mer.

Se rappelant l'un des actes de contrition favoris du vieux Jack : « Je constate que je n'apprends pas grand-chose quand je parle », Harry décida d'écouter au lieu d'interrompre.

— Voilà, poursuivit sir Walter. J'ai trouvé trois bateaux devant appareiller dans les prochaines vingt-quatre heures et qui doivent revenir à Bristol dans trois ou quatre semaines, ce qui vous laissera amplement le temps de vous préparer à signer comme matelot à bord du *Resolution*.

Harry eut envie de l'interrompre mais se retint.

— Commençons par mon premier choix… Le *Devonian* est en partance pour Cuba avec une cargaison de robes en coton, de pommes de terre et de bicyclettes Raleigh Lenton et il doit rentrer à Bristol dans quatre semaines, chargé de tabac, de sucre et de bananes.

» Le deuxième bateau figurant sur ma liste est le *Kansas Star*, un paquebot qui doit appareiller pour New York à la première marée demain matin. Il a été réquisitionné par le gouvernement des États-Unis pour rapatrier des citoyens américains avant que la Grande-Bretagne se retrouve en guerre contre l'Allemagne.

» Le troisième est le *Princess Beatrice*, un pétrolier vide qui en ce moment retourne à Amsterdam pour se ravitailler en carburant et qui reviendra à Bristol avec le plein avant la fin du mois. Les trois pachas sont douloureusement conscients qu'ils doivent regagner le port le plus vite possible, parce que, si la guerre est déclarée, les deux cargos seront des proies de choix pour les Allemands et que seul le *Kansas Star* ne sera pas inquiété par les U-Boots allemands qui rôdent dans l'Atlantique en attendant l'ordre de couler tout ce qui arbore un pavillon rouge ou bleu.

— De quel genre d'équipage ces bateaux ont-ils besoin ? On ne peut guère dire que je sois surqualifié.

Sir Walter fouilla de nouveau parmi les documents et prit un feuillet.

— Le *Princess Beatrice* a besoin de matelots, le *Kansas Star* cherche quelqu'un pour travailler dans la coquerie, ce qui signifie en général pour faire la plonge ou servir à table, tandis que le *Devonian* a besoin d'un quatrième officier.

— On peut donc l'enlever de la liste.

— C'est, étrangement, le poste pour lequel je vous trouve le plus qualifié. Le *Devonian* a un équipage de trente-sept hommes et ne prend la mer que très rarement avec un élève officier, aussi personne ne vous considérerait comme autre chose qu'un novice.

— Alors pourquoi le commandant envisagerait-il de me recruter ?

— Parce que je lui ai dit que tu étais mon petit-fils.

## 51

Harry avança le long du quai en direction du *Devonian*. La petite valise qu'il portait lui donnait l'impression d'être un pensionnaire le jour de la rentrée des classes. Comment serait le directeur ? Son lit se trouverait-il à côté d'un Giles ou d'un Deakins ? Rencontrerait-il un vieux Jack ? Y aurait-il un Fisher à bord ?

Bien que sir Walter lui ait proposé de l'accompagner et de le présenter au capitaine, Harry pensa que ce ne serait pas la meilleure manière de se faire bien voir des autres marins.

Il s'arrêta quelques instants pour étudier de plus près le vieux navire à bord duquel il allait passer un mois. Sir Walter lui avait indiqué que le *Devonian* avait été bâti en 1913, à l'époque où les bateaux à voiles dominaient encore les mers. Un cargo à moteur avait dû alors être considéré comme quelque chose d'inédit. Or, à présent, vingt-six ans plus tard, il ne tarderait pas à être mis hors service et conduit dans la zone des docks où les bateaux étaient démantelés et les pièces détachées vendues comme de la ferraille.

Sir Walter avait également sous-entendu que puisqu'il ne restait au capitaine Havens qu'une année avant la retraite, l'armateur risquait de le mettre au rancart en même temps que son navire.

Si, selon le rôle d'équipage, le personnel du *Devonian* se composait de trente-sept hommes, ce n'était pas tout à fait exact, pas plus qu'à bord de nombreux navires marchands. Par exemple, un cuisinier et un laveur de vaisselle engagés à Hong Kong ne figuraient pas sur le rôle, ni, à l'occasion, un ou deux matelots qui, fuyant la justice, n'avaient aucun désir de rentrer au pays.

Harry gravit lentement l'échelle de coupée. Parvenu sur le pont, il resta immobile, attendant la permission de monter à bord, car après toutes ces années passées à traîner sur les quais, il était parfaitement au courant du protocole maritime. Levant les yeux vers la passerelle de commandement, il devina que l'homme qui donnait des ordres devait être le capitaine Havens. Sir Walter lui avait expliqué que le pacha d'un navire marchand n'était, en réalité, qu'un chef marinier, mais qu'à bord on devait toujours l'appeler « capitaine ». Costaud, le visage hâlé et buriné, le capitaine Havens mesurait presque un mètre quatre-vingts et semblait plus près des 50 que des 60 ans. Sa barbe sombre, soigneusement taillée, et ses cheveux clairsemés le faisaient ressembler à George V.

Quand il aperçut Harry, qui attendait à la coupée, le capitaine donna sèchement un ordre à l'officier qui se tenait près de lui, puis descendit sur le pont.

— Je suis le capitaine Havens, dit-il d'un ton guilleret. Vous devez être Harry Clifton… Bienvenue

494

à bord du *Devonian* ! lança-t-il en lui serrant chaleureusement la main. Vous m'avez été chaudement recommandé.

— Il faut que je vous dise, capitaine, commença Harry, que c'est la première fois que…

— Je suis au courant, l'interrompit Havens en baissant la voix, mais gardez ça pour vous si vous ne voulez pas que votre vie à bord soit un véritable enfer. Et ne dites surtout pas que vous étiez à Oxford, car la plupart de ces gars, ajouta-t-il en désignant les marins qui travaillaient sur le pont, croiront que c'est le nom d'un bateau. Suivez-moi. Je vais vous montrer la cabine du quatrième officier.

Harry suivit le capitaine, conscient qu'une dizaine de regards suspicieux observaient ses moindres mouvements.

— Il y a deux autres officiers sur mon bateau, expliqua le capitaine lorsque Harry l'eut rattrapé. Jim Patterson, l'officier mécanicien, passe le plus clair de son temps en bas dans la chaufferie. Aussi ne le verrez-vous qu'aux heures des repas, et pas toujours d'ailleurs. Voilà quatorze ans qu'il travaille avec moi et, franchement, s'il n'était pas en bas pour la cajoler et la faire avancer, je doute que cette vieille dame arriverait à traverser la moitié de la Manche. Alors ne parlons pas de l'océan Atlantique… Tom Bradshaw, mon troisième officier, se trouve sur la passerelle. N'étant avec moi que depuis trois ans, il n'a pas encore passé son brevet de capitaine. Il est plutôt solitaire, mais il a probablement été formé par quelqu'un de compétent, car c'est un excellent officier.

Havens s'enfonça par une étroite écoutille vers le pont inférieur.

— Voici ma cabine, dit-il en avançant le long de la coursive, puis celle de M. Patterson. Et voici la vôtre, poursuivit-il en s'arrêtant devant ce qui ressemblait à un placard à balais. (Il poussa la porte, laquelle, après quelques centimètres, buta contre un étroit lit en bois.) Je ne vais pas entrer, car il n'y a pas de place pour deux personnes. Vous allez trouver des vêtements sur le lit. Une fois que vous vous serez changé, rejoignez-moi sur la passerelle. Nous devons appareiller dans l'heure. La sortie du port sera sans doute la partie la plus intéressante du voyage, jusqu'à notre arrivée à Cuba.

Harry se glissa par la porte entrouverte et dut la refermer afin d'avoir assez de place pour se changer. Il examina la tenue qu'on avait placée, soigneusement pliée, sur sa couchette : deux épais gilets bleus, deux chemises blanches, deux pantalons bleus, trois paires de chaussettes de laine bleues et une paire de chaussures de toile dotées d'épaisses semelles de caoutchouc. C'était comme s'il retournait à l'école. Tous ces vêtements avaient un point commun : ils semblaient tous avoir été portés par plusieurs autres personnes avant lui. Avant de défaire son bagage il se déshabilla rapidement et enfila sa tenue de marin.

Comme il n'y avait qu'un tiroir, il entassa ses habits civils dans sa petite valise qu'il rangea sous le lit, seul meuble qui s'encastrait parfaitement dans la cabine. Il rouvrit la porte, se coula dans la coursive et partit à la recherche de l'échelle. Lorsqu'il l'eut escaladée, il se retrouva sur le pont. Plusieurs paires d'yeux inquisiteurs suivirent ses pas.

— Monsieur Clifton, dit le capitaine au moment où Harry arriva, pour la première fois, sur la passerelle, je vous présente Tom Bradshaw, l'officier en troisième, qui va faire sortir le bateau du port, dès que les autorités portuaires nous en auront donné l'autorisation. Au fait, monsieur Bradshaw, continua Havens, l'une de nos tâches au cours de ce voyage sera d'apprendre à ce jeune chiot tout ce que nous savons, afin que lorsqu'on rentrera à Bristol, dans un mois, l'équipage du cuirassé *Resolution* le prenne pour un vieux loup de mer.

Si M. Bradshaw fit un commentaire, ses propos furent étouffés par deux longs rugissements de sirène, son que Harry avait maintes fois entendu au fil des années, signalant que les deux remorqueurs étaient prêts à escorter le *Devonian* hors du port. Le capitaine bourra sa pipe de bruyère bien culottée, tandis que M. Bradshaw répondait au signal par deux coups de sirène pour indiquer que le *Devonian* était prêt à partir.

— Préparez-vous à larguer les amarres, monsieur Bradshaw, dit le capitaine Havens en grattant une allumette.

M. Bradshaw ôta le couvercle d'un porte-voix en cuivre que Harry n'avait pas remarqué jusque-là.

— Tous les moteurs en avant et lentement, monsieur Patterson ! lança-t-il. Les remorqueurs sont en place et parés à nous faire sortir du port, ajouta-t-il, révélant un léger accent américain.

— Tous les moteurs en avant et lentement, monsieur Bradshaw, répéta une voix en provenance de la chaufferie.

Par-dessus la rambarde de la passerelle, Harry regarda les membres de l'équipage accomplir chacun leur tâche. Quatre hommes, deux à l'avant et deux à l'arrière, dévidaient de gros cordages enroulés sur les cabestans placés sur le quai. Deux autres matelots hissaient l'échelle de coupée.

— Ne quittez pas des yeux le pilote, dit le capitaine entre deux bouffées de fumée. Sa tâche est de nous guider pour nous faire quitter le port et entrer dans la Manche en toute sécurité. Une fois qu'il l'aura accomplie, M. Bradshaw prendra le relais. Si vous faites vos preuves, monsieur Clifton, vous serez autorisé à le remplacer dans un an environ, mais pas avant que je sois parti à la retraite et que M. Bradshaw ait pris le commandement du bateau. (Comme Bradshaw n'esquissait pas l'ombre d'un sourire, Harry resta silencieux et continua à contempler les diverses activités qui se déroulaient autour de lui.) On ne peut sortir avec ma petite amie, le soir, que si je suis certain qu'on ne prendra pas de libertés avec elle. (Bradshaw ne sourit pas davantage, mais ce n'était peut-être pas la première fois qu'il entendait la formule.)

Harry fut fasciné par la fluidité du déroulement de l'opération. Le *Devonian* se détacha avec aisance du quai et, guidé par les deux remorqueurs, se fraya un chemin hors des docks, puis suivit l'Avon et passa sous le pont suspendu.

— Savez-vous qui a construit le pont, monsieur Clifton ? demanda le capitaine, en ôtant sa pipe de sa bouche.

— Isambard Kingdom Brunel, capitaine, répondit Harry.

— Et pourquoi n'a-t-il pas assisté à son inaugura-
tion ?

— Parce que le conseil municipal s'est trouvé
financièrement à sec et qu'il est mort avant que le
pont ne soit terminé.

Le capitaine fronça les sourcils.

— Et maintenant vous allez m'affirmer qu'il a été
nommé en votre honneur, dit-il en renfournant sa
pipe.

Il ne rouvrit la bouche que lorsque les escorteurs
eurent atteint Barry Island, émis deux longs hulule-
ments, dégagé leurs filins et repris le chemin du port.

Le *Devonian* était peut-être une vieille dame, mais
Harry s'aperçut très vite que le capitaine Havens et
son équipage savaient exactement comment la
manier.

— Prenez le relais, monsieur Bradshaw, dit le
capitaine, au moment où une nouvelle paire d'yeux
apparaissait sur la passerelle, leur possesseur portant
deux grandes tasses de thé chaud. Lu, il y aura trois
officiers sur la passerelle pendant cette traversée.
Aussi assure-toi que M. Clifton reçoive également
une tasse de thé. (Le Chinois opina du chef et redescendit.)

Une fois que les lumières du port eurent disparu à
l'horizon, les vagues, de plus en plus grosses, firent
rouler le bateau d'un côté à l'autre. Les jambes écartées, Havens et Bradshaw semblaient avoir les pieds
collés sur le pont, tandis que Harry était constamment forcé de s'accrocher à quelque chose pour éviter de tomber. Lorsque le Chinois reparut avec une
troisième grande tasse, Harry décida de ne pas signa-

ler au capitaine que le thé était froid et que généralement sa mère y ajoutait un morceau de sucre.

Juste au moment où Harry commençait à se sentir un peu plus en confiance, voire à apprécier la situation, le capitaine déclara :

— Vous ne pouvez pas faire grand-chose de plus ce soir, monsieur Clifton. Descendez donc dans votre cabine faire un somme. Revenez sur la passerelle à 7 h 20 pour prendre le quart du petit déjeuner.

Harry s'apprêtait à protester lorsqu'un sourire éclaira le visage de M. Bradshaw pour la première fois.

— Bonne nuit, monsieur, dit Harry, avant de quitter la passerelle et de descendre vers le pont.

Il avança lentement, en chancelant, vers l'étroite écoutille, sentant à chaque pas de nouveaux regards posés sur lui. Une voix dit assez fort pour qu'il l'entende :

— Ce doit être un passager.

— Non, c'est un officier, répondit une seconde voix.

— Quelle différence ?

Plusieurs matelots s'esclaffèrent.

Une fois de retour dans sa cabine, il se déshabilla et grimpa dans la mince couchette en bois. Comme le bateau roulait et tanguait tant et plus, il s'efforça de trouver une position confortable sans tomber du lit ou se cogner contre la paroi. Il n'y avait même pas une bassine dans laquelle rendre ou un hublot par lequel vomir.

Incapable de s'endormir, il se mit à penser à Emma. Séjournait-elle toujours en Écosse ou était-elle revenue au manoir ? Peut-être s'était-elle déjà installée à Oxford ? Giles cherchait-il à savoir où Harry était ou sir Walter lui avait-il annoncé qu'il s'était fait marin et qu'il rejoindrait le *Resolution* dès que son bateau aurait regagné Bristol ? Sa mère se demandait-elle où il pouvait bien se trouver ? Peut-être aurait-il dû briser sa règle d'or et l'interrompre durant son travail. Finalement, pensant au vieux Jack, il se sentit coupable de ne pas pouvoir revenir assez tôt pour assister à son enterrement.

Ce que Harry ne savait pas, c'est que son propre enterrement aurait lieu avant celui du vieux Jack.

## 52

Il fut réveillé par quatre coups de cloche. Il bondit hors du lit, se cogna la tête contre le plafond, enfila ses vêtements, se coula dans la coursive, escalada l'échelle, traversa le pont en courant et grimpa quatre à quatre les degrés de la passerelle de commandement.

— Désolé, monsieur, je ne me suis pas réveillé à temps.

— Pas besoin de me donner du monsieur quand nous sommes seuls, dit Bradshaw. Je m'appelle Tom. En fait, vous avez plus d'une heure d'avance. Apparemment, le pacha a omis de vous dire que pour le quart du petit déjeuner la cloche pique sept coups. Quatre c'est pour celui de 6 heures. Mais puisque vous êtes là, prenez donc la barre pendant que je vais soulager ma vessie. (Stupéfait, Harry comprit que Bradshaw ne plaisantait pas.) Assurez-vous simplement que l'aiguille de la boussole soit toujours pointée sur sud-sud-ouest. Alors vous ne risquez pas de vous tromper de beaucoup, ajouta-t-il, avec un accent américain très prononcé.

Harry saisit la barre à deux mains et riva son regard sur la petite aiguille noire, faisant tout pour que le bateau continue à fendre les flots tout droit. Or, quand il jeta un coup d'œil en arrière, il s'aperçut que le sillage rectiligne, créé par Bradshaw sans effort apparent, avait pris des formes rappelant davantage celles de Mae West. Bien que Bradshaw ne se soit absenté que quelques minutes, Harry n'avait jamais revu quelqu'un avec autant de joie.

Bradshaw reprit la barre, et l'impeccable sillage ne tarda pas à reparaître, quoique l'officier ne se soit servi que d'une main.

— N'oubliez pas que vous maniez une dame, expliqua-t-il. On ne s'accroche pas à elle, on doit la caresser avec douceur. Alors elle filera droit. Essayez à nouveau pendant que je calcule notre position sur la carte au moment où ça piquera sept coups.

Quand la cloche sonna vingt-cinq minutes plus tard et que le capitaine apparut sur la passerelle pour prendre la relève, si le sillage laissé par Harry n'était peut-être pas parfaitement rectiligne, on n'avait plus l'impression, en tout cas, que le bateau était piloté par un marin ivre.

*
* *

Au petit déjeuner, on présenta Harry à un homme qui ne pouvait être que l'officier mécanicien.

Le teint cadavérique de Jim Patterson donnait l'impression qu'il avait passé la majeure partie de sa vie sous le pont, et sa bedaine suggérait qu'il occupait le reste de son temps à manger. Contrairement à Bradshaw, il n'arrêtait pas de parler, et Harry comprit vite que le pacha et lui étaient de vieux amis.

Le Chinois apparut chargé de trois assiettes d'une propreté douteuse. Délaissant le bacon gras et les tomates frites, Harry se rabattit sur le toast brûlé et sur la pomme.

— Monsieur Clifton, passez donc le reste de la matinée à explorer le bateau et à prendre vos marques, suggéra le capitaine, lorsqu'on eut enlevé les assiettes. Vous pourriez même rejoindre M. Patterson dans la chaufferie pour voir combien de temps vous arrivez à tenir.

Patterson éclata de rire, saisit les deux derniers toasts et s'écria :

— Si vous les trouvez brûlés, attendez d'avoir passé quelques minutes en ma compagnie.

\*
\* \*

Tel un chat laissé seul dans une nouvelle maison, Harry commença à longer le bord du pont, afin de se familiariser avec son nouveau royaume.

Il savait que le bateau mesurait cent quarante mètres de long sur dix-sept mètres de large et que sa vitesse maximale était de quinze nœuds, mais il n'avait pas imaginé autant de coins et de recoins, lesquels devaient, sans aucun doute, avoir leur usage, qu'il connaîtrait avec le temps. Il remarqua aussi que, aucune partie du pont n'échappant à l'œil vigilant du capitaine lorsqu'il se trouvait sur la passerelle, le matelot tire-au-flanc ne pouvait espérer passer inaperçu.

Harry descendit sur le pont intermédiaire. Le quartier des officiers se trouvait à l'arrière, la coquerie au milieu, tandis qu'à l'avant s'étendait une vaste zone ouverte où étaient suspendus des hamacs. *Comment peut-on dormir là-dedans ?* se demanda Harry, perplexe. Il vit alors six matelots, qui devaient venir de terminer le petit quart, dormir à poings fermés, tout en se balançant doucement d'un côté à l'autre, au rythme du bateau.

Un petit escalier métallique menait au pont inférieur, où les caisses contenant cent quarante-quatre bicyclettes Raleigh, mille robes de coton et deux tonnes de pommes de terre étaient entreposées en toute sécurité. Elles ne seraient pas ouvertes avant que le bateau n'accoste à Cuba.

Enfin, il descendit une étroite échelle qui menait à la chaufferie, le domaine de M. Patterson. Il souleva la lourde trappe métallique et, tels Chadrak, Méchak et Abed-Nego, pénétra hardiment dans la fournaise. S'immobilisant, il observa six hommes râblés, musclés, le maillot souillé de poussière noire, le dos ruisselant de sueur, qui jetaient des pelletées de charbon dans deux bouches béantes, lesquelles avaient besoin de plus de quatre repas par jour.

Comme l'avait prédit le capitaine Havens, Harry dut ressortir dans la coursive seulement quelques minutes plus tard, titubant, haletant et en nage. Il mit un certain temps à reprendre suffisamment son souffle pour pouvoir remonter l'échelle. Parvenu sur le pont, il tomba à genoux et respira profondément l'air pur. Comment ces hommes pouvaient-ils survivre dans ces conditions et comment pouvait-on leur demander de travailler trois fois deux heures d'affilée, sept jours sur sept ?

Une fois que Harry eut repris ses esprits, il regagna la passerelle, prêt à poser une multitude de questions… Quelle étoile de la Grande Ourse était juste en face de l'étoile Polaire ? Combien de milles nautiques le bateau pouvait-il parcourir par jour ? Combien de tonnes de charbon fallait-il pour… Le capitaine répondit avec joie à toutes ses questions, sans paraître une seule fois agacé par l'insatiable soif de savoir du jeune quatrième officier. En fait, pendant la pause de Harry, le capitaine Havens dit à M. Bradshaw que ce qui l'impressionnait le plus chez ce jeune gars, c'était qu'il ne posait jamais deux fois la même question.

*
*  *

Durant les jours suivants, Harry apprit à vérifier les indications de la boussole par rapport à la ligne en pointillé sur la carte marine, à mesurer la direction du vent en observant les mouettes et à faire traverser au bateau le creux d'une vague, tout en maintenant le cap. Dès la fin de la première semaine on l'autorisa à tenir la barre lorsqu'un officier prenait sa pause repas. La nuit, le capitaine lui apprenait le nom des étoiles, qui, souligna-t-il, étaient aussi fiables qu'une boussole, quoiqu'il reconnût que son savoir se limitait à l'hémisphère Nord, le *Devonian*, en vingt-six années de navigation en haute mer, n'ayant jamais une seule fois traversé l'équateur.

Après dix jours de navigation, le capitaine espérait presque qu'éclate une tempête, non seulement pour arrêter le flot continu des questions de Harry mais également pour voir si quelque chose pouvait déstabiliser ce jeune homme. Jim Patterson l'avait déjà prévenu que, ce matin-là, M. Clifton avait tenu une heure entière dans la chaufferie et avait la ferme intention d'effectuer un quart complet avant leur arrivée à Cuba.

— En tout cas, en bas vous n'avez pas à subir ses incessantes questions, dit le capitaine.

— Cette semaine, répliqua l'officier mécanicien.

Le capitaine Havens se demanda si un de ces jours il n'allait pas apprendre quelque chose du quatrième officier. Cela eut lieu le douzième jour, juste après que Harry eut terminé son premier quart de deux heures dans la chaufferie.

— Capitaine, saviez-vous que M. Patterson collectionne les timbres ?

— Oui. En effet, répondit le capitaine avec assurance.

— Et que sa collection compte à présent quatre mille timbres et qu'elle comprend un Penny Black, le premier timbre-poste au monde, non oblitéré, ainsi qu'un Cap de Bonne-Espérance triangulaire ?

— Oui, en effet, répéta le capitaine.

— Et qu'elle vaut plus cher aujourd'hui que sa maison de Mablethorpe ?

— C'est seulement un petit pavillon, nom d'une pipe ! s'écria le capitaine, qui essayait de ne pas se laisser démonter. (Avant que Harry ne puisse poser une nouvelle question, il ajouta :) Ça m'intéresserait davantage que vous puissiez tirer les vers du nez à Tom Bradshaw, parce que, franchement, Harry, j'en sais plus sur vous après douze jours que sur mon

507

officier en troisième après trois ans. Et, jusque-là, je n'avais jamais considéré les Américains comme des gens réservés.

Plus il pensait à la remarque du capitaine, plus Harry se rendait compte qu'il ne connaissait pas grand-chose sur Tom, malgré toutes les heures passées en sa compagnie sur la passerelle. Il ne savait pas s'il avait des frères et des sœurs, ce que son père faisait dans la vie, où habitaient ses parents, ou même s'il avait une petite amie. Si son accent révélait qu'il était américain, Harry ne savait pas de quelle ville, voire de quel État, il était originaire.

La cloche piqua sept coups.

— Voudriez-vous prendre la barre, monsieur Clifton, demanda le capitaine, pendant que je dîne avec M. Patterson et M. Bradshaw ? N'hésitez pas à m'informer si vous repérez quelque chose, ajouta-t-il en quittant la passerelle, surtout si c'est plus gros que nous.

— À vos ordres, capitaine, répliqua Harry, ravi d'être laissé maître à bord, même pour quarante minutes seulement, bien que lesdites quarante minutes aient duré chaque jour plus longtemps.

\*
\* \*

Ce fut lorsque Harry lui demanda dans combien de jours ils allaient arriver à Cuba que le capitaine Havens prit conscience que le jeune homme précoce s'ennuyait déjà. Il commençait à plaindre le commandant du cuirassé *Resolution* qui n'avait aucune idée de ce qui l'attendait.

Depuis peu Harry prenait la barre après le dîner pour permettre aux autres officiers de faire quelques parties de rami avant de remonter sur la passerelle. Et, désormais, chaque fois que le Chinois apportait le thé de Harry, il était toujours brûlant, et on y avait toujours mis le morceau de sucre requis.

Un soir, on entendit M. Patterson déclarer au capitaine que si M. Clifton décidait de prendre le commandement du bateau avant leur retour à Bristol, il n'était pas sûr de quel côté il se rangerait.

— Songez-vous à provoquer une mutinerie, Jim ? demanda Havens, tout en versant à son officier mécanicien un nouveau petit verre de whisky.

— Non. Mais je dois vous avertir, capitaine, que le jeune Turc a déjà réorganisé les quarts dans la chaufferie. Je sais donc de quel côté se rangeraient mes gars.

— Alors, répondit Havens en se versant un verre de rhum, on doit au moins donner l'ordre à l'officier signaleur d'envoyer un message au *Resolution*, pour les avertir de ce qui les attend.

— Mais nous n'avons pas d'officier signaleur.

— Alors on va mettre le jeune gars aux fers.

— Très bonne idée, capitaine. Hélas, nous n'avons pas de fers non plus.

— Quel dommage ! Faites-moi penser à en acquérir dès que nous rentrerons à Bristol.

— Vous semblez avoir oublié que Clifton nous quittera pour embarquer sur le *Resolution*.

Le capitaine avala une gorgée de rhum avant de répéter :

— Quel dommage !

## 53

Harry monta sur la passerelle quelques minutes avant que la cloche pique sept coups pour remplacer M. Bradshaw, afin que celui-ci puisse descendre dîner avec le capitaine.

À chaque quart, Tom le laissait plus longtemps sur la passerelle, mais Harry ne se plaignait pas parce qu'il aimait imaginer, une heure par jour, qu'il commandait le bateau.

Il vérifia la position de l'aiguille sur la boussole et suivit la direction déterminée par le capitaine. On lui avait même confié la tâche de marquer la position sur la carte et de rédiger le journal de bord quotidien avant de quitter son poste.

Seul sur la passerelle, alors que la lune était en son plein, que la mer était calme et que des milliers de kilomètres d'océan s'étendaient devant lui, ses pensées se tournèrent à nouveau vers l'Angleterre. Que faisait Emma en ce moment ?

Assise dans sa chambre de Somerville College, à Oxford, elle écoutait la station de radio du *Home Ser-*

*vice* pour entendre M. Neville Chamberlain s'adresser à la nation.

> « Ici, la B.B.C., à Londres. Voici une déclaration du Premier Ministre. »

> « Je vous parle de mon bureau, au 10 Downing Street. Ce matin, l'ambassadeur de Grande-Bretagne à Berlin a remis au gouvernement allemand un ultimatum stipulant que si nous ne recevions pas de réponse avant 11 heures qui indique qu'il est prêt à retirer ses troupes de Pologne, nos deux pays seront alors en guerre. Je dois donc vous annoncer que, puisque nous n'avons pas reçu une telle réponse, notre pays est en guerre contre l'Allemagne. »

Or, la radio du *Devonian* n'était pas en mesure de recevoir la B.B.C., chacun à bord vaquait à ses occupations comme s'il s'agissait d'une journée ordinaire.

Harry songeait toujours à Emma lorsque le premier coup passa près de l'avant du bateau. Que faire ? Il hésitait à déranger le capitaine pendant le dîner, de peur que celui-ci ne lui reproche de lui faire perdre son temps. Il était aux aguets quand il vit le deuxième objet. Cette fois-ci, il comprit parfaitement de quoi il s'agissait. Il regarda l'objet brillant, long et effilé, glisser sous la surface de l'eau en direction de la proue. Il mit instinctivement la barre à tribord, mais le bateau vira à bâbord. Si ce n'était pas tout à fait son intention, son erreur lui donna le temps de déclencher l'alarme, car la chose passa comme un bolide devant l'avant, ratant le bateau de quelques mètres.

Il n'hésita pas et plaqua fortement la paume de sa main contre l'avertisseur, qui émit alors un puissant

rugissement. Quelques instants plus tard, M. Bradshaw apparut sur le pont et se précipita vers la passerelle, suivi de près par le capitaine en train d'enfiler
sa veste.

Un par un, les autres membres de l'équipage sur-
girent des entrailles du bateau et se dirigèrent en
toute hâte vers leurs postes, supposant qu'il s'agissait
d'un exercice de sécurité imprévu.

— Quel est le problème, monsieur Clifton ?
demanda le capitaine Havens d'un ton serein en arrivant sur la passerelle.

— Je crois avoir aperçu une torpille, capitaine,
mais comme je n'en ai jamais vu je ne suis pas sûr que
c'en soit une.

— Est-ce que ce pourrait être un dauphin en train
de déguster nos restes ?

— Non, capitaine. Ce n'était pas un dauphin.

— Moi non plus, je n'ai jamais vu de torpille,
reconnut le capitaine en prenant la barre. De quelle
position venait-elle ?

— Nord-nord-est.

— Monsieur Bradshaw, dit le capitaine, que tous
les marins gagnent leur poste d'évacuation et se pré-
parent à descendre les canots de sauvetage dès que
j'en donnerai l'ordre.

— À vos ordres, capitaine, répondit Bradshaw qui
redescendit sur le pont en glissant sur la rampe et se
mit immédiatement à organiser l'équipage.

— Monsieur Clifton, gardez l'œil au guet et
avertissez-moi dès que vous repérerez quelque chose.

Harry saisit les jumelles et commença à lentement
balayer l'océan du regard, tandis que le capitaine
hurlait dans le porte-voix :

— En arrière, tous les moteurs, monsieur Patterson ! Jusqu'à nouvel ordre, tous les moteurs, en arrière !

— À vos ordres, capitaine ! répondit l'officier mécanicien tout troublé, car il n'avait pas entendu un tel ordre depuis 1918.

— En voilà une autre, annonça Harry. Nord-nord-est, venant droit sur nous.

— Je la vois, dit le capitaine.

Il mit vivement la barre à gauche, et la torpille les rata d'un ou deux mètres seulement.

Il savait qu'il ne réussirait pas ce coup une seconde fois.

— Vous avez raison, monsieur Clifton, il ne s'agissait pas d'un dauphin, constata tranquillement Havens... On doit être en guerre, ajouta-t-il à mi-voix. L'ennemi a des torpilles, et, moi, tout ce que je possède, ce sont cent quarante-quatre bicyclettes Raleigh, quelques sacs de pommes de terre et des robes en coton.

Harry continuait à garder l'œil au guet. Le capitaine restait si calme qu'il n'avait guère l'impression d'être en danger.

— Une quatrième se dirige droit sur nous, capitaine, annonça-t-il. Nord-nord-est, de nouveau.

Havens essaya bravement de manœuvrer une nouvelle fois la vieille dame, mais celle-ci ne réagit pas assez vite à ses avances importunes, et la torpille déchira l'avant du bateau. Quelques instants plus tard, M. Patterson avertit qu'un incendie s'était déclaré sous la ligne de flottaison et que ses hommes n'arrivaient pas à éteindre le feu en utilisant les archaïques tuyaux à mousse carbonique du bateau.

Le capitaine savait pertinemment que la bataille était perdue d'avance.

— Monsieur Bradshaw, préparez-vous à abandonner le bateau. Tout l'équipage doit se tenir près des canots de sauvetage en attendant les ordres.

— À vos ordres, capitaine, lança Bradshaw depuis le pont.

— Monsieur Patterson, hurla Havens dans le porte-voix, vous et vos hommes, sortez immédiatement de là ! Immédiatement, je répète, et rendez-vous aux canots de sauvetage !

— Nous y allons, capitaine !

— Une autre, capitaine, annonça Harry. Nord-nord-ouest, par le travers tribord.

Le capitaine donna un nouveau coup de barre, mais il savait qu'il ne réussirait pas à parer l'attaque. Quelques secondes plus tard, la torpille défonça la coque, et le bateau commença à gîter.

— Abandonnez le bateau ! hurla Havens en saisissant le mégaphone. Abandonnez le bateau ! répéta-t-il plusieurs fois, avant de se tourner vers Harry qui continuait à scruter la mer avec les jumelles.

— Dirigez-vous vers le premier canot de sauvetage, monsieur Clifton. Et fissa ! Il est inutile que quelqu'un reste sur la passerelle.

— À vos ordres, capitaine.

— Capitaine ! lança une voix depuis la salle des machines, la cale 4 est bloquée. Je suis coincé sous le pont avec quatre de mes hommes.

— On arrive, monsieur Patterson. Nous allons tout de suite vous tirer de là… Changement de plan, monsieur Clifton. Suivez-moi !

Harry sur ses talons, le capitaine descendit les marches quatre à quatre, ses pieds effleurant à peine le sol.

— Monsieur Bradshaw, cria le capitaine en se frayant un chemin entre les flammes bondissantes, alimentées par le gazole qui avaient atteint le pont, faites entrer les hommes dans les canots vite fait et abandonnez le navire.

— À vos ordres ! répondit Bradshaw, qui s'accrochait au bastingage.

— J'ai besoin d'une rame, et réservez un canot pour M. Patterson et ses hommes quand ils sortiront de la chaufferie.

M. Bradshaw attrapa une rame dans l'un des canots et, avec l'aide d'un autre marin, réussit à la passer au capitaine. Harry et le pacha la saisirent chacun par une extrémité et avancèrent en titubant sur le pont en direction de la cale 4. Harry se demanda comment une rame pouvait protéger des torpilles, mais ce n'était pas l'heure de poser des questions.

Le capitaine fonça droit devant lui, contourna le Chinois, qui, à genoux, tête baissée, priait son Dieu.

— Monte dans un canot ! Tout de suite, espèce de crétin ! hurla Havens.

M. Lu se mit sur pied en chancelant puis s'immobilisa. Passant devant lui en trébuchant, Harry le poussa vers le troisième officier, ce qui le fit basculer en avant et presque tomber dans les bras de M. Bradshaw.

Lorsque le capitaine atteignit la trappe qui fermait la cale, il glissa le bout du manche de la rame dans l'anneau, se redressa d'un bond et tira de toutes ses forces. Harry s'empressa de lui donner un coup de main et, à eux deux, ils réussirent à soulever la lourde plaque métallique et à créer un espace d'environ trente centimètres.

— Tirez les hommes, monsieur Clifton, tandis que j'essaye de garder la trappe ouverte, dit Havens, alors que deux mains apparaissaient dans l'espace dégagé.

Harry lâcha la rame, se mit à genoux et gagna la trappe ouverte à quatre pattes. Lorsqu'il empoigna les épaules de l'homme, une vague le submergea et s'engouffra dans la cale. Il extirpa le matelot et lui cria de gagner sur-le-champ le canot de sauvetage. Plus agile, le deuxième homme parvint à sortir tout seul, tandis que, fou de panique, le troisième surgit d'un seul coup du trou et se cogna la tête, avant de suivre ses camarades en titubant. Les deux marins suivants émergèrent rapidement l'un après l'autre et marchèrent à quatre pattes vers le canot restant. Harry s'attendait à voir l'officier mécanicien, mais il n'apparut pas. Le bateau gîtait de plus en plus, et Harry devait s'accrocher au pont pour éviter de tomber la tête la première dans la cale.

Il fouilla l'obscurité du regard et repéra une main tendue. Passant la tête dans le trou, il se pencha le plus possible sans tomber dedans, mais ne parvint pas à toucher les doigts de l'officier. M. Patterson sauta en l'air à plusieurs reprises, mais ses efforts furent chaque fois contrecarrés par l'eau qui se déversait sur lui à flots. Si le capitaine Havens voyait bien quel était le problème, il ne pouvait venir à leur secours, car s'il lâchait la rame la trappe s'abattrait sur Harry.

Patterson, qui avait désormais de l'eau jusqu'aux genoux, hurla :

— Gagnez tous les deux les canots de sauvetage, Dieu du ciel, avant qu'il ne soit trop tard !

— Pas question ! s'écria le capitaine. Monsieur Clifton, descendez et poussez au cul le malheureux. Puis montez derrière lui.

Harry n'hésita pas une seconde. Il agrippa le rebord et se suspendit dans le vide, avant de lâcher prise et de s'affaler dans le noir. L'eau glaciale, huileuse et clapotante, amortit sa chute et, dès qu'il retrouva l'équilibre, il s'accrocha aux parois, s'accroupit dans l'eau et déclara :

— Grimpez sur mes épaules, monsieur, et vous devriez pouvoir atteindre le rebord.

Le deuxième officier obéit à l'ordre du quatrième officier, mais lorsqu'il se redressa, le pont était encore éloigné de quelques centimètres. Harry utilisa toutes ses forces pour pousser Patterson plus haut afin que celui-ci puisse atteindre le bord de la trappe et s'y accrocher du bout des doigts. Le bateau gîtant de plus en plus, l'eau se déversait à torrents dans la cale. Harry plaça une main sous chaque fesse de M. Patterson et commença à le soulever, comme un haltérophile soulève des poids, jusqu'à ce que la tête de l'officier apparaisse sur le pont.

— Ravi de vous voir, Jim, grogna le capitaine, qui continuait à tirer de toutes ses forces sur la rame.

— De même, Arnold, répondit Patterson, tout en s'extirpant péniblement de la cale.

Ce fut à ce moment précis que la dernière torpille heurta le bateau en train de couler. La rame se fendit en deux, et la trappe métallique s'abattit violemment sur l'officier mécanicien. Telle la hache d'un bourreau du Moyen Âge, elle lui trancha la tête d'un coup, avant de se refermer bruyamment. Le corps décapité de Patterson retomba dans la cale et atterrit dans l'eau, à côté de Harry.

Harry remercia Dieu que l'obscurité qui l'enveloppait à présent l'empêche de voir la dépouille mutilée. Si l'eau avait cessé de se déverser dans la cale, cela signifiait cependant qu'il ne pouvait plus s'échapper.

Comme le *Devonian* commençait à chavirer, il supposa que le capitaine avait dû être tué lui aussi. Autrement, il aurait sans aucun doute cogné sur la trappe pour tenter de trouver un moyen de le sortir de là. Au moment où il s'effondra dans l'eau, il pensa que c'était un ironique retour des choses qu'il meure de la même façon que son père, enseveli au fond d'un bateau. Il s'agrippa à la paroi de la cale en un ultime effort pour tromper la mort. Tandis qu'il attendait que l'eau monte, centimètre par centimètre, au-dessus de ses épaules, de son cou, de sa tête, une myriade de visages lui apparurent. D'étranges pensées surgissent lorsqu'on sait qu'il ne nous reste que quelques instants à vivre.

À tout le moins, sa mort résoudrait certains problèmes pour beaucoup de gens qu'il aimait. Emma serait libérée de sa promesse d'oublier tous les autres hommes le restant de sa vie. Sir Walter n'aurait plus à se tracasser des conséquences du testament de son père. Le moment venu, Giles hériterait le titre familial et tous les biens de son père. Même la vie d'Hugo Barrington pourrait reprendre son cours maintenant qu'il n'aurait plus à prouver qu'il n'était pas le père de Harry. Seule sa pauvre mère…

Il y eut soudain une terrible explosion. Le *Devonian* se fendit en deux et, quelques instants plus tard, les deux moitiés se cabrèrent comme un cheval effrayé. Puis, sans autre forme de procès, le bateau brisé coula au fond de l'océan.

Le commandant du sous-marin allemand continua à regarder dans son périscope jusqu'à ce que le *Devonian* ait été englouti, laissant dans son sillage un millier de robes en coton aux vives couleurs et d'innombrables corps ballottés par les vagues, entourés de pommes de terre.

## 54

— Pouvez-vous me dire comment vous vous appelez ? (Harry leva les yeux vers l'infirmière, mais il était incapable de bouger les lèvres.) Pouvez-vous m'entendre ? demanda-t-elle. (Un accent américain.)

Il réussit à faire un petit hochement de tête, et elle sourit. Il entendit une porte s'ouvrir et, bien qu'il n'ait pu voir qui était entré, comme l'infirmière le quitta immédiatement il devina qu'il s'agissait d'un supérieur. Même s'il ne les voyait pas, il entendait ce qu'ils disaient, ce qui lui donnait l'impression d'être indiscret.

— Bonsoir, infirmière Craven, dit la voix d'un homme mûr.

— Bonsoir, docteur Wallace.

— Comment vont vos deux patients ?

— L'un d'eux montre des signes de progrès. L'autre est toujours inconscient.

*Deux d'entre nous, au moins, ont survécu*, pensa Harry. Il aurait voulu pousser des hourras !, mais, bien que ses lèvres aient bougé, aucun mot n'en sortit.

— Et on ne connaît toujours pas leur identité ?

— Non. Mais le capitaine Parker est venu tout à l'heure pour prendre de leurs nouvelles, et quand je lui ai montré ce qui restait de leurs uniformes, il n'a guère hésité à affirmer qu'il s'agissait de deux officiers.

Le cœur de Harry bondit dans sa poitrine à la pensée que le capitaine Havens avait peut-être survécu. Le médecin se dirigea vers l'autre lit, mais Harry était incapable de tourner la tête pour voir qui s'y trouvait. Quelques instants plus tard, il l'entendit déclarer :

— Le pauvre diable, ça m'étonnerait qu'il passe la nuit.

*Il est évident que vous ne connaissez pas le capitaine Havens !* aurait voulu rétorquer Harry, *vous n'allez pas l'expédier aussi facilement dans l'autre monde.*

Le médecin revint vers le lit du jeune homme et commença à l'ausculter. Harry distingua seulement la mine grave et pensive d'un homme d'âge moyen. Lorsque le Dr Wallace eut terminé son examen, il s'adressa à l'infirmière.

— J'ai beaucoup plus d'espoir pour celui-ci, chuchota-t-il, même s'il n'a guère, pour le moment, que cinquante pour cent de chances de s'en tirer après ce qu'il a enduré... Ne baissez pas les bras, jeune homme, dit-il en se tournant vers Harry, bien qu'il ne soit pas certain que le patient puisse l'entendre. On va faire tout ce qui est en notre pouvoir pour vous garder en vie. (Le patient voulut le remercier mais, à nouveau, il ne réussit qu'à esquisser un signe de tête avant que le médecin ne s'éloigne.) Si l'un des deux devait mourir cette nuit, murmura le médecin à l'infirmière, connaissez-vous la procédure officielle à suivre ?

— Oui, docteur. Je devrai avertir le capitaine sur-le-champ, et il faudra descendre le corps à la morgue.

Harry avait envie de demander combien de ses camarades s'y trouvaient déjà.

— Je souhaiterais que l'on m'en informe, moi aussi, précisa Wallace, même si je me suis déjà retiré pour la nuit.

— Bien sûr, docteur. Puis-je demander ce que le capitaine a décidé de faire des pauvres diables qui étaient déjà morts quand on les a repêchés ?

— Étant donné que ce sont tous des marins, il a donné l'ordre de les immerger en haute mer demain matin, au point du jour.

— Pourquoi si tôt ?

— Il ne veut pas que les passagers se rendent compte du nombre de personnes qui ont perdu la vie hier soir, expliqua le médecin en s'éloignant. (Harry entendit une porte s'ouvrir.) Bonne nuit, infirmière.

— Bonne nuit, docteur.

La porte se referma, et elle revint s'asseoir au chevet de Harry.

— Je me fiche pas mal des probabilités, déclara-t-elle, vous allez vous en tirer.

Il leva les yeux vers elle et, malgré l'uniforme et le bonnet blancs empesés qui l'enveloppaient, il comprit à son regard ardent qu'elle pensait vraiment ce qu'elle disait.

*
* *

Quand il se réveilla, la pièce était plongée dans l'obscurité, à part une petite lueur brillant à l'autre bout, qui venait sans doute d'une autre chambre. Sa première pensée alla au capitaine Havens qui luttait pour demeurer en vie, dans le lit à côté du sien. Il pria pour sa survie afin qu'ils puissent rentrer en Angleterre ensemble. Alors le capitaine prendrait sa retraite, et Harry pourrait s'engager sur le premier navire de la Royal Navy à bord duquel sir Walter parviendrait à le faire embarquer.

Ses pensées se tournèrent une nouvelle fois vers Emma, et il se dit, encore, que sa mort aurait résolu pour la famille Barrington bien des problèmes, qui dorénavant allaient continuer à le hanter.

La porte se rouvrit, et un pas inconnu pénétra dans l'infirmerie. Bien qu'il n'ait pu voir de qui il s'agissait, le bruit des souliers suggérait deux choses : c'était un homme, et il savait où il allait. Une autre porte s'ouvrit à l'autre bout de la pièce, et la lumière devint plus intense.

— Salut, Kristin ! lança une voix d'homme.

— Bonjour, Richard, répondit l'infirmière. Tu es en retard, ajouta-t-elle d'un ton taquin, dénué de toute irritation.

— Désolé, poulette. Tous les officiers ont dû rester sur la passerelle jusqu'à ce qu'on décide d'abandonner la recherche de survivants.

La porte se referma et la lumière se radoucit. Harry n'avait aucun moyen d'évaluer le temps qui s'écoula avant qu'elle ne s'ouvre à nouveau. Une demi-heure, une heure peut-être. Il entendit leurs voix.

— Ta cravate est de travers, dit l'infirmière.

— Il faut que je la redresse. Car on pourrait deviner ce qu'on a fait. (Elle rit alors que l'homme se dirigeait vers la porte avant de s'arrêter brusquement.) Qui sont ces deux-là ? demanda-t-il.

— Monsieur A et monsieur B. Les deux seuls survivants de l'opération de sauvetage d'hier soir.

« Je suis monsieur C », avait envie de lui dire Harry, tandis qu'ils avançaient vers son lit. Il ferma les yeux pour éviter qu'ils ne devinent qu'il avait écouté leur conversation. L'infirmière lui tâta le pouls.

— Il me semble que monsieur B reprend des forces d'heure en heure. Tu sais, je ne supporte pas l'idée de ne pas pouvoir sauver au moins l'un des deux.

Elle quitta le chevet de Harry et se dirigea vers l'autre lit. Il rouvrit les yeux, tourna un peu la tête et découvrit un grand jeune homme portant un élégant uniforme blanc orné d'épaulettes aux galons dorés. Soudain, l'infirmière éclata en sanglots. Tendrement, le jeune officier plaça un bras autour de ses épaules et s'efforça de la consoler. *Non, non !* criait Harry intérieurement, *le capitaine Havens ne peut pas mourir. Nous rentrons ensemble en Angleterre.*

— Quelle est la procédure à adopter en la circonstance ? demanda l'officier, d'un ton assez guindé.

— Je dois prévenir le capitaine sur-le-champ et ensuite réveiller le Dr Wallace. Une fois que les documents auront été signés et que l'enlèvement aura été autorisé, le corps sera descendu à la morgue et préparé pour le service funéraire de demain.

« Non, non, non ! » hurla Harry, mais aucun des deux ne l'entendit.

— Je prie Dieu, quel qu'Il soit, poursuivit l'infirmière, que l'Amérique ne se mêle pas de cette guerre.

— Ça n'arrivera jamais, poulette, dit le jeune homme. Roosevelt est trop malin pour se laisser entraîner dans une nouvelle guerre européenne.

— C'est ce qu'ont dit les politiques la dernière fois, lui rappela Kristin.

— Mais comment c'est arrivé, hein ? fit-il d'un ton inquiet.

— Monsieur A avait à peu près le même âge que toi. Peut-être avait-il laissé une fiancée au pays, lui aussi.

Harry comprit alors que ce n'était pas le capitaine Havens qui se trouvait dans le lit voisin, mais Tom Bradshaw. C'est à ce moment-là qu'il prit sa décision.

*
\* \*

Quand il se réveilla, il entendit des voix dans la pièce d'à côté. Quelques instants plus tard, le Dr Wallace et l'infirmière Craven entrèrent dans l'infirmerie.

— Ç'a dû être bouleversant, dit l'infirmière.

— Ça n'a guère été agréable, reconnut le médecin. Le plus pénible, c'est qu'ils ont tous été ensevelis anonymement, même si je pense, comme le capitaine, que c'est la façon dont aurait aimé être inhumé un marin.

— A-t-on des nouvelles de l'autre bateau ?

— Oui. Ils ont un peu mieux réussi que nous. Il y a eu onze morts et trois survivants : un Chinois et deux Anglais.

*L'un des deux Anglais pourrait-il être le capitaine Havens ?* se demanda Harry.

Le médecin se pencha en avant, déboutonna le haut du pyjama de Harry, plaça un stéthoscope froid à plusieurs endroits de sa poitrine et écouta attentivement. Ensuite l'infirmière lui inséra un thermomètre dans la bouche.

— Sa température a bien baissé, docteur, déclara-t-elle, après avoir regardé la colonne de mercure.

— Excellent. Vous pourriez essayer de lui donner un peu de bouillon clair.

— Oui. Bien sûr. Aurez-vous besoin de mon aide pour des passagers ?

— Non, merci, infirmière. Votre priorité est de vous assurer que celui-ci s'en tire. Je vous reverrai dans deux heures.

Une fois la porte refermée, l'infirmière revint au chevet de Harry. Elle s'assit et lui sourit.

— Pouvez-vous me voir ? demanda-t-elle. Pouvez-vous me dire votre nom ?

— Tom Bradshaw, répondit-il.

## 55

— Tom, dit le Dr Wallace, après avoir ausculté Harry, pourriez-vous me dire le nom de l'officier qui est mort hier soir ? J'aimerais écrire à sa mère ou à sa femme, s'il était marié.

— Il s'appelait Harry Clifton, répondit Harry d'une voix à peine audible. Il n'était pas marié, mais je connais très bien sa mère. J'avais projeté de lui écrire moi-même.

— C'est gentil de votre part. Toutefois j'aimerais quand même lui envoyer une lettre. Avez-vous son adresse ?

— Oui. Mais ce serait moins dur si c'était moi, et non pas un inconnu, qui lui faisais d'abord part de la nouvelle.

— Si vous pensez que ce serait mieux ainsi, répondit Wallace, sans grande conviction.

— J'en suis absolument persuadé, affirma Harry avec un peu plus de force cette fois-ci. Vous pourriez poster ma lettre quand le *Kansas Star* reviendra à Bristol. Si le capitaine a encore l'intention d'y retourner maintenant que nous sommes en guerre contre l'Allemagne.

— Nous, nous ne sommes pas en guerre contre l'Allemagne.

— Non, bien sûr, se corrigea prestement Harry. Et espérons que cela n'arrive jamais !

— Je l'espère aussi. De toute façon, la guerre n'empêchera pas le *Kansas Star* de faire le voyage de retour. Il y a encore des centaines d'Américains bloqués en Angleterre et sans autre moyen de rentrer au pays.

— N'est-ce pas un peu risqué ? Surtout vu ce qu'on vient d'essuyer.

— Non, je ne pense pas. Les Allemands n'ont sûrement pas envie de couler un paquebot américain, ce qui ne manquerait pas de nous faire entrer en guerre. Vous feriez mieux de dormir un peu, Tom, parce que j'espère que demain l'infirmière pourra vous faire faire un tour sur le pont. Un seul tour du bateau pour commencer, précisa-t-il.

Harry ferma les yeux mais ne chercha pas à s'endormir. Il se mit à réfléchir à la décision qu'il venait de prendre et au nombre de vies qu'elle allait affecter. En usurpant l'identité de Tom Bradshaw, il s'était accordé un petit répit afin d'envisager son avenir. Dès qu'ils apprendraient que Harry Clifton avait péri en mer, sir Walter et le reste de la famille Barrington seraient dégagés de toute éventuelle obligation envers lui, et Emma serait libre d'entamer une nouvelle vie. C'était une décision que le vieux Jack aurait sûrement approuvée, même si Harry n'en avait pas encore évalué toutes les implications.

Nul doute cependant que la résurrection de Tom Bradshaw allait créer ses propres problèmes, et il devrait rester constamment sur ses gardes. D'autant plus que, ne sachant presque rien sur Tom Bradshaw, chaque fois que Mlle Craven, l'infirmière, l'interrogeait sur son passé, il devait soit inventer soit changer de sujet.

Bradshaw était passé maître dans l'art d'éluder toutes les questions auxquelles il ne souhaitait pas répondre, et c'était, à l'évidence, un solitaire. N'ayant pas remis les pieds dans son pays depuis au moins trois ans, voire bien davantage, sa famille n'avait aucun moyen d'être au courant de son retour imminent. Dès que le *Kansas Star* arriverait à New York, Harry avait l'intention de refaire voile vers l'Angleterre par le premier bateau en partance.

Comment éviter que sa mère souffre inutilement à la pensée qu'elle avait perdu son fils unique ? Tel était son plus grave problème. Le Dr Wallace l'avait quelque peu aidé à résoudre ce cas de conscience en promettant de poster une lettre à Maisie dès qu'il serait de retour en Angleterre. Mais Harry devait encore écrire la lettre.

Il avait passé des heures à la rédiger mentalement, si bien que lorsqu'il fut assez remis pour l'écrire il en connaissait le texte presque par cœur.

*New York, le 8 septembre 1939*

> *Très chère maman,*
> *J'ai fait tout ce qui était en mon pouvoir pour m'assurer que tu reçoives cette lettre avant qu'on puisse t'annoncer que j'ai péri en mer.*
> *Comme l'indique la date de cette lettre, je ne suis pas mort lorsque le* Devonian *a été coulé le 4 sep-*

*tembre. En fait, j'ai été repêché par un paquebot américain et je suis sain et sauf. Cependant, l'occasion s'est présentée d'usurper l'identité de quelqu'un, ce que j'ai fait dans l'espoir de vous libérer, toi et la famille Barrington, des nombreux problèmes que je semble avoir involontairement causés.*

*Il est important que tu comprennes que mon amour pour Emma ne s'est en rien amoindri, bien au contraire. Mais je ne crois pas avoir le droit de lui demander de passer le reste de sa vie à s'accrocher à l'espoir vain que je serai capable de prouver un jour que mon père était bien Arthur Clifton, et non pas Hugo Barrington. Ainsi pourra-t-elle envisager un avenir avec quelqu'un d'autre. J'envie cet homme.*

*Je compte revenir très bientôt en Angleterre. Si un certain Tom Bradshaw entre en contact avec toi, ce sera moi.*

*Je t'avertirai dès mon retour, mais, entre-temps, je te supplie de garder mon secret aussi jalousement que tu as gardé le tien durant toutes ces années.*

*Affectueusement,*
*Ton fils,*
*Harry*

Il relut plusieurs fois la lettre avant de la placer dans une enveloppe sur laquelle il inscrivit les mots : *Strictement personnel et confidentiel.* Il adressa la lettre à *Mme Arthur Clifton, 27 Still House Lane, Bristol.*

Il remit la lettre le lendemain matin au Dr Wallace.

*
*  *

— Vous sentez-vous prêt à faire une petite promenade sur le pont ? lui demanda Kristin.

— Pour sûr, répondit Harry, en employant l'une des expressions qu'il avait entendu son petit copain utiliser, même s'il ne trouvait pas encore naturel d'ajouter « poulette ».

Pendant les longues heures passées au lit, Harry avait écouté attentivement le Dr Wallace, et chaque fois qu'il était seul il essayait d'imiter son accent, celui de la côte Est, d'après ce qu'avait dit Kristin à Richard. Harry remerciait Dieu d'avoir pris de nombreux cours de diction avec M. Paget, lesquels, avait-il alors cru, ne lui serviraient que pour jouer la comédie. En fait, c'était bien ce qu'il faisait. Il était toujours néanmoins confronté au problème de satisfaire l'innocente curiosité de Kristin à propos de sa famille et de son enfance.

Il fut aidé par la lecture de deux romans. Un de Horatio Alger et l'autre de Thornton Wilder, les deux seuls livres qui se trouvaient à l'infirmerie. Grâce à eux il put imaginer une famille originaire de Bridgeport, dans le Connecticut. Son père était gérant d'une succursale de la banque Connecticut Trust & Savings dans une petite ville et sa mère, une bonne ménagère arrivée deuxième au concours annuel de beauté. Il avait également une sœur aînée prénommée Sally, vivant un parfait bonheur conjugal avec Jake, le quincaillier du coin. Il sourit intérieurement en se rappelant le commentaire de M. Paget, selon qui, vu son imagination fertile, Harry avait plus de chances de devenir écrivain que comédien.

Il posa les pieds à terre avec précaution, et Kristin l'aida à se redresser lentement. Lorsqu'il eut enfilé un peignoir, il la prit par le bras, se dirigea en chancelant vers la porte, gravit une volée de marches, et ils débouchèrent sur le pont.

— Il y a combien de temps que vous n'êtes pas rentré chez vous ? demanda Kristin comme ils commençaient leur lente marche sur le pont.

Harry s'efforçait toujours de coller au peu qu'il savait sur Bradshaw, ajoutant quelques petits détails tirés de la vie imaginaire de sa famille.

— Un peu plus de trois ans, répondit-il. Ma famille ne se plaint pas, car elle sait que j'ai toujours voulu être marin.

— Mais comment se fait-il que vous serviez à bord d'un bateau britannique ?

*Excellente question, nom d'une pipe !* se dit Harry. Dommage qu'il n'ait pas eu la réponse. Il tituba pour se donner un peu plus de temps afin d'imaginer une réponse convaincante. Kristin se pencha pour l'aider.

— Ça va, dit-il, après avoir ressaisi le bras de l'infirmière. (Il se mit alors à éternuer à plusieurs reprises.)

— Il est peut-être temps de vous ramener à l'infirmerie, suggéra Kristin. Pas question de vous laisser attraper froid. On pourra toujours faire une nouvelle tentative demain.

— Comme vous voulez, dit Harry, ravi qu'elle ne lui pose pas de nouvelles questions.

Dès qu'elle l'eut mis au lit, telle une mère bordant son enfant, il sombra immédiatement dans un profond sommeil.

\*

\* \*

La veille de l'arrivée du *Kansas Star* dans le port de New York, Harry réussit à faire sept fois le tour du pont. Bien qu'il n'ait pu l'avouer à qui que ce soit, il était tout excité à l'idée de voir l'Amérique pour la première fois.

— Allez-vous gagner directement Bridgeport dès que vous aurez débarqué ? demanda Kristin pendant le dernier tour. Ou avez-vous l'intention de rester à New York ?

— Je n'ai guère réfléchi à la question, répondit Harry, qui en fait y avait énormément pensé. Cela dépendra, je suppose, de l'heure à laquelle nous accosterons, ajouta-t-il en essayant de prévoir la prochaine question de l'infirmière.

— C'est juste que si vous voulez passer la nuit chez Richard, qui habite un appartement de l'East Side, ce serait formidable.

— Oh, je ne souhaite guère le déranger le moins du monde.

— Savez-vous, Tom, qu'il y a des fois où vous parlez plus comme un Anglais que comme un Américain ?

— Peut-être qu'après toutes ces années passées sur les bateaux anglais on finit par se laisser corrompre par les Angliches.

— C'est aussi pour ça que vous n'avez pas réussi à nous faire part de votre problème ? (Il s'immobilisa. Un titubement ou un éternuement n'allaient pas suffire à le tirer d'affaire cette fois-ci.) Si vous aviez été un peu plus franc avec nous, on aurait été ravis de le résoudre. Mais on a été forcés d'en informer le capitaine Parker et de le laisser prendre lui-même une décision.

Il s'affala dans la chaise longue la plus proche, et Kristin ne faisant aucun effort pour venir à sa rescousse, il comprit qu'il avait perdu la partie.

— C'est bien plus compliqué que vous le pensez, commença-t-il. Mais je peux expliquer pourquoi je ne veux pas impliquer quelqu'un d'autre.

— Ce n'est pas nécessaire. Le capitaine est déjà venu à notre secours. Il voulait malgré tout vous demander comment vous comptiez régler le problème majeur.

— Je veux bien répondre à toutes les questions que le capitaine souhaitera me poser, répondit-il, presque soulagé d'avoir été démasqué.

— Comme nous tous, il souhaitait savoir comment vous alliez descendre du bateau alors que vous n'avez ni vêtements ni le moindre sou vaillant ?

Il sourit.

— Je croyais que les New-Yorkais trouveraient plutôt chic une robe de chambre du *Kansas Star*.

— Franchement, rares seraient les New-Yorkais qui vous remarqueraient si, en effet, vous descendiez la Cinquième avenue en peignoir. Et ceux qui le feraient penseraient sans doute qu'il s'agit de la dernière mode. Mais, pour parer à toute éventualité, Richard a trouvé deux chemises blanches et un veston de ville. Dommage qu'il soit bien plus grand que vous, autrement il aurait pu aussi vous fournir un pantalon. Le Dr Wallace peut vous offrir une paire de chaussures pointues à bout recourbé, une paire de chaussettes et une cravate. Ça ne résout pas la question du pantalon, mais le capitaine possède un bermuda qui ne lui va plus. (Harry éclata de rire.) J'espère que vous n'allez pas vous vexer, Tom, mais on a également fait la quête auprès de l'équipage, ajouta-t-elle en lui remettant une épaisse enveloppe. Je crois que vous constaterez qu'elle contient largement assez pour vous permettre de rentrer dans le Connecticut.

— Comment vous remercier ?

— C'est inutile, Tom. Nous sommes tous si heureux que vous ayez survécu. Je regrette seulement que nous n'ayons pas réussi à sauver également votre ami, Harry Clifton. Vous serez malgré tout content d'apprendre que le capitaine Parker a prié le Dr Wallace de remettre votre lettre à sa mère en main propre.

## 56

Ce matin-là, Harry était parmi les premiers passagers à monter sur le pont, deux heures avant que le *Kansas Star* n'entre dans le port de New York. Le soleil ne le rejoignit que quarante minutes plus tard. Il avait entre-temps imaginé en détail le déroulement de sa première journée américaine.

Il avait déjà dit au revoir au Dr Wallace, après avoir tenté de le remercier du mieux qu'il pouvait des soins qu'il lui avait prodigués. Wallace lui avait assuré qu'il posterait sa lettre à Mme Clifton dès qu'il arriverait à Bristol. Harry lui ayant indiqué qu'elle était très émotive, il avait admis à contrecœur que ce ne serait peut-être pas une bonne idée de lui rendre visite.

Cela le toucha que le capitaine Parker vienne à l'infirmerie lui apporter un bermuda et lui souhaiter bonne chance. Une fois qu'il eut regagné la passerelle, Kristin dit à Harry d'un ton ferme :

— Il est l'heure de vous coucher, Tom. Vous aurez besoin de toutes vos forces demain pour voyager jusque dans le Connecticut.

Alors que Tom Bradshaw aurait aimé passer un ou deux jours à Manhattan avec Richard et Kristin, Harry Clifton, lui, n'avait pas de temps à perdre, maintenant que la Grande-Bretagne avait déclaré la guerre à l'Allemagne.

— Quand vous vous réveillerez demain matin, poursuivit Kristin, essayez de monter sur le pont avant l'aube pour contempler le lever du soleil, au moment où le bateau entrera dans le port de New York. Je sais que vous avez vu ce spectacle à de nombreuses reprises, Tom, mais moi, il me fascine toujours.

— Moi aussi.

— Et, une fois que nous aurons accosté, reprit-elle, attendez donc que Richard et moi ayons terminé notre service, et nous pourrons débarquer tous les trois ensemble.

*
* *

Vêtu de la chemise et de la veste de ville de Richard, un peu trop grandes pour lui, du bermuda du capitaine, un peu trop long, et des socquettes et des chaussures du médecin, un peu trop serrées, Harry était impatient de débarquer.

Le commissaire du bateau avait télégraphié au service de l'immigration de New York pour les avertir qu'ils avaient un passager supplémentaire, un citoyen américain du nom de Tom Bradshaw. Le service avait répondu que M. Bradshaw devait se présenter à l'un des fonctionnaires de l'immigration et qu'on s'occuperait de lui à ce moment-là.

Quand Richard le laisserait à la gare de Grand Central, Harry comptait y traîner quelque temps avant de regagner le port, où il avait l'intention d'aller directement aux bureaux du syndicat pour savoir quels bateaux étaient en partance pour l'Angleterre. Peu lui importait le port de destination, du moment que ce n'était pas Bristol.

Une fois qu'il aurait trouvé un navire adéquat, il accepterait n'importe quel boulot disponible, que ce soit sur la passerelle ou dans la chaufferie, qu'il doive récurer les ponts ou peler des pommes de terre, du moment qu'il rentrait en Angleterre. S'il n'y avait aucune offre d'emploi il achèterait le billet le moins cher. Il avait déjà compté le contenu de la grosse enveloppe que lui avait donnée Kristin, et il y avait largement assez pour réserver une couchette, qui ne pouvait être plus exiguë que le placard à balais dans lequel il avait dormi à bord du *Devonian*.

Cela l'attrista de penser que lorsqu'il serait de retour en Angleterre il ne pourrait pas rentrer en relation avec ses anciens amis et qu'il serait obligé de faire attention même quand il contacterait sa mère. Mais dès qu'il débarquerait son seul but serait de s'engager sur l'un des navires de Sa Majesté et de participer au combat contre les ennemis du royaume, même s'il savait que chaque fois que le bateau rentrerait au port, il devrait rester à bord, tel un criminel en fuite.

Une dame interrompit ses pensées. Subjugué, il vit la statue de la Liberté se profiler devant lui à travers la brume matinale. Il avait vu des photos de cette icône, mais elles ne permettaient pas de se rendre vraiment compte de sa taille, au moment où elle se dressait au-dessus du *Kansas Star* pour accueillir aux États-Unis ses compatriotes, les visiteurs et les immigrants.

Le bateau continuait à avancer vers le port, et, appuyé au bastingage, Harry fut déçu que les gratte-ciel de Manhattan ne paraissent pas plus hauts que certains des immeubles de Bristol. Mais plus les minutes s'écoulaient, plus ils s'élevaient, au point de paraître effectivement toucher les cieux et de forcer Harry, ébloui par le soleil, à mettre sa main en visière pour les contempler.

Un remorqueur des autorités portuaires vint chercher le *Kansas Star* pour le guider jusqu'à son dock, quai 7. Lorsque Harry aperçut la foule qui acclamait le bateau, il ressentit une certaine appréhension pour la première fois, bien que le jeune homme qui débarquait à New York ce matin-là ait été bien plus mûr que le quatrième officier qui avait quitté Bristol seulement trois semaines plus tôt.

— Souriez, Tom.

Quand Harry se retourna il vit Richard qui baissait les yeux vers un appareil photo instantané, le modèle Brownie de Kodak. Il cadrait une image inversée de Tom, la silhouette des immeubles de New York en toile de fond.

— En tout cas, vous serez un passager que je ne suis pas près d'oublier, dit Kristin en se dirigeant vers lui pour que Richard puisse prendre une deuxième photo d'elle et de Harry côte à côte.

Elle avait troqué son uniforme d'infirmière pour une élégante robe à pois, noué une ceinture blanche autour de sa taille et chaussé des souliers blancs.

— Je ne vous oublierai pas non plus, répondit Harry, tout en espérant qu'ils ne s'apercevraient pas de sa grande nervosité.

— Il est temps que nous débarquions, déclara Richard en refermant l'obturateur de son appareil.

Ils empruntèrent tous les trois le large escalier menant au pont inférieur, où se trouvaient déjà plusieurs passagers prêts à sortir du bateau pour rejoindre des parents soulagés et des amis inquiets. En descendant la passerelle, Harry fut heureux de voir le nombre de passagers et de membres d'équipage qui venaient lui serrer la main et lui souhaiter bonne chance.

Une fois sur le quai, Harry, Richard et Kristin se dirigèrent vers les bureaux de l'immigration et se joignirent à l'une des quatre longues files d'attente. Harry jetait des regards de toutes parts, ayant envie de poser une foule de questions, mais elles auraient révélé que c'était la première fois qu'il mettait les pieds en Amérique.

Ce qui le frappa tout d'abord fut la mosaïque de couleurs que composait le peuple américain. À Bristol il n'avait vu qu'un homme noir, et il se rappelait s'être arrêté pour le regarder. Le vieux Jack lui avait expliqué que c'était impoli et méprisant. « Comment réagirais-tu si tout le monde te dévisageait pour la seule raison que tu es blanc ? » Mais ce fut surtout le bruit, l'agitation et le rythme effréné des mouvements autour de lui qui le fascinèrent. À côté, Bristol paraissait languir dans une époque révolue.

Il commençait à regretter de ne pas avoir accepté l'offre de Richard de demeurer la nuit chez lui, voire quelques jours, dans une ville qui, avant même qu'il n'ait quitté les quais, lui semblait si passionnante.

— Et si je passais en premier ? proposa Richard lorsqu'ils arrivèrent en tête de file. Je pourrais ensuite aller chercher ma voiture et vous attendre tous les deux devant la sortie.

— Très bonne idée, dit Kristin.

— Au suivant ! lança un fonctionnaire de l'immigration.

Richard se dirigea vers le comptoir et tendit son passeport au fonctionnaire, qui jeta un bref coup d'œil à la photo avant de le tamponner.

— Bienvenue au pays, lieutenant Tibbet... Au suivant !

Harry fit un pas en avant, très mal à l'aise, car conscient de ne posséder ni passeport ni pièce d'identité et de porter le nom de quelqu'un d'autre.

— Je m'appelle Tom Bradshaw, déclara-t-il avec une assurance qu'il ne ressentait pas. Je crois savoir que le commissaire du paquebot *Kansas Star* a télégraphié pour annoncer mon débarquement.

Le fonctionnaire de l'immigration scruta le visage de Harry, puis prit une feuille et se mit à étudier une longue liste de noms. Il finit par cocher l'un d'eux avant de se retourner et de faire un signe de tête. Harry remarqua alors deux hommes qui se tenaient de l'autre côté de la barrière, vêtus de costumes gris identiques et coiffés de chapeaux gris. L'un des deux lui adressa un sourire.

Le fonctionnaire de l'immigration tamponna un feuillet qu'il remit à Harry.

— Bienvenue, monsieur Bradshaw. Après une longue absence.

— Pour sûr.

— Au suivant !

— Je vais vous attendre, dit Harry à Kristin tandis qu'elle se dirigeait vers le comptoir.

— J'en ai pour deux minutes, promit-elle.

Harry franchit la barrière et pénétra aux États-Unis d'Amérique pour la première fois.

Les deux hommes en complet gris s'avancèrent.

— Bonjour, monsieur. Êtes-vous monsieur Thomas Bradshaw ? demanda l'un d'eux.

— C'est bien moi.

À peine avait-il prononcé ces mots que l'autre homme l'attrapa et lui ramena les bras derrière le dos avant que le premier lui mette les menottes. Tout se passa si rapidement que Harry n'eut même pas le temps de protester.

Il demeura calme en apparence, ayant déjà envisagé la possibilité que quelqu'un devine qu'il n'était pas Tom Bradshaw, mais un Anglais du nom de Harry Clifton. Et même alors il avait supposé que le pire qui pouvait lui arriver serait qu'on lui délivre un mandat d'expulsion et qu'on le réexpédie en Grande-Bretagne. Et, puisque, de toute façon, c'était ce qu'il avait eu l'intention de faire il n'opposa aucune résistance.

Il remarqua deux voitures garées le long du trottoir. La première était une voiture de police noire dont la porte arrière était tenue ouverte par un autre homme en complet gris et à l'air rébarbatif. La seconde était une voiture de sport rouge sur le capot de laquelle était assis Richard, un sourire aux lèvres.

542

Lorsque Richard vit que Harry avait été menotté et qu'on l'embarquait, il sauta hors de sa voiture et se précipita vers lui.

— Mais qu'est-ce que vous fichez, nom de Dieu ? s'écria-t-il, dès qu'il les eut rattrapés.

Aucun des deux policiers qui entraînaient Tom sans ménagement vers l'automobile ne prit la peine de lui répondre.

Il leur emboîta le pas, ne les lâchant pas d'une semelle. Il était stupéfait de la sérénité apparente de Tom, presque comme si son arrestation ne l'étonnait pas. Bien que les policiers aient continué à l'ignorer, Richard était cependant décidé à aider son ami. Au moment où ils atteignirent la voiture, Richard se plaça devant eux d'un bond, leur barrant le chemin.

— De quoi accusez-vous M. Bradshaw ? s'enquit-il d'un ton ferme.

Le chef inspecteur fit halte et le regarda droit dans les yeux.

— D'homicide volontaire, répondit-il.

## REMERCIEMENTS

Pour leur précieuse aide et leurs inestimables travaux de recherche, je remercie les personnes suivantes :

John Anstee, Simon Bainbridge, John Cleverdon, Eleanor Dryden, George Havens, Alison Prince, Mari Roberts, Susan Watt, David Watts et Peter Watts.

# Table

Le Livre de Poche s'engage pour
l'environnement en réduisant
l'empreinte carbone de ses livres.
Celle de cet exemplaire est de :
**600 g éq. $CO_2$**
Rendez-vous sur
www.livredepoche-durable.fr

PAPIER À BASE DE
FIBRES CERTIFIÉES

Composition réalisée par NORD COMPO

Achevé d'imprimer en mai 2014 en France par
CPI BRODARD ET TAUPIN
La Flèche (Sarthe)
N° d'impression : 3005426
Dépôt légal 1re publication : mai 2013
Édition 04 – mai 2014
LIBRAIRIE GÉNÉRALE FRANÇAISE
31, rue de Fleurus – 75278 Paris Cedex 06